प्रेम-मंजूषा

प्रेम-मंजूषा

प्रेमचंद की सर्वश्रेष्ठ कहानियाँ

भारतीय प्रशासनिक सेवा (आई.ए.एस.) एवं सम्मिलित राज्य अधीनस्थ सेवा (यू.पी.पी.सी.एस. आदि) की मुख्य परीक्षा हेतु पाठ्य पुस्तक

प्रेमचंद

वाणी प्रकाशन

प्रकाशन के उत्कृष्टतम 61 वर्ष

पेपरबैक पहला संस्करण : 2017
पेपरबैक दूसरा संस्करण : 2022
पेपरबैक तीसरा संस्करण : 2023
पेपरबैक चौथा संस्करण : 2024

vaniprakashan.com

वाणी प्रकाशन

4695, 21-ए, दरियागंज, नयी दिल्ली-110 002

फ़ोन : +91 11 23273167, 23275710

शाखाएँ

अशोक राजपथ, पटना-800 004, बिहार

कॉफ़ी हाउस कैम्पस, महात्मा गांधी मार्ग, प्रयागराज-211 001, उत्तर प्रदेश

महात्मा गांधी अन्तरराष्ट्रीय हिन्दी विश्वविद्यालय, वर्धा-442 001, महाराष्ट्र

36/ए, शेक्सपियर सरणी, रानी बिरला गर्ल्स कॉलेज के पास, कोलकाता-700 017, प. बंगाल

sales@vaniprakashan.in
vaniprakashan@gmail.com

Prem-Manjoosha
by Premchand

ISBN : 978-93-87409-55-2
Collection of Stories

मूल्य : ₹ 110

जी.एस. ऑफ़सेट, दिल्ली-110 095 में मुद्रित

वाणी प्रकाशन का लोगो मक़बूल फ़िदा हुसेन की कूची से

अनुक्रम

प्रेमचंद की कहानियाँ

प्रेमचंद की कहानियों में बीसवीं सदी का हिन्दुस्तान है। इनमें हिन्दुस्तान की प्रामाणिक तस्वीरें हैं। ये कहानी के शिल्प में नयी ज़मीन तोड़ने के कारण भी महत्त्वपूर्ण हैं। प्रेमचंद की कहानियाँ उनके उपन्यासों से कम प्रभावशाली नहीं हैं, बल्कि कहा जा सकता है कि उनकी कहानियों की लोकप्रियता ज़्यादा है। उनकी लगभग तीन सौ कहानियों में मानवीय ज़िन्दगी के इतने सारे पहलू हैं और इनकी भाषा में सादगी का ऐसा अनोखा सौन्दर्य है कि कई तो युगों तक अमर रहेंगी। ऐसी कहानियाँ भी ज़रूर हैं, जो गुज़रे ज़माने की लगती हैं। लेकिन ऐसी कई कहानियाँ हैं, जो ज़िन्दगी के वृहत्तर सच से जुड़ी हैं और स्वाधीनता के महान स्वप्न रचती हैं। ये दरअसल वे कहानियाँ हैं, जो भारत के लोगों की आशाओं, संघर्षों और त्रासदियों को एक व्यापक 'विजन' के साथ उजागार करती हैं।

प्रेमचंद एक बदलते समय के कथाकार थे। इसलिए उन्होंने लिखा है, "अब पाठक कहानियों में नये भावों, नये विचारों का, नये चरित्रों का दिग्दर्शन चाहता है।" (कुछ विचार)। वे नये के पक्ष में खड़े होने के बावजूद कहानी के ऐसे जातीय ढाँचे की खोज में थे, जिसमें भारतीय पाठक का जी लगे। बदलता यथार्थ कहानी के शिल्प में नवीनता लाता है, लेकिन प्रेमचंद ने सावधान किया कि शिल्प में "सुधार के जोश में कथा की रोचकता को कम न होने दें।" (वही)। प्रेमचंद की कहानी-दृष्टि नवीनता और रोचकता के सामंजस्य पर आधारित है, जो आज भी कम अर्थपूर्ण नहीं है।

यह एक विडम्बना है कि आलोचकों के एक वर्ग को आदर्शवादी प्रेरणाओं के कारण 'पंच परमेश्वर', 'बड़े घर की बेटी', 'अलग्योझा', सुजान भगत' जैसी कहानियाँ पसन्द आयीं तो तो एक-दूसरे वर्ग को यथार्थवादी तेवर की वजह से 'शतरंज के खिलाड़ी', 'दूध का दाम', 'पूस की रात', 'सद्‌गति', 'कफ़न' जैसी कहानियाँ। प्रेमचंद के युग का आदर्शवाद मध्यवर्ग के नेतृत्व में चले राष्ट्रीय

स्वाधीनता आन्दोलन की देन था, जबकि यथार्थवाद साधारण वर्गों के जीवन-संघर्ष की देन था। उस युग का आदर्शवाद इसलिए ऐतिहासिक महत्त्व रखता है कि वह उत्थानशील प्रकृति का है। प्रेमचंद ने मध्यवर्ग के पात्रों के सन्दर्भ में हृदय-परिवर्तन की पद्धति का इस्तेमाल किया और निम्नवर्गीय पात्रों के सन्दर्भ में त्रासदी की पद्धति का। यह प्रेमचंद का अन्तःविरोध नहीं है, बल्कि भारतीय समाज को समग्रता में देखने का नतीजा है। उनके मध्यवर्गीय पात्र राष्ट्रीय उथल-पुथल के वातावरण से जुड़े थे, इसलिए उनका हृदय-परिवर्तन हुआ। उनके मध्यवर्गीय चरित्र ऐसा अवसर नहीं पा सके, उनके साथ त्रासदी घटी।

प्रेमचंद के यथार्थवादी दृष्टिकोण के विकास में अंग्रेज़ी राज के विरुद्ध देश की जनता के लगातार तीव्र हो रहे स्वाधीनता संग्राम की महत्त्वपूर्ण भूमिका है। उनके कहानी संकलन 'सोजे-वतन' (1908) की 700 प्रतियाँ ज़ब्त करके जला दी गयी थीं। फ़िराक़ गोरखपुरी ने कहा था, "सोजे-वतन के प्रकाशित होने से भारत के गल्प लेखन के इतिहास में एक शान्त और मौन क्रान्ति हो गयी।" बीसवीं सदी के पहले दशक में राष्ट्रीय चेतना का एक नया ज्वार आया था, 'सोजे-वतन' उसी की साहित्यिक प्रतिध्वनि है। इसकी कहानियों 'दुनिया का सबसे अनमोल रतन', 'यही मेरा वतन है' से यथार्थवाद का राष्ट्रीय स्वर स्पष्ट होने लगता है। दुनिया का सबसे अनमोल रतन शिशु के प्रेम में गिरा आँसू और पति के साथ सती हो गयी औरत का भस्म वतन है, कहानी में अमेरिका से हिन्दुस्तान लौटा प्रवासी एक प्रबल लगाव के साथ अपने गाँव और मुहल्ले की एक-एक चीज़ को देखता है। उसे गाँव में हल्के आधुनिकीकरण के बावजूद चारों तरफ़ अवसाद दिखाई देता है, औपनिवेशिक अत्याचार के दृश्य दिखाई देते हैं। वह अन्ततः अमेरिका न लौटकर यहीं गंगा किनारे बसकर अपनी बाक़ी ज़िन्दगी बिता देना चाहता है। यह कहानी पढ़कर पता चल सकता है कि बीसवीं सदी के पहले और अब के दृश्य में कितना फ़र्क़ आ चुका है।

स्वाधीनता आन्दोलन के दिनों में अंग्रेज़ी राज का स्वतःस्फूर्त विरोध शुरू हो गया था। बिना किसी नेता के भी शहरों में पूर्ण स्वराज्य के जुलूस निकलने लगे थे। तरक्की के लालच में दारोगा बीरबल सिंह ने घोड़े की टापों से एक सत्याग्रही को कुचलकर अपनी बहादुरी प्रदर्शित करनी चाही। इससे वह आम लोगों की नज़रों में तो गिरा ही, उसकी पत्नी ने भी विद्रोह कर दिया। नतीजा यह हुआ कि पहले जिन लोगों ने सत्याग्रहियों की उपेक्षा की थी, अब वे भी आन्दोलन में शामिल हो गये। दारोगा बीरबल सिंह को ग्लानि होती है। उसका

हृदय बदलता है, वह सत्याग्रही की विधवा औरत के घर सांत्वना देने के लिए जाता है। कहानी खुलासा करती है कि आन्दोलन कैसे बुरे को भी अच्छे में बदल देता है। यह लोभ दूर कर देता है। राष्ट्रीय आन्दोलन के उस दौर में जनता का लक्ष्य स्पष्ट था। प्रेमचंद ने विशाल भारत (1930) में लिखा था, ''इस समय बड़ी अभिलाषा यही है कि हम अपने स्वाधीनता संग्राम में सफल हों। मैं दौलत और शोहरत का इच्छुक नहीं हूँ। खाने को मिल जाता है। मोटर और बँगले की मुझे हविस नहीं है। हाँ, यह ज़रूर चाहता हूँ कि दो-चार उच्च कोटि की रचनाएँ छोड़ जाऊँ, लेकिन उनका उद्देश्य भी स्वतन्त्रता-प्राप्ति ही हो।'' कहना न होगा कि प्रेमचंद की स्वतन्त्रता की अवधारणा काफ़ी विस्तृत है।

प्रेमचंद औपनिवेशिक सत्ता के जितने प्रचण्ड विरोधी हैं, उन्होंने अपनी कहानियों में उतने ही सुन्दर मानवीय आदर्श और प्रतिध्रुव रचे हैं। उनके यथार्थवाद की विजय दिखाने के लिए 'कफ़न', 'पूस की रात' जैसी कहानियों को ही जानबूझकर महिमामण्डित किया जाता है और कई कहानियों पर आदर्शवाद का आरोप लगाकर उन्हें बेकार घोषित कर दिया जाता है। कहना होगा कि यथार्थवाद की विजय-यात्रा प्रेमचंद की पहली कहानी 'दुनिया का सबसे अनमोल रतन' से शुरू हो गयी थी। यथार्थवाद की विजय के चिह्न सिर्फ़ दुखान्त दृश्यों में ही नहीं, उन उच्च आदर्शों में भी हैं जो औपनिवेशिक व्यवस्था से मुठभेड़ की प्रक्रिया में प्रतिध्रुव की तरह जन्मे थे। वे भारतीय जनता के भविष्य-स्वप्न थे। प्रेमचंद की भविष्य-चेतना से जन्मे वे आदर्श खोखले नहीं थे। वे तत्युगीन जनाकांक्षाओं में भी कुलबुला रहे थे। प्रेमचंद की ख़ूबी है कि उन्होंने ऐसे आदर्शों को पहचाना और अपनी कथा में रोपा। कथा में रोपे गये ऐसे आदर्श इतिहास में खो गये से लगते हैं। जब इतिहास ख़ुद खोने लगता है, आत्मपहचान खोने लगती है, तब आदर्शों का विलोप भी स्वाभाविक है। एक दौर ऐसा भी आता है, जब कथा के आदर्श इतिहास के यथार्थ पर भारी पड़ जाते हैं।

प्रेमचन्द के कथा साहित्य के केन्द्र में स्वाधीनता है। उनके निकट स्वाधीनता कोई अमूर्त धारणा नहीं है। उनकी स्वाधीनता के सन्दर्भ हैं—स्त्री, दलित, किसान और मज़दूर। प्रेमचंद की कई कहानियों में स्त्रियाँ स्वाधीनता संग्राम का नेतृत्व करती हैं, वे शराब के ठेकों पर धरना देती हैं और जेल जाती हैं। 'समर यात्रा' में नोहरी जैसे स्त्री-पात्र स्पष्ट कर देते हैं कि स्वाधीनता संग्राम का वास्तविक अर्थ है भारत की स्त्रियों के साथ-साथ कृषकों की मुक्ति।

प्रेमचंद पराधीनता के अँधेरे में विषमता-मुक्त समाज के सूर्योदय के लिए

लिख रहे थे। उनकी एक कहानी 'आहुति' में रूपमणि कहती है, "जिन बुराइयों को दूर करने के लिए आज हम प्राणों को हथेली पर लिये हुए हैं, उन्हीं बुराइयों को क्या इसलिए सिर चढ़ाएँगें कि ये विदेशी नहीं स्वेदशी हैं। कम-से-कम मेरे लिए तो स्वराज्य का यह अर्थ नहीं है कि जॉन की जगह गोविन्द बैठ जाये।" प्रेमचंद को इसका एहसास है कि राष्ट्रीय आन्दोलन धीरे-धीरे पूँजीवाद के राजनीतिक विकास का मंच बन रहा है। पूँजीपति वर्ग के लोग ब्रिटिश उपनिवेशवाद से अपने हितों के टकराव के कारण ही स्वेदशी आन्दोलन को मदद दे रहे थे। इसलिए प्रेमचंद ने 'स्वराज्य' का प्रश्न कृषक और मज़दूर वर्ग की मुक्ति के सन्दर्भ में उठाया। उनकी कहानियों में उनके दोनों कलात्मक प्रयोग हृदय-परिवर्तन और त्रासदी अलग-अलग वर्गों की यथार्थ दास्तान प्रस्तुत करते हैं।

उनकी एक कहानी है 'सुजान भगत'। उस बूढ़े ही हड्डियों में जो ज़ोर है, वह उस ज़माने के उत्थानशील आदर्शवाद की ताक़त है। सुजान भगत इसी ताक़त से नयी पीढ़ी की उस स्वार्थपरता को चुनौती देता है, जो वस्तुतः नयी पीढ़ी की उतनी नहीं है, जितनी नये युग की है। वह मेहनत की दुनिया में लौटता है और फ़सल होने पर अन्न का बोझा ख़ुद अपने सिर पर रखकर भिक्षुक के घर पहुँचा आता है। यह कहानी आदर्शवाद के धरातल पर नये युग में भी अस्तित्वमान नैतिक संघर्ष को व्यक्त करती है। 'पंच परमेश्वर' में भी आदर्श है, न्याय के तख़्त पर बैठते ही जुम्मन शेख का हृदय बदल जाता है। वह बदले की भावना भूलकर अन्ततः न्याय करता है। यहाँ एक सवाल खड़ा होता है। 'नमक का दारोगा' के सेठ अलोपीदीन का हृदय-परिवर्तन और 'पंच परमेश्वर' में जुम्मन शेख का हृदय-परिवर्तन या 'बड़े घर की बेटी' की आनन्दी का हृदय-परिवर्तन क्या एक ही तरह की चीज़ें हैं?

'नमक का दारोगा' में भ्रष्टाचार का जो माहौल है, वह अंग्रेज़ी राज का एक चेहरा है। अलोपीदीन दारोगा वंशीधर को चालीस हज़ार की घूस दे रहा था। वंशीधर ने घूस नहीं ली। इसी वजह से अलोपीदीन की शिकायत पर वह सरकारी नौकरी से हटा दिये गये। यह अद्भुत हृदय-परिवर्तन है कि अलोपीदीन ही उसको अपने यहाँ नौकरी पर रखता है। मज़े की बात है कि वंशीधर भी कृतज्ञतापूर्वक नौकरी स्वीकार कर लेता है। क्या सेठ आलोपीदीन ने पुराना कारोबार बदल लिया या अब वंशीधर ही बेईमान हो गया? ज़ाहिर है, 'नमक का दारोगा' जैसी कहानियों के पीछे जो आदर्शवाद है, वह आधारहीन है। इसके विपरीत 'बड़े घर की बेटी' में वहाँ इतना घी तो नाई-कहार खा जाते हैं' कहकर ससुराल में अपने

मैके की सामन्ती समृद्धि का बखान करने वाली आनन्दी अन्ततः अपने टूटते संयुक्त परिवार को बचाती है। प्रेमचंद के इस आदर्शवाद का सम्बन्ध यथार्थ से है और एक स्वप्न से भी है। आनन्दी अपने पति लालबिहारी को समझा-बुझाकर पारिवारिक विघटन रोकती है। उसके आदर्शवादी हृदय-परिवर्तन के पीछे ठोस परिस्थितियों का सामना है। आनन्दी एक ऐसे परिवार में ब्याह कर आयी थी, जिसका आर्थिक ह्रास हो रहा था। द्वार पर हाथी की जगह बूढ़ी भैंस थी। नये परिवेश के दुख-सुख साथ-साथ झेलने के लिए उसे अपना मन बदलना था।

प्रेमचंद कृषक परिवार के टूटने का अर्थ लगाते हैं खेती का पतन। इसलिए वे संयुक्त परिवार को टूटने से बचाना चाहते हैं। कहा जा सकता है, यह 'असम्भव' के विरुद्ध उनकी आदर्शवादी आकांक्षा का एक असमाप्त संघर्ष है। एक कहानी 'अलग्योझा' में पारिवारिक बँटवारे के बाद रग्घू बेचैन रहने लगा। इसी दुख में वह एक दिन चल बसा। रग्धू की पत्नी मुलिया बँटवारे के मूल में थी। मुलिया को पश्चात्ताप हुआ, उसका स्वभाव बदलने लगा। रग्धू के बाद उसका विवाह उसके देवर से हो गया। हालाँकि इस कहानी की आकस्मिकता और यान्त्रिकता खटकती है, फिर भी स्पष्ट हो जाता है कि प्रेमचंद का उद्देश्य पारिवारिक बँटवारे की व्यर्थता सिद्ध करना है। आज पारिवारिक विघटन में कमी नहीं आयी है, लेकिन वैश्वीकरण के आर्थिक दबाव लोगों को पुनः पारिवारिक एकता और सहयोग भावना की ओर धकेल रहे हैं। अन्तरपारिवारिक सौहार्द विकास की नयी धुरी बन रहा है। भले ही वृहद परिवार की हर इकाई की अपनी स्वतन्त्र रुचियाँ और जीवन शैलियाँ हों।

प्रेमचंद की अधिकांश कहानियों में घटनाओं की बहुलता है। उनकी पूर्वार्ध की कहानियों में आकस्मिक घटनाएँ ज़्यादा हैं मानो इनके बिना वे न पात्रों की मनोवृत्तियों को गहराई से व्यक्त कर पाते हैं, न चरित्रों का विकास हो पाता है और न कहानी का उद्देश्य स्पष्ट होता है। उनकी कहानी-कला में विकास के साथ घटनाओं और विवरणात्मकता का स्थान ले लेता है मानवीय अन्तःवृत्तियों का अंकन। आदर्शवादी भूमि पर ऐसी कहानियाँ सुखद अन्त की ओर जाती हैं।

प्रेमचंद को मानवीय अन्तःवृत्तियों की गहरी पहचान थी। उनका मनुष्य की क्षमता में विश्वास था। उन्होंने अपनी प्रायः सभी कहानियों में मनुष्य की अन्तःवृत्तियों का सूक्ष्म अंकन किया है। कहीं विलक्षणता दिखाई है, कहीं सरलता और कहीं यह दिखाने का प्रयास किया है कि मनुष्य कभी बुराई के तीव्र बहाव में आ जाता है, पर वह बुरे से अच्छा हो सकता है।

प्रेमचंद 'है' के साथ जो 'होना चाहिए', उसका बड़ा विश्वसनीय चित्र देते हैं। उनका मनुष्य की सद्वृत्तियों की ताक़त पर विश्वास है। उनका कहना है, ''यह समझना भूल होगी कि कहानियाँ जीवन का यथार्थ चित्र हैं।'' इस तरह प्रेमचंद का यथार्थवाद कभी भी आदर्श का बहिष्कार नहीं है। प्रेमचंद ने 'तथ्य' की जगह 'कथा' का पक्ष लिया था। वे कहानी को यथार्थ की सूचना नहीं, बल्कि यथार्थ और कथा की अन्तःक्रीड़ा समझते थे। यही वजह है कि उनकी कहानियों में ज़िन्दगी के तल्ख़ यथार्थों के साथ मानवीय सम्भावनाओं के आयाम भी हैं। वे अपनी बहुत-सी कहानियों में टूटते मानवीय सम्बन्धों को बचाते दिखाई देते हैं। इसका अर्थ यह है कि वे उन बुनियादी मानवीय मूल्यों और संवेदना को बचाना चाहते हैं, जो भले नयी सभ्यता की आँधी में उजड़ने की प्रक्रिया में हों, पर नयी दुनिया में भी वे उतने ही ज़रूरी हैं।

प्रेमचंद सामन्ती व्यवस्था के जबर्दस्त विरोधी थे। वे गाँवों की पिछड़ी दशा देखकर दुखी थे। गाँव की बहुत-सी चीज़ों के प्रति उनके मन में लगाव था। खासकर गाँव के लोगों की सरलता, निश्छलता और प्रेम-भावना उन्हें आकर्षित करती थी। उनके युग के गाँवों में अभी शहरीकरण के विकृत आधुनिक रूप घुस नहीं पाये थे। गाँवों के प्रति प्रेमचंद के इस भाव को 'नॉस्टेल्जिया' नहीं कहा जा सकता, क्योंकि उनके सामाजिक सरोकार विस्तृत थे। गाँव से उनका प्रबल लगाव उनकी कहानी 'गिल्ली-डण्डा' में है। यह प्रेमचंद की एक ग्रामीण झुकाव वाली कहानी है, जिसमें शहर में बस चुका एक उच्च शिक्षाप्राप्त आदमी कई साल बाद अपने गाँव लौटकर गिल्ली-डण्डा बहुत चाव से खेलता है। वह बचपन के साथी गया से उन्मुक्त होकर मिलता है और अपने मध्यवर्गीय संस्कारों का अतिक्रमण करके मानो गया से इस खेल में पदने में आत्मसन्तोष का अनुभव करता है। प्रेमचंद दिखाना चाहते हैं कि ग्रामीण लोकसंस्कृति में किस तरह जाति और वर्ग की मिथ्या चेतनाओं के लिए कोई जगह नहीं है। फिर भी ग्रामीण गया शहरी बाबू से पुरानी मित्रता का अनुभव करते हुए भी उससे एक आ चुकी दूरी महसूस करता है। इस कहानी में गिल्ली-डण्डा ग्रामीण जीवन की निश्छल संवेदना और श्रमशक्ति का प्रतीक है। कहानी में गाँव-शहर सम्पर्क का एक स्वस्थ रूप दिखता है।

2

प्रेमचंद की कुछ कहानियाँ ऐसी हैं, जिन्हें पढ़ने पर लग सकता है कि हम गुज़रे

ज़माने के क़िस्से पढ़ रहे हैं। ऐसी कहानियाँ ऊपर से देखने में जितनी पुरानी लगें, जीवन के आधुनिक बदलावों को पहचानने के मामले में आज भी काम की है। 'परीक्षा' शुरू की ही एक ऐसी कहानी है, जो बड़े सादे ढंग से आधुनिक शिक्षा पर प्रहार करती है। यह न 'पंच-परमेश्वर' और 'बड़े घर की बेटी' की तरह हृदय-परिवर्तन की कहानी है, न ही 'कफ़न' की तरह ट्रेजडी प्रधान है। इस सादगी भरी छोटी-सी कहानी में उदारता, सदाचरण और साहस जैसे कुछ उन महत्त्वपूर्ण मानवीय तत्त्वों की ओर इशारा है, जो नव-शिक्षितों में विलुप्त होते जा रहे हैं। आज उदारता की जगह संवेदनहीनता, सदाचरण की जगह दम्भ और साहस की जगह कायरता ने ले ली है।

रियासत देवगढ़ के दीवान सुजान सिंह बूढ़े हो जाने के बाद रियासत का नया दीवान चुनने के लिए एक विज्ञापन निकालते हैं। उन्हें एक ऐसा व्यक्ति चाहिए, जो भले ग्रेजुएट न हो, लेकिन दृढ़ संकल्पवान हो। वह दया और धर्म से कभी न हटे, ग़रीबों को कभी न सताये। प्रेमचंद ने पण्डित जानकीनाथ जैसे आदर्शवादी दीवान की कल्पना की, क्योंकि वह बताना चाहते थे कि देश की जनता की सेवा करने वाले बड़े अफ़सर कैसे हों। ज़ाहिर है, उस समय उनके सामने अफ़सरों की किसान-विरोधी और क्रूर छवियाँ थीं। उन्होंने कथाकार के साहित्यिक दायित्व की ओर संकेत करते हुए लिखा था, ''हममें से कोई जीवन को उसके यथार्थ रूप में नहीं दिखाता, बल्कि उसके वांछित रूप में दिखाता है।'' (कुछ विचार)। कथाकार का मक़सद समाज की बुरी अवस्था का प्रकृत चित्रण कर देने भर से पूरा नहीं हो जाता, प्रेमचंद एक नये हिन्दुस्तान का सपना देख रहे थे।

प्रेमचंद के निकट स्पष्ट है कि अंग्रेज़ी पद्धति से शिक्षा नौजवानों के दिमाग़ को सूचनाओं का भण्डार बना रही है, लेकिन उनमें कोई उच्च नैतिक संस्कार या दायित्वबोध पैदा नहीं कर पा रही है। 'परीक्षा' कहानी के कई शिक्षित प्रतिस्पर्धी हॉकी खेलना जानते हैं, हुनरमन्द हैं। उनमें कुछ पण्डित और मौलवी हैं। सुजान सिंह ने बहुरंगी प्रतिभाओं का मेला लगा दिया है। उनकी परखने की कसौटी न आधुनिक है, न धार्मिक।

परीक्षक सुजान सिंह की बूढ़ी आँखों में प्रेमचंद की यह बेचैनी साफ़ दिखाई देती है कि नयी शिक्षा पाने पर भी देशी भद्रलोक कैसे अपनी जड़ों से जुड़ा रहे, वह किसानों के दर्द को पहचाने और साहस का परिचय दे। मैकाले ने चाहा था कि भारतवासी केवल ख़ून और रंग में भारतीय हों। बाक़ी बुद्धि, अभिरुचि, विचार और भाषा से अंग्रेज़ हो जायें। उसने सामन्ती समाज के शिक्षित भारतवासियों

को जिस रूप में देखना चाहा था, उस पर पूँजीवाद कुछ और पत्तें चढ़ाता जा रहा था। प्रेमचंद ने 'गिल्ली-डण्डा' में संकेत दिया है कि शिक्षा समाज के भेद ही नहीं मिटा रही है, बल्कि चौड़ा कर रही है। 'परीक्षा' में एक किसाने नाले में फँसी अनाज से भरी बैलगाड़ी के समीप असहाय अवस्था में खड़ा था। दीवान बनने के लिए आये प्रतिस्पर्धी एक के बाद एक उसके सामने से स्वार्थ और मद में गुज़र गये। भारतीय समाज में शिक्षित वर्ग और साधारण लोक के बीच आज भी इससे भिन्न सम्बन्ध नहीं है। इसका अर्थ है, प्रेमचंद ने नयी शिक्षा-पद्धति के अभिजात्यवादी और मानव-विरोधी तत्त्वों को काफ़ी पहले पहचान लिया था। 'परीक्षा' नयी शिक्षा-पद्धति के अभिजात्यवादी और मानव-विरोधी तत्त्वों के अनावरण की कहानी है। प्रेमचंद इस कहानी में दिखाते हैं कि आधुनिकता और धर्म, दोनों किस तरह आडम्बर बनते जा रहे हैं। दोनों का ही सारतत्त्व ग़ायब होता जा रहा है। क्या नयी शिक्षाप्राप्त नौजवान और क्या पण्डित-मौलवी, सभी उच्चतर मनुष्यताबोध से विच्छिन्न हैं। उनमें विशेषज्ञता और दक्षता हो सकती है, पर मानवीय संवदेनशीलता नहीं है। देश के प्रशासन का भार जब ऐसे आधुनिकतावादी या धार्मिक पाखण्डियों के हाथ में आयेगा तो जानता का क्या हश्र होगा, यह प्रेमचंद के ज़माने में भी साफ़-साफ़ सोचा जा रहा था और आज के ज़माने में भी साफ़-साफ़ देखा जा सकता है।

परीक्षा लेने वाली शिक्षा-व्यवस्था ख़ुद परीक्षा टेबुल पर आ गयी थी। कहीं व्यंग्य, कहीं सांकेतिक वर्णन और कहीं फुर्तीले मुहावरों के जरिए प्रेमचंद आधुनिक शिक्षा-व्यवस्था और धार्मिकता की धज्जियाँ उड़ा देते हैं।

दीवान पद के उम्मीदवार जानकीनाथ पढ़े-लिखे नौजवान हैं। हॉकी खेलने में भी निपुण। अंग्रेज़ी शिक्षा पाने के बाद भी समाज का एक हिस्सा उच्च परम्पराओं में आस्था रखने वाला है। उसकी पहचान सम्प्रदाय और जाति से नहीं होती, बल्कि उच्च मानवीय गुणों से होती है। ऐसे शिक्षित नौजवान केवल डिग्रीधारी और दक्ष नहीं हैं, वे मानवीय और जनदरदी भी हैं। जानकीनाथ खेल में घायल हो गया था, इसके बावजूद वह रुका। उसने हिम्मत से ज़ोर लगाकर अनाज से भरी गाड़ी नाले के पास ठेल दी। कहाँ तो आम शिक्षित नौजवान साधारण-सी मिट्टी लग जाने पर कपड़े झाड़ने लगते हैं, कहाँ जानकीनाथ को नाले के कीचड़ में घुटने तक गड़ जाने पर भी कोई मलाल नहीं हुआ। परीक्षा पूरी हुई, दीवानी उसे ही मिली। जानकीनाथ की शिक्षा ने उसे दक्षता के साथ संवेदनशीलता और दायित्वशीलता भी दी थी। अतः उसे कई चतुर प्रतिस्पर्धियों के समानान्तर दीवान

चुन लिया गया। प्रेमचंद ने एक आशा में कहानी का अन्त इस प्रकार किया है, "ऐसा आदमी ग़रीबों को कभी न सतावेगा। उसका संकल्प दृढ़ है, जो उसके चित्त को स्थिर रखेगा। वह चाहे धोखा खा जाये, परन्तु दया और धर्म से कभी न हटेगा।" ऐसा आदमी आज कहाँ है?

किसी भी कहानी को उसमें आयी घटना से नहीं, उसकी समग्र रचनात्मक पारदर्शिता से समझना चाहिए। घटना की प्रतिध्वनियों में कथा का सार होता है, ऊपरी ढाँचे में नहीं। इसीलिए कहा जाता है कि किसी कहानी का सम्पूर्ण प्रभाव क्या पड़ा, यह सिर्फ़ कहानी की सम्प्रेषण-क्षमता का मामला नहीं है, पाठक की ग्रहणदक्षता का मामला भी है। प्रेमचंद की कहानियाँ ऐसी नहीं होतीं, जिनके सम्पूर्ण प्रभाव तक पहुँचने के लिए पाठक को काफ़ी दण्डबैठक करनी पड़े। लेकिन उन्हें इतना सरल भी नहीं समझना चाहिए कि किसी बौद्धिक श्रम, एकाग्रता और दृष्टि की जरूरत न पड़े। प्रेमचंद ने इस पर बहुत ज़ोर दिया, "कहानी का आधार अब घटना नहीं अनुभूति है।" (कुछ विचार)। अनूभूति किसी भी कथात्मक घटना को आकस्मिक और सपाट नहीं रहने देती, उसे पारदर्शी बना देती है। प्रेमचंद सादगी के शिल्प में, यथार्थ की अनुभूति के बल पर एक विशिष्ट रचनात्मक पारदर्शिता पैदा कर देते हैं—वे घटना के पार ले जाते हैं।

3

प्रेमचंद इस बात से वाक़िफ़ थे कि दुनिया तेज़ी से बदल रही है। एक व्यावहारिक नज़रिया अपनाना ज़रूरी है, अन्यथा सफलता नहीं मिलेगी। वे यह भी महसूस कर रह थे कि व्यावहारिक नज़रिए को चालाकी में बदलते देर नहीं लगती। शहर में धूर्तता, स्वार्थपरता और व्यावहारिक नज़रिए के तत्त्वों से बन रही आधुनिक दुनिया के समानान्तर अपनी कुछ कहानियों में भोले, सरल और सिद्धान्तनिष्ठ चरित्रों की सृष्टि की। उनकी कहानियाँ 'बौड़म', 'गिला', और 'हिंसा परमो धर्मः' ऐसी ही है। 'बौड़म' में एक लड़का अपने निश्छल भोले मन से नयी आधुनिक दुनिया की विडम्बना को देखता है। कथाकार महसूस करता है कि नयी दुनिया में परोपकार, त्याग, निःस्वार्थ प्रेम आदि भाव अचानक मूर्खता के अन्तर्गत आ गये हैं। बुद्धिसम्पन्नता का अर्थ हो चुका है संवेदनहीनता। 'गिला' कहानी में स्त्री की शिकायत यही है कि उसका पति चालाक, व्यावहारिक और समझौतावादी क्यों नहीं है। वह दुनिया के नये तौर-तरीक़ों को क्यों नहीं अपनाता। वह लोगों

पर विश्वास क्यों कर लेता है और इतना धोखा क्यों खाता है, उसने आदर्शों को इतनी कठोरता से क्यों पकड़ रखा है और वह समझौतावादी क्यों नहीं है। प्रेमचंद जीवन में आये नये विकास पर व्यंग्य करते हैं।

मनुष्यता के जो गुण हैं, वे नयी सभ्यता में अचानक दोष बन चुके हैं और जो दोष हैं, वे आज गुण है। 'गिला' में पत्नी को हमेशा पति से शिकायत रहती है। यह कहानी बेशुमार शिकायतों का ब्योरा है। अन्त में जाकर पत्नी अपने पति से कहती है कि आज की दृष्टि से जो उनके दोष हैं, वे ही वस्तुतः उनके गुण हैं, ये गुण बने रहें। उसके पति का भले नुक़सान हो जाये, पर वह दूसरों का नुक़सान न करे। प्रेमचंद कुछ बुनियादी आदर्शों के पक्ष में दृढ़ता से खड़े थे और नयी सभ्यता उन्हें डिगा नहीं पा रही थी, क्योंकि वे व्यावहारिकतावाद के चक्कर में मनुष्यता में बुनियादी लक्षणों को खोने के पक्ष में नहीं थे।

इसी तरह 'हिंसा परमो धर्मः' का जामिद दूसरों का हमेशा भला सोचता है। उसमें थोड़ा भी स्वार्थ नहीं है। उसे मन्दिर में सफ़ाई करते देखकर हिन्दुओं ने पकड़कर हिन्दू बना दिया। वह बन गया। उसने जब हिन्दुओं को एक निर्बल मुसलमान को अकारण पीटते देखा, उनका विरोध किया। परिणामस्वरूप उसे मन्दिर से निकाल दिया गया। इस समय मुसलमानों ने काफ़िरों के विरोधी के रूप में उसका स्वागत किया। उसने जब छल से लायी गयी एक हिन्दू औरत पर उन मुसलमानों का ज़ुल्म रोकना चाहा, उसकी फ़ज़ीहत हुई। उसने किसी तरह इस औरत को सुरक्षित ले जाकर उसके परिवार वालों को सौंप दिया। इस नेकी के बदले उसने सिर्फ़ इतना माँगा, "इस शरारत का बदल किसी ग़रीब मुसलमान से न लीजिएगा।" यह प्रेमचंद की एक साम्प्रदायिकता-विरोधी कहानी है, जिसमें यह भी उभरकर आता है कि शहरों में ही मन्दिर-मस्जिद इतने अधिक क्यों है और शहरों में मनुष्य आदमी से अधिक हिन्दू-मुसलमान क्यों हैं। जामिद बेहतर माहौल की तालाश में गाँव से शहर आया था। वह लौटकर अपने गाँव चला जाता है। इसका यह अर्थ नहीं है कि प्रेमचंद गाँव-समर्थक और शहर-विरोधी हैं। प्रेमचंद को सिर्फ़ यह लग रहा था कि अब शहर तेज़ी से अमानवीय संसार बनते जा रह हैं, ये बसने लायक़ नहीं हैं।

समाज में मध्यवर्ग की क्या स्थिति है? मध्यबर्ग में वकील, डॉक्टर, शिक्षक, लेखक, बुद्धिजीवी, अफ़सर, कर्मचारी, छोटे व्यवसायी सभी आते हैं। ये बड़ी-बड़ी बातें करते हैं, पर वक़्त आने पर अवसरवाद का परिचय देते हैं। यह वर्ग बहुत यशाकांक्षी होता है। प्रेमचंद मानते हैं कि सामाजिक परिवर्तन में भारतीय मध्यवर्ग

की एक ऐतिहासिक भूमिका है। वे इसकी कमज़ोरियों और सीमाओं से भी परिचत हैं, खासकर इसके दोहरे चरित्र को लेकर चिन्तित हैं। उन्होंने मध्यवर्गीय लोगों की दुविधा एवं अन्तर्द्वद्व को अपनी कहानियों में बार-बार उजागर किया, कई बार उन पर व्यंग्य-प्रहार भी किया। उनकी ऐसी कहानियाँ हैं—'ब्रह्मा का स्वाँग', 'मुफ़्त' का यश', 'नशा', 'बासी भात में .खुदा का साझा' आदि। 'ब्रह्म का स्वाँग' का मध्यवर्गीय वकील अपनी पत्नी को समानाधिकार, समाज-सेवा, बराबरी की दृष्टि और आधुनिकता के उपदेश देता है। वह दकियानूसी ख़यालातों के विरुद्ध बोलता है। उसकी पत्नी वृन्दा इन रास्तों पर चलने लगती है। वह महरी को सर्दी में ठिठुरते देखकर अपनी ऊनी चादर दे देती है, ननद की विदाई के अवसर पर ऊँचे घराने की स्त्रियों और दलित स्त्रियों को एक ही चटाई पर बिठा देती है, कंगालों को जूठन खाता देखकर घर की मिठाइयाँ-पूरियाँ दे देती है। ऊँचे आदर्श की बातें करने वाले पति का माथा ठनकता है। उसके अनुसार, हर सिद्धान्त का व्यावहारिक पक्ष कुछ और है! 'बासी भात में .खुदा का साझा' का कर्मचारी सेठ के फ़ायदे के लिए बहीखाता में जाल करता है। वह अपने मन पर मध्यवर्गीय पापबोध के बोझ से बीमार पड़ जाता है और मरते-मरते बचता है। 'नशा' कहानी का कथानायक ईश्वरी अपने ज़मींदार नौजवान साथी से ग़रीबों के अधिकार के लिए बढ़-चढ़कर बातें करता था, पर जब वह दशहरे की छुट्टियाँ बिताने के लिए अपने उस साथी के बँगले में गया, मामूली से मामूली असुविधा पर वह नौकर पर बरसने लगा। लौटते समय उसने ट्रेन में एक ग़रीब आदमी को पीटकर अपना रोब दिखा दिया। प्रेमचंद ने कहना चाहा कि अमीरों के ख़िलाफ़ बोलना यदि एक मध्यवर्गीय नशा है तो यह किस तरह गिरगिट की तरह रंग बदलता है। उन्हें मध्यवर्गीय मानसिकता की गहरी पहचान थी।

मध्यवर्ग के लोग आदर्श पर चलने के संकल्प लेते हैं, मौक़ा मिलते ही निजी फ़ायदे पर टूट पड़ते हैं। प्रेमचंद ने अपने मध्यवर्गीय चरित्रों को सिर्फ़ महिमामण्डित नहीं किया, कई जगह अनावृत भी किया। 'मुफ़्त का यश' का लेखक चरित्र .खुद अपने को एक्सपोज करता है। प्रेमचंद अपने और लेखक समुदाय पर भी हँसने का साहस रखते हैं। उपर्युक्त कहानी में यह भी दिखाया गया है कि अंग्रेज़ी राज में अभिव्यक्ति की स्वतन्त्रता नहीं है, "अगर तुम विद्रोहात्मक गल्प लिखोगे तो फौरन गिरफ़्तार कर लिये जाओगे। हाकिम जिला ज़रा मुरव्वत नहीं करेंगे।" कथानायक लेखकीय स्वाभिमान के बावजूद हाकिम जिला के घर जाने का तर्क निकाल लेता है, पर वह अपने मित्र के एक काम की सिफ़ारिश के लिए नहीं जाता।

उसका काम अपने आप हो जाता है, के एक काम की सिफ़ारिश के लिए नहीं जाता। उसका काम अपने आप हो जाता है, पर लेखक मुफ़्त का यश लेने में पीछे नहीं रहता। प्रेमचंद ने मध्यवर्गीय चरित्र की विडम्बनाओं को बड़ी सफलता से उजागर किया है।

प्रेमचंद का कथा साहित्य औपनिवेशिक-सामन्ती व्यवस्था के अनावरण का साहित्य है। उन्होंने अपनी कहानी 'शतरंज के खिलाड़ी' में भारत की ग़ुलामी का कच्चा चिट्ठा खोला है। दो ऐय्याश सामन्ती नवाब मिरजा और मीर शतरंज के वजीर की रक्षा में अपनी-अपनी तलवारें चमकाने लगते हैं, ज़ख़्म खाकर गिर पड़ते है, पर अंग्रेज़ी राज से आक्रान्त अपने बादशाह के लिए उनकी आँखों से एक बूँद आँसू तक नहीं निकलता। प्रेमचंद अंग्रेज़ों की हिन्दी प्रदेश पर अनायास विजय की मूल वजह में गये, "आज तक किसी स्वाधीन देश के राजा की पराजय इतनी शन्ति से इस तरह ख़ून बहे बिना न हुई होगी। यह वह कायरपन था, जिस पर बड़े-बड़े कायर आँसू बहाते हैं। अवध के विशाल देश का नवाब बन्दी चला जाता था और लखनऊ ऐश की नींद में मस्त था।" भोग-विलास, आलस्य और फूट—ये ही थीं भारतीय ग़ुलामी की मुख्य वजहें। अंग्रेज़ों ने दक्षिण भारत को लड़कर हथियाया था, पर हिन्दी पट्टी उन्हें बिना सबल अवरोध के मिल गयी। यह बड़े दर्द की बात है कि हिन्दी पट्टी में लोग मिलकर नहीं लड़े। प्रेमचंद की कहानी 'शतरंज के खिलाड़ी' में यही दर्द उघड़ता है। यह कहानी भारतीय सामन्तवाद के खोखलेपन का पर्दाफ़ाश करती है।

4

प्रेमचंद की कहानियों में स्त्री और दलित के मुक्ति-संघर्ष की चेतना विशेष रूप से है। इन समुदायों पर स्वाधीनता आन्दोलन का असर पड़ने लगा था। ये मुखर होने लगे थे। नये युग में स्त्री एक नयी छवि लेकर उभर रही थी। निःसन्देह प्रेमचंद की कई कहानियों में स्त्रियाँ पुरुष-प्रभुत्ववाद की शिकार हैं, उन्हें परिस्थितियाँ दबा देती हैं। कई कहानियों में स्त्रियाँ अपने चेहरे पर स्वाभिमान और स्वतन्त्रता की लाली लेकर आयी हैं। एक कहानी 'कुसुम' में स्त्री दहेज के लालची पति को झिड़क देती है। एक अन्य कहानी 'कायर' की स्त्री सोचती है, "विवाह का आधार प्रेम न हो तो वह देह का विक्रय है।" 'नया विवाह' में अनमोल विवाह के कारण आशा अपने जवान नौकर को चाहने लगती है, प्रेमचंद इसमें

अनैतिकता नहीं देखते। प्रेमचंद ने उपर्युक्त मध्यवर्गीय चरित्रों का सृजन करने के साथ-साथ निम्नवर्गीय स्त्री चरित्र भी उठाये, जो ज़्यादा विद्रोही हैं। उनकी कहानियों—'घासवाली', 'स्वामिनी', 'प्रेम का उदय', 'बालक', 'सती' आदि में दलित स्त्रियों की संवेदना है और उनका विद्रोह है। प्रेमचंद स्त्री की बहुमुखी स्वतन्त्रता के पक्षधर हैं। उनकी नज़र में स्त्री-स्वाधीनता का अर्थ यौन-मुक्ति नहीं है। पश्चिमी यौन-मुक्ति की विडम्बनाएँ उजागर करने के लिए उन्होंने एक कहानी लिखी 'मिस पद्मा'। वे पश्चिमी 'स्त्रीवाद' की जगह 'बराबरी के आधार पर पुरुष-स्त्री परस्परनिर्भरता' की बात करते हैं।

हिन्दू धार्मिक व्यवस्था आर्थिक शोषण की ही संरक्षक नहीं है, वह स्त्री और दलित-मुक्ति में भी बाधक है। प्रेमचंद ने धर्म और धन के बीच साँठ-गाँठ को पहचानते हुए बार-बार धार्मिक व्यवस्था और पुरोहित-महन्त की खिल्ली उड़ाई। उनका लोकप्रिय चरित्र मोटेराम शास्त्री सिर्फ़ दरिद्र ब्राह्मणों की ही अजीबोगरीब दशा का दृष्टान्त नहीं है, यह हिन्दू धार्मिक व्यवस्था की विसंगतियों को भी उभारता है। 'निमन्त्रण' का मोटेराम शास्त्री दरअसल एक ट्रैजिक-कॉमिक चरित्र है, जो धार्मिक व्यवस्था के पाखण्डों को एक्सपोज करता है। पह एक दरिद्र ब्राह्मण है, जो करुणा और हास्य दोनों का आख्यान उपस्थित करता है। उसे रानी साहिबा के भोज से बिना खाये सपरिवार लौट आना पड़ा। यह पतनशील धार्मिक व्यवस्था में एक ग़रीब ब्राह्मण की अजीबोगरीब नियति की कथा है। प्रेमचंद ने धर्मोपजीवी समुदाय का पाखण्ड उजागर करने के लिए मुख्यतः परिहास की पद्धति अपनायी। 'निमन्त्रण', 'ब्रह्मभोज', 'सत्याग्रह' जैसी कहानियों में पण्डितों की मुफ़्तखोरी, परजीविता और पाखण्ड पर चुटीले व्यंग्य हैं, जो प्रहारात्मक के साथ मज़ेदार भी है।

प्रेमचंद आदर्शवाद और हृदय-परिवर्तन के दायरे में सीमित रह जाते, यदि उनकी दृष्टि दलितों पर नहीं जाती। ब्राह्मणों पर हास्य-व्यंग्य पर्याप्त नहीं था। व्यंग्य में अधिक-से-अधिक सुधारवाद की आकांक्षा झलकती है, जबकि त्रासदी में आमूलचूल परिवर्तन की आकांक्षा। प्रेमचंद की ट्रैजडी-आधारित कहानियों में घृणा किसी भी स्तर पर ब्राह्मण जाति से नहीं है, बल्कि धर्म की उस शोषणमूलक व्यवस्था से है, जिसमें जोखू, शंकर, हलकू, घीसू-माधव या दुखी चमार की स्थिति 'प्लेटो के गणतन्त्र' की दशाओं से भी बदतर है।

भारत में दलित यथार्थ काफ़ी हृदय-विदारक और स्तब्ध कर देने वाला है। यह भारतीय जीवन के अन्तर्विरोधों को अधिक बड़े पैमाने पर खोलता है। प्रेमचंद के कथा साहित्य में दलित चरित्रों को केन्द्रीयता मिलना हिन्दी नवजागरण

के अधूरेपन को थोड़ा-बहुत भर देता है। इस युग में 'भारत धर्म महामण्डल', 'वर्णाश्रम स्वराज्य संघ' जैसे कट्टरवादी संगठन थे, जिनके प्रधान थे महन्त, पंडे, पुरोहित, मण्डलाचार्य और अन्य धर्मोपजीवी वर्ग। प्रेमचंद उन्हें टकेपन्थी दल कहते थे, "हिन्दू जाति का सबसे घृणित कोढ़ और सबसे लज्जाजनक कलंक यही टकेपन्थी दल है, जो एक विशाल जोंक की भाँति उसका ख़ून चूस रहा है और हमारी राष्ट्रीयता के मार्ग में यही बड़ी बाधा है। राष्ट्रीयता की पहली शर्त है समाज में साम्य भाव का दृढ़ होना।" (विविध प्रसंग-2)। प्रेमचंद लक्षित करते हैं कि हिन्दी समाज में राष्ट्रीयता की नींव सबसे ज़्यादा कमज़ोर है। महन्तों और धर्माचार्यों का राजनीतिक शासन भले न हो, पर उनका मनोवैज्ञानिक शासन जबर्दस्त है। देश के करुण विकास के किसी मोड़ पर राजनीतिक सत्ता हथियाना उनके लिए असम्भव काम नहीं है। 'सद्‌गति' में दुखी चमार को अपने पवित्र अधिकार से बेगार खटाना और उसके मर जाने से अधिक लाश की अपवित्रता की चिन्ता करना अन्ततः धार्मिक फ़ासिज्म को नंगा करता है।

भारतीय यथार्थ की गहरी पहचान के कारण प्रेमचंद ने धर्म की मार को धन की मार से कम कठोर नहीं माना। 'सद्‌गति' दुखी चमार के एक ब्राह्मण के घर भूखे-प्यासे बेगार खटने और अन्ततः उसके दम तोड़ने के बाद ब्राह्मण द्वारा उसकी लाश को रस्सी से घसीटकर गाँव से बाहर फेंक देने की कहानी है।

दुखी को अपनी बेटी की शादी करनी थी। इसके लिए वह पण्डित जी से साइत निकलवाना चाहता था, ताकि उसकी बेटी को भविष्य में सुख मिले। वह अपनी औक़ात के अनुसार घास का एक बड़ा गट्ठर सिर पर लादे बड़ी उम्मीद से पण्डित घासीराम के घर पहुँचा, "यह तेजस्वी मूर्ति देखकर उसका हृदय श्रद्धा से परिपूर्ण हो गया। कितनी दिव्य मूर्ति थी।" पण्डित ने सफ़ाई का काम करा लेने के बाद उसे लकड़ी की मोटी गाँठ चीरने का हुक्म सुना दिया। दुखी हुक्म की तामील करने लगा। घासीराम जिस तरह ख़ुद सूखी धार्मिक घास का गट्ठा थे, दुखी भी सचमुच दुखी था। पह एक आस्थावान दलित था, धार्मिक व्यवस्था के संस्कारों से जकड़ा हुआ। इसलिए धर्मोपजीवी वर्ग का प्रताप समझता था, "संसार पण्डितों से डरता है। और सबके रुपये मारे जाते हैं, ब्राह्मण के रुपये भला कोई मार ले। घर भर का सत्यानाश हो जाये, पाँव गल-गलकर गिरने लगें।" होरी भी पण्डित दातादीन से डरता था। यह डर हज़ारों वर्षों से मन में जमा एक धार्मिक फ़ासिल है। धार्मिक आस्था समाज के किसी वर्ग से सत्ता का दुर्ग तैयार करती है और किसी वर्ग में भय का कुआँ। 'सद्‌गति' का दुखी धर्म

नहीं छोड़ता। पण्डित हाँक लगाता जाता है। दुखी दम उखड़ने तक कुल्हाड़ी की चोट निरन्तर तेज़ करता जाता है, "दुखी अपने होश में न था। न जाने कौन-सी गुप्त शक्ति उसके हाथों को चला रही थी। उसकी थकान, भूख, कमज़ोरी सब मानो भाग गयी। उसे अपने बाहुबल पर स्वयं आश्चर्य हो रहा था, एक-एक चोट वज्र की तरह पड़ रही थी।" दुखी में राजनीतिक चेतना नहीं थी, पर एक सच्चाई थी। श्रम में विश्वास था।

प्रेमचंद की कहानियाँ जीवन के कठोर यथार्थों की अभिव्यक्ति के बावजूद पाठकों के मन पर गहरा प्रभाव नहीं डाल पातीं, यदि उनमें बुनियादी मानवीय सच्चाई और श्रम में विश्वास की स्वीकृति नहीं होती। 'कफ़न' के घीसू-माधव का चरित्र भिन्न है, लेकिन एक विस्तृत फलक पर देखें तो प्रेमचंद का एक प्रमुख उद्देश्य है ग़रीब आदमी की सच्चाई और उसके श्रम में विश्वास को बचाकर रखना, क्योंकि इसी ताक़त से वह एक दिन समाज से शोषण और पाखण्ड को मिटा सकेगा। इस ताक़त का छिन जाना क्रान्तिकारी शक्ति के अन्तःस्रोत का सूखना है। यह दुखी का श्रम में विश्वास है, यह उसकी सच्चाई है कि कठोर लकड़ी की मोटी-सी गाँठ अन्ततः दो फाड़ हो गयी। दुखी ने दम उखड़ने से पहले अर्थपूर्ण चोट की। उसकी चोटें त्रासदी को निराशा से बोझिल न कर एक वृहत्तर मानवीय स्वप्न से जोड़ती हैं—वर्तमान के ध्वंस के स्वप्न से। दुखी चमार पण्डित घासीराम के घर पर बेगार करते हुए लोहे-सी कठोर लकड़ी की जिस मोटी गाँठ को चीरता है, वह धर्मोपजीवी वर्ग की सदियों पुरानी सामन्ती-धार्मिक व्यवस्था है।

दुखी को कोई पानी के लिए भी नहीं पूछता, क्योंकि परम्परागत धार्मिक व्यवस्था के प्रमुख गुण मानवीय करुणा, त्याग, मैत्री और सादगी का बुरी तरह क्षय हो चुका है। पहले पण्डिताइन को चमार के घर में प्रवेश करने पर ही आपत्ति थी। कभी-कभी धर्म पुरुष की अपेक्षा स्त्री में अधिक कठोरता से घुसा होता है। बाद में पण्डिताइन में कुछ स्त्री-गुण भी कौंधे, उसे दया आयी। उसने चाहा कि बची रोटियाँ लकड़ी चीरते दुखी चमार को दे दे। लेकिन पण्डित कहता है, "दो-चार रोटियों से क्या होगा? चमार है, कम-से-कम सेर भर चढ़ा जायेगा।" पण्डित भी अन्ततः थोड़ा पसीजे, "कुछ भूसी-चोकर हो तो आटे में मिलाकर दो ठो लिट्टी ठोक दो। साले का पेट भर जायेगा।" तब तक पण्डिताइन की दया बुझ चकी थी, "अब जाने भी दो, धूप में कौन मरे।" जिस धर्म में दुखी जैसे लोग रात-दिन डूबे थे, उसमें अब बड़े लोगों की उदात्त गुणों की ओर अभिमुख करने की थोड़ी ताक़त नहीं बची थी।

प्रेमचंद ने बुरे व्यक्तियों का कभी इकहरा चरित्र उपस्थित नहीं किया। मानव-मन के स्वाभाविक अन्तर्विरोधों को उभारते हुए वे सिर्फ़ कलागत विश्वसनीयता ही नहीं पैदा करना चाहते थे, बुरे-से-बुरे चरित्र में भी सम्भावनाएँ देखते थे। धर्म से आच्छन्न नये युग के मनुष्य में सद्‌गुण केवल कौंधकर रह जाते हैं। अब उसका मन लोभ, पाखण्ड और क्रूरताओं का भण्डार है। यह इसका संकेत है कि समाज में धर्म की सकारात्मक भूमिका का विलोप हो चुका है, धार्मिक मनुष्य सामान्यतः तुच्छाताओं का दास है। जब चमारिनें दुखी चमार की लाश पर पहुँच जाती हैं। पण्डिताइन कहती है, "इन डाइनों ने तो खोपड़ी चाट डाली। सभों का गला भी नहीं पकता।" कठोर धर्म-व्यवस्था से जकड़ी स्त्री सामान्यतः स्त्री-सुलभ गुण भी खो देती है, वह स्त्री नहीं रह जाती।

साधारण वर्गों और दलितों के लिए धर्म एक छद्म आशा है। धर्म का ऐसा शरण-स्थल है, जहाँ उनको हलाल किया जाता है। अपने अनन्त, प्रच्छन्न और पवित्र वध में ही ग़रीब अपनी मुक्ति देखता है। उच्च जातियों की धार्मिक आस्था यह है कि "पण्डित जी ने रस्सी निकाली। उसका फन्दा बनाकर मुरदे के पैर में डाला और फन्दे को खींचकर कस दिया। अभी कुछ-कुछ धुँधला था। पण्डित जी ने रस्सी पकड़कर लाश को घसीटना शुरू किया और गाँव के बाहर घसीटकर ले गये। वहाँ से आकर तुरन्त स्नान किया, दुर्गापाठ पढ़ा और घर में गंगाजल छिड़का।" धार्मिक पाखण्ड के आवरण में पण्डित की आस्था एक आजीवन सेवारत चमार की लाश को गाँव से बाहर फेंक आने से बढ़कर उसे कोई दूसरा पुरस्कार दे भी नहीं सकती थी। ऐसे ही यथार्थों को देखकर अम्बेडकर ने महात्मा गाँधी से पूछा था—"मेरा देश कहाँ है?'

प्रेमचंद ने दलितों पर होने वाले सामन्ती अत्याचारों का यथार्थ चित्र खींचा है। 'सद्‌गति' का दुखी कितने धार्मिक उत्साह से कन्या के विवाह की साइत निकालने के लिए अपनी झोंपड़ी में झाड़ू-बहारू कर रहा था, सीधा का इन्तज़ाम कर रहा था, इसी उद्देश्य से पण्डित जी की बेगारी भी कर रहा था और अब उसी ब्राह्मण की देहरी पर लाश बनकर पड़ा था। उसकी औरत और कन्या दहाड़ें मारकर रो रही थीं। पण्डिताइन कहती है, "चमार का रोना मनहूस है।" पण्डित भी कहता है, "हाँ, बहुत मनहूस।" दोनों अभी केवल धुआँ देख रहे थे जिसके पीछे आग का एक उतना ही भारी सैलाब उमड़ता चला आ रहा था, जितना बड़ा अत्याचार वे सदियों से करते आ रहे थे। ब्राह्मण रस्सी से दुखी चमार की लाश नहीं, अपने धर्मतन्त्र की भावी लाश खींच रहा था।

प्रेमचंद ने दलितों की हीन और असहाय अवस्था का ही चित्र ही नहीं खींचा, बल्कि उनकी बेचैनी और प्रतिरोध के दृश्य भी रखे। 'दूध का दाम' में दलित की त्रासद नियति के अंकन के बावजूद हक़ की आवाज़ उठती है। प्रेमचंद के युग की कहानियों में दलित की पीड़ा है, पर दलित परिस्थितियों की मार से बहुत मुखर नहीं हो पाते। फिर भी इनके सामन्ती दमन के विरोध में कुछ आवाज़ें उठ रही थीं। 'दूध का दाम' का अछूत मंगल बाबूसाहब के बेटे सुरेश को घोड़ा बनकर ढोने से इनकार कर देता है। वह खेल में बराबर का हिस्सा माँगते हुए कहता है, "मैं कब कहता हूँ कि भंगी नहीं हूँ, लेकिन तुम्हें मेरी ही माँ ने दूध पिलाकर पाला है। जब तक मुझे भी सवारी करने को नहीं मिलेगी, मैं घोड़ा नहीं बनूँगा। तुम लोग बड़े चघड़ हो। आप तो मज़े से सवारी करेंगे और मैं घोड़ा ही बना रहूँगा।" वह भगा दिया जाता है, पर खेल के माध्यम से ही सही मंगल अपना हक़ बता देता है। वह उदास हो जाता है कि अब बाबू साहब के घर की फेंकी जूठन उसे नहीं मिलेगी और उसे भूखा रहना पड़ेगा। अन्ततः उसके स्वाभिमान पर भूख की ही जीत होती है। काफ़ी देर भटकने के बाद वह अपने कुत्ते के साथ अन्ततः उसी घूरे पर आ खड़ा होता है, जहाँ बाबू साहब के घर का जूठा भोजन फेंका जाता है। दलित न होने के बावजूद प्रेमचंद ने दलित जीवन के मर्म का इतनी व्यापकता और कुशलता से उद्‌घाटन किया कि अभी तक ये कहानियाँ मील का पत्थर हैं। उन्होंने जातिवाद के ख़िलाफ़ आवाज़ उठाई, किन्तु जाति-घृणावाद को इस समस्या का समाधान नहीं माना।

प्रेमचंद को दलित चरित्रों की सृष्टि के कारण ब्राह्मण-विरोधी और घृणा का प्रचारक तक घोषित किया गया, जबकि उनकी ऐसी कहानियाँ 'सरस्वती', 'माधुरी' 'विशाल भारत' आदि के ब्राह्मण सम्पादकों ने छापीं। ज्योति प्रसाद निर्मल ने एक पत्रिका 'भारत' में लेख लिखा, जिसमें उन पर आरोप लगाया कि प्रेमचंद ने अपनी तीन-चौथाई कहानियों में ब्राह्मणों को काले रंगों में चित्रित करके संकीर्णता का परिचय दिया है। प्रेमचंद ने जवाब दिया, "हमने अपने गल्पों में इस पाखण्डी समुदाय का यथार्थ रूप नहीं दिखाया है। वह उससे कहीं अधिक पतित है। उसकी सच्ची दशा हम लिखें तो शायद निर्मल जी को तो आश्चर्य नहीं होगा, क्योंकि वे उसी समुदाय के व्यक्ति हैं, लेकिन हिन्दू समाज की आँखें खुल जायेंगी। मगर यह हमारी कमज़ोरी है कि हम बहुत-सी बातें जानते हुए भी उनको लिखने का साहस नहीं रखते और अपने प्राणों का भय भी है, क्योंकि यह समुदाय कुछ भी कर सकता है।" (विविध प्रसंग-2)। प्रेमचंद ने हिन्दू फ़ासीवाद के ख़तरों को सूँघा था।

गाँधी के हरिजनोद्धार आन्दोलन के विरोध में जब काशी के सनातनियों ने उन्हें 1932 में काले झण्डे दिखाये, तो प्रेमचंद ने 'हंस' में एक टिप्पणी लिखी, 'काशी का कलंक। अपनी टिप्पणी 'क्या हम वास्तव में राष्ट्रवादी हैं' में उन्होंने दृढ़ता से कहा, ''हमारी समझ में मुसलमानों से हिन्दू जाति को शतांश हानि नहीं पहुँची है, जितनी इन (हिन्दू) पाखण्डियों के हाथों पहुँच रही है।'' उन्होंने राष्ट्रीयता की भावना फैलाने के उद्देश्य से धर्म-व्यवस्था और धर्मोपजीवी वर्ग की आलोचना की, किसी जाति के प्रति घृणा फैलाने के उद्देश्य से नहीं।

प्रेमचंद ने कभी नहीं चाहा कि पिछड़ी जातियाँ, शूद्र या अति शूद्र लोग अपनी लड़ाई ब्राह्मणों के ख़िलाफ़ युद्ध छेड़ने, मन्दिरों में अपनी जाति का पुरोहित बिठाने या दलितों का शंकराचार्य खड़ा करने तक सीमित कर दें। नवजागरण के कई सुधारक सच्चे अर्थों में लौकिक थे, इसलिए धर्मतन्त्र के विरोधी थे। धर्मतन्त्र का विरोध धर्म के उच्चतर मानवीय मूल्यों का विरोध नहीं हैं। दरअसल, धर्मतन्त्र आधुनिक युग में पूरी तरह पाखण्डतन्त्र में रूपान्तरित हो चुका है। महाराष्ट्र के सुधारवादी फुले ने अपनी पुस्तक 'गुलामगीरी' (1873) में द्विजों की कठोर आलोचना करते हुए भी निर्माणात्मक नज़रिया रखा था, ''क्या ब्राह्मण अपने कुकृत्यों के लिए पश्चात्ताप तथा प्रार्थना करने के लिए तैयार हैं? जो हुआ, सो हुआ। अब भी अच्छा है कि ब्राह्मण भविष्य में अपने पिछले क्रियाकलाप न दुहराएँ।'' दलितों के कुछ आन्दोलनों ने शूद्रों को हिन्दू से बौद्ध या ईसाई बनाकर वस्तुतः उन्हें आज़ाद नहीं किया, क्योंकि महज धर्मान्तरण से छद्म धार्मिक आदर्शवाद का पर्दा नहीं हटता। नवजागरण के सुधारकों तथा प्रेमचंद का उद्देश्य अधिक महत्तर था। वे जीवन में धर्म का अनावश्यक महत्त्व समाप्त कर उच्चतर मानवीय सच्चाइयों को प्रतिष्ठित करने की कोशिश में थे।

5

पंचतन्त्र की पशु-पक्षियों की लोककथाओं में मनुष्य के लिए नैतिक सन्देश है। प्रेमचंद की भी कई कहानियों में पशु हैं। उन्होंने कहानी के पुराने रूप का विकास करने में कोई संकोच नहीं किया। उनकी कहानी 'स्वत्वरक्षा' में एक अड़ियल घोड़ा है, जो थोड़े से स्वादिष्ट भोजन के बदले अपना स्वत्व खोना नहीं चाहता। एक अन्य कहानी 'अधिकार चिन्ता' में धूर्त कुत्ता टॉमी अंग्रेज़ी राज का प्रतीक है। यह कुत्ता अन्ततः परलोक सिधार जाता है, जो अंग्रेज़ी राज के अन्त की पूर्वकल्पना है। सबसे समर्थ कहानी है 'दो बैलों की कथा।'

दो बैल, हीरा और मोती, बेच दिये जाने के बाद नये मालिक के घर जाकर भी अपने पुराने मालिक के यहाँ भाग आते हैं। उन्हें वापस लाकर काफ़ी यातना दी जाती है। एक बालिका है जो इन बैलों से प्रेम करती है, इन्हें रोटियाँ खिलाती है। एक दिन उसने इन्हें खोलकर मुक्त कर दिया। प्रेमचंद ने दो बैलों की एकता को कृषक वर्ग की एकता के रूप में रूपकत्व दिया है। दोनों बैल एकता के बल पर एक मज़बूत हिंसक साँड को पछाड़ देते हैं। वे कांजीहौस में क़त्ल के लिए बन्द कर दिये जाते हैं तो वहाँ से न केवल ख़ुद को मुक्त कर लेते हैं, बल्कि वहाँ बन्द दूसरे जानवरों को भी आज़ाद करते हैं। गधे मुक्त होने के लिए तैयार नहीं थे, उन्हें सींगों से मार-मारकर बाड़े से बाहर निकालते हैं। सवाल पूरे वर्ग की मुक्ति का है, उसमें गधे भी ज़रूर होंगे! विजय के बाद हीरा ने कहा, "हमारी जान को कोई जान ही नहीं समझता।" मोती ने कथा से यथार्थ में छलाँग लगाते हुए जवाब दिया, "इसलिए कि हम इतने सीधे होते हैं।" गाँव के कृषक बहुत सीधे होते हें, बैल की तरह खटते हैं। वे भूख से बेहाल रहते हैं। फिर भी उनमें परिवर्तन की कितनी ताक़त छिपी हुई है, 'दो बैलों की कथा' स्पष्ट कर देती है।

6

प्रेमचंद की यथार्थवाद की विजय को रेखांकित करने वाली काहानियाँ हैं 'सवा सेर गेहूँ', 'पूस की रात', 'कफ़न', 'मुक्तिमार्ग' और 'ईदगाह'। इनमें हिन्दुस्तान के ग्रामीण जीवन की वास्तविकता है। इन कहानियों में न केवल कथाकार की संवेदना में प्रखरता आयी है, बल्कि विचारधारात्मक स्तर पर उसके संकेत बहुत विस्तृत हैं। कथारूप बदला है, यह घटनात्मकता और कौतूहल से मुक्त हुआ है। जीवन की गहराई दिखाने के कारण इन कहानियों में एक नयी शिल्प-चेतना है। शिल्प में एक कसाव है। एक-एक कथन अर्थगर्भी हो जाता है और पाठक के मन में बज उठता है। नये शिल्प पर वस्तुपरक दृष्टि का दबाव है। प्रेमचंद में सामाजिक सचेतनता पहले भी थी, पर उपर्युक्त कहानियों में जीवन की आलोचना निर्मम ढंग से की गयी है और मानवीय संवेदना के नये स्तरों को उद्घाटित करने का प्रयत्न किया गया है।

'सवा सेर गेहूँ' का शंकर पारिवारिक विघटन के बाद किसान से खेत का मज़दूर हो गया। कभी उसने गाँव के विप्र महाराज से सवा सेर गेहूँ उधार लिया था, वह भी अपने द्वार पर पधारे एक महात्मा को भोजन कराने के लिए।

कितनी ही बार खलिहानी और दक्षिणा देने के बाद यह क़र्ज़ ज्यों-का-त्यों बना हुआ था और बढ़ते-बढ़ते इतना हो गया था कि साल भर हाड़-तोड़ मेहनत करने के बावजूद चुकाया नहीं जा सका था। विप्र महाराज ने ईश्वर का भय दिखाया और अन्ततः सामन्ती धार्मिक शोषण-व्यवस्था में शंकर ऐसा पिस गया कि उसे आजीवन बँधुआ मज़दूर बन जाना पड़ा। उसके स्त्री-बच्चे भी भूख से बेहाल होकर खटा करते। वह लाचारी में उन्हें चुपचाप इस हालत में देखने के अलावा कुछ कर न पाता।

'पूस की रात' में हल्कू ने कम्बल ख़रीदने के लिए किसी प्रकार तीन रुपये इकट्ठे किये थे कि दरवाज़े पर महाजन आ गया। उसकी औरत रुपये देना नहीं चाहती थी। हल्कू उदास होकर पूछता है, 'तो क्या गाली खाऊँ?' वह अपना गला छुड़ाना चाहता था। परिस्थिति की कठोरता उसकी औरत की अनुभूति में उतरने लगती है, "हल्कू के उस वाक्य में जो कठोर सत्य था वह मानो एक भीषण जन्तु की भाँति उसे घूर रहा था।" एक दशहत से कहानी शुरू होती है और रात की सर्दी में चुपचाप ठिठुरते हल्कू के अस्तित्व-संकट के रूप में अधिक मूर्त और सजीव हो उठती है। हल्कू खेत के किनारे बाँस के खटोले पर सामान्य चादर ओढ़े ठण्ड से काँप रहा था। वह चिलम पीकर मन बदलना चाह रहा था, फिर भी बार-बार उद्विग्न हो जाता था। इतनी ठण्ड थी कि कम्बल न होने पर उसने अपने कुत्ते को शरीर से सटा लिया। ये पंक्तियाँ प्रेमचंद के यथार्थवादी सौन्दर्यबोध के नये चेहरे को उजागर करती हैं, "कुत्ते की देह से जाने कैसी दुर्गन्ध आ रही थी, पर वह उसे अपनी देह से चिपटाए हुए ऐसे सुख का अनुभव कर रहा था, जो इधर महीनों से उसे न मिला था।" हल्कू की दशा वहाँ पहुँच गयी थी, जहाँ वह जीवन के तात्कालिक सन्दर्भों में ही जी सकता था। पूस की रात की ठण्ड उसके अस्तित्व की सबसे बड़ी समस्या थी। यह महाजनी शोषण के सन्दर्भ में कृषक जीवन के दुख-कष्ट की प्रतीकात्मक अभिव्यक्ति कर रही थी।

हल्कू बगीचे की पत्तियाँ सुलगाकर आग ताप रहा था और उधर जानवरों का झुण्ड उसके खेत को बरबाद कर रहा था। खेत का सर्वनाश देखकर उसकी औरत ने चिन्तित होकर कहा, "अब मजूरी करके मालगुजारी भरनी होगी।" हल्कू ने प्रसन्न मुख से कहा, "रात को ठण्ड में यहाँ सोना तो न पड़ेगा।" रात-दिन मेहनत करने के बावजूद कृषक जब जाड़े के दिनों के लिए साधारण कम्बल तक न ख़रीद सके, उसके खटने की क्या सार्थकता है? अंग्रेज़ी राज में भारतीय खेती के पतन का यह एक दर्दनाक दृश्य है। हल्कू के विलगाव में

उपनिवेशवादी-महाजनी शोषण की क्रूरता स्पष्ट हो जाती है, उसकी अकर्मण्यता का तर्क मार्मिक हो उठता है।

सामन्ती समाज में कृषक को उसकी मेहनत का कोई सुख नहीं मिलता, खासतौर से जब उपनिवेशवाद की छत्रछाया में इस समाज का पूँजीवादी रूपान्तरण हो रहा हो। उसकी मेहनत के प्रति आस्था मिट जाती है। 'कफ़न' के घीसू और माधव इसी तरह के कामचोर हैं। वे दलित कृषक हैं, जो ज़मींदार और साहूकार के शोषणतन्त्र में पिस रहे हैं। वे चमारों के 'बदनाम' कफ़नबा में रहते हैं। उनकी यह दशा है, "घर में मिट्टी के दो-चार बर्तनों के सिवा कोई सम्पति नहीं थी। फटे-चीथड़ों से अपनी नग्नता को ढँके हुए जिए जाते थे। संसार की चिन्ताओं से मुक्त। क़र्ज़ से लदे हुए।" प्रेमचंद ने समाज के सबसे ग़रीब आदमियों को अपनी कहानी का नायक बनाया। उन्होंने दिखाया कि कृषकों की यह दयनीय हालत आर्थिक शोषण की औपनिवेशिक-सामन्ती प्रक्रिया में हुई है। 'सवा सेर गेहूँ' और 'पूस की रात' के शंकर-हल्कू जैसे लोग ही वैचारिक संवेदना के अधिक ट्रैजिक धरातल पर घीसू और माधव बन गये हैं। एक अन्य ज़मीन पर सुजान भगत और घीसू की दूरी स्थितियों के विकास की ओर इशारा करती है। इससे पता चलता है कि औपनिवेशिक शासन में किसानों की निरन्तर बढ़ती ग़रीबी चरमावस्था पर पहुँच गयी है।

'कफ़न' का आरम्भ ऐसे कथा-परिवेश से होता है, जो बुधिया की प्रसव-वेदना के सम्मुख बाप-बेटे की मर्मभेदी लाचारी और समूचे गाँव के दर्द को खोलकर रख देता है। आर्थिक विषमता और महाजनवाद के बढ़ते प्रभाव ने पारिवारिक सम्बन्धों को खोखला करना शुरू कर दिया था। घीसू और माधव बाप-बेटे न होकर अब साथ-साथ रहते दो आदमी भर थे। परस्पर अविश्वास की स्थिति के कारण दोनों में कोई भी कराहती बुधिया को देखने नहीं जाता कि कहीं आलुओं का बड़ा भाग दूसरा चट न कर जाये। बुधिया दोनों बेगैरतों का दोज़ख़ भरती थी, कमाकर खिलाती थी, "वही औरत आज प्रसव-वेदना से मर रही थी और ये दोनों शायद इसी इन्तज़ार में थे कि वह मर जाये, तो आराम से सोयें"—इस अमानवीयता का क्या कारण है? यह दो व्यक्तियों की निजी अमानवीयता है या पूरी समाज व्यवस्था की? प्रेमचंद ख़ुद ही विश्लेषण करते हैं, "जिस समाज में रात-दिन मेहनत करने वालों की हालत उनकी हालत से बहुत अच्छी न थी और किसानों के मुक़ाबले में वे लोग, जो किसानों की दुर्बलताओं से लाभ उठाना जानते थे, कहीं ज़्यादा सम्पन्न थे, वहाँ इस तरह की मनोवृत्ति का पैदा हो जाना

अचरज की बात न थी।'' अलाव से आलू निकालकर तुरन्त खाना, हलक और तालू के जलने के बावजूद अपनी भूख शान्त करने के लिए व्याकुल हो उठना और अभाव से लगातार जूझना उनकी ज़िन्दगी की बेचैनियों को व्यक्त करता है। उसी वक़्त किसी ठाकुर की बारात में बीस साल पहले खायी पूरियों-मिठाइयों की याद आती है। ऐसी विसंगति के चित्रण का उद्देश्य है हिन्दुस्तान के आदमी की ग़रीबी को न सिर्फ़ मार्मिक ढंग से दिखाना, बल्कि औपनिवेशिक सामन्ती मार की तीक्ष्णता का भी अहसास कराना।

घीसू और माधव अपने आचरण से गाँव के ज़मींदार-महाजन का मज़ाक़ उड़ाते हैं, धार्मिक पाखण्डों की खिल्ली उड़ाते हैं। बुधिया के मरने से पहले इलाज के लिए एक पैसा नहीं जुटता। मरने के बाद वह शोषक वर्ग कफ़न के लिए चन्दा देकर धार्मिक संस्कारों के प्रति नाटकीय आस्था व्यक्त करता है। खोखली धार्मिकता दवा से अधिक कफ़न को महत्त्व देती है। इसी बहाने शोषक वर्ग अपनी छद्म मानवता प्रदर्शित करने का अवसर भी पा जाता है। कफ़न का पैसा लेकर घीसू-माधव का शराबखाने में घुस जाना खोखले हो चुके धार्मिक आदर्शों पर चोट है। यह सामन्तवादी व्यवस्था का प्रतिकार है। निकम्मा रहकर वे शोषक श्रेणी को अपनी सरलता और निरीहता का बेजा फ़ायदा नहीं उठाने देते। उसी प्रकार कफ़न के पैसे से चुल्लू पीकर वे धर्माडम्बर के प्रति विद्रोह करते हैं। वे जानते हैं कि यही पाखण्डी वर्ग बुधिया के कफ़न के पैसे फिर जुटाएगा। हाँ, अबकी रुपये उनके हाथ में न देगा। घीसू और माधव व्यवस्था के विद्रोह की एक अपनी निजी शैली बनाते हैं, पर इसमें पूरे कृषक वर्ग के विक्षोभ की चेतना है। 'कफ़न' में प्रेमचंद अपनी भौतिकवादी दृष्टि स्थापित करते हुए, खोखले होते जा रहे सामाजिक सम्बन्धों के बीच धर्म की सारहीनता की पहचान करते हैं। एक बार अपने एक पत्र में उन्होंने जैनेन्द्र कुमार को लिखा था, ''मैं परमात्मा तक नहीं पहुँच सकता। मैं उतना विश्वास नहीं कर सकता। कैसे विश्वास करूँ, जब देखता हूँ बच्चा बिलख रहा है, रोगी तड़प रहा है, यहाँ भूख है, क्लेश है, ताप है।'' प्रेमचंद नास्तिक हो गये थे। उनकी आस्था सिर्फ़ मनुष्य में थी।

बुधिया ने स्वयं मरकर घीसू-माधव को एक ट्रैजिक तृप्ति से भर दिया। उनके जीवन की सबसे बड़ी लालसा पूरी कर दी। उनमें अपूर्व मानवीय करुणा का संचार कर दिया। घीसू-माधव ने परम्परागत नैतिकता पर चोट की थी, उच्च वर्ग के सामन्ती मूल्यों को नकारा था। उनके इस रूप के पीछे उस युग की नयी दृष्टि थी। वे शराबखाने जाते हैं, इसलिए कि ''थोड़ी देर के लिए यह भूल जाते

थे कि वे जीते हैं या मरते हैं। या न जीते हैं, न मरते हैं।'' यह आदमी की एक कारुणिक स्थिति है, जिसमें वह न अच्छी तरह जी पाता है और न मर पाता है। बस विलगाव के तनाव में झनझनाता रहता है। उसका व्यर्थताबोध वस्तुपरकता के नज़दीक ले जाता है। घीसू-माधव कफ़न के रूप में सामन्ती मूल्यों और जीवन के प्रति भाववादी दृष्टि की व्यर्थता का अनुभव करते हैं, जीवन की व्यर्थता का अनुभव नहीं।

कई आलोचकों ने 'कफ़न' की आलोचना अस्तित्ववादी दर्शन के आधार पर की। घीसू और माधव की संवेदना नशे में अधिक बौद्धिक होने लगती है। उनमें विलगावग्रस्त मानवीय अस्तित्व की बेचैनी पैदा होती है। कहने की ज़रूरत नहीं कि अस्तित्ववादी दार्शनिक कभी भी शोषणमूलक व्यवस्था की शिनाख़्त नहीं करते, जबकि घीसू और माधव करते हैं। वे खा-पीकर मस्ती में बुधिया को ख़ूब याद करते हैं। माधव के पूछने पर घीसू कहता है, ''किसी को सताया नहीं, किसी को दबाया नहीं। मरते-मरते हमारी ज़िन्दगी की सबसे बड़ी लालसा पूरी कर गयी। वह न बैकुंठ जायेगी, तो क्या ये मोटे-मोटे लोग जायेंगे, जो ग़रीबों को दोनों हाथों से लूटते हैं और अपने पाप को धोने के लिए गंगा नहाते और मन्दिरों में जल चढ़ाते हैं।'' वे कबीर का पद 'ठगिनी क्यों नैना झमकावे' गाते हुए जब गिर पड़ते हैं, ऐसा नहीं लगता कि उन्हें अपनी बहू अथवा बीवी से मतलब नहीं था। उनके पीने-नाचने-उछलने के हर अन्दाज़ के साथ यही उभरता है कि दोनों बुधिया को कितना अधिक चाहते हैं। उनमें जीने की भूख है, पर वे सामाजिक-आर्थिक विषमता की चपेट में फँसकर कामचोर बने हुए हैं। वे कामचोर क्यों हैं, यह समझने के लिए प्रेमचंद की एक अन्य कहानी 'अग्नि समाधि' पढ़नी चाहिए, जिसका प्रयाग दूसरे के खेतों की रखवाली करने में अपनी जान दे देता है, पर उसे ख़ुद कभी-कभी चबैना भी मयस्सर नहीं होता। आर्थिक शोषण निकम्मा बनाता है।

'कफ़न' के घीसू और माधव के समीप आकर अगर प्रेमचंद का यथार्थवाद अपने प्रखर आलोचनात्मक रूप में उभरता है, तो आम आदमी के स्वप्नों की झलक भी कुछ अधिक स्पष्ट हो जाती है। साफ़ हो जाता है कि वह क्या चाहता है। क्या घीसू और माधव स्तब्ध और विजड़ित संवेदना के पात्र हैं, जैसा राजेन्द्र यादव ने कहा था? क्या उनमें यथार्थ की कुरूपताएँ भरी हैं? कफ़न के पात्र विलगावग्रस्त मानव जीवन की उस व्यापक संवेदना को व्यक्त करते हैं, जो बौद्धिकता और वर्ग जागरूकता से समन्वित है। उनकी अमानवीयता समाज व्यवस्था की

अमानवीयता की उपज है, जिसके कारण वे विलगाव का अनुभव करते हैं—अपने श्रम से, अपने आपसे, अपने पारिवारिक और मानवीय जीवन से। प्रकट रूप से वे किसी ज़मींदार या महाजन से प्रत्यक्ष संघर्ष करते नहीं दिखते। फिर भी वे पाठक में एक व्यापक चेतना भर देते हैं। पाठक को कई स्तरों पर संवेदित करते हैं। वे ख़ुद नशे में रहते हैं, किन्तु बहुतों का नशा काफ़ूर कर देते हैं। यह कहानी की सफलता है कि बिना किसी अतिरिक्त प्रयत्न के वह प्रभाव उत्पन्न होता है, जो कई वाक्‌युद्धों, वैचारिक उक्तियों और बन्दूक से भी नहीं होता। प्रेमचंद की शिल्प-सजगता एवं गहरी दृष्टि के कारण यह सम्भव हुआ। 'कफ़न' के संवेदनों में एक औपन्यासिक गहराई है। इस कहानी का एक-एक शब्द कविता के समान गहरे अर्थ, व्यंग्य और कलात्मक सौन्दर्य से भरा हुआ है।

'कफ़न' को एक आधुनिक कहानी मानते हुए भी एक आलोचक इन्द्रनाथ मदान को लगा था कि यह "कहानी जिस सत्य को उजागर करती है, वह जीवन के तथ्य से मेल नहीं खाता।" कोई भी आदमी, चाहे जितना ग़रीब हो, अपनी बीवी या बहू के मरने पर माधव या घीसू जैसा आचरण नहीं कर सकता। कुछ लोगों को ऐसा लगता है कि गाँव में यह सम्भव ही नहीं है। जो आलोचक कहानी को उसकी वैचारिक संवेदना से अलगाकर सिर्फ़ कथावस्तु और घटना के धरातल पर देखते हैं, उन्हें 'कफ़न' में अवास्तविकता ही नज़र आयेगी। 'कफ़न' को कहानी के पुराने प्रतिमान से नहीं परखा जा सकता, क्योंकि यह कहानी भारत के वर्ग-विभाजित समाज का नग्न यथार्थ एक नये कथारूप में प्रस्तुत करती है। इस कथारूप में पात्र के साथ परिवेश का समान महत्त्व है। कथाकार अमरकांत ने लिखा है कि "प्रेमचंद ने इस कहानी में सही मुहावरों की रचना की है, जो एक महान उपलब्धि है। उन्होंने मानवीय करुणा, मानवीय गरिमा, मानवीय स्वतन्त्रता सम्बन्धी धारणाओं, मान्यताओं एवं दृष्टिकोण की नयी व्याख्या प्रस्तुत की है। प्रेमचंद की इस कहानी से हमें संवेदना के धरातल पर अपने देश व समाज, उनके ढाँचे व इतिहास को समझने में पूरी-पूरी मदद मिलती है।" 'कफ़न' प्रेमचंद की एक प्रखर यथार्थवादी कहानी है। यहाँ तक वह अचानक नहीं पहुँचे, उन्हें एक लम्बी कथा-यात्रा तय करनी पड़ी।

7

हिन्दुस्तान का साधारण कृषक गाँव की रूढ़िवादिता और फूट का शिकार होने के बाद उजड़कर अन्ततः शहर का मज़दूर बन जाता है। एक मज़दूर के रूप में

उसकी वर्ग जागरूकता कितनी प्रखर हो जाती है, यह 'मुक्तिमार्ग' में दिखाया गया है। इस कहानी का प्रारम्भ प्रेमचंद की चिर-परिचित कथाशैली में होता है, "सिपाही को अपनी लाल पगड़ी पर, सुन्दरी को अपने गहनों पर और वैद्य को अपने सामने बैठे रोगियों पर जो घमण्ड होता है, वही किसान को अपने खेत को लहराते हुए देखकर होता है।" किसान का खेत टूट जाता है। समान वर्गहित के बावजूद फूट और रूढ़िवादिता के कारण ऐसा होता है। वे औपनिवेशिक-सामन्ती शोषण की प्रक्रिया में शहर के दरवाज़े पर पटक दिये जाते हैं।

झींगुर किसान था और बुद्धू गड़ेरिया। एक दिन झींगुर के खेत के रास्ते से बुद्धू अपनी भेड़ें लिये चला आ रहा था। खेत को कोई नुक़सान नहीं पहुँच रहा था, फिर भी झींगुर ने नहीं माना और भेड़ों को पीटकर भगाना शुरू कर दिया। वह ग़रूर में था। इस आधारहीन झगड़े के बाद झींगुर के हरे-भरे खेत में आग लग गयी। दूसरी ओर बुद्धू गड़ेरिया भी बिला गया। उस पर गोहत्या का दोष लगा। एक षड्यन्त्र के तहत ब्राह्मणों ने उसका सब कुछ ऐंठ लिया। उसकी कुछ भेड़ें चोरी हो गयीं और कुछ धार्मिक दण्ड चुकाने के लिए बेच देनी पड़ीं।

हिन्दुस्तान के लोगों को खेती और ग्रामीण पेशे उजड़ जाने के बाद शहर की ओर दौड़ना पड़ता है। बुद्धू पेट की लाचारी के कारण शहर आता है। एक मकान बन रहा था, जहाँ झींगुर पहले से काम कर रहा था। वह भी मज़दूरी करने लगा। दोनों में "राम-राम हुई। झींगुर ने गारा भर दिया, बुद्धू उठा लाया। दिन भर दोनों चुपचाप काम करते रहे।" सिर्फ़ इतना संकेत देकर कथाकार ने वैचारिक चेतना की आँधी उठने के पूर्व की हालत दिखा दी। गाँव में दोनों के पास अपनी सम्पत्ति थी, पर वे आपस में परस्पर मेल दिखाते हुए भी भीतर से एक-दूसरे के जानी दुश्मन थे। अतः वर्ग एकता का एक वास्तविक ज्वार भीतर घुमड़ रहा था।

संध्या समय झींगुर ने पूछा : कुछ बनाओगे न?

बुद्धू : नहीं तो खाऊँगा क्या?

झींगुर : मैं तो एक जून चबैना कर लेता हूँ। इस जून सत्तू पर काट लेता हूँ, कौन झंझट करे?

बुद्धू : इधर-उधर लकड़ियाँ पड़ी हुई हैं, बटोर लाओ। आटा मैं घर से लेता आया हूँ। घर ही पिसवा लिया था। यहाँ तो बड़ा महँगा मिलता है। इसी पत्थर की चट्टान पर आटा गूँधे लेता हूँ। तुम तो मेरा बनाया खाओगे नहीं, इसलिए तुम्हीं रोटियाँ सेंको, मैं बना दूँगा।

झींगुर : तवा भी तो नहीं है?

बुद्धू : तवे बहुत हैं। यही गारे का तसला माँज लेता हूँ।

दोनों ने रोटियाँ बनाकर लाल मिर्च से खायीं। वे पत्थर की सिलों पर लेटे चिलम पीने लगे। उनमें द्वेष और जातिवाद की भावना मिट चुकी थी। एक-दूसरे के प्रति अपूर्व स्नेह उग आया था। कथाकार ने इन पात्रों के बहुत थोड़े संवाद के माध्यम से उनकी प्रेम-भावना, वर्ग एकता और नयी सामाजिक चेतना का बड़ा संवेदनशील चित्र खींचा है। उनके शान्त हाव-भाव में जीवन का अर्थ खुल जाता है। बहुत कम में वे बहुत कुछ कह जाते हैं।

बुद्धू ने कहा : तुम्हारी ऊख में आग मैंने लगाई थी।

झींगुर ने विनोद भाव से कहा : जानता हूँ।

थोड़ी देर बाद झींगुर बोला : बछिया मैंने बाँधी थी और हरिहर ने उसे कुछ खिला दिया था।

बुद्धू ने भी वैसे ही भाव से कहा : जानता हूँ। फिर दोनों सो गये।

कहानी यहीं खत्म होकर शुरू हो जाती है। आगे क्या हुआ, यह पूछने की ज़रूरत नहीं रहती, क्योंकि वस्तुतः दोनों एक फ़ैसले पर पहुँच चुके थे। दुहराने की क्या ज़रूरत कि यह फ़ैसला जीवन की किस आग से सम्बन्धित है।

प्रेमचंद जो चीज़ चुनते हैं, उसके पीछे एक चेतना होती है। 'ईदगाह' में चिमटा के माध्यम से उन्होंने ठोस जीवन के यथार्थ की बात की। अभागिन अमीना के लिए ईद मातम के एक दिन जैसा था, क्योंकि घर में न नये कपड़े थे, न इतने पैसे कि ईद मना सके। फिर भी उसका हामिद ज़िद करके मेला देखने जाता है। दादी माँ ने उसे तीन पैसे दिये थे। उसके पास बस इतना ही धन था। अमीर ख़ानदान के भी कुछ बच्चे हामिद के साथ थे। अमीर ख़ानदान के भी कुछ बच्चे हामिद के साथ थे। अमीर बच्चों के पास ज़्यादा पैसे थे, इसलिए मिज़ाज था। वे मेले में अच्छी चीज़ें खा रहे थे। अच्छे खिलौने खरीद रहे थे। हामिद केवल टुकुर-टुकुर देखता था। लौटते समय उसने भी एक चीज़ ख़रीदी—चिमटा। उसे ख़याल आया, "दादी के पास चिमटा नहीं है। तवे से रोटियाँ उतारती हैं तो हाथ जल जाता है। अगर वह चिमटा ले लाकर दादी को दे दे तो वह कितना प्रसन्न होंगी। फिर उनकी अँगुलियाँ कभी नहीं जलेंगी।" ग़रीबी की सबसे निचली रेखा से जुड़कर प्रेमचंद ने चिमटे के रूप में यथार्थवाद का महत्त्व तो बताया ही है, साथ ही एक बच्चे की विराट संवेदना का चित्र भी खींचा है।

'ईदगाह' बाज़ारवाद से विद्रोह है। यह 'प्रलुब्धकारी' और 'ज़रूरी' में से

'ज़रूरी' को चुनने के विवेक की कहानी है, जिसके केन्द्र में एक बच्चा है। हामिद ने चिमटा को, "इस तरह कन्धे पर रखा मानो बन्दूक है"। प्रेमचंद ने बड़ी सहजता से दिखलाया कि "अब बालकों के दो दल हो गये है"। हामिद अकेला है, पर उसकी चेतना विकसित है। उसमें दृढ़ विश्वास है कि "चिमटा आग में, पानी में, आँधी में, तूफान में बराबर डटा रहेगा। ...मेरा चिमटा बावरचीखाने में नहीं रहेगा। वकील साहब कुर्सी पर बैठेंगे तो जाकर उन्हें ज़मीन पर पटकेगा और उनका कानून उनके पेट में डाल देगा।" हामिद के तर्क के आगे दूसरे बच्चे अन्ततः हार मान जाते हैं। वह जब चिमटा अपनी दादी माँ को सौंपता है, पहले वह ग़ुस्सा करती है। बाद में बच्चे के मन की भावना समझकर स्नेहवश उससे लिपटकर रोने लगती है। इस रुदन में ग़रीब औरत एक ऐसे अपूर्व सुख का अनुभव करती है, जैसा ईद के अवसर पर अन्य किसी को नहीं मिला होगा।

अपनी विविधता और गहराई की वजह से प्रेमचंद की कहानियाँ हिन्दी कथा साहित्य में एक ख़ास स्थान रखती है। हिन्दी कहानी के विकास में उनका महत्त्व इसी से आँकना चाहिए कि चाहे नयी कहानी हो या आंचलिक और जनवादी कहानी, सभी ने प्रेमचंद की परम्परा से अपने को जोड़ना आवश्यक समझा। यह अवश्य है कि जो 'पूस की रात' या 'कफ़न' को ही प्रेमचंद की सफल कहानियाँ समझते हैं, वे प्रेमचंद की कहानियों को उनके पूरे विकास में नहीं देखते। दरअसल, प्रेमचंद की कहानियों का विकास उसी रास्ते से हुआ है, जिस रास्ते से भारत में यथार्थवाद का विकास हुआ है। बुद्धिवादी, राष्ट्रीय, आधुनिक और जनतान्त्रिक राहों से भारत में यथार्थवाद का विकास हुआ है। इसलिए ये सभी तत्त्व प्रेमचंद के कथा साहित्य में हैं। प्रेमचंद की सफलता की एक अन्य वजह है, उन्होंने प्रत्यक्ष यथार्थ के अलावा अपने अनुभवों और जनजीवन की दबाई जा रही आकांक्षाओं को पूरा महत्त्व दिया। उन्हें साधारण लोगों के मनोविज्ञान की परख थी। उनके कहानी-संसार में सादगी के साथ बहुआयमिता है। इसलिए कहना चाहिए कि प्रेमचंद कथाकारों के कथाकार हैं। भारतीय गाँवों के जीवन का उन्होंने इतना वास्तविक और सुन्दर अंकन किया है कि आज भी बहुत से शहरी पाठक भारत के गाँवों को प्रेमचंद की कहानियों के माध्यम से जानते हैं।

–शंभुनाथ

रानी सारन्धा

अँधेरी रात के सन्नाटे में धसान नदी चट्टानों से टकराती हुई ऐसी सुहावनी मालूम होती थी जैसे घुमुर-घुमुर करती हुई चक्कियाँ। नदी के दाहिने तट पर एक टीला है। उस पर एक पुराना दुर्ग बना हुआ है, जिसको जंगली वृक्षों ने घेर रखा है। टीले के पूर्व की ओर छोटा-सा गाँव है। यह गढ़ी और गाँव दोनों एक बुन्देला सरकार के कीर्ति-चिह्न हैं। शताब्दियाँ व्यतीत हो गयीं, बुन्देलखण्ड में कितने ही राज्यों का उदय और अस्त हुआ, मुसलमान आये और बुन्देला राजा उठे और गिरे—कोई गाँव, कोई इलाका ऐसा न था, जो इन दुरवस्थाओं से पीड़ित न हो; मगर इस दुर्ग पर किसी शत्रु की विजय-पताका न लहरायी और इस गाँव में किसी विद्रोह का भी पदार्पण न हुआ। यह उसका सौभाग्य था।

अनिरुद्धसिंह वीर राजपूत था। वह जमाना ही ऐसा था जब मनुष्यमात्र को अपने बाहुबल और पराक्रम ही का भरोसा था। एक ओर मुसलमान सेनाएँ पैर जमाये खड़ी रहती थीं, दूसरी ओर बलवान राजा अपने निर्बल भाइयों का गला घोंटने पर तत्पर रहते थे। अनिरुद्धसिंह के पास सवारों और पियादों का एक छोटा-सा, मगर सजीव दल था। इससे वह अपने कुल और मर्यादा की रक्षा किया करता था। उसे कभी चैन से बैठना नसीब न होता था। तीन वर्ष पहले उसका विवाह शीतला देवी से हुआ था; मगर अनिरुद्ध विहार के दिन और विलास की रातें पहाड़ों में काटता था और शीतला उसकी जान की खैर मनाने में। वह कितनी बार पति से अनुरोध कर चुकी थी, कितनी बार उसके पैरों पर गिर कर रोई थी कि तुम मेरी आँखों से दूर न हो, मुझे हरिद्वार ले चलो, मुझे तुम्हारे साथ वनवास अच्छा है, यह वियोग अब नहीं सहा जाता। उसने प्यार से कहा, जिद से कहा, विनय की; मगर अनिरुद्ध बुन्देला था। शीतला अपने किसी हथियार से उसे परास्त न कर सकी।

2

अँधेरी रात थी। सारी दुनिया सोती थी, तारे आकाश में जागते थे। शीतला देवी पलंग पर पड़ी करवटें बदल रही थीं और उसकी ननद सारन्धा फर्श पर बैठी मधुर स्वर से गाती थी–

बिनु रघुवीर कटत नहिं रैन

शीतला ने कहा–जी न जलाओ। क्या तुम्हें भी नींद नहीं आती?

सारन्धा–तुम्हें लोरी सुना रही हूँ।

शीतला–मेरी आँखों से तो नींद लोप हो गयी।

सारन्धा–किसी को ढूँढ़ने गयी होगी।

इतने में द्वार खुला और एक गठे हुए बदन के रूपवान पुरुष ने भीतर प्रवेश किया। वह अनिरुद्ध था। उसके कपड़े भीगे हुए थे, और बदन पर कोई हथियार न था। शीतला चारपाई से उतर कर जमीन पर बैठ गयी।

सारन्धा ने पूछा–भैया, यह कपड़े भीगे क्यों हैं?

अनिरुद्ध–नदी तैर कर आया हूँ।

सारन्धा–हथियार क्या हुए?

अनिरुद्ध–छिन गये।

सारन्धा–और साथ के आदमी?

अनिरुद्ध–सबने वीर-गति पायी।

शीतला ने दबी जबान से कहा–ईश्वर ने ही कुशल किया। मगर सारन्धा के तीवरों पर बल पड़ गये और मुखमण्डल गर्व से सतेज हो गया। बोली–भैया, तुमने कुल की मर्यादा खो दी। ऐसा कभी न हुआ था।

सारन्धा भाई पर जान देती थी। उसके मुँह से यह धिक्कार सुनकर अनिरुद्ध लज्जा और खेद से विकल हो गया। वह वीराग्नि; जिसे क्षण भर के लिए अनुराग ने दबा लिया था, फिर ज्वलंत हो गयी। वह उलटे पाँव लौटा और यह कह कर बाहर चला गया कि "सारन्धा, तुमने मुझे सदैव के लिए सचेत कर दिया। यह बात मुझे कभी न भूलेगी।"

अँधेरी रात थी। आकाश-मण्डल में तारों का प्रकाश बहुत धुँधला था। अनिरुद्ध किले से बाहर निकला। पल भर में नदी के उस पार जा पहुँचा और फिर अन्धकार में लुप्त हो गया। शीतला उसके पीछे-पीछे किले की दीवारों तक आयी; मगर जब अनिरुद्ध छलाँग मार कर बाहर कूद पड़ा तो वह विरहिणी चट्टान पर बैठ कर रोने लगी।

इतने में सारन्धा भी वहीं आ पहुँची। शीतला ने नागिन की तरह बल खा कर कहा—मर्यादा इतनी प्यारी है?

सारन्धा—हाँ।

शीतला—अपना पति होता तो हृदय में छिपा लेती।

सारन्धा—ना, छाती में छुरा चुभा देती।

शीतला ने ऐंठकर कहा—चोली में छिपाती फिरोगी, मेरी बात गिरह में बाँध लो।

सारन्धा—जिस दिन ऐसा होगा, मैं भी अपना वचन पूरा कर दिखाऊँगी।

इस घटना के तीन महीने पीछे अनिरुद्ध महरौनी को जीत करके लौटा और साल भर पीछे सारन्धा का विवाह ओरछा के राजा चम्पतराय से हो गया, मगर उस दिन की बातें दोनों महिलाओं के हृदय-स्थल में काँटे की तरह खटकती रहीं।

3

राजा चम्पतराय बड़े प्रतिभाशाली पुरुष थे। सारी बुन्देला जाति उनके नाम पर जान देती थी और उनके प्रभुत्व को मानती थी। गद्दी पर बैठते ही उन्होंने मुगल बादशाहों को कर देना बन्द कर दिया और वे अपने बाहुबल से राज्य-विस्तार करने लगे। मुसलमानों की सेनाएँ बार-बार उन पर हमले करती थीं, पर हार कर लौट जाती थीं।

यही समय था कि जब अनिरुद्ध ने सारन्धा का चम्पतराय से विवाह कर दिया। सारन्धा ने मुँहमाँगी मुराद पायी। उसकी यह अभिलाषा कि मेरा पति बुन्देला जाति का कुल-तिलक हो, पूरी हुई। यद्यपि राजा के रनिवास में पाँच रनियाँ थीं मगर उन्हें शीघ्र ही मालूम हो गया कि वह देवी, जो हृदय में मेरी पूजा करती है, सारन्धा है।

परन्तु कुछ ऐसी घटनाएँ हुईं कि चम्पतराय को मुगल बादशाह का आश्रित होना पड़ा। वे अपना राज्य अपने भाई पहाड़सिंह को सौंपकर देहली चले गये। यह शाहजहाँ के शासन-काल का अन्तिम भाग था। शाहजादा दारा शिकोह राजकीय कार्यों को सँभालते थे। युवराज की आँखों में शील था और चित्त में उदारता। उन्होंने चम्पतराय की वीरता की कथाएँ सुनी थीं, इसलिए उनका बहुत आदर-सम्मान किया और कालपी की बहुमूल्य जागीर उनको भेंट

की, जिसकी आमदनी नौ लाख थी। यह पहला अवसर था कि चम्पतराय को आये-दिन के लड़ाई-झगड़े से निवृत्ति मिली और उसके साथ ही भोग-विलास का प्राबल्य हुआ। रात-दिन आमोद-प्रमोद की चर्चा रहने लगी। राजा विलास में डूबे, रानियाँ जड़ाऊ गहनों पर रीझीं, मगर सारन्धा इन दिनों बहुत उदास और संकुचित रहती--वह इन रहस्यों से दूर-दूर रहती, ये नृत्य और गान की सभाएँ उसे सूनी प्रतीत होतीं।

एक दिन चम्पतराय ने सारन्धा से कहा--सारन, तुम उदास क्यों रहती हो? मैं तुम्हें कभी हँसते नहीं देखता। क्या मुझसे नाराज हो?

सारन्धा की आँखों में जल भर आया। बोली--स्वामीजी, आप क्यों ऐसा विचार करते हैं? जहाँ आप प्रसन्न हैं, वहाँ मैं भी खुश हूँ।

चम्पतराय--मैं जब से यहाँ आया हूँ, मैंने तुम्हारे मुख-कमल पर कभी मनोहारिणी मुस्कराहट नहीं देखी। तुमने कभी अपने हाथों से मुझे बीड़ा नहीं खिलाया। कभी मेरी पाग नहीं सँवारी। कभी मेरे शरीर पर शस्त्र न सजाये। कहीं प्रेम-लता मुरझाने तो नहीं लगी?

सारन्धा--प्राणनाथ, आप मुझसे ऐसी बात पूछते हैं, जिसका उत्तर मेरे पास नहीं है। यथार्थ में इन दिनों मेरा चित्त उदास रहता है। मैं बहुत चाहती हूँ कि खुश रहूँ, मगर बोझ-सा हृदय पर धरा रहता है।

चम्पतराय स्वयं आनन्द में मग्न थे। इसलिए उनके विचार में सारन्धा को असन्तुष्ट रहने का कोई उचित कारण नहीं हो सकता था। वे भौंहें सिकोड़ कर बोले--मुझे तुम्हारे उदास रहने का कोई विशेष कारण नहीं मालूम होता। ओरछे में कौन-सा सुख था जो यहाँ नहीं है?

सारन्धा का चेहरा लाल हो गया। बोली--मैं कुछ कहूँ, आप नाराज तो न होंगे?

चम्पतराय--नहीं, शौक से कहो।

सारन्धा--ओरछे में मैं एक राजा की रानी थी। यहाँ मैं एक जागीरदार की चेरी हूँ। ओरछे में वह थी जो अवध में कौशल्या थीं, यहाँ मैं बादशाह के एक सेवक की स्त्री हूँ। जिस बादशाह के सामने आज आप आदर से सिर झुकाते हैं, वह कल आपके नाम से काँपता था। रानी से चेरी हो कर भी प्रसन्नचित्त होना मेरे वश में नहीं है। आपने यह पद और ये विलास की सामग्रियाँ बड़े महँगे दामों मोल ली हैं।

चम्पतराय के नेत्रों पर से एक पर्दा-सा हट गया। वे अब तक सारन्धा

की आत्मिक उच्चता को न जानते थे। जैसे बे-माँ-बाप का बालक माँ की चर्चा सुन कर रोने लगता है, उसी तरह ओरछे की याद से चम्पतराय की आँखें सजल हो गयीं। उन्होंने आदरयुक्त अनुराग के साथ सारन्धा को हृदय से लगा लिया।

आज से उन्हें फिर उसी उजड़ी बस्ती की फिक्र हुई, जहाँ से धन और कीर्ति की अभिलाषाएँ खींच लाई थीं।

4

माँ अपने खोये हुए बालक को पा कर निहाल हो जाती है। चम्पतराय के आने से बुन्देलखण्ड निहाल हो गया। ओरछे के भाग जागे। नौबतें बजने लगीं और फिर सारन्धा के कमल-नेत्रों में जातीय अभिमान का आभास दिखाई देने लगा!

यहाँ रहते-रहते महीनों बीत गये। इस बीच में शाहजहाँ बीमार पड़ा। पहले से ईर्ष्या की अग्नि दहक रही थी। यह खबर सुनते ही ज्वाला प्रचण्ड हुई। संग्राम की तैयारियाँ होने लगीं। शाहजादे मुराद और मुहीउद्दीन अपने-अपने दल सजाकर दक्खिन से चले। वर्षा के दिन थे। उर्वरा भूमि रंग-बिरंग के रूप भर कर अपने सौन्दर्य को दिखाती थी।

मुराद और मुहीउद्दीन उमंगों से भरे हुए कदम बढ़ाते चले आ रहे थे। यहाँ तक की धौलपुर के निकट चम्बल के तट पर आ पहुँचे; परन्तु यहाँ उन्होंने बादशाही सेना को अपने शुभागमन के निमित्त तैयार पाया।

शाहजादे अब बड़ी चिन्ता में पड़े। सामने अगम्य नदी लहरें मार रही थी, किसी योगी के त्याग के सदृश। विवश हो कर चम्पतराय के पास सन्देश भेजा कि खुदा के लिए आ कर हमारी डूबती हुई नाव को पार लगाइये।

राजा ने भवन में जा कर सारन्धा से पूछा—इसका क्या उत्तर दूँ?

सारन्धा—आपको मदद करनी होगी।

चम्पतराय—उनकी मदद करना दारा शिकोह से वैर लेना है।

सारन्धा—यह सत्य है; परन्तु हाथ फैलाने की मर्यादा भी तो निभानी चाहिए?

चम्पतराय—प्रिये, तुमने सोचकर जवाब नहीं दिया।

सारन्धा—प्राणनाथ, मैं अच्छी तरह जानती हूँ कि यह मार्ग कठिन है। और अब हमें अपने योद्धाओं का रक्त पानी के समान बहाना पड़ेगा; परन्तु

हम अपना रक्त बहायेंगे और चम्बल की लहरों को लाल कर देंगे। विश्वास रखिये कि जब तक नदी की धारा बहती रहेगी, वह हमारे वीरों की कीर्तिगान करती रहेगी। जब तक बुन्देलों का एक भी नामलेवा रहेगा, ये रक्त-बिन्दु उसके माथे पर केशर का तिलक बन कर चमकेंगे।

वायुमण्डल में मेघराज की सेनाएँ उमड़ रही थीं। ओरछे के किले से बुन्देलों की एक काली घटा उठी और वेग के साथ चम्बल की तरफ चली। प्रत्येक सिपाही वीर-रस से झूम रहा था। सारन्धा ने दोनों राजकुमारों को गले से लगा लिया और राजा को पान का बीड़ा दे कर कहा—बुन्देलों की लाज अब तुम्हारे हाथ है।

आज उसका एक-एक अंग मुस्करा रहा है और हृदय हुलसित है। बुन्देलों की यह सेना देख कर शाहजादे फूले न समाये। राजा वहाँ की अंगुल-अंगुल भूमि से परिचित थे। उन्होंने बुन्देलों को तो एक आड़ में छिपा दिया और वे शाहजादों की फौज को सजा कर नदी के किनारे-किनारे पश्चिम की ओर चले। दारा शिकोह को भ्रम हुआ कि शत्रु किसी अन्य घाट से नदी उतरना चाहता है। उन्होंने घाट पर से मोर्चे हटा लिए। घाट में बैठे हुए बुन्देले उसी ताक में थे। बाहर निकल पड़े और उन्होंने तुरन्त ही नदी में घोड़े डाल दिये। चम्पतराय ने शाहजादा दारा शिकोह को भुलावा देकर अपनी फौज घुमा दी और वह बुन्देलों के पीछे चलता हुआ उसे पार उतार लाया। इस कठिन चाल में सात घण्टों का विलम्ब हुआ; परन्तु जा कर देखा तो सात सौ बुन्देलों की लाशें तड़प रही थीं।

राजा को देखते ही बुन्देलों की हिम्मत बँध गयी। शाहजादों की सेना ने भी 'अल्लाहो अकबर' की ध्वनि के साथ धावा किया। बादशाही सेना में हलचल पड़ गयी। उनकी पंक्तियाँ छिन्न-भिन्न हो गयीं, हाथोंहाथ लड़ाई होने लगी, यहाँ तक कि शाम हो गयी। रणभूमि रुधिर से लाल हो गयी और आकाश में अँधेरा हो गया। घमासान की मार हो रही थी। बादशाही सेना शाहजादों को दबाये आती थी। अकस्मात् पश्चिम से फिर बुन्देलों की एक लहर उठी और इस वेग से बादशाही सेना की पुश्त पर टकरायी कि उसके कदम उखड़ गये। जीता हुआ मैदान हाथ से निकल गया। लोगों को कुतूहल था कि यह दैवी सहायता कहाँ से आयी। सरल स्वभाव के लोगों की धारणा थी कि यह फतह के फरिश्ते हैं; शाहजादों की मदद के लिए आये हैं; परन्तु जब राजा चम्पतराय निकट गये तो सारन्धा ने घोड़े से उतर कर उनके पैरों

पर सिर झुका दिया। राजा को असीम आनन्द हुआ। यह सारन्धा थी।

समर-भूमि का दृश्य इस समय अत्यन्त दुःखमय था। थोड़ी देर पहले जहाँ सजे हुए वीरों के दल थे वहाँ अब बेजान लाशें तड़प रही थीं। मनुष्य ने अपने स्वार्थ के लिए अनादि काल से ही भाइयों की हत्या की है।

अब विजयी सेना लूट पर टूट पड़ी। पहले मर्द मर्दों से लड़ते थे। वह वीरता और पराक्रम का चित्र था, यह नीचता और दुर्बलता की ग्लानिप्रद तसवीर थी। उस समय मनुष्य पशु बना हुआ था, अब वह पशु से भी बढ़ गया था।

इस नोच-खसोट में लोगों को बादशाही सेना के सेनापति वली बहादुर खाँ की लाश दिखायी दी। उसके निकट उसका घोड़ा खड़ा हुआ अपनी दुम से मक्खियाँ उड़ा रहा था। राजा को घोड़ों का शौक था। देखते ही वह उस पर मोहित हो गया। यह इराकी जाति का अति सुन्दर घोड़ा था। एक-एक अंग साँचे में ढला हुआ, सिंह की-सी छाती; चीते की-सी कमर, उसका यह प्रेम और स्वामिभक्ति देखकर लोगों को बड़ा कुतूहल हुआ। राजा ने हुक्म दिया—खबरदार! इस प्रेमी पर कोई हथियार न चलाये, इसे जीता पकड़ लो, यह मेरे अस्तबल की शोभा बढ़ायेगा। जो इसे मेरे पास ले आयेगा, उसे धन से निहाल कर दूँगा।

योद्धागण चारों ओर से लपके; परन्तु किसी को साहस न होता था कि उसके निकट जा सके। कोई चुमकार रहा था, कोई फन्दे में फँसाने की फिक्र में था पर कोई उपाय सफल न होता था। वहाँ सिपाहियों का मेला-सा लगा हुआ था।

तब सारन्धा अपने खेमे से निकली और निर्भय होकर घोड़े के पास चली गयी। उसकी आँखों में प्रेम का प्रकाश था, छल का नहीं। घोड़े ने सिर झुका दिया। रानी ने उसकी गर्दन पर हाथ रखा और वह उसकी पीठ सहलाने लगी। घोड़े ने उसके अंचल में मुँह छिपा लिया। रानी उसकी रास पकड़ कर खेमे की ओर चली। घोड़ा इस तरह चुपचाप उसके पीछे चला मानो सदैव से उसका सेवक है।

पर बहुत अच्छा होता कि घोड़े ने सारन्धा से भी निष्ठुरता की होती। यह सुन्दर घोड़ा आगे चल कर इस राज-परिवार के निमित्त स्वर्णजटित मृग साबित हुआ।

5

संसार एक रण-क्षेत्र है। इस मैदान में उसी सेनापति को विजयलाभ होता है, जो अवसर को पहचानता है। वह अवसर पर जितने उत्साह से आगे बढ़ता है, उतने ही उत्साह से आपत्ति के समय पीछे हट जाता है। वह वीर पुरुष राष्ट्र का निर्माता होता है और इतिहास उसके नाम पर यश के फूलों की वर्षा करता है।

पर इस मैदान में कभी-कभी ऐसे सिपाही भी जाते हैं, जो अवसर पर कदम बढ़ाना जानते हैं; लेकिन संकट में पीछे हटाना नहीं जानते। ये रणवीर पुरुष विजय को नीति की भेंट कर देते हैं। वे अपनी सेना का नाम मिटा देंगे, किन्तु जहाँ एक बार पहुँच गये हैं, वहाँ से कदम पीछे न हटायेंगे। उनमें कोई विरला ही संसार-क्षेत्र में विजय प्राप्त करता है; किन्तु प्रायः उसकी हार विजय से भी अधिक गौरवात्मक होती है। अगर अनुभवशील सेनापति राष्ट्रों की नींव डालता है, तो आन पर जान देनेवाला, मुँह न मोड़नेवाला सिपाही राष्ट्र के भावों को उच्च करता है, और उसके हृदय पर नैतिक गौरव को अंकित कर देता है। उसे इस कार्यक्षेत्र में चाहे सफलता न हो, किन्तु जब किसी वाक्य या सभा में उसका नाम जबान पर आ जाता है, श्रोतागण एक स्वर से उसके कीर्ति-गौरव को प्रतिध्वनित कर देते हैं। सारन्धा 'आन' पर जान देनेवालों में थी।

शाहजादा मुहीउद्दीन चम्बल के किनारे से आगरे की ओर चला तो सौभाग्य उसके सिर पर मोर्छल हिलाता था। जब वह आगरे पहुँचा तो विजयदेवी ने उसके लिए सिंहासन सजा दिया!

औरंगजेब गुणज्ञ था। उसने बादशाही अफसरों के अपराध क्षमा कर दिये, उनके राज्य-पद लौटा दिये और राजा चम्पतराय को उसके बहुमूल्य कृत्यों के उपलक्ष्य में बारह हजारी मनसब प्रदान किया। ओरछा से बनारस और बनारस से जमुना तक उसकी जागीर नियत की गयी। बुन्देला राजा फिर राज-सेवक बना, वह फिर सुख-विलास में डूबा और रानी सारन्धा फिर पराधीनता के शोक से घुलने लगी।

वली बहादुर खाँ बड़ा वाक्-चतुर मनुष्य था। उसकी मृदुता ने शीघ्र ही उसे बादशाह आलमगीर का विश्वासपात्र बना दिया। उस पर राजसभा में सम्मान की दृष्टि पड़ने लगी।

खाँ साहब के मन में अपने घोड़े के हाथ से निकल जाने का बड़ा शोक

था। एक दिन कुँवर छत्रसाल उसी घोड़े पर सवार होकर सैर को गया था। वह खाँ साहब के महल की तरफ जा निकला। वली बहादुर ऐसे ही अवसर की ताक में था। उसने तुरन्त अपने सेवकों को इशारा किया। राजकुमार अकेला क्या करता? पाँव-पाँव घर आया और उसने सारन्धा से सब समाचार बयान किया। रानी का चेहरा तमतमा गया। बोली, "मुझे इसका शोक नहीं कि घोड़ा हाथ से गया, शोक इसका है कि तू उसे खो कर जीता क्यों लौटा? क्या तेरे शरीर में बुन्देलों का रक्त नहीं है? घोड़ा न मिलता, न सही; किन्तु तुझे दिखा देना चाहिए था कि एक बुन्देला बालक से उसका घोड़ा छीन लेना हँसी नहीं है।"

यह कह कर उसने अपने पच्चीस योद्धाओं को तैयार होने की आज्ञा दी। स्वयं अस्त्र धारण किये और योद्धाओं के साथ वली बहादुर खाँ के निवास-स्थान पर जा पहुँची। खाँ साहब उसी घोड़े पर सवार हो कर दरबार चले गये थे, सारन्धा दरबार की तरफ चली, और एक क्षण में किसी वेगवती नदी के सदृश बादशाही दरबार के सामने जा पहुँची, यह कैफियत देखते ही दरबार में हलचल मच गयी। अधिकारी वर्ग इधर-उधर से आ कर जमा हो गये। आलमगीर भी सहन में निकल आये। लोग अपनी-अपनी तलवारें सँभालने लगे और चारों तरफ शोर मच गया। कितने ही नेत्रों ने इसी दरबार में अमरसिंह की तलवार की चमक देखी थी। उन्हें वही घटना फिर याद आ गयी।

सारन्धा ने उच्च स्वर से कहा—खाँ साहब, बड़ी लज्जा की बात है, आपने वही वीरता, जो चम्बल के तट पर दिखानी चाहिए थी, आज एक अबोध बालक के सम्मुख दिखायी है। क्या यह उचित था कि आप उससे घोड़ा छीन लेते?

वली बहादुर खाँ की आँखों से अग्नि-ज्वाला निकल रही थी। वे कड़ी आवाज से बोले—किसी गैर को क्या मजाल है कि मेरी चीज अपने काम में लाये?

रानी—वह आपकी चीज नहीं, मेरी है। मैंने उसे रणभूमि में पाया है और उस पर मेरा अधिकार है। क्या रणनीति की इतनी मोटी बात भी आप नहीं जानते?

खाँ साहब—वह घोड़ा मैं नहीं दे सकता, उसके बदले में सारा अस्तबल आपकी नजर है।

रानी—मैं अपना घोड़ा लूँगी।

खाँ साहब—मैं उसके बराबर जवाहरात दे सकता हूँ, परन्तु घोड़ा नहीं दे सकता!

रानी—तो फिर इसका निश्चय तलवार से होगा, बुन्देला योद्धाओं ने तलवारें सौंत लीं और निकट था कि दरबार की भूमि रक्त से प्लावित हो जाय, बादशाह आलमगीर ने बीच में आ कर कहा—रानी साहबा, आप सिपाहियों को रोकें। घोड़ा आपको मिल जायेगा; परन्तु इसका मूल्य बहुत देना पड़ेगा।

रानी—मैं उसके लिए अपना सर्वस्व खोने को तैयार हूँ।

बादशाह—जागीर और मनसब भी!

रानी—जागीर और मनसब कोई चीज नहीं।

बादशाह—अपना राज्य भी?

रानी—हाँ, राज्य भी।

बादशाह—एक घोड़े के लिए?

रानी—नहीं, उस पदार्थ के लिए जो संसार में सबसे अधिक मूल्यवान है।

बादशाह—वह क्या है?

रानी—अपनी आन।

इस भाँति रानी ने अपने घोड़े के लिए अपनी विस्तृत जागीर, उच्च राज और राज-सम्मान सब हाथ से खोया और केवल इतना ही नहीं, भविष्य के लिए काँटे बोये, इस घड़ी से अन्त दशा तक चम्पतराय को शान्ति न मिली।

6

राजा चम्पतराय ने फिर ओरछे के किले में पदार्पण किया। उन्हें मनसब और जागीर के हाथ से निकल जाने का अत्यन्त शोक हुआ; किन्तु उन्होंने अपने मुँह से शिकायत का एक शब्द भी नहीं निकाला, वे सारन्धा के स्वभाव को भली-भाँति जानते थे। शिकायत इस समय उसके आत्म-गौरव पर कुठार का काम करती।

कुछ दिन यहाँ शान्तिपूर्वक व्यतीत हुए; लेकिन बादशाह सारन्धा की कठोर बात भूला न था। वह क्षमा करना जानता ही न था। ज्यों ही भाइयों की ओर से निश्चिन्त हुआ, उसने एक बड़ी सेना चम्पतराय का गर्व चूर्ण करने के लिए भेजी और बाईस अनुभवशील सरदार इस मुहीम पर नियुक्त किये। शुभकरण बुन्देला बादशाह का सूबेदार था। वह चम्पतराय का बचपन का मित्र

और सहपाठी था। उसने चम्पतराय को परास्त करने का बीड़ा उठाया। और भी कितने ही बुन्देला सरदार राजा से विमुख हो कर बादशाही सूबेदार से आ मिले। एक घोर संग्राम हुआ। भाइयों की तलवारें रक्त से लाल हुईं। यद्यपि इस समर में राजा को विजय प्राप्त हुई लेकिन उसकी शक्ति सदा के लिए क्षीण हो गयी। निकटवर्ती बुन्देला राजा जो चम्पतराय के बाहुबल थे, बादशाह के कृपाकांक्षी बन बैठे। साथियों में कुछ तो काम आये, कुछ दगा कर गये। यहाँ तक कि निज सम्बन्धियों ने भी आँखें चुरा लीं; परन्तु इन कठिनाइयों में भी चम्पतराय ने हिम्मत नहीं हारी, धीरज को न छोड़ा। उन्होंने ओरछा छोड़ दिया और वह तीन वर्ष तक बुन्देलखण्ड के सघन पर्वतों पर छिपे फिरते रहे। बादशाही सेनाएँ शिकारी जानवरों की भाँति सारे देश में मँडरा रही थीं। आये-दिन राजा का किसी न किसी से सामना हो जाता था। सारन्धा सदैव उनके साथ रहती और उनका साहस बढ़ाया करती। बड़ी-बड़ी आपत्तियों में जब कि धैर्य लुप्त हो जाता और आशा साथ छोड़ देती—आत्मरक्षा का धर्म उसे सँभाले रहता है। तीन साल के बाद अन्त में बादशाह के सूबेदारों ने आलमगीर को सूचना दी कि इस शेर का शिकार आपके सिवाय और किसी से न होगा। उत्तर आया कि सेना को हटा लो और घेरा उठा लो। राजा ने समझा, संकट से निवृत्ति हुई, पर वह बात शीघ्र ही भ्रमात्मक सिद्ध हो गयी।

7

तीन सप्ताह से बादशाही सेना ने ओरछा घेर रखा है। जिस तरह कठोर वचन हृदय को छेद डालते हैं, उसी तरह तोपों के गोलों ने दीवारों को छेद डाला है। किले में 20 हजार आदमी घिरे हुए हैं, लेकिन उनमें आधे से अधिक स्त्रियाँ और उनसे कुछ ही कम बालक हैं। मर्दों की संख्या दिनोंदिन न्यून होती जाती है। आने-जाने के मार्ग चारों तरफ से बन्द हैं। हवा का भी गुजर नहीं। रसद का सामान बहुत कम रह गया है। स्त्रियाँ पुरुषों और बालकों को जीवित रखने के लिए आप उपवास करती हैं। लोग बहुत हताश हो रहे हैं। औरतें सूर्य नारायण की ओर हाथ उठा-उठा कर शत्रु को कोसती हैं। बालकवृन्द मारे क्रोध के दीवार की आड़ से उन पर पत्थर फेंकते हैं, जो मुश्किल से दीवार के उस पार जा पाते हैं। राजा चम्पतराय स्वयं ज्वर से पीड़ित हैं। उन्होंने कई दिन से चारपाई नहीं छोड़ी। उन्हें देखकर लोगों को कुछ ढाढ़स होता था, लेकिन उनकी बीमारी से सारे किले में नैराश्य छाया हुआ है।

राजा ने सारन्धा से कहा–आज शत्रु जरूर किले में घुस आयेंगे।

सारन्धा–ईश्वर न करे कि इन आँखों से वह दिन देखना पड़े।

राजा–मुझे बड़ी चिन्ता इन अनाथ स्त्रियों और बालकों की है। गेहूँ के साथ यह घुन भी पिस जायेंगे।

सारन्धा–हम लोग यहाँ से निकल जायें तो कैसा?

राजा–इन अनाथों को छोड़ कर?

सारन्धा–इस समय इन्हें छोड़ देने में ही कुशल है। हम न होंगे तो शत्रु इन पर कुछ दया ही करेंगे।

राजा–नहीं, यह लोग मुझसे न छोड़े जायेंगे। मर्दों ने अपनी जान हमारी सेवा में अर्पण कर दी है, उनकी स्त्रियों और बच्चों को मैं कदापि नहीं छोड़ सकता।

सारन्धा–लेकिन यहाँ रह कर हम उनकी कुछ मदद भी तो नहीं कर सकते?

राजा–उनके साथ प्राण तो दे सकते हैं। मैं उनकी रक्षा में अपनी जान लड़ा दूँगा। उनके लिए बादशाही सेना की खुशामद करूँगा, कारावास की कठिनाइयाँ सहूँगा, किन्तु इस संकट में उन्हें छोड़ नहीं सकता।

सारन्धा ने लज्जित हो कर सिर झुका लिया और सोचने लगी, निस्सन्देह प्रिय साथियों को आग की आँच में छोड़ कर अपनी जान बचाना घोर नीचता है! मैं ऐसी स्वार्थान्ध क्यों हो गयी हूँ? लेकिन एकाएक विचार उत्पन्न हुआ। बोली–यदि आपको विश्वास हो जाय कि इन आदमियों के साथ कोई अन्याय न किया जायेगा तब तो आपको चलने में कोई बाधा न होगी?

राजा–(सोच कर) कौन विश्वास दिलायेगा?

सारन्धा–बादशाह के सेनापति का प्रतिज्ञा-पत्र।

राजा–हाँ, तब मैं सानन्द चलूँगा।

सारन्धा विचार-सागर में डूबी। बादशाह के सेनापति से क्योंकर यह प्रतिज्ञा कराऊँ? कौन यह प्रस्ताव ले कर वहाँ जायेगा और निर्दयी ऐसी प्रतिज्ञा करने ही क्यों लगे? उन्हें तो अपनी विजय की पूरी आशा है। मेरे यहाँ ऐसा नीति-कुशल, वाक्पटु, चतुर कौन है जो इस दुस्तर कार्य को सिद्ध करे? छत्रसाल चाहे तो कर सकता है। उसमें ये सब गुण मौजूद हैं।

इस तरह मन में निश्चय करके रानी ने छत्रसाल को बुलाया। यह उसके चारों पुत्रों में बुद्धिमान और साहसी था। रानी उससे सबसे अधिक प्यार करती

थीं। जब छत्रसाल ने आ कर रानी को प्रणाम किया तो उनके कमल-नेत्र सजल हो गये और हृदय से दीर्घ निःश्वास निकल गया।

छत्रसाल–माता, मेरे लिए क्या आज्ञा है?

रानी–आज लड़ाई का क्या ढंग है?

छत्रसाल–हमारे पचास योद्धा अब तक काम आ चुके हैं।

रानी–बुन्देलों की लाज अब ईश्वर के हाथ है।

छत्रसाल–हम आज रात को छापा मारेंगे।

रानी ने संक्षेप में अपना प्रस्ताव छत्रसाल के सामने उपस्थित किया और कहा–यह काम किसे सौंपा जाय?

छत्रसाल–मुझको।

'तुम इसे पूरा कर दिखाओगे?'

'हाँ, मुझे पूर्ण विश्वास है?'

'अच्छा जाओ, परमात्मा तुम्हारा मनोरथ पूरा करे।'

छत्रसाल जब चला तो रानी ने उसे हृदय से लगा लिया और तब आकाश की ओर दोनों हाथ उठा कर कहा–दयानिधि, मैंने अपना तरुण और होनहार पुत्र बुन्देलों की आन के आगे भेंट कर दिया। अब इस आन को निभाना तुम्हारा काम है। मैंने बड़ी मूल्यवान् वस्तु अर्पित की है, इसे स्वीकार करो।

8

दूसरे दिन प्रातःकाल सारन्धा स्नान करके थाल में पूजा की सामग्री लिए मन्दिर को चली। उसका चेहरा पीला पड़ गया था और आँखों तले अँधेरा छाया जाता था। वह मन्दिर के द्वार पर पहुँची थी कि उसके थाल में बाहर से आ कर एक तीर गिरा। तीर की नोक पर एक कागज का पुरजा लिपटा हुआ था। सारन्धा ने थाल मन्दिर के चबूतरे पर रख दिया और पुर्जे को खोलकर देखा तो आनन्द से चेहरा खिल गया; लेकिन यह आनन्द क्षण-भर का था। हाय! इस पुर्जे के लिए मैंने अपना प्रिय पुत्र हाथ से खो दिया है। कागज के टुकड़े को इतने महँगे दामों किसने लिया होगा?

मन्दिर से लौटकर सारन्धा राजा चम्पतराय के पास गयी और बोली–"प्राणनाथ, आपने जो वचन दिया था उसे पूरा कीजिये।" राजा ने चौंक कर पूछा, "तुमने अपना वादा पूरा कर दिया?" रानी ने वह प्रतिज्ञा-पत्र राजा को दे दिया। चम्पतराय ने उसे गौर से देखा फिर बोले–अब मैं चलूँगा

और ईश्वर ने चाहा तो एक बार फिर शत्रुओं की खबर लूँगा। लेकिन सारन, सच बताओ, इस पत्र के लिए क्या देना पड़ा है?

रानी ने कुण्ठित स्वर से कहा—बहुत कुछ।

राजा—सुनूँ?

रानी—एक जवान पुत्र।

राजा को बाण-सा लग गया। पूछा—कौन? अंगदराय?

रानी—नहीं।

राजा—रतनसाह?

रानी—नहीं।

राजा—छत्रसाल?

रानी—हाँ।

जैसे कोई पक्षी गोली खाकर परों को फड़फड़ाता है और तब बेदम हो कर गिर पड़ता है, उसी भाँति चम्पतराय पलंग से उछले और फिर अचेत होकर गिर पड़े। छत्रसाल उनका परम प्रिय पुत्र था। उनके भविष्य की सारी कामनाएँ उसी पर अवलम्बित थीं। जब चेत हुआ तब बोले, "सारन, तुमने बुरा किया।"

अँधेरी रात थी। रानी सारन्धा घोड़े पर सवार चम्पतराय को पालकी में बैठाये किले के गुप्त मार्ग से निकली जाती थी। आज से बहुत काल पहले एक दिन ऐसी ही अँधेरी दुःखमयी रात्रि थी। तब सारन्धा ने शीतलादेवी को कुछ कठोर वचन कहे थे। शीतलादेवी ने उस समय जो भविष्यवाणी की थी, वह आज पूरी हुई। क्या सारन्धा ने उसका जो उत्तर दिया था, वह भी पूरा होकर रहेगा?

9

मध्याह्न था। सूर्यनारायण सिर पर आकर अग्नि की वर्षा कर रहे थे। शरीर को झुलसाने वाली प्रचण्ड, प्रखर वायु वन और पर्वत में आग लगाती फिरती थी। ऐसा विदित होता था, मानो अग्निदेव की समस्त सेना गरजती हुई चली आ रही है। गगनमण्डल इस भय से काँप रहा था। रानी सारन्धा घोड़े पर सवार, चम्पतराय को लिए, पश्चिम की तरफ चली जाती थी। ओरछा दस कोस पीछे छूट चुका था और प्रतिक्षण यह अनुमान स्थिर होता जाता था कि अब हम भय के क्षेत्र से बाहर निकल आये। राजा पालकी में अचेत पड़े हुए

थे और कहार पसीने में सराबोर थे। पालकी के पीछे पाँच सवार घोड़ा बढ़ाये चले आते थे, प्यास के मारे सबका बुरा हाल था। तालू सूखा जाता था। किसी वृक्ष की छाँह और कुएँ की तलाश में आँखें चारों ओर दौड़ रही थीं।

अचानक सारन्धा ने पीछे की तरफ फिर कर देखा, तो उसे सवारों का एक दल आता हुआ दिखायी दिया। उसका माथा ठनका कि अब कुशल नहीं है। यह लोग अवश्य हमारे शत्रु हैं। फिर विचार हुआ कि शायद मेरे राजकुमार अपने आदमियों को लिए हमारी सहायता को आ रहे हैं। नैराश्य में भी आशा साथ नहीं छोड़ती। कई मिनट तक वह इसी आशा और भय की अवस्था में रही। यहाँ तक कि वह दल निकट आ गया और सिपाहियों के वस्त्र साफ नजर आने लगे। रानी ने एक ठण्डी साँस ली, उसका शरीर तृणवत् काँपने लगा। यह बादशाही सेना के लोग थे।

सारन्धा ने कहारों से कहा—डोली रोक लो। बुन्देला सिपाहियों ने भी तलवारें खींच लीं। राजा की अवस्था बहुत शोचनीय थी; किन्तु जैसे दबी हुई आग हवा लगते ही प्रदीप्त हो जाती है, उसी प्रकार इस संकट का ज्ञान होते ही उनके जर्जर शरीर में वीरात्मा चमक उठी। वे पालकी का पर्दा उठा कर बाहर निकल आये। धनुष-बाण हाथ में ले लिया; किन्तु वह धनुष जो उनके हाथ में इन्द्र का वज्र बन जाता था, इस समय जरा भी न झुका। सिर में चक्कर आया, पैर थर्राये और वे धरती पर गिर पड़े। भावी अमंगल की सूचना मिल गयी। उस पंखरहित पक्षी के सदृश, जो साँप को अपनी तरफ आते देख कर ऊपर को उचकता और फिर गिर पड़ता है, राजा चम्पतराय फिर सँभल उठे और फिर गिर पड़े। सारन्धा ने उन्हें सँभालकर बैठाया और रो कर बोलने की चेष्टा की, परन्तु मुँह से केवल इतना निकला—प्राणनाथ! इसके आगे मुँह से एक शब्द भी न निकल सका। आन पर मरने वाली सारन्धा इस समय साधारण स्त्रियों की भाँति शक्तिहीन हो गयी, लेकिन एक अंश तक यह निर्बलता स्त्रीजाति की शोभा है।

चम्पतराय बोले—सारन, देखो, हमारा एक वीर जमीन पर गिरा। शोक! जिस आपत्ति से यावज्जीवन डरता रहा, उसने इस अन्तिम समय में आ घेरा। मेरी आँखों के सामने शत्रु तुम्हारे कोमल शरीर में हाथ लगायेंगे, और मैं जगह से हिल भी न सकूँगा। हाय! मृत्यु, तू कब आयेगी! यह कहते-कहते उन्हें एक विचार आया। तलवार की तरफ हाथ बढ़ाया, मगर हाथों में दम न था। तब सारन्धा से बोले—प्रिये, तुमने कितने ही अवसरों पर मेरी आन निभायी है।

इतना सुनते ही सारन्धा के मुरझाये हुए मुख पर लाली दौड़ गयी। आँसू सूख गये। इस आशा में कि मैं पति के कुछ काम आ सकती हूँ, उसके हृदय में बल का संचार कर दिया। वह राजा की ओर विश्वासोत्पादक भाव से देख कर बोली—ईश्वर ने चाहा तो मरते दम तक निभाऊँगी।

रानी ने समझा, राजा मुझे प्राण देने का संकेत कर रहे हैं।

चम्पतराय—तुमने मेरी बात कभी नहीं टाली।

सारन्धा—मरते दम तक न टालूँगी।

राजा—यह मेरी अन्तिम याचना है। इसे अस्वीकार न करना।

सारन्धा ने तलवार को निकाल कर अपने वक्षस्थल पर रख लिया और कहा—यह आपकी आज्ञा नहीं है। मेरी हार्दिक अभिलाषा है कि मरूँ तो यह मस्तक आपके पद-कमलों पर हो।

चम्पतराय—तुमने मेरा मतलब नहीं समझा। क्या तुम मुझे इसलिए शत्रुओं के हाथ में छोड़ जाओगी कि मैं बेड़ियाँ पहने हुए दिल्ली की गलियों में निन्दा का पात्र बनूँ?

रानी ने जिज्ञासा की दृष्टि से राजा को देखा। वह उनका मतलब न समझी।

राजा—मैं तुमसे एक वरदान माँगता हूँ।

रानी—सहर्ष माँगिए।

राजा—यह मेरी अन्तिम प्रार्थना है। जो कुछ कहूँगा, करोगी?

रानी—सिर के बल करूँगी।

राजा—देखो, तुमने वचन दिया है। इनकार न करना।

रानी—(काँप कर) आपके कहने की देर है।

राजा—अपनी तलवार मेरी छाती में चुभा दो।

रानी के हृदय पर वज्रपात-सा हो गया। बोली—जीवननाथ! इसके आगे वह और कुछ न बोल सकी। आँखों में नैराश्य छा गया।

राजा—मैं बेड़ियाँ पहनने के लिए जीवित रहना नहीं चाहता।

रानी—मुझसे यह कैसे होगा?

पाँचवाँ और अन्तिम सिपाही धरती पर गिरा। राजा ने झुंझला कर कहा—इसी जीवन पर आन निभाने का गर्व था?

बादशाह के सिपाही राजा की तरफ लपके। राजा ने नैराश्यपूर्ण भाव से रानी की ओर देखा। रानी क्षण भर अनिश्चित रूप से खड़ी रही; लेकिन संकट में हमारी निश्चयात्मक शक्ति बलवान हो जाती है। निकट था कि सिपाही

लोग राजा को पकड़ लें कि सारन्धा ने दामिनी की भाँति लपक कर तलवार राजा के हृदय में चुभा दी।

प्रेम की नाव प्रेम के सागर में डूब गयी। राजा के हृदय से रुधिर की धारा निकल रही थी; पर चेहरे पर शान्ति छाई हुई थी।

कैसा हृदय है! वह स्त्री जो अपने पति पर प्राण देती थी आज उसकी प्राणघातिका है! जिस हृदय से आलिंगित होकर उसने यौवनसुख लूटा, जो हृदय उसकी अभिलाषाओं का केन्द्र था, जो हृदय उसके अभिमान का पोषक था, उसी हृदय को सारन्धा की तलवार छेद रही है। किसी स्त्री की तलवार से ऐसा काम हुआ है?

आह! आत्माभिमान का कैसा विषादमय अन्त है। उदयपुर और मारवाड़ के इतिहास में भी आत्म-गौरव की ऐसी घटनाएँ नहीं मिलतीं।

बादशाही सिपाही सारन्धा का यह साहस और धैर्य देखकर दंग रह गये।

सरदार ने आगे बढ़कर कहा रानी साहिबा, खुदा गवाह है, हम सब आपके गुलाम हैं। आपका जो हुक्म हो, उसे ब-सरो-चश्म बजा लायेंगे।

सारन्धा ने कहा—अगर हमारे पुत्रों में से कोई जीवित हो, तो ये दोनों लाशें उसे सौंप देना।

यह कह कर उसने वही तलवार अपने हृदय में चुभा ली। जब वह अचेत हो कर धरती पर गिरी, तो उसका सिर राजा चम्पतराय की छाती पर था।

(प्रथम प्रकाशन : ज़माना/दिसम्बर 1910)

बड़े घर की बेटी

बेनीमाधव सिंह गौरीपुर गाँव के जमींदार और नम्बरदार थे। उनके पितामह किसी समय बड़े धन-धान्य सम्पन्न थे। गाँव का पक्का तालाब और मन्दिर जिनकी अब मरम्मत भी मुश्किल थी, उन्हीं की कीर्ति-स्तंभ थे। कहते हैं, इस दरवाजे पर हाथी झूमता था, अब उसकी जगह एक बूढ़ी भैंस थी, जिसके शरीर में अस्थि-पंजर के सिवा और कुछ शेष न रहा था; पर दूध शायद बहुत देती थी; क्योंकि एक न एक आदमी हाँड़ी लिए उसके सिर पर सवार ही रहता था। बेनीमाधव सिंह अपनी आधी से अधिक सम्पत्ति वकीलों को भेंट कर चुके थे। उनकी वर्तमान आय एक हजार रुपये वार्षिक से अधिक न थी। ठाकुर साहब के दो बेटे थे। बड़े का नाम श्रीकण्ठ सिंह था। उसने बहुत दिनों के परिश्रम और उद्योग के बाद बी. ए. की डिग्री प्राप्त की थी। अब एक दफ्तर में नौकर था। छोटा लड़का लालबिहारी सिंह दोहरे बदन का, सजीला जवान था। भरा हुआ मुखड़ा, चौड़ी छाती। भैंस का दो सेर ताजा दूध वह उठ कर सबेरे पी जाता था। श्रीकण्ठ सिंह की दशा बिल्कुल विपरीत थी। इन नेत्रप्रिय गुणों को उन्होंने बी. ए.—इन्हीं दो अक्षरों पर न्योछावर कर दिया था। इन दो अक्षरों ने उनके शरीर को निर्बल और चेहरे को कान्तिहीन बना दिया था। इसी से वैद्यक ग्रन्थों पर उनका विशेष प्रेम था। आयुर्वैदिक औषधियों पर उनका अधिक विश्वास था। शाम-सबेरे से उनके कमरे से प्रायः खरल की सुरीली कर्णमधुर ध्वनि सुनायी दिया करती थी। लाहौर और कलकत्ते के वैद्यों से बड़ी लिखा-पढ़ी रहती थी।

श्रीकण्ठ इस अँगरेजी डिग्री के अधिपति होने पर भी अँगरेजी सामाजिक प्रथाओं के विशेष प्रेमी न थे। बल्कि वह बहुधा बड़े जोर से उसकी निन्दा और तिरस्कार किया करते थे। इसी से गाँव में उनका बड़ा सम्मान था। दशहरे के दिनों में वह बड़े उत्साह से रामलीला में सम्मिलित होते और स्वयं किसी न किसी पात्र का पार्ट लेते थे। गौरीपुर में रामलीला के वही जन्मदाता थे।

प्राचीन हिन्दू सभ्यता का गुणगान उनकी धार्मिकता का प्रधान अंग था। सम्मिलित कुटुम्ब के तो वह एकमात्र उपासक थे। आजकल स्त्रियों को कुटुम्ब में मिल-जुल कर रहने की जो अरुचि होती है, उसे वह जाति और देश दोनों के लिए हानिकारक समझते थे। यही कारण था कि गाँव की ललनाएँ उनकी निन्दक थीं। कोई-कोई तो उन्हें अपना शत्रु समझने में भी संकोच न करती थीं। स्वयं उनकी पत्नी को ही इस विषय में उनसे विरोध था। यह इसलिए नहीं कि उसे अपने सास-ससुर, देवर या जेठ आदि से घृणा थी, बल्कि उसका विचार था कि यदि बहुत कुछ सहने और तरह देने पर भी परिवार के साथ निर्वाह न हो सके, तो आये-दिन की कलह से जीवन को नष्ट करने की अपेक्षा यही उत्तम है कि अपनी खिचड़ी अलग पकायी जाये।

आनन्दी एक बड़े उच्च कुल की लड़की थी। उसके बाप एक छोटी-सी रियासत के ताल्लुकेदार थे। विशाल भवन, एक हाथी, तीन कुत्ते, बाज, बहरी-शिकरे, झाड़-फानूस, आनरेरी मजिस्ट्रेटी, और ऋण, जो एक प्रतिष्ठित ताल्लुकेदार के भोग्य पदार्थ हैं, सभी यहाँ विद्यमान थे। नाम था भूपसिंह। बड़े उदार-चित्त और प्रतिभाशाली पुरुष थे, पर दुर्भाग्य से लड़का एक भी न था। सात लड़कियाँ हुईं और दैवयोग से सब-की-सब जीवित रहीं। पहली उमंग में तो उन्होंने तीन ब्याह दिल खोल कर किये; पर पन्द्रह-बीस हजार रुपयों का कर्ज सिर पर हो गया, तो आँखें खुलीं, हाथ समेट लिया। आनन्दी चौथी लड़की थी। वह अपनी सब बहनों से अधिक रूपवती और गुणवती थी। इससे ठाकुर भूपसिंह उसे बहुत प्यार करते थे। सुन्दर सन्तान को कदाचित् उसके माता-पिता भी अधिक चाहते हैं। ठाकुर साहब बड़े धर्म-संकट में थे कि इसका विवाह कहाँ करें? न तो यही चाहते थे कि ऋण का बोझ बढ़े और न यही स्वीकार था कि उसे अपने को भाग्यहीन समझना पड़े। एक दिन श्रीकण्ठ उनके पास किसी चन्दे का रुपया माँगने आया। शायद नागरी-प्रचार का चन्दा था। भूपसिंह उनके स्वभाव पर रीझ गये और धूमधाम से श्रीकण्ठ सिंह का आनन्दी के साथ ब्याह हो गया।

आनन्दी अपने नये घर में आयी, तो यहाँ का रंग-ढंग कुछ और ही देखा। जिस टीम-टाम की उसे बचपन से ही आदत पड़ी हुई थी, वह यहाँ नाम-मात्र को भी न थी। हाथी-घोड़ों का तो कहना ही क्या, कोई सजी हुई सुन्दर बहली तक न थी। रेशमी स्लीपर साथ लायी थी, पर यहाँ बाग कहाँ।

मकान में खिड़कियाँ तक न थीं। न जमीन पर फर्श, न दीवार पर तस्वीरें। यह एक सीधा-सादा देहाती गृहस्थ का मकान था, किन्तु आनन्दी ने थोड़े ही दिनों में अपने को इस नयी अवस्था के ऐसा अनुकूल बना लिया, मानो उसने विलास के सामान कभी देखे ही न थे।

2

एक दिन दोपहर के समय लालबिहारी सिंह दो चिड़िया लिए हुए आया और भावज से बोला—जल्दी से पका दो, मुझे भूख लगी है। आनन्दी भोजन बनाकर उसकी राह देख रही थी। अब वह नया व्यंजन बनाने बैठी। हाँड़ी में देखा, तो घी पाव-भर से अधिक न था। बड़े घर की बेटी, किफायत क्या जाने। उसने सब घी मांस में डाल दिया। लालबिहारी खाने बैठा, तो दाल में घी न था, बोला—दाल में घी क्यों नहीं छोड़ा?

आनन्दी ने कहा—घी सब मांस में पड़ गया। लालबिहारी जोर से बोला—अभी परसों घी आया है। इतना जल्द उठ गया?

आनन्दी ने उत्तर दिया—आज तो कुल पाव-भर रहा होगा। वह सब मैंने मांस में डाल दिया।

जिस तरह सूखी लकड़ी जल्दी से जल उठती है—उसी तरह क्षुधा से बावला मनुष्य जरा-जरा सी बात पर तिनक जाता है। लालबिहारी को भावज की यह ढिठाई बहुत बुरी मालूम हुई, तिनक कर बोला—मैके में तो चाहे घी की नदी बहती हो!

स्त्री गालियाँ सह लेती है, मार भी सह लेती है; पर मैके की निन्दा उससे नहीं सही जाती। आनन्दी मुँह फेर कर बोली—हाथी मरा भी, तो नौ लाख का। वहाँ इतना घी नित्य नाई-कहार खा जाते हैं।

लालबिहारी जल गया, थाली उठाकर पलट दी, और बोला—जी चाहता है, जीभ पकड़ कर खींच लूँ।

आनन्दी को भी क्रोध आ गया। मुँह लाल हो गया, बोली—वह होते तो आज इसका मजा चखाते।

अब अपढ़, उजड्ड ठाकुर से न रहा गया। उसकी स्त्री एक साधारण जमींदार की बेटी थी। जब जी चाहता, उस पर हाथ साफ कर लिया करता था। खड़ाऊँ उठाकर आनन्दी की ओर जोर से फेंकी, और बोला—जिसके गुमान पर भूली हुई हो, उसे भी देखूँगा और तुम्हें भी।

आनन्दी ने हाथ से खड़ाऊँ रोकी, सिर बच गया। पर उँगली में बड़ी चोट आयी। क्रोध के मारे हवा से हिलते पत्ते की भाँति काँपती हुई अपने कमरे में आ कर खड़ी हो गयी। स्त्री का बल और साहस, मान और मर्यादा पति तक है। उसे अपने पति के ही बल और पुरुषत्व का घंमड होता है। आनन्दी खून का घूँट पी कर रह गयी।

3

श्रीकण्ठ सिंह शनिवार को घर आया करते थे। बृहस्पति को यह घटना हुई थी। दो दिन तक आनन्दी कोप-भवन में रही। न कुछ खाया न पिया, उनकी बाट देखती रही। अन्त में शनिवार को वह नियमानुकूल सन्ध्या समय घर आये और बाहर बैठ कर कुछ इधर-उधर की बातें, कुछ देश-काल सम्बन्धी समाचार तथा कुछ नये मुकदमों आदि की चर्चा करने लगे। यह वार्तालाप दस बजे रात तक होता रहा। गाँव के भद्र पुरुषों को इन बातों में ऐसा आनन्द मिलता था कि खाने-पीने की भी सुधि न रहती थी। श्रीकण्ठ को पिंड छुड़ाना मुश्किल हो जाता था। ये दो-तीन घण्टे आनन्दी ने बड़े कष्ट से काटे! किसी तरह भोजन का समय आया। पंचायत उठी। एकांत हुआ, तो लालबिहारी ने कहा—भैया, आप जरा भाभी को समझा दीजिएगा कि मुँह सँभाल कर बातचीत किया करें, नहीं तो एक दिन अनर्थ हो जायेगा।

बेनीमाधव सिंह ने बेटे की ओर से साक्षी दी—हाँ, बहू-बेटियों का यह स्वभाव अच्छा नहीं कि मर्दों के मुँह लगें।

लालबिहारी—वह बड़े घर की बेटी हैं, तो हम भी कोई कुर्मी-कहार नहीं हैं। श्रीकण्ठ ने चिन्तित स्वर से पूछा—आखिर बात क्या हुई?

लालबिहारी ने कहा—कुछ भी नहीं; यों ही आप ही आप उलझ पड़ीं। मैके के सामने हम लोगों को कुछ समझतीं ही नहीं।

श्रीकण्ठ खा-पी कर आनन्दी के पास गये। वह भरी बैठी थी। यह हजरत भी कुछ तीखे थे। आनन्दी ने पूछा—चित्त तो प्रसन्न है।

श्रीकण्ठ बोले—बहुत प्रसन्न है। पर तुमने आजकल घर में यह क्या उपद्रव मचा रखा है?

आनन्दी की त्योरियों पर बल पड़ गये, झुंझलाहट के मारे बदन में ज्वाला-सी दहक उठी। बोली—जिसने तुमसे यह आग लगायी है, उसे पाऊँ, तो मुँह झुलस दूँ।

श्रीकण्ठ—इतनी गरम क्यों होती हो, बात तो कहो।

आनन्दी—क्या कहूँ, यह मेरे भाग्य का फेर है! नहीं तो गँवार छोकरा, जिसको चपरासगिरी करने का भी शऊर नहीं, मुझे खड़ाऊँ से मार कर यों न अकड़ता।

श्रीकण्ठ—सब हाल साफ-साफ कहो, तो मालूम हो। मुझे तो कुछ पता नहीं।

आनन्दी—परसों तुम्हारे लाड़ले भाई ने मुझसे मांस पकाने को कहा। घी हाँड़ी में पाव-भर से अधिक न था। वह सब मैंने मांस में डाल दिया। जब खाने बैठा तो कहने लगा—दाल में घी क्यों नहीं है। बस, इसी पर मेरे मैके को बुरा-भला कहने लगा—मुझसे न रहा गया। मैंने कहा कि वहाँ इतना घी तो नाई-कहार खा जाते हैं, और किसी को जान भी नहीं पड़ता। बस इतनी सी बात पर इस अन्यायी ने मुझ पर खड़ाऊँ फेंक मारी। यदि हाथ से न रोक लूँ, तो सिर फट जाये। उसी से पूछो, मैंने जो कुछ कहा है, वह सच है या झूठ।

श्रीकण्ठ की आँखें लाल हो गयीं। बोले—यहाँ तक हो गया, इस छोकरे का यह साहस!

आनन्दी स्त्रियों के स्वभावानुसार रोने लगी क्योंकि आँसू उनकी पलकों पर रहते हैं। श्रीकण्ठ बड़े धैर्यवान और शांत पुरुष थे। उन्हें कदाचित् ही कभी क्रोध आता था; स्त्रियों के आँसू पुरुषों की क्रोधाग्नि भड़काने में तेल का काम देते हैं। रात भर करवटें बदलते रहे। उद्विग्नता के कारण पलक तक नहीं झपकी। प्रातःकाल अपने बाप के पास जाकर बोले—दादा, अब इस घर में मेरा निबाह न होगा।

इस तरह की विद्रोहपूर्ण बातें कहने पर श्रीकण्ठ ने कितनी ही बार अपने कई मित्रों को आड़े हाथों लिया था; परन्तु दुर्भाग्य, आज उन्हें स्वयं वे ही बातें अपने मुँह से कहनी पड़ीं; दूसरों को उपदेश देना भी कितना सहज है।

बेनीमाधव सिंह घबरा उठे और बोले—क्यों?

श्रीकण्ठ—इसलिए कि मुझे भी अपनी मान-प्रतिष्ठा का कुछ विचार है। आपके घर में अब अन्याय और हठ का प्रकोप हो रहा है। जिनको बड़ों का आदर-सम्मान करना चाहिए, वे उनके सिर चढ़ते हैं। मैं दूसरे का नौकर ठहरा, घर पर रहता नहीं। यहाँ मेरे पीछे स्त्रियों पर खड़ाऊँ और जूतों की बौछारें

होती हैं। कड़ी बात तक चिन्ता नहीं। कोई एक की दो कह ले, वहाँ तक मैं सह सकता हूँ किन्तु यह कदापि नहीं हो सकता कि मेरे ऊपर लात-घूँसे पड़ें और मैं दम न मारूँ।

बेनीमाधव सिंह कुछ जवाब न दे सके। श्रीकण्ठ सदैव उनका आदर करते थे। उनके ऐसे तेवर देख कर बूढ़ा ठाकुर अवाक् रह गया। केवल इतना ही बोला—बेटा, तुम बुद्धिमान हो कर ऐसी बातें करते हो? स्त्रियाँ इस तरह घर का नाश कर देती हैं। उनको बहुत सिर चढ़ाना अच्छा नहीं।

श्रीकण्ठ—इतना मैं जानता हूँ, आपके आशीर्वाद से ऐसा मूर्ख नहीं हूँ। आप स्वयं जानते हैं कि मेरे ही समझाने-बुझाने से, इसी गाँव में कई घर सँभल गये, पर जिस स्त्री की मान-प्रतिष्ठा का ईश्वर के दरबार में उत्तरदाता हूँ, उसके प्रति ऐसा घोर अन्याय और पशुवत् व्यवहार मुझे असह्य है। आप सच मानिए, मेरे लिए यही कुछ कम नहीं है कि लालबिहारी को कुछ दण्ड नहीं देता।

अब बेनीमाधव सिंह भी गरमाये। ऐसी बातें और न सुन सके। बोले—लालबिहारी तुम्हारा भाई है। उससे जब कभी भूल-चूक हो, उसके कान पकड़ो लेकिन...

श्रीकण्ठ—लालबिहारी को मैं अब अपना भाई नहीं समझता।

बेनीमाधव सिंह—स्त्री के पीछे?

श्रीकण्ठ—जी नहीं, उसकी क्रूरता और अविवेक के कारण।

दोनों कुछ देर चुप रहे। ठाकुर साहब लड़के का क्रोध शान्त करना चाहते थे। लेकिन यह नहीं स्वीकार करना चाहते थे कि लालबिहारी ने कोई अनुचित काम किया है। इसी बीच में गाँव के और कई सज्जन हुक्के-चिलम के बहाने वहाँ आ बैठे। कई स्त्रियों ने जब यह सुना कि श्रीकण्ठ पत्नी के पीछे पिता से लड़ने को तैयार है, तो उन्हें बड़ा हर्ष हुआ। दोनों पक्षों की मधुर वाणियाँ सुनने के लिए उनकी आत्माएँ तिलमिलाने लगीं। गाँव में कुछ ऐसे कुटिल मनुष्य भी थे, जो इस कुल की नीतिपूर्ण गति पर मन ही मन जलते थे। वे कहा करते थे—श्रीकण्ठ अपने बाप से दबता है, इसीलिए वह दब्बू है। उसने विद्या पढ़ी, इसलिए वह किताबों का कीड़ा है। बेनीमाधव सिंह उसकी सलाह के बिना कोई काम नहीं करते, यह उनकी मूर्खता है। इन महानुभावों की शुभकामनाएँ आज पूरी होती दिखाई दीं। कोई हुक्का पीने के बहाने और कोई लगान की रसीद दिखाने आ कर बैठ गया। बेनीमाधव सिंह

पुराने आदमी थे। इन भावों को ताड़ गये। उन्होंने निश्चय किया चाहे कुछ ही क्यों न हो, इन द्रोहियों को ताली बजाने का अवसर न दूँगा। तुरन्त कोमल शब्दों में बोले—बेटा, मैं तुमसे बाहर नहीं हूँ। तुम्हारा जो जी चाहे करो, अब तो लड़के से अपराध हो गया।

इलाहाबाद का अनुभव-रहित झल्लाया हुआ ग्रेजुएट इस बात को न समझ सका। उसे डिबेटिंग-क्लब में अपनी बात पर अड़ने की आदत थी, इन हथकंडों की उसे क्या खबर? बाप ने जिस मतलब से बात पलटी थी, वह उसकी समझ में न आयी। बोला—लालबिहारी के साथ अब इस घर में नहीं रह सकता।

बेनीमाधव—बेटा, बुद्धिमान लोग मूर्खों की बात पर ध्यान नहीं देते। वह बेसमझ लड़का है। उससे जो कुछ भूल हुई, उसे तुम बड़े हो कर क्षमा करो।

श्रीकण्ठ—उसकी इस दुष्टता को मैं कदापि नहीं सह सकता। या तो वही घर में रहेगा, या मैं ही। आपको यदि वह अधिक प्यारा है, तो मुझे विदा कीजिए, मैं अपना भार आप सँभाल लूँगा। यदि मुझे रखना चाहते हैं तो उससे कहिए, जहाँ चाहे चला जाये। बस यह मेरा अन्तिम निश्चय है।

लालबिहारी सिंह दरवाजे की चौखट पर चुपचाप खड़ा बड़े भाई की बातें सुन रहा था। वह उनका बहुत आदर करता था। उसे कभी इतना साहस न हुआ था कि श्रीकण्ठ के सामने चारपाई पर बैठ जाय, हुक्का पी ले या पान खा ले। बाप का भी वह इतना मान न करता था। श्रीकण्ठ का भी उस पर हार्दिक स्नेह था। अपने होश में उन्होंने कभी उसे घुड़का तक न था। जब वह इलाहाबाद से आते, तो उसके लिए कोई न कोई वस्तु अवश्य लाते। मुगदर की जोड़ी उन्होंने ही बनवा दी थी। पिछले साल जब उसने अपने से ड्योढ़े जवान को नागपंचमी के दिन दंगल में पछाड़ दिया, तो उन्होंने पुलकित हो कर अखाड़े में ही जाकर उसे गले से लगा लिया था, पाँच रुपये के पैसे लुटाये थे। ऐसे भाई के मुँह से आज ऐसी हृदय-विदारक बात सुन कर लालबिहारी को बड़ी ग्लानि हुई। वह फूट-फूट कर रोने लगा। इसमें सन्देह नहीं कि अपने किये पर पछता रहा था। भाई के आने से एक दिन पहले से उसकी छाती धड़कती थी कि देखूँ भैया क्या कहते हैं। मैं उनके सम्मुख कैसे जाऊँगा, उनसे कैसे बोलूँगा, मेरी आँखें उनके सामने कैसे उठेंगी। उसने समझा था कि भैया मुझे बुला कर समझा देंगे। इस आशा के विपरीत आज उसने उन्हें निर्दयता की मूर्ति बने हुए पाया। वह मूर्ख था। परन्तु उसका मन कहता था कि भैया मेरे साथ अन्याय कर रहे हैं। यदि श्रीकण्ठ उसे अकेले में बुला कर दो-चार बातें

कह देते; इतना ही नहीं दो-चार तमाचे भी लगा देते तो कदाचित् उसे इतना दुःख न होता; पर भाई का यह कहना कि अब मैं इसकी सूरत नहीं देखना चाहता, लालबिहारी से सहा न गया। वह रोता हुआ घर आया। कोठरी में जाकर कपड़े पहने, आँखें पोंछीं, जिससे कोई यह न समझे कि रोता था। तब आनन्दी के द्वार पर आकर बोला—भाभी, भैया ने निश्चय किया है कि वह मेरे साथ इस घर में न रहेंगे। अब वह मेरा मुँह नहीं देखना चाहते, इसलिए अब मैं जाता हूँ। उन्हें फिर मुँह न दिखाऊँगा। मुझसे जो कुछ अपराध हुआ, उसे क्षमा करना।

यह कहते-कहते लालबिहारी का गला भर आया।

जिस समय लालबिहारी सिंह सिर झुकाये आनन्दी के द्वार पर खड़ा था, उसी समय श्रीकण्ठ सिंह भी आँखें लाल किये बाहर से आये। भाई को खड़ा देखा, तो घृणा से आँखें फेर लीं, और कतरा कर निकल गये। मानो उसकी परछाईं से दूर भागते हों।

आनन्दी ने लालबिहारी की शिकायत तो की थी, लेकिन अब मन में पछता रही थी। वह स्वभाव से ही दयावती थी। उसे इसका तनिक भी ध्यान न था कि बात इतनी बढ़ जायेगी। वह मन में अपने पति पर झुँझला रही थी कि यह इतने गरम क्यों होते हैं। उस पर यह भय भी लगा हुआ था कि कहीं मुझसे इलाहाबाद चलने को कहें, तो कैसे क्या करूँगी। इस बीच में जब उसने लालबिहारी को दरवाजे पर खड़े यह कहते सुना कि अब मैं जाता हूँ, मुझसे जो कुछ अपराध हुआ, क्षमा करना, तो उसका रहा-सहा क्रोध भी पानी हो गया। वह रोने लगी। मन का मैल धोने के लिए नयन-जल से उपयुक्त और कोई वस्तु नहीं है।

श्रीकण्ठ को देख कर आनन्दी ने कहा—लाला बाहर खड़े बहुत रो रहे हैं।

श्रीकण्ठ—तो मैं क्या करूँ?

आनन्दी—भीतर बुला लो। मेरी जीभ में आग लगे। मैंने कहाँ से यह झगड़ा उठाया।

श्रीकण्ठ—मैं न बुलाऊँगा।

आनन्दी—पछताओगे। उन्हें बहुत ग्लानि हो गयी है, ऐसा न हो, कहीं चल दें।

श्रीकण्ठ न उठे। इतने में लालबिहारी ने फिर कहा—भाभी, भैया से मेरा प्रणाम कह दो। वह मेरा मुँह नहीं देखना चाहते। इसलिए मैं भी अपना मुँह उन्हें न दिखाऊँगा।

लालबिहारी इतना कह कर लौट पड़ा। और शीघ्रता से दरवाजे की ओर बढ़ा। अन्त में आनन्दी कमरे से निकली और उसका हाथ पकड़ लिया। लालबिहारी ने पीछे फिर कर देखा और आँखों में आँसू भरे बोला–मुझे जाने दो।

आनन्दी–कहाँ जाते हो?

लालबिहारी–जहाँ कोई मेरा मुँह न देखे।

आनन्दी–मैं न जाने दूँगी?

लालबिहारी–मैं तुम लोगों के साथ रहने योग्य नहीं हूँ।

आनन्दी–तुम्हें मेरी सौगन्ध, अब एक पग भी आगे न बढ़ाना।

लालबिहारी–जब तक मुझे यह न मालूम हो जाय कि भैया का मन मेरी तरफ से साफ हो गया, तब तक मैं इस घर में कदापि न रहूँगा।

आनन्दी–मैं इश्वर को साक्षी दे कर कहती हूँ कि तुम्हारी ओर से मेरे मन में तनिक भी मैल नहीं है।

अब श्रीकण्ठ का हृदय भी पिघला। उन्होंने बाहर आ कर लालबिहारी को गले लगा लिया। दोनों भाई खूब फूट-फूटकर रोये। लालबिहारी ने सिसकते हुए कहा–भैया, अब कभी मत कहना कि तुम्हारा मुँह न देखूँगा। इसके सिवा आप जो दण्ड देंगे, मैं सहर्ष स्वीकार करूँगा।

श्रीकण्ठ ने काँपते हुए स्वर से कहा–लल्लू! इन बातों को बिल्कुल भूल जाओ। ईश्वर चाहेगा, तो फिर ऐसा अवसर न आवेगा।

बेनीमाधव सिंह बाहर से आ रहे थे। दोनों भाइयों को गले मिलते देख कर आनन्द से पुलकित हो गये। बोल उठे–बड़े घर की बेटियाँ ऐसी ही होती हैं। बिगड़ता हुआ काम बना लेती हैं।

गाँव में जिसने यह वृत्तान्त सुना, उसी ने इन शब्दों में आनन्दी की उदारता को सराहा–'बड़े घर की बेटियाँ ऐसी ही होती हैं।'

(प्रथम प्रकाशन : ज़माना/दिसम्बर 1910)

बूढ़ी काकी

बुढ़ापा बहुधा बचपन का पुनरागमन हुआ करता है। बूढ़ी काकी में जिह्वा-स्वाद के सिवा और कोई चेष्टा शेष न थी और न अपने कष्टों की ओर आकर्षित करने का, रोने के अतिरिक्त कोई दूसरा सहारा ही। समस्त इन्द्रियाँ, नेत्र, हाथ और पैर जवाब दे चुके थे! पृथ्वी पर पड़ी रहती और घर वाले कोई बात उनकी इच्छा के प्रतिकूल करते, भोजन का समय टल जाता या उसका परिमाण पूर्ण न होता, अथवा बाजार से कोई वस्तु आती और न मिलती तो ये रोने लगती थीं। उनका रोना-सिसकना साधारण रोना न था, वे गला फाड़-फाड़ कर रोती थीं।

उनके पतिदेव को स्वर्ग सिधारे कालान्तर हो चुका था। बेटे तरुण हो-हो कर चल बसे थे। अब एक भतीजे के सिवाय और कोई न था। उसी भतीजे के नाम उन्होंने अपनी सारी सम्पत्ति लिख दी। भतीजे ने सारी सम्पत्ति लिखाते समय खूब लम्बे-चौड़े वादे किये, किन्तु वे सब वादे केवल कुली डिपो के दलालों के दिखाये हुए सब्जबाग थे। यद्यपि उस सम्पत्ति की वार्षिक आय डेढ़-दो सौ रुपये से कम न थी तथापि बूढ़ी काकी को पेट भर भोजन भी कठिनाई से मिलता था। इसमें उनके भतीजे पण्डित बुद्धिराम का अपराध था अथवा उनकी अर्द्धांगिनी श्रीमती रूपा का, इसका निर्णय करना सहज नहीं। बुद्धिराम स्वभाव के सज्जन थे, किन्तु उसी समय तक जब कि उनके कोष पर कोई आँच न आये। रूपा स्वभाव से तीव्र थी सही, पर ईश्वर से डरती थी। अतएव बूढ़ी काकी को उसकी तीव्रता उतनी न खलती थी जितनी बुद्धिराम की भलमनसाहत।

बुद्धिराम को कभी-कभी अपने अत्याचार का खेद होता था। विचारते कि इसी सम्पत्ति के कारण मैं इस समय भलामानुष बना बैठा हूँ। यदि मौखिक आश्वासन और सूखी सहानुभूति से स्थिति में सुधार हो सकता तो उन्हें कदाचित् कोई आपत्ति न होती, परन्तु विशेष व्यय का भय उनकी सुचेष्टा

को दबाये रखता था। यहाँ तक कि यदि द्वार पर कोई भला आदमी बैठा होता और बूढ़ी काकी उस समय अपना राग अलापने लगतीं तो वह आग हो जाते और घर में आकर उन्हें जोर से डाँटते। लड़कों को बुड्ढों से स्वाभाविक विद्वेष होता ही है और फिर जब माता-पिता का यह रंग देखते तो वे बूढ़ी काकी को और सताया करते। कोई चुटकी काट कर भागता, कोई उन पर पानी की कुल्ली कर देता! काकी चीख मार कर रोतीं, परन्तु यह बात प्रसिद्ध थी कि वह केवल खाने के लिए रोती हैं, अतएव उनके सन्ताप और आर्त्तनाद पर कोई ध्यान नहीं देता था। हाँ, काकी क्रोधातुर हो कर बच्चों को गालियाँ देने लगतीं तो रूपा घटनास्थल पर आ पहुँचती। इस भय से काकी अपनी जिह्वा कृपाण का कदाचित् ही प्रयोग करती थीं, यद्यपि उपद्रव-शान्ति का यह उपाय रोने से कहीं अधिक उपयुक्त था।

सम्पूर्ण परिवार में यदि काकी से किसी को अनुराग था, तो वह बुद्धिराम की छोटी लड़की लाडली थी। लाडली अपने दोनों भाइयों के भय से अपने हिस्से की मिठाई-चबैना बूढ़ी काकी के पास बैठ कर खाया करती थी। यही उसका रक्षागार था और यद्यपि काकी की शरण उनकी लोलुपता के कारण बहुत महँगी पड़ती थी, तथापि भाइयों के अन्याय से कहीं सुलभ थी। इसी स्वार्थानुकूलता ने उन दोनों में सहानुभूति का आरोपण कर दिया था।

2

रात का समय था। बुद्धिराम के द्वार पर शहनाई बज रही थी और गाँव के बच्चों का झुण्ड विस्मयपूर्ण नेत्रों से गाने का रसास्वादन कर रहा था। चारपाइयों पर मेहमान विश्राम करते हुए नाइयों से मुक्कियाँ लगवा रहे थे। समीप ही खड़ा हुआ भाट विरुदावली सुना रहा था और कुछ भावज्ञ मेहमानों की 'वाह, वाह' पर ऐसा खुश हो रहा था मानो इस वाह-वाह का यथार्थ में वही अधिकारी है। दो-एक अंग्रेजी पढ़े हुए नवयुवक इन व्यवहारों से उदासीन थे। वे इस गँवार मण्डली में बोलना अथवा सम्मिलित होना अपनी प्रतिष्ठा के प्रतिकूल समझते थे।

आज बुद्धिराम के बड़े लड़के मुखराम का तिलक आया है। यह उसी का उत्सव है। घर के भीतर स्त्रियाँ गा रही थीं और रूपा मेहमानों के लिए भोजन के प्रबन्ध में व्यस्त थी। भट्ठियों पर कड़ाह चढ़ रहे थे। एक में पूड़ियाँ-कचौड़ियाँ निकल रही थीं, दूसरे में अन्य पकवान बनते थे। एक बड़े हण्डे में मसालेदार

तरकारी पक रही थी। घी और मसाले की क्षुधावर्द्धक सुगन्धि चारों ओर फैली हुई थी।

बूढ़ी काकी अपनी कोठरी में शोकमय विचार की भाँति बैठी हुई थीं। यह स्वाद-मिश्रित सुगन्धि उन्हें बेचैन कर रही थी। वे मन ही मन विचार कर रही थीं, सम्भवतः मुझे पूड़ियाँ न मिलेंगी। इतनी देर हो गयी, कोई भोजन लेकर नहीं आया। मालूम होता है, सब लोग भोजन कर चुके हैं। मेरे लिए कुछ न बचा। यह सोच कर उन्हें रोना आया, परन्तु अशकुन के भय से वह रो न सकीं।

'आहा! कैसी सुगन्धि है? अब मुझे कौन पूछता है? जब रोटियों ही के लाले पड़े हैं तब ऐसे भाग्य कहाँ कि भरपेट पूड़ियाँ मिलें?' यह विचार कर उन्हें रोना आया, कलेजे में हूक-सी उठने लगी। परन्तु रूपा के भय से उन्होंने फिर मौन धारण कर लिया।

बूढ़ी काकी देर तक इन्हीं दुःखदायक विचारों में डूबी रहीं। घी और मसालों की सुगन्धि रह-रह कर मन को आपे से बाहर किये देती थी। मुँह में पानी भर-भर आता था। पूड़ियों का स्वाद स्मरण करके हृदय में गुदगुदी होने लगती थी। किसे पुकारूँ, आज लाडली बेटी भी नहीं आयी। दोनों छोकड़े सदा दिक किया करते हैं। आज उनका भी कहीं पता नहीं। कुछ मालूम तो होता कि क्या बन रहा है।

बूढ़ी काकी की कल्पना में पूड़ियों की तस्वीर नाचने लगी। खूब लाल-लाल, फूली-फूली, नरम-नरम होंगी। रूपा ने भली-भाँति भोजन किया होगा। कचौड़ियों में अजवाइन और इलायची की महक आ रही होगी। एक पूड़ी मिलती तो जरा हाथ में ले कर देखती। क्यों न चल कर कड़ाह के सामने ही बैठूँ। पूड़ियाँ छन-छन कर तैयार होंगी। कड़ाह से गरम-गरम निकालकर थाल में रखी जाती होंगी। फूल हम घर में भी सूँघ सकते हैं; परन्तु वाटिका में कुछ और बात होती है। इस प्रकार निर्णय करके बूढ़ी काकी उकड़ूँ बैठ कर हाथों के बल सरकती हुई बड़ी कठिनाई से चौखट से उतरीं और धीरे-धीरे रेंगती हुई कड़ाह के पास आ बैठीं। यहाँ आने पर उन्हें उतना ही धैर्य हुआ जितना भूखे कुत्ते को खाने वाले के सम्मुख बैठने में होता है।

रूपा उस समय कार्य-भार से उद्विग्न हो रही थी। कभी इस कोठे में जाती, कभी उस कोठे में, कभी कड़ाह के पास आती, कभी भण्डार में जाती। किसी ने बाहर से आकर कहा—'महाराज ठण्डाई माँग रहे हैं।' ठण्डाई देने लगी। इतने में फिर किसी ने आ कर कहा—'भाट आया है, उसे कुछ दे दो।' भाट

के लिए सीधा निकाल रही थी कि एक तीसरे आदमी ने आ कर पूछा—'अभी भोजन तैयार होने में कितना विलम्ब है? जरा ढोल-मजीरा उतार दो।' बेचारी अकेली स्त्री दौड़ते-दौड़ते व्याकुल हो रही थी, झुँझलाती थी, कुढ़ती थी, परन्तु क्रोध प्रकट करने का अवसर न पाती थी। भय होता, कहीं पड़ोसिनें यह न कहने लगें कि इतने में उबल पड़ीं। प्यास से स्वयं कण्ठ सूख रहा था। गर्मी के मारे फुँकी जाती थी, परन्तु इतना अवकाश भी नहीं था कि जरा पानी पी ले अथवा पंखा ले कर झले। यह भी खटका था कि जरा आँख हटी और चीजों की लूट मची। इस अवस्था में उसने बूढ़ी काकी को कड़ाह के पास बैठी देखा तो जल गयी। क्रोध न रुक सका। इसका भी ध्यान न रहा कि पड़ोसिनें बैठी हुई हैं, मन में क्या कहेंगी, पुरुषों में लोग सुनेंगे तो क्या कहेंगे। जिस प्रकार मेंढक केंचुए पर झपटता है, उसी प्रकार वह बूढ़ी काकी पर झपटी और उन्हें दोनों हाथों से झटककर बोली—ऐसे पेट में आग लगे, पेट है या भाड़? कोठरी में बैठते हुए क्या दम घुटता था? अभी मेहमानों ने नहीं खाया, भगवान् को भोग नहीं लगा, तब तक धैर्य न हो सका? आ कर छाती पर सवार हो गयी। जल जाय ऐसी जीभ। दिन भर खाती न होती तो न जाने किसकी हाँड़ी में मुँह डालती? गाँव देखेगा तो कहेगा कि बुढ़िया भरपेट खाने को नहीं पाती तभी तो इस तरह मुँह बाये फिरती है। डायन न मरे न माँचा छोड़े। नाम बेचने पर लगी है। नाक कटवा कर दम लेगी। इतना ठूँसती है, न जाने कहाँ भस्म हो जाता है। भला चाहती हो तो जा कर कोठरी में बैठो, जब घर के लोग खाने लगेंगे तब तुम्हें भी मिलेगा। तुम कोई देवी नहीं हो कि चाहे किसी के मुँह में पानी न जाय, परन्तु तुम्हारी पूजा पहले ही हो जाय।

बूढ़ी काकी ने सिर उठाया; न रोईं न बोलीं। चुपचाप रेंगती हुई अपनी कोठरी में चली गयीं। आवाज ऐसी कठोर थी कि हृदय और मस्तिष्क की सम्पूर्ण शक्तियाँ, सम्पूर्ण विचार और सम्पूर्ण भार उसी ओर आकर्षित हो गये थे। नदी में जब कगार का कोई वृहद् खण्ड कट कर गिरता है तो आस-पास का जलसमूह चारों ओर उसी स्थान को पूरा करने के लिए दौड़ता है!

3

भोजन तैयार हो गया है। आँगन में पत्तलें पड़ गयीं, मेहमान खाने लगे। स्त्रियों ने जेवनार-गीत गाना आरम्भ कर दिया। मेहमानों के नाई और सेवकगण भी उसी मण्डली के साथ किन्तु कुछ हट कर भोजन करने बैठे थे, परन्तु सभ्यतानुसार

जब तक सब-के-सब खा न चुके कोई उठ नहीं सकता था। दो-एक मेहमान जो कुछ पढ़े-लिखे थे, सेवकों के दीर्घाहार पर झुंझला रहे थे। वे इस बन्धन को व्यर्थ और बेसिर-पैर की बात समझते थे।

बूढ़ी काकी अपनी कोठरी में जा कर पश्चात्ताप कर रही थीं कि मैं कहाँ से कहाँ गयी। उन्हें रूपा पर क्रोध नहीं था। अपनी जल्दबाजी पर दुःख था। सच ही तो है जब तक मेहमान लोग भोजन कर न चुकेंगे, घर वाले कैसे खायेंगे। मुझसे इतनी देर भी न रहा गया। सबके सामने पानी उतर गया। अब जब तक कोई बुलाने न आयेगा, न जाऊँगी।

मन ही मन इसी प्रकार का विचार कर वह बुलाने की प्रतीक्षा करने लगीं। परन्तु घी की रुचिकर सुबास बड़ी धैर्य-परीक्षक प्रतीत हो रही थी। उन्हें एक-एक पल एक-एक युग के समान मालूम होता था। अब पत्तलें बिछ गयी होंगी! अब मेहमान आ गये होंगे। लोग हाथ-पैर धो रहे हैं, नाई पानी दे रहा है। मालूम होता है लोग खाने बैठ गये। जेवनार गाया जा रहा है, यह विचार कर वह मन को बहलाने के लिए लेट गयीं। धीरे-धीरे एक गीत गुनगुनाने लगीं। उन्हें मालूम हुआ कि मुझे गाते देर हो गयी। क्या इतनी देर तक लोग भोजन कर ही रहे होंगे। किसी की आवाज नहीं सुनायी देती। अवश्य ही लोग खा-पी कर चले गये। मुझे कोई बुलाने नहीं आया। रूपा चिढ़ गयी है, क्या जाने न बुलाये। सोचती हो कि आप ही आवेंगी, वह कोई मेहमान तो नहीं जो उन्हें बुलाऊँ। बूढ़ी काकी चलने के लिए तैयार हुई। यह विश्वास कि एक मिनट में पूड़ियाँ और मसालेदार तरकारियाँ सामने आयेंगी, उनकी स्वादेन्द्रियों को गुदगुदाने लगा। उन्होंने मन में तरह-तरह के मनसूबे बाँधे—पहले तरकारी से पूड़ियाँ खाऊँगी, फिर दही और शक्कर से, कचौरियाँ रायते के साथ मजेदार मालूम होंगी। चाहे कोई बुरा माने चाहे भला, मैं तो माँग-माँग कर खाऊँगी। यही न लोग कहेंगे कि इन्हें विचार नहीं। कहा करें, इतने दिन के बाद पूड़ियाँ मिल रही हैं तो मुँह जूठा करके थोड़े ही उठ जाऊँगी।

वह उकड़ूँ बैठ कर हाथों के बल सरकती हुई आँगन में आयीं। परन्तु हा दुर्भाग्य! अभिलाषा ने अपने पुराने स्वभाव के अनुसार समय की मिथ्या कल्पना की थी। मेहमान मण्डली अभी बैठी हुई थी। कोई खा कर उँगलियाँ चाटता था, कोई तिरछे नेत्रों से देखता था कि और लोग अभी खा रहे हैं या नहीं। कोई इस चिन्ता में था कि पत्तल पर पूड़ियाँ छूटी जाती हैं किसी तरह इन्हें भीतर रख लेता। कोई दही खा कर जीभ चटकारता था, परन्तु दूसरा

दोना माँगते संकोच करता था कि इतने में बूढ़ी काकी रेंगती हुई उनके बीच में जा पहुँचीं। कई आदमी चौंक कर उठ खड़े हुए। पुकारने लगे–अरे यह बुढ़िया कौन है। यह कहाँ से आ गयी? देखो किसी को छू न दे।

पण्डित बुद्धिराम काकी को देखते ही क्रोध से तिलमिला गये। पूड़ियों का थाल लिए खड़े थे। थाल को जमीन पर पटक दिया और जिस प्रकार निर्दयी महाजन अपने किसी बेईमान और भगोड़े कर्जदार को देखते ही झपटकर उसका टेंटुआ पकड़ लेता है उसी तरह लपक कर उन्होंने काकी के दोनों हाथ पकड़े और घसीटते हुए लाकर उन्हें अँधेरी कोठरी में धम से पटक दिया। आशा-रूपी वाटिका लू के एक झोंके में नष्ट-विनष्ट हो गयी।

मेहमानों ने भोजन किया। घरवालों ने भोजन किया। बाजेवाले, धोबी, चमार भी भोजन कर चुके, परन्तु बूढ़ी काकी को किसी ने न पूछा। बुद्धिराम और रूपा दोनों ही बूढ़ी काकी को उनकी निर्लज्जता के लिए दण्ड देने का निश्चय कर चुके थे। उनके बुढ़ापे पर, दीनता पर, हतज्ञान पर किसी को करुणा न आयी थी, अकेली लाडली उनके लिए कुढ़ रही थी।

लाडली को काकी से अत्यन्त प्रेम था। बेचारी भोली लड़की थी। बाल-विनोद और चंचलता की उसमें गन्ध तक न थी। दोनों बार जब उसके माता-पिता ने काकी को निर्दयता से घसीटा तो लाडली का हृदय ऐंठ कर रह गया। वह झुंझला रही थी कि यह लोग काकी को क्यों बहुत-सी पूड़ियाँ नहीं दे देते। क्या मेहमान सब-की-सब खा जायेंगे? और यदि काकी ने मेहमानों के पहले खा लिया तो क्या बिगड़ जायेगा? वह काकी के पास जा कर उन्हें धैर्य देना चाहती थी, परन्तु माता के भय से न जाती थी। उसने अपने हिस्से की पूड़ियाँ बिल्कुल न खायी थीं। अपनी गुड़ियों की पिटारी में बन्द कर रक्खी थीं। उन पूड़ियों को काकी के पास ले जाना चाहती थी। उसका हृदय अधीर हो रहा था। बूढ़ी काकी मेरी बात सुनते ही उठ बैठेंगी, पूड़ियाँ देख कर कैसी प्रसन्न होंगी! मुझे खूब प्यार करेंगी।

4

रात को ग्यारह बज गये थे। रूपा आँगन में पड़ी सो रही थी। लाडली की आँखों में नींद न आती थी। काकी को पूड़ियाँ खिलाने की खुशी उसे सोने न देती थी। उसने गुड़ियों की पिटारी सामने ही रखी थी। जब विश्वास हो गया कि अम्माँ सो रही हैं, तो वह चुपके से उठी और विचारने लगी, कैसे चलूँ।

चारों ओर अँधेरा था। केवल चूल्हों में आग चमक रही थी और चूल्हों के पास एक कुत्ता लेटा हुआ था। लाडली की दृष्टि द्वार के सामने वाले नीम की ओर गयी। उसे मालूम हुआ कि उस पर हनुमान जी बैठे हुए हैं। उनकी पूँछ, उनकी गदा, सब स्पष्ट दिखलाई दें रही है। मारे भय के उसने आँखें बन्द कर लीं। इतने में कुत्ता उठ बैठा, लाडली को ढाढ़स हुआ। कई सोये हुए मनुष्यों के बदले एक भागता हुआ कुत्ता उसके लिए अधिक धैर्य का कारण हुआ। उसने पिटारी उठायी और बूढ़ी काकी की कोठरी की ओर चली।

5

बूढ़ी काकी को केवल इतना स्मरण था कि किसी ने मेरे हाथ पकड़ कर घसीटे, फिर ऐसा मालूम हुआ कि जैसे कोई पहाड़ पर उड़ाये लिए जाता है। उनके पैर बार-बार पत्थरों से टकराये तब किसी ने उन्हें पहाड़ पर से पटका, वे मूर्छित हो गयीं।

जब वे सचेत हुईं तो किसी की जरा भी आहट न मिलती थी। समझी कि सब लोग खा-पी कर सो गये और उनके साथ मेरी तकदीर भी सो गयी। रात कैसे कटेगी? राम! क्या खाऊँ? पेट में अग्नि धधक रही है। हा! किसी ने मेरी सुधि न ली! क्या मेरा पेट काटने से धन जुड़ जायेगा? इन लोगों को इतनी भी दया नहीं आती कि न जाने बुढ़िया कब मर जाय? उसका जी क्यों दुखावें? मैं पेट की रोटियाँ ही खाती हूँ कि और कुछ? इस पर यह हाल। मैं अन्धी, अपाहिज ठहरी, न कुछ सुनूँ न बूझूँ। यदि आँगन में चली गयी तो क्या बुद्धिराम से इतना कहते न बनता था कि काकी, अभी लोग खा रहे हैं, फिर आना। मुझे घसीटा, पटका। उन्हीं पूड़ियों के लिए रूपा ने सबके सामने गालियाँ दीं। उन्हीं पूड़ियों के लिए इतनी दुर्गति करने पर भी उनका पत्थर का कलेजा न पसीजा। सबको खिलाया, मेरी बात तक न पूछी। जब तब ही न दीं, तब अब क्या देंगे?

यह विचार कर काकी निराशामय सन्तोष के साथ लेट गयीं। ग्लानि से गला भर-भर आता था, परन्तु मेहमानों के भय से रोती न थीं।

सहसा उनके कानों में आवाज़ आयी—''काकी उठो; मैं पूड़ियाँ लायी हूँ।'' काकी ने लाडली की बोली पहचानी। चटपट उठ बैठीं। दोनों हाथों से लाडली को टटोला और उसे गोद में बैठा लिया। लाडली ने पूड़ियाँ निकाल कर दीं।

काकी ने पूछा—क्या तुम्हारी अम्माँ ने दी हैं?

लाडली ने कहा—नहीं, यह मेरे हिस्से की हैं।

काकी पूड़ियों पर टूट पड़ीं। पाँच मिनट में पिटारी खाली हो गयी।

लाडली ने पूछा—काकी, पेट भर गया।

जैसी थोड़ी-सी वर्षा ठण्डक के स्थान पर और भी गर्मी पैदा कर देती है उसी भाँति इन थोड़ी पूड़ियों ने काकी की क्षुधा और इच्छा को और उत्तेजित कर दिया था। बोलीं—नहीं बेटी, जा कर अम्माँ से और माँग लाओ।

लाडली ने कहा—अम्माँ सोती हैं, जगाऊँगी तो मारेंगी।

काकी ने पिटारी को फिर टटोला। उसमें कुछ खुर्चन गिरे थे। उन्हें निकाल कर वे खा गयीं। बार-बार होंठ चाटती थीं, चटखारें भरती थीं।

हृदय मसोस रहा था कि और पूड़ियाँ कैसे पाऊँ। सन्तोष-सेतु जब टूट जाता है तब इच्छा का बहाव अपरिमित हो जाता है। मतवालों को मद का स्मरण करना उन्हें मदांध बनाता है। काकी का अधीर मन इच्छा के प्रबल प्रवाह में बह गया। उचित और अनुचित का विचार जाता रहा। वे कुछ देर तक उस इच्छा को रोकती रहीं। सहसा लाडली से बोलीं—मेरा हाथ पकड़ कर वहाँ ले चलो जहाँ मेहमानों ने बैठ कर भोजन किया है।

लाडली उनका अभिप्राय समझ न सकी। उसने काकी का हाथ पकड़ा और ले जा कर जूठे पत्तलों के पास बैठा दिया। दीन, क्षुधातुर, हतज्ञान बुढ़िया पत्तलों से पूड़ियों के टुकड़े चुन-चुन कर भक्षण करने लगी। ओह, दही कितना स्वादिष्ट था, कचौड़ियाँ कितनी सलोनी, खस्ता कितने सुकोमल। काकी बुद्धिहीन होते हुए भी इतना जानती थीं कि मैं वह काम कर रही हूँ, जो मुझे कदापि न करना चाहिए। मैं दूसरों की जूठी पत्तल चाट रही हूँ। परन्तु बुढ़ापा तृष्णा रोग का अन्तिम समय है, जब सम्पूर्ण इच्छाएँ एक ही केन्द्र पर आ लगती हैं। बूढ़ी काकी में यह केन्द्र उनकी स्वादेन्द्रिय थी।

ठीक उसी समय रूपा की आँखें खुलीं। उसे मालूम हुआ कि लाडली मेरे पास नहीं है। वह चौंकी, चारपाई के इधर-उधर ताकने लगी कि कहीं नीचे तो नहीं गिर पड़ी। उसे वहाँ न पाकर वह उठी तो क्या देखती है कि लाडली जूठे पत्तलों के पास चुपचाप खडी है और बूढ़ी काकी पत्तलों पर से पूड़ियों के टुकड़े उठा-उठा कर खा रही है। रूपा का हृदय सन्न हो गया। किसी गाय की गर्दन पर छुरी चलते देख कर जो अवस्था उसकी होती, वही उस समय हुई। एक ब्राह्मणी दूसरों की जूठी पत्तल टटोले, इससे अधिक शोकमय दृश्य असम्भव था। पूड़ियों के कुछ ग्रासों के लिए उसकी चचेरी सास ऐसा पतित

और निकृष्ट कर्म कर रही है। यह वह दृश्य था जिसे देखकर देखनेवालों के हृदय काँप उठते हैं। ऐसा प्रतीत होता मानो जमीन रुक गयी, आसमान चक्कर खा रहा है। संसार पर कोई आपत्ति आनेवाली है। रूपा को क्रोध न आया। शोक के सम्मुख क्रोध कहाँ? करुणा और भय से उसकी आँखें भर आयीं! इस अधर्म के पाप का भागी कौन है? उसने सच्चे हृदय से गगन-मण्डल की ओर हाथ उठाकर कहा—परमात्मा, मेरे बच्चों पर दया करो। इस अधर्म का दण्ड मुझे मत दो, नहीं तो मेरा सत्यानाश हो जायेगा।

रूपा को अपनी स्वार्थपरता और अन्याय इस प्रकार प्रत्यक्ष रूप में कभी न देख पड़े थे। वह सोचने लगी—हाय! कितनी निर्दय हूँ। जिसकी सम्पत्ति से मुझे दो सौ रुपया वार्षिक आय हो रही है, उसकी यह दुर्गति! और मेरे कारण! हे दयामय भगवान्! मुझसे बड़ी भारी चूक हुई है, मुझे क्षमा करो! आज मेरे बेटे का तिलक था। सैकड़ों मनुष्यों ने भोजन पाया। मैं उनके इशारों की दासी बनी रही। अपने नाम के लिए सैकड़ों रुपये व्यय कर दिये; परन्तु जिसकी बदौलत हजारों रुपये खाये, उसे इस उत्सव में भी भरपेट भोजन न दे सकी। केवल इसी कारण तो, वह वृद्धा असहाय है।

रूपा ने दीया जलाया, अपने भण्डार का द्वार खोला और एक थाली में सम्पूर्ण सामग्रियाँ सजा कर लिए हुए बूढ़ी काकी की ओर चली।

आधी रात जा चुकी थी, आकाश पर तारों के थाल सजे हुए थे और उन पर बैठे हुए देवगण स्वर्गीय पदार्थ सजा रहे थे, परन्तु उनमें किसी को वह परमानन्द प्राप्त न हो सकता था, जो बूढ़ी काकी को अपने सम्मुख थाल देख कर प्राप्त हुआ। रूपा ने कण्ठावरुद्ध स्वर में कहा—काकी उठो, भोजन कर लो। मुझसे आज बड़ी भूल हुई, उसका बुरा न मानना। परमात्मा से प्रार्थना कर दो कि वह मेरा अपराध क्षमा कर दें।

भोले-भाले बच्चों की भाँति, जो मिठाइयाँ पा कर मार और तिरस्कार सब भूल जाता है, बूढ़ी काकी वैसे ही सब भुला कर बैठी हुई खाना खा रही थीं। उनके एक-एक रोयें से सच्ची सदिच्छाएँ निकल रही थीं और रूपा बैठी इस स्वर्गीय दृश्य का आनन्द लेने में निमग्न थी।

(प्रथम प्रकाशन : मर्यादा/नवम्बर 1921)

शतरंज के खिलाड़ी

वाजिदअली शाह का समय था। लखनऊ विलासिता के रंग में डूबा हुआ था। छोटे-बड़े, गरीब-अमीर सभी विलासिता में डूबे हुए थे। कोई नृत्य और गान की मजलिस सजाता था, तो कोई अफीम की पीनक ही में मजे लेता था। जीवन के प्रत्येक विभाग में आमोद-प्रमोद का प्राधान्य था। शासन-विभाग में, साहित्य-क्षेत्र में, सामाजिक अवस्था में, कला-कौशल में, उद्योग-धन्धों में, आहार-व्यवहार में सर्वत्र विलासिता व्याप्त हो रही थी। राजकर्मचारी विषय-वासना में, कविगण प्रेम और विरह के वर्णन में, कारीगर कलाबत्तू और चिकन बनाने में, व्यवसायी सुरमे, इत्र, मिस्सी और उबटन का रोजगार करने में लिप्त थे। सभी की आँखों में विलासिता का मद छाया हुआ था। संसार में क्या हो रहा है, इसकी किसी को खबर न थी। बटेर लड़ रहे हैं। तीतरों की लड़ाई के लिए पाली बदी जा रही है। कहीं चौसर बिछी हुई है; पौ-बारह का शोर मचा हुआ है। कही शतरंज का घोर संग्राम छिड़ा हुआ है। राजा से लेकर रंक तक इसी धुन में मस्त थे। यहाँ तक कि फकीरों को पैसे मिलते तो वे रोटियाँ न लेकर अफीम खाते या मदक पीते। शतरंज, ताश, गंजीफ़ा खेलने से बुद्धि तीव्र होती है, विचार-शक्ति का विकास होता है, पेंचीदा मसलों को सुलझाने की आदत पड़ती है। ये दलीलें जोरों के साथ पेश की जाती थीं (इस सम्प्रदाय के लोगों से दुनिया अब भी खाली नहीं है)। इसलिए अगर मिरज़ा सज्जादअली और मीर रौशनअली अपना अधिकांश समय बुद्धि तीव्र करने में व्यतीत करते थे, तो किसी विचारशील पुरुष को क्या आपत्ति हो सकती थी? दोनों के पास मौरूसी जागीरें थीं; जीविका की कोई चिन्ता न थी; कि घर में बैठे चखौतियाँ करते थे। आखिर और करते ही क्या? प्रातःकाल दोनों मित्र नाश्ता करके बिसात बिछा कर बैठ जाते, मुहरे सज जाते, और लड़ाई के दाव-पेंच होने लगते। फिर खबर न होती थी कि कब दोपहर हुई, कब तीसरा पहर, कब शाम! घर के भीतर से बार-बार बुलावा आता कि खाना तैयार

है। यहाँ से जवाब मिलता—चलो, आते हैं, दस्तरख्वान बिछाओ। यहाँ तक कि बावरची विवश हो के कमरे ही में खाना रख जाता था, और दोनों मित्र दोनों काम साथ-साथ करते थे। मिरज़ा सज्जाद अली के घर में कोई बड़ा-बूढ़ा न था, इसलिए उन्हीं के दीवानखाने में बाजियाँ होती थीं। मगर यह बात न थी मिरज़ा के घर के और लोग उनसे इस व्यवहार से खुश हों। घरवालों का तो कहना ही क्या, मुहल्लेवाले, घर के नौकर-चाकर तक नित्य द्वेषपूर्ण टिप्पणियाँ किया करते थे—बड़ा मनहूस खेल है। घर को तबाह कर देता है। खुदा न करे, किसी को इसकी चाट पड़े, आदमी दीन-दुनिया किसी के काम का नहीं रहता, न घर का, न घाट का। बुरा रोग है। यहाँ तक कि मिरज़ा की बेगम साहबा को इससे इतना द्वेष था कि अवसर खोज-खोजकर पति को लताड़ती थीं। पर उन्हें इसका अवसर मुश्किल से मिलता था। वह सोती रहती थीं, तब तक बाजी बिछ जाती थी। और रात को जब सो जाती थीं, तब कही मिरज़ाजी घर में आते थे। हाँ, नौकरों पर वह अपना गुस्सा उतारती रहती थीं—क्या पान माँगे हैं? कह दो, आकर ले जायें। खाने की फुरसत नहीं है? ले जाकर खाना सिर पर पटक दो, खायँ चाहे कुत्ते को खिलायें। पर रूबरू वह भी कुछ न कह सकती थीं। उनको अपने पति से उतना मलाल न था, जितना मीर साहब से। उन्होंने उनका, नाम मीर बिगाड़ू रख छोड़ा था। शायद मिरज़ाजी अपनी सफाई देने के लिए सारा इलजाम मीर साहब ही के सर थोप देते थे।

एक दिन बेगम साहबा के सिर में दर्द होने लगा। उन्होंने लौंडी से कहा—जाकर मिरज़ा साहब को बुला लो। किसी हकीम के यहाँ से दवा लायें। दौड़, जल्दी कर। लौंडी गयी तो मिरज़ाजी ने कहा—चल, अभी आते हैं। बेगम साहबा का मिजा़ज गरम था। इतनी ताब कहाँ कि उनके सिर में दर्द हो और पति शतरंज खेलता रहे। चेहरा सुर्ख हो गया। लौंडी से कहा—जाकर कह, अभी चलिए, नहीं तो वह आप ही हकीम के यहाँ चली जायेंगी। मिरज़ाजी बड़ी दिलचस्प बाजी खेल रहे थे, दो ही किस्तों में मीर साहब की मात हुई जाती थी। झुँझलाकर बोले—क्या ऐसा दम लबों पर है? जरा सब्र नहीं होता?

मीर—अरे, तो जाकर सुन ही आइए न। औरतें नाजुक-मिजाज होती ही हैं।

मिरज़ा--जी हाँ, चला क्यों न जाऊँ! दो किस्तों में आपकी मात होती है।

मीर—जनाब, इस भरोसे न रहिएगा। वह चाल सोची है कि आपके मुहरे धरे रहें और मात हो जाय। पर जाइए, सुन आइए। क्यों खामख्वाह उनका दिल दुखाइएगा?

मिरज़ा—इसी बात पर मात ही करके जाऊँगा।

मीर—मैं खेलूँगा ही नहीं। आप जाकर सुन आइए।

मिरज़ा—अरे यार, जाना पड़ेगा हकीम के यहाँ। सिर-दर्द खाक नहीं है, मुझे परेशान करने का बहाना है।

मीर—कुछ भी हो, उनकी खातिर तो करनी ही पड़ेगी।

मिरज़ा—अच्छा, एक चाल और चल लूँ।

मीर—हरगिज़ नहीं, जब तक आप सुन न आयेंगे, मैं मुहरे में हाथ ही न लगाऊँगा।

मिरज़ा साहब मजबूर होकर अन्दर गये तो बेगम साहबा ने त्योरियाँ बदलकर, लेकिन कराहते हुए कहा—तुम्हें निगोड़ी शतरंज इतनी प्यारी है! चाहे कोई मर ही जाय, पर उठने का नाम नहीं लेते! नौज, कोई तुम-जैसा आदमी हो!

मिरज़ा—क्या कहूँ, मीर साहब मानते ही न थे। बड़ी मुश्किल से पीछा छुड़ाकर आया हूँ।

बेगम—क्या जैसे वह खुद निखट्टू हैं, वैसे ही सबको समझते हैं। उनके भी तो बाल-बच्चे हैं; या सबका सफाया कर डाला?

मिरज़ा—बड़ा लती आदमी है। जब आ जाता है, तब मजबूर होकर मुझे भी खेलना पड़ता है।

बेगम—दुत्कार क्यों नहीं देते?

मिरज़ा—बराबर के आदमी हैं; उम्र में, दर्जे में मुझसे दो अंगुल ऊँचे। मुलाहिज़ा करना ही पड़ता है।

बेगम—तो मैं ही दुत्कारे देती हूँ। नाराज हो जायेंगे, हो जायें। कौन किसी की रोटियाँ चला देता है। रानी रूठेंगी, अपना सुहाग लेंगी। हरिया; जा बाहर से शतरंज उठा ला। मीर साहब से कहना, मियाँ अब न खेलेंगे; आप तशरीफ ले जाइए।

मिरज़ा—हाँ-हाँ, कहीं ऐसा गजब भी न करना! जलील करना चाहती हो क्या? ठहर हरिया, कहाँ जाती है।

बेगम—जाने क्यों नहीं देते? मेरा ही खून पिये, जो उसे रोके। अच्छा, उसे रोका, मुझे रोको, तो जानूँ?

यह कहकर बेगम साहबा झल्लाई हुई दीवानखाने की तरफ चलीं। मिरज़ा बेचारे का रंग उड़ गया। बीबी की मिन्नतें करने लगे—खुदा के लिए,

तुम्हें हजरत हुसेन की कसम है। मेरी ही मैयत देखे, जो उधर जाय। लेकिन बेगम ने एक न मानी। दीवानखाने के द्वार तक गयीं, पर एकाएक पर-पुरुष के सामने जाते हुए पाँव बँध-से गये। भीतर झाँका, संयोग से कमरा खाली था। मीर साहब ने दो-एक मुहरे इधर-उधर कर दिये थे, और अपनी सफाई जताने के लिए बाहर टहल रहे थे। फिर क्या था, बेगम ने अन्दर पहुँचकर बाजी उलट दी, मुहरे कुछ तख्त के नीचे फेंक दिये, कुछ बाहर और किवाड़ अन्दर से बन्द करके कुण्डी लगा दी। मीर साहब दरवाजे पर तो थे ही, मुहरे बाहर फेंके जाते देखे, चूड़ियों की झनक भी कान में पड़ी। फिर दरवाजा बन्द हुआ, तो समझ गये, बेगम साहबा बिगड़ गयीं। चुपके से घर की राह ली।

मिरज़ा ने कहा–तुमने गजब किया।

बेगम–अब मीर साहब इधर आये, तो खड़े-खड़े निकलवा दूँगी। इतनी लौ खुदा से लगाते, तो वली हो जाते! आप तो शतरंज खेलें, और मैं यहाँ चूल्हे-चक्की की फिक्र में सिर खपाऊँ! जाते हो हकीम साहब के यहाँ कि अब भी ताम्मुल है।

मिरज़ा घर से निकले, तो हकीम के घर जाने के बदले मीर साहब के घर पहुँचे और सारा वृत्तान्त कहा। मीर साहब बोले–मैंने तो जब मुहरे बाहर आते देखे, तभी ताड़ गया। फौरन भागा। बड़ी गुस्सेवर मालूम होती हैं। मगर आपने उन्हें यों सिर चढ़ा रखा है, यह मुनासिब नहीं। उन्हें इससे क्या मतलब कि आप बाहर क्या करते हैं। घर का इन्तजाम करना उनका काम है; दूसरी बातों से उन्हें क्या सरोकार?

मिरज़ा–खैर, यह तो बताइए, अब कहाँ जमाव होगा?

मीर–इसका क्या गम है। इतना बड़ा घर पड़ा हुआ है। बस यहीं जमें।

मिरज़ा–लेकिन बेगम साहबा को कैसे मनाऊँगा? घर पर बैठा रहता था, तब तो वह इतना बिगड़ती थीं; यहाँ बैठक होगी, तो शायद जिन्दा न छोड़ेंगी।

मीर–अजी बकने भी दीजिए, दो-चार रोज में आप ही ठीक हो जायेंगी। हाँ, आप इतना कीजिए कि आज से जरा तन जाइए।

□□

मीर साहब की बेगम किसी अज्ञात कारण से मीर साहब का घर से दूर रहना ही उपयुक्त समझती थीं। इसलिए वह उनके शतरंज-प्रेम की कभी आलोचना

न करती थीं; बल्कि कभी-कभी मीर साहब को देर हो जाती, तो याद दिला देती थीं। इन कारणों से मीर साहब को भ्रम हो गया था कि मेरी स्त्री अत्यन्त विनयशील और गम्भीर है। लेकिन जब दीवानखाने में बिसात बिछने लगी, और मीर साहब दिन-भर घर में रहने लगे, तो बेगम साहबा को बड़ा कष्ट होने लगा। उनकी स्वाधीनता में बाधा पड़ गयी। दिन-भर दरवाजे पर झाँकने को तरस जातीं।

उधर नौकरों में भी कानाफूसी होने लगी। अब तक दिन-भर पड़े-पड़े मक्खियाँ मारा करते थे। घर में कोई आये, कोई जाये, उनसे कुछ मतलब न था। अब आठों पहर की धौंस हो गयी। पान लाने का हुक्म होता, कभी मिठाई का। और हुक्का तो किसी प्रेमी के हृदय की भाँति नित्य जलता ही रहता था। वे बेगम साहबा से जा-जाकर कहते—हुजूर, मियाँ की शतरंज तो हमारे जी का जंजाल हो गयी। दिन-भर दौड़ते-दौड़ते पैरों में छाले पड़ गये। यह भी कोई खेल कि सुबह को बैठे तो शाम कर दी। घड़ी आध घड़ी दिल-बहलाव के लिए खेल खेलना बहुत है। खैर, हमें तो कोई शिकायत नहीं; हुजूर के गुलाम हैं, जो हुक्म होगा, बजा ही लायेंगे; मगर यह खेल मनहूस है। इसका खेलनेवाला कभी पनपता नहीं; घर पर कोई न कोई आफत जरूर आती है। यहाँ तक कि एक के पीछे महल्ले-के-महल्ले तबाह होते देखे गये हैं। सारे मुहल्ले में यही चरचा रहती है। हुजूर का नमक खाते हैं, अपने आक़ा की बुराई सुन-सुनकर रंज होता है? मगर क्या करें? इस पर बेगम साहबा कहती हैं—मैं तो खुद इसको पसन्द नहीं करती। पर वह किसी की सुनते ही नहीं, क्या किया जाय।

मुहल्ले में भी जो दो-चार पुराने जमाने के लोग थे, आपस में भाँति-भाँति की अमंगल कल्पनाएँ करने लगे—अब खैरियत नहीं। जब हमारे रईसों का यह हाल है, तो मुल्क का खुदा ही हाफ़िज है। यह बादशाहत शतरंज के हाथों तबाह होगी। आसार बुरे हैं।

राज्य में हाहाकार मचा हुआ था। प्रजा दिन-दहाड़े लूटी जाती थी। कोई फरियाद सुननेवाला न था। देहातों की सारी दौलत लखनऊ में खिंची आती थी और वह वेश्याओं में, भाँडों में और विलासिता के अन्य अंगों की पूर्ति में उड़ जाती थी। अंग्रेज कम्पनी का ऋण दिन-दिन बढ़ता जाता था। कमली दिन-दिन भीगकर भारी होती जाती थी। देश में सुव्यवस्था न होने के कारण वार्षिक कर भी वसूल न होता था। रेजीडेंट बार-बार चेतावनी देता था, पर

यहाँ तो लोग विलासिता के नशे में चूर थे, किसी के कानों पर जूँ न रेंगती थी।

खैर, मीर साहब के दीवानखाने में शतरंज होते कई महीने गुजर गये। नये-नये नक्शे हल किये जाते; नये-नये किले बनाये जाते; नित्य नयी व्यूह-रचना होती; कभी-कभी खेलते-खेलते झौड़ हो जाती; तू-तू मैं-मैं तक की नौबत आ जाती; पर शीघ्र ही दोनों मित्रों में मेल हो जाता। कभी-कभी ऐसा भी होता कि बाजी उठा दी जाती; मिरज़ाजी रूठकर अपने घर चले जाते। मीर साहब अपने घर में जा बैठते। पर रात भर की निद्रा के साथ सारा मनोमालिन्य शान्त हो जाता था। प्रातःकाल दोनों मित्र दीवानखाने में आ पहुँचते थे।

एक दिन दोनों मित्र बैठे हुए शतरंज की दलदल में गोते खा रहे थे कि इतने में घोड़े पर सवार एक बादशाही फौज का अफसर मीर साहब का नाम पूछता हुआ आ पहुँचा। मीर साहब के होश उड़ गये। यह क्या बला सिर पर आयी! यह तलबी किस लिए हुई है? अब खैरियत नहीं नजर आती। घर के दरवाजे बन्द कर लिए। नौकरों से बोले—कह दो, घर में नहीं हैं।

सवार—घर में नहीं, तो कहाँ हैं?

नौकर—यह मैं नहीं जानता। क्या काम है?

सवार—काम तुझे क्या बताऊँगा? हुजूर में तलबी है। शायद फौज के लिए कुछ सिपाही माँगे गये हैं। जागीरदार हैं कि दिल्लगी! मोरचे पर जाना पड़ेगा, तो आटे-दाल का भाव मालूम हो जायेगा!

नौकर—अच्छा, तो जाइए, कह दिया जायेगा?

सवार—कहने की बात नहीं है। मैं कल खुद आऊँगा, साथ ले जाने का हुक्म हुआ है।

सवार चला गया। मीर साहब की आत्मा काँप उठी। मिरज़ाजी से बोले—कहिए जनाब, अब क्या होगा?

मिरज़ा—बड़ी मुसीबत है। कहीं मेरी तलबी भी न हो।

मीर—कम्बख्त कल फिर आने को कह गया है।

मिरज़ा—आफत है, और क्या। कहीं मोरचे पर जाना पड़ा, तो बेमौत मरे।

मीर—बस, यही एक तदबीर है कि घर पर मिलो ही नहीं। कल से गोमती पर कहीं वीराने में नख्शा जमे। वहाँ किसे खबर होगी। हजरत आकर आप लौट जायेंगे।

मिरज़ा—वल्लाह, आपको खूब सूझी! इसके सिवाय और कोई तदबीर ही नहीं है।

इधर मीर साहब की बेगम उस सवार से कह रही थी, तुमने खूब धता बताया।

उसने जवाब दिया—ऐसे गावदियों को तो चुटकियों पर नचाता हूँ। इनकी सारी अक्ल और हिम्मत तो शतरंज ने चर ली। अब भूल कर भी घर पर न रहेंगे।

□□

दूसरे दिन से दोनों मित्र मुँह अँधेरे घर से निकल खड़े होते। बगल में एक छोटी-सी दरी दबाये, डिब्बे में गिलौरियाँ भरे, गोमती पार की एक पुरानी वीरान मसजिद में चले जाते, जिसे शायद नवाब आसफ़उद्दौला ने बनवाया था। रास्ते में तम्बाकू, चिलम और मदरिया ले लेते, और मसजिद में पहुँच, दरी बिछा, हुक्का भरकर शतरंज खेलने बैठ जाते थे। फिर उन्हें दीन-दुनिया की फिक्र न रहती थी। किश्त, शह आदि दो-एक शब्दों के सिवा उनके मुँह से और कोई वाक्य नहीं निकलता था। कोई योगी भी समाधि में इतना एकाग्र न होता होगा। दोपहर को जब भूख मालूम होती तो दोनों मित्र किसी नानबाई की दूकान पर जाकर खाना खाते, और एक चिलम हुक्का पीकर फिर संग्राम-क्षेत्र में डट जाते। कभी-कभी तो उन्हें भोजन का भी ख्याल न रहता था।

इधर देश की राजनीतिक दशा भयंकर होती जा रही थी। कम्पनी की फौजें लखनऊ की तरफ बढ़ी चली आती थीं। शहर में हलचल मची हुई थी। लोग बाल-बच्चों को लेकर देहातों में भाग रहे थे। पर हमारे दोनों खिलाड़ियों को इनकी ज़रा भी फ़िक्र न थी। वे घर से आते तो गलियों में होकर। डर था कि कहीं किसी बादशाही मुलाजिम की निगाह न पड़ जाय, जो बेकार में पकड़ जायें। हजारों रुपये सालाना की जागीर मुफ्त ही हजम करना चाहते थे।

एक दिन दोनों मित्र मसजिद के खँडहर में बैठे हुए शतरंज खेल रहे थे। मिरज़ा की बाजी कुछ कमजोर थी। मीर साहब उन्हें किश्त-पर-किश्त दे रहे थे। इतने में कम्पनी के सैनिक आते हुए दिखायी दिये। वह गोरों की फौज थी, जो लखनऊ पर अधिकार जमाने के लिए आ रही थी।

मीर साहब बोले—अंग्रेजी फौज आ रही है; खुदा खैर करे।

मिरज़ा–आने दीजिए, किश्त बचाइए। यह किश्त।

मीर–जरा देखना चाहिए, यहीं आड़ में खड़े हो जायें!

मिरज़ा–देख लीजिएगा, जल्दी क्या है, फिर किश्त!

मीर–तोपखाना भी है। कोई पाँच हजार आदमी होंगे कैसे-कैसे जवान हैं। लाल बन्दरों के-से मुँह। सूरत देखकर खौफ मालूम होता है।

मिरज़ा–जनाब, हीले न कीजिए। ये चकमे किसी और को दीजिएगा। यह किश्त!

मीर–आप भी अजीब आदमी हैं। यहाँ तो शहर पर आफत आयी हुई है और आपको किश्त की सूझी है! कुछ इसकी भी खबर है कि शहर घिर गया, तो घर कैसे चलेंगे?

मिरज़ा–जब घर चलने का वक्त आयेगा, तो देखा जायेगा–यह किश्त! बस, अबकी शह में मात है।

फौज निकल गयी। दस बजे का समय था। फिर बाजी बिछ गयी।

मिरज़ा–आज खाने की कैसे ठहरेगी?

मीर–अजी, आज तो रोज़ा है। क्या आपको ज्यादा भूख मालूम होती है?

मिरज़ा–जी नहीं। शहर में न जाने क्या हो रहा है!

मीर–शहर में कुछ न हो रहा होगा। लोग खाना खा-खाकर आराम से सो रहे होंगे। हुजूर नवाब साहब भी ऐशगाह में होंगे।

दोनों सज्जन फिर जो खेलने बैठे, तो तीन बज गये। अबकी मिरज़ा जी की बाजी कमजोर थी। चार का गजर बज ही रहा था कि फौज की वापसी की आहट मिली। नवाब वाजिदअली पकड़ लिए गये थे, और सेना उन्हें किसी अज्ञात स्थान को लिए जा रही थी। शहर में न कोई हलचल थी, न मार-काट। एक बूँद भी खून नहीं गिरा था। आज तक किसी स्वाधीन देश के राजा की पराजय इतनी शान्ति से, इस तरह खून बहे बिना न हुई होगी। यह वह अहिंसा न थी, जिस पर देवगण प्रसन्न होते हैं। यह वह कायरपन था, जिस पर बड़े-बड़े कायर भी आँसू बहाते हैं। अवध के विशाल देश का नवाब बन्दी चला जाता था, और लखनऊ ऐश की नींद में मस्त था। यह राजनीतिक अधःपतन की चरम सीमा थी।

मिरज़ा ने कहा–हुजूर नवाब साहब को जालिमों ने कैद कर लिया है।

मीर–होगा, यह लीजिए शह।

मिरज़ा–जनाब जरा ठहरिए। इस वक्त इधर तबीयत नहीं लगती। बेचारे नवाब साहब इस वक्त खून के आँसू रो रहे होंगे।

मीर–रोया ही चाहें। यह ऐश वहाँ कहाँ नसीब होगा। यह किश्त!

मिरज़ा–किसी के दिन बराबर नहीं जाते। कितनी दर्दनाक हालत है।

मीर–हाँ, सो तो है ही–यह लो, फिर किश्त! बस, अबकी किश्त में मात है, बच नहीं सकते।

मिरज़ा–खुदा की कसम, आप बड़े बेदर्द हैं। इतना बड़ा हादसा देखकर भी आपको दुःख नहीं होता। हाय, गरीब वाजिदअली शाह!

मीर–पहले अपने बादशाह को तो बचाइए फिर नवाब साहब का मातम कीजिएगा। यह किश्त और यह मात! लाना हाथ!

बादशाह को लिए हुए सेना सामने से निकल गयी। उनके जाते ही मिरज़ा ने फिर बाजी बिछा दी। हार की चोट बुरी होती है। मीर ने कहा–आइए, नवाब साहब के मातम में एक मरसिया कह डालें। लेकिन मिरज़ा की राजभक्ति अपनी हार के साथ लुप्त हो चुकी थी। वह हार का बदला चुकाने के लिए अधीर हो रहे थे।

□□

शाम हो गयी। खँडहर में चमगादड़ों ने चीखना शुरू किया। अबाबीलें आ-आकर अपने-अपने घोसलों में चिमटीं। पर दोनों खिलाड़ी डटे हुए थे, मानो दो खून के प्यासे सूरमा आपस में लड़ रहे हों। मिरज़ाजी तीन बाजियाँ लगातार हार चुके थे; इस चौथी बाजी का रंग भी अच्छा न था। वह बार-बार जीतने का दृढ़ निश्चय करके सँभलकर खेलते थे लेकिन एक-न-एक चाल ऐसी बेढब आ पड़ती थी, जिससे बाजी खराब हो जाती थी। हर बार हार के साथ प्रतिकार की भावना और भी उग्र होती थी। उधर मीर साहब मारे उमंग के गजलें गाते थे, चुटकियाँ लेते थे, मानो कोई गुप्त धन पा गये हों। मिरज़ाजी सुन-सुनकर झुँझलाते और हार की झेंप को मिटाने के लिए उनकी दाद देते थे। पर ज्यों-ज्यों बाजी कमजोर पड़ती थी, धैर्य हाथ से निकला जाता था। यहाँ तक कि वह बात-बात पर झुंझलाने लगे–जनाब, आप चाल बदला न कीजिए। यह क्या कि एक चाल चले, और फिर उसे बदल दिया। जो कुछ चलना हो एक बार चल दीजिए; यह आप मुहरे पर हाथ क्यों रखते हैं? मुहरे को छोड़ दीजिए। जब तक आपको चाल न सूझे, मुहरा छुइये ही नहीं। आप एक-एक

चाल आध घण्टे में चलते हैं। इसकी सनद नहीं। जिसे एक चाल चलने में पाँच मिनट से ज्यादा लगे, उसकी मात समझी जाय। फिर आपने चाल बदली! चुपके से मुहरा वहीं रख दीजिए।

मीर साहब का फरजी पिटता था। बोले—मैंने चाल चली ही कब थी?

मिरज़ा—आप चाल चल चुके हैं। मुहरा वहीं रख दीजिए--उसी घर में!

मीर—उस घर में क्यों रखूँ? मैंने हाथ से मुहरा छोड़ा ही कब था?

मिरज़ा—मुहरा आप कयामत तक न छोड़ें, तो क्या चाल ही न होगी? फरजी पिटते देखा तो धाँधली करने लगे।

मीर—धाँधली आप करते हैं। हार-जीत तकदीर से होती है, धाँधली करने से कोई नहीं जीतता?

मिरज़ा—तो इस बाजी में तो आपकी मात हो गयी।

मीर—मुझे क्यों मात होने लगी?

मिरज़ा—तो आप मुहरा उसी घर में रख दीजिए, जहाँ पहले रक्खा था।

मीर—वहाँ क्यों रखूँ? नहीं रखता!

मिरज़ा—क्यों न रखिएगा? आपको रखना होगा।

तकरार बढ़ने लगी। दोनों अपनी-अपनी टेक पर अड़े थे। न यह दबता था न वह। अप्रासंगिक बातें होने लगीं, मिरज़ा बोले—किसी ने खानदान में शतरंज खेली होती, तब तो इसके कायदे जानते। वे तो हमेशा, घास छीला करते, आप शतरंज क्या खेलिएगा। रियासत और ही चीज है। जागीर मिल जाने से ही कोई रईस नहीं हो जाता।

मीर—क्या? घास आपके अब्बाजान छीलते होंगे। यहाँ तो पीढ़ियों से शतरंज खेलते चले आ रहे हैं।

मिरज़ा—अजी, जाइए भी, गाजीउद्दीन हैदर के यहाँ बावरची का काम करते-करते उम्र गुजर गयी आज रईस बनने चले हैं। रईस बनना कुछ दिल्लगी नहीं है।

मीर—क्यों अपने बुजुर्गों के मुँह में कालिख लगाते हो—वे ही बावरची का काम करते होंगे। यहाँ तो हमेशा बादशाह के दस्तरख्वान पर खाना खाते चले आये हैं।

मिरज़ा—अरे चल चरकटे, बहुत बढ़-बढ़कर बातें न कर।

मीर—जबान सँभालिए, वरना बुरा होगा। मैं ऐसी बातें सुनने का आदी नहीं हूँ। यहाँ तो किसी ने आँखें दिखायीं कि उसकी आँखें निकालीं। है हौसला?

मिरज़ा—आप मेरा हौसला देखना चाहते हैं, तो फिर, आइए। आज दो-दो हाथ हो जायें, इधर या उधर।

मीर—तो यहाँ तुमसे दबनेवाला कौन?

दोनों दोस्तों ने कमर से तलवारें निकाल लीं। नवाबी जमाना था; सभी तलवार, पेशकब्ज, कटार वगैरह बाँधते थे। दोनों विलासी थे, पर कायर न थे। उनमें राजनीतिक भावों का अधःपतन हो गया था—बादशाह के लिए, बादशाहत के लिए क्यों मरें; पर व्यक्तिगत वीरता का अभाव न था। दोनों जख्म खाकर गिरे, और दोनों ने वहीं तड़प-तड़पकर जानें दे दीं। अपने बादशाह के लिए जिनकी आँखों से एक बूँद आँसू न निकला, उन्हीं दोनों प्राणियों ने शतरंज के वजीर की रक्षा में प्राण दे दिये।

अँधेरा हो चला था। बाजी बिछी हुई थी। दोनों बादशाह अपने-अपने सिंहासनों पर बैठे हुए मानो इन दोनों वीरों की मृत्यु पर रो रहे थे!

चारों तरफ सन्नाटा छाया हुआ था। खँडहर की टूटी हुई मेहराबें, गिरी हुई दीवारें और धूल-धूसरित मीनारें इन लाशों को देखतीं और सिर धुनती थीं।

(प्रथम प्रकाशन : माधुरी/अक्टूबर 1924)

सभ्यता का रहस्य

यों तो मेरी समझ में दुनिया की एक हजार एक बातें नहीं आतीं—जैसे लोग प्रातःकाल उठते ही बालों पर छुरा क्यों चलाते हैं? क्या अब पुरुषों में भी इतनी नजाकत आ गयी है कि बालों का बोझ उनसे नहीं सँभलता? एक साथ ही सभी पढ़े-लिखे आदमियों की आँखें क्यों इतनी कमजोर हो गयी हैं? दिमाग की कमजोरी ही इसका कारण है या और कुछ? लोग खिताबों के पीछे क्यों इतने हैरान होते हैं? इत्यादि—लेकिन इस समय मुझे इन बातों से मतलब नहीं। मेरे मन में एक नया प्रश्न उठ रहा है और उसका जवाब मुझे कोई नहीं देता। प्रश्न यह है कि सभ्य कौन है और असभ्य कौन? सभ्यता के लक्षण क्या हैं? सरसरी नजर से देखिए, तो इससे ज्यादा आसान और कोई सवाल ही न होगा। बच्चा-बच्चा इसका समाधान कर सकता है। लेकिन जरा गौर से देखिए, तो प्रश्न इतना आसान नहीं जान पड़ता। अगर कोट-पतलून पहनना, टाई-हैट कालर लगाना, मेज पर बैठकर खाना खाना, दिन में तेरह बार कोको या चाय पीना और सिगार पीते हुए चलना सभ्यता है, तो उन गोरों को भी सभ्य कहना पड़ेगा, जो सड़क पर शाम को कभी-कभी टहलते नजर आते हैं; शराब के नशे से आँखें सुर्ख, पैर लड़खड़ाते हुए, रास्ता चलनेवालों को अनायास छेड़ने की धुन! क्या उन गोरों को सभ्य कहा जा सकता है? कभी नहीं! तो यह सिद्ध हुआ कि सभ्यता कोई और ही चीज है, उसका देह से इतना सम्बन्ध नहीं है जितना मन से।

2

मेरे इने-गिने मित्रों में एक राय रतनकिशोर भी हैं। आप बहुत ही सहृदय, बहुत ही उदार, बहुत अधिक शिक्षित और एक बड़े ओहदेदार हैं। बहुत अच्छा वेतन पाने पर भी उनकी आमदनी खर्च के लिए काफी नहीं होती। एक चौथाई वेतन तो बँगले ही की भेंट हो जाता है। इसलिए आप बहुधा चिन्तित

रहते हैं। रिश्वत तो नहीं लेते—कम-से-कम मैं नहीं जानता, हालाँकि कहने वाले कहते हैं—लेकिन इतना जानता हूँ कि वह भत्ता बढ़ाने के लिए दौरे पर बहुत रहते हैं, यहाँ तक कि इसके लिए हर साल बजट की किसी दूसरी मद से रुपये निकालने पड़ते हैं। उनके अफसर कहते हैं, इतने दौरे क्यों करते हो, तो जवाब देते हैं इस जिले का काम ही ऐसा है कि जब तक खूब दौरे न किये जायें रिआया शान्त नहीं रह सकती। लेकिन मज़ा तो यह है कि राय साहब उतने दौरे वास्तव में नहीं करते, जितने कि अपने रोजनामचे में लिखते हैं। उनके पड़ाव शहर से 50 मील पर होते हैं। खेमे वहाँ गड़े रहते हैं, कैंप के अमले वहाँ पड़े रहते हैं और राय साहब घर पर मित्रों के साथ गप-शप करते रहते हैं, पर किसी की मजाल है कि राय साहब की नेकनीयती पर सन्देह कर सके! उनके सभ्य पुरुष होने में किसी को शंका नहीं हो सकती।

एक दिन मैं उनसे मिलने गया। उस समय वह अपने घसियारे दमड़ी को डाँट रहे थे। दमड़ी रात-दिन का नौकर था, लेकिन घर रोटी खाने जाया करता था। उसका घर थोड़ी ही दूर पर एक गाँव में था। कल रात को किसी कारण से यहाँ न आ सका। इसलिए डाँट पड़ रही थी।

राय साहब—जब हम तुम्हें रात-दिन के लिए रखे हुए हैं, तो तुम घर पर क्यों रहे? कल के पैसे कट जायेंगे।

दमड़ी—हजूर, एक मेहमान आ गये थे, इसी से न आ सका।

राय साहब—तो कल के पैसे उसी मेहमान से लो।

दमड़ी—सरकार, अब कभी ऐसी खता न होगी।

राय साहब—बक-बक मत करो।

दमड़ी—हजूर...

राय साहब—दो रुपये जुरमाना।

दमड़ी रोता हुआ चला गया। रोजा बख्शाने आया था, नमाज गले पड़ गयी। 2 रुपये जुरमाना ठुक गया। खता यही थी कि बेचारा कसूर माफ कराना चाहता था।

यह एक रात को गैरहाजिर होने की सजा थी! बेचारा दिन भर का काम कर चुका था, रात को यहाँ सोया न था, उसका दण्ड! और घर बैठे भत्ते उड़ानेवालों को कोई नहीं पूछता! कोई दण्ड नहीं देता। दण्ड तो मिले और ऐसा मिले कि जिन्दगी-भर याद रहे; पर पकड़ना तो मुश्किल है। दमड़ी भी अगर होशियार होता, तो जरा रात रहे आकर कोठरी में सो जाता। फिर किसे खबर होती कि वह रात को कहाँ रहा। पर गरीब इतना चंट न था।

3

दमड़ी के पास कुल छह बिस्वे जमीन थी! पर इतने ही प्राणियों का खर्च भी था। उसके दो लड़के, दो लड़कियाँ और स्त्री, सब खेती में लगे रहते थे, फिर भी पेट की रोटियाँ नहीं मयस्सर होती थीं। इतनी जमीन क्या सोना उगल देती! अगर सब-के-सब घर से निकल मजदूरी करने लगते, तो आराम से रह सकते थे; लेकिन मौरूसी किसान मजदूर कहलाने का अपमान न सह सकता था। इस बदनामी से बचने के लिए दो बैल बाँध रखे थे! उसके वेतन का बड़ा भाग बैलों के दाने-चारे ही में उड़ जाता था। ये सारी तकलीफें मंजूर थीं, पर खेती छोड़कर मजदूर बन जाना मंजूर न था। किसान की जो प्रतिष्ठा है, वह कहीं मजदूर की हो सकती है, चाहे वह रुपया रोज ही क्यों न कमाये? किसानी के साथ मजदूरी करना इतने अपमान की बात नहीं, द्वार पर बँधे हुए बैल उसकी मान-रक्षा किया करते हैं, पर बैलों को बेचकर फिर कहाँ मुँह दिखलाने की जगह रह सकती है!

एक दिन राय साहब उसे सरदी से काँपते देखकर बोले--कपड़े क्यों नहीं बनवाता? काँप क्यों रहा है?

दमड़ी—सरकार, पेट की रोटी तो पूरी ही नहीं पड़ती, कपड़े कहाँ से बनवाऊँ?

राय साहब—बैलों को बेच क्यों नहीं डालता? सैकड़ों बार समझा चुका, लेकिन न-जाने क्यों इतनी मोटी-सी बात तेरी समझ में नहीं आती।

दमड़ी—सरकार, बिरादरी में कहीं मुँह दिखाने लायक न रहूँगा। लड़की की सगाई न हो पायेगी, टाट बाहर कर दिया जाऊँगा।

राय साहब—इन्हीं हिमाकतों से तुम लोगों की यह दुर्गति हो रही है। ऐसे आदमियों पर दया करना भी पाप है। (मेरी तरफ फिरकर) क्यों मुंशीजी, इस पागलपन का भी कोई इलाज है? जाड़ों मर रहे हैं, पर दरवाजे पर बैल जरूर बाँधेंगे।

मैंने कहा—जनाब, यह तो अपनी-अपनी समझ है।

राय साहब—ऐसी समझ को दूर से सलाम कीजिए। मेरे यहाँ कई पुश्तों से जन्माष्टमी का उत्सव मनाया जाता था। कई हजार रुपयों पर पानी फिर जाता था। गाना होता था; दावतें होती थीं, रिश्तेदारों को न्योते दिये जाते थे, गरीबों को कपड़े बाँटे जाते थे। वालिद साहब के बाद पहले ही साल मैंने

उत्सव बन्द कर दिया। फायदा क्या ? मुफ्त में चार-पाँच हजार की चपत पड़ती थी। सारे कसबे में बावेला मचा, आवाजें कसी गयीं; किसी ने नास्तिक कहा, किसी ने ईसाई बनाया, लेकिन यहाँ इन बातों की क्या परवा ! आखिर थोड़े ही दिनों में सारा कोलाहल शान्त हो गया। अजी, बड़ी दिल्लगी थी। कसबे में किसी के यहाँ शादी हो, लकड़ी मुझसे ले ! पुश्तों से रस्म चली आती थी। वालिद तो दूसरों से दरख्त मोल लेकर इस रस्म को निभाते थे। थी हिमाकत या नहीं ? मैंने फौरन लकड़ी देना बन्द कर दिया। इस पर भी लोग बहुत रोये-धोये, लेकिन दूसरों का रोना-धोना सुनूँ, या अपना फायदा देखूँ। लकड़ी से ही कम-से-कम 500 रुपये सालाना की बचत हो गयी। अब कोई भूलकर भी इन चीजों के लिए दिक करने नहीं आता।

मेरे दिल में फिर सवाल पैदा हुआ, दोनों में कौन सभ्य है, कुल-प्रतिष्ठा पर प्राण देनेवाला मूर्ख दमड़ी; या धन पर कुल-मर्यादा को बलि देनेवाले राय रतनकिशोर !

4

राय साहब के इजलास में एक बड़े मार्के का मुकदमा पेश था। शहर का एक रईस खून के मामले में फँस गया था। उसकी जमानत के लिए राय साहब की खुशामदें होने लगीं। इज्जत की बात थी। रईस साहब का हुक्म था कि चाहे रियासत बिक जाय, पर इस मुकदमे से बेदाग निकल जाऊँ। डालियाँ लगाई गयीं, सिफारिशें पहुँचाई गयीं, पर राय साहब पर कोई असर न हुआ। रईस के आदमियों को प्रत्यक्ष रूप से रिश्वत की चर्चा करने की हिम्मत न पड़ती थी। आखिर जब कोई बस न चला, तो रईस की स्त्री ने राय साहब की स्त्री से मिलकर सौदा पटाने की ठानी।

रात के 10 बजे थे। दोनों महिलाओं में बातें होने लगीं। 20 हजार की बातचीत थी ! राय साहब की पत्नी तो इतनी खुश हुईं कि उसी वक्त राय साहब के पास दौड़ी हुई आयीं और कहने लगीं—ले लो, ले लो ! तुम न लोगे, तो मैं ले लूँगी।

राय साहब ने कहा—इतनी बेसब्र न हो। वह तुम्हें अपने दिल में क्या समझेंगी ? कुछ अपनी इज्जत का भी खयाल है या नहीं ? माना कि रकम बड़ी है और इससे मैं एकबारगी तुम्हारे आये दिन की फरमाइशों से मुक्त हो जाऊँगा, लेकिन एक सिविलियन की इज्जत भी तो कोई मामूली चीज नहीं है।

तुम्हें पहले बिगड़कर कहना चाहिए था कि मुझसे ऐसी बेहूदी बातचीत करनी हो, तो यहाँ से चली जाओ। मैं अपने कानों से नहीं सुनना चाहती।

स्त्री—यह तो मैंने पहले ही किया, बिगड़कर खूब खरी-खोटी सुनायी। क्या इतना भी नहीं जानती? बेचारी मेरे पैरों पर सर रखकर रोने लगी।

राय साहब—यह कहा था कि राय साहब से कहूँगी, तो मुझे कच्चा ही चबा जायेंगे?

यह कहते हुए राय साहब ने गद्गद होकर पत्नी को गले लगा लिया।

स्त्री—अजी, मैं न-जाने ऐसी कितनी ही बातें कह चुकी, लेकिन किसी तरह टाले नहीं टलती। रो-रोकर जान दे रही है।

राय साहब—उससे वादा तो नहीं कर लिया?

स्त्री—वादा? मैं तो रुपये लेकर सन्दूक में रख आयी। नोट थे।

राय साहब—कितनी जबरदस्त अहमक हो, न मालूम ईश्वर तुम्हें कभी समझ भी देगा या नहीं।

स्त्री—अब क्या देगा? देना होता, तो दे न दी होती।

राय साहब—हाँ, मालूम तो ऐसा ही होता है। मुझसे कहा तक नहीं और रुपये लेकर सन्दूक में दाखिल कर लिए! अगर किसी तरह बात खुल जाय, तो कहीं का न रहूँ।

स्त्री—तो भाई, सोच लो। अगर कुछ गड़बड़ हो, तो मैं जाकर रुपये लौटा दूँ।

राय साहब—फिर वही हिमाकत! अरे, अब तो जो कुछ होना था, हो चुका। ईश्वर पर भरोसा करके जमानत लेनी पड़ेगी। लेकिन तुम्हारी हिमाकत में शक नहीं। जानती हो, यह साँप के मुँह में उँगली डालना है। यह भी जानती हो कि मुझे ऐसी बातों से कितनी नफरत है, फिर भी बेसब्र हो जाती हो। अबकी बार तुम्हारी हिमाकत से मेरा व्रत टूट रहा है। मैंने दिल में ठान लिया था कि अब इस मामले में हाथ न डालूँगा, लेकिन तुम्हारी हिमाकत के मारे जब मेरी कुछ चलने भी पाये?

स्त्री—मैं जाकर लौटाये देती हूँ।

राय साहब—और मैं जाकर जहर खाये लेता हूँ।

इधर तो स्त्री-पुरुष में यह अभिनय हो रहा था, उधर दमड़ी उसी वक्त अपने गाँव के मुखिया के खेत से जुआर काट रहा था। आज वह रात भर की छुट्टी लेकर घर गया था। बैलों के लिए चारे का एक तिनका भी नहीं है।

अभी वेतन मिलने में कई दिन की देर थी, मोल ले न सकता था। घरवालों ने दिन को कुछ घास छीलकर खिलायी तो थी, लेकिन ऊँट के मुँह में जीरा। उतनी घास से क्या हो सकता था। दोनों बैल भूखे खड़े थे। दमड़ी को देखते ही दोनों पूँछें खड़ी करके हुंकारने लगे। जब वह पास गया तो दोनों उसकी हथेलियाँ चाटने लगे। बेचारा दमड़ी मन मसोसकर रह गया। सोचा, इस वक्त तो कुछ हो नहीं सकता; सबेरे किसी से कुछ उधार लेकर चारा लाऊँगा।

लेकिन जब 11 बजे रात उसकी आँखें खुलीं, तो देखा कि दोनों बैल अभी तक नाँद पर खड़े हैं। चाँदनी रात थी, दमड़ी को जान पड़ा कि दोनों उसकी ओर उपेक्षा और याचना की दृष्टि से देख रहे हैं। उनकी क्षुधा वेदना देखकर उसकी आँखें सजल हो आयीं। किसान को अपने बैल अपने लड़कों की तरह प्यारे होते हैं। वह उन्हें पशु नहीं, अपना मित्र और सहायक समझता। बैलों को भूखे खड़े देखकर नींद आँखों से भाग गयी। कुछ सोचता हुआ उठा। हँसिया निकाली और चारे की फिक्र में चला। गाँव के बाहर बाजरे और जुआर के खेत खड़े थे। दमड़ी के हाथ काँपने लगे। लेकिन बैलों की याद ने उसे उत्तेजित कर दिया। चाहता, तो कई बोझ काट सकता था; लेकिन वह चोरी करते हुए भी चोर न था। उसने केवल उतना ही चारा काटा, जितना बैलों को रात-भर के लिए काफी हो। सोचा, अगर किसी ने देख भी लिया, तो उससे कह दूँगा, बैल भूखे थे, इसलिए काट लिया। उसे विश्वास था कि थोड़े-से चारे के लिए कोई मुझे पकड़ नहीं सकता। मैं कुछ बेचने के लिए तो काट नहीं रहा हूँ; फिर ऐसा निर्दयी कौन है, जो मुझे पकड़ ले। बहुत करेगा, अपने दाम ले लेगा। उसने बहुत सोचा। चारे का थोड़ा होना ही उसे चोरी के अपराध से बचाने को काफी था। चोर उतना काटता, जितना उससे उठ सकता। उसे किसी के फायदे और नुकसान से क्या मतलब? गाँव के लोग दमड़ी को चारा लिए जाते देखकर बिगड़ते जरूर, पर कोई चोरी के इलजाम में न फँसाता, लेकिन संयोग से हलके के थाने का सिपाही उधर जा निकला। वह पड़ोस के एक बनिये के यहाँ जुआ होने की खबर पाकर कुछ ऐंठने की टोह में आया था। दमड़ी को चारा सिर पर उठाते देखा, तो सन्देह हुआ। इतनी रात गये कौन चारा काटता है? हो न हो, कोई चोरी से काट रहा है, डाँटकर बोला—कौन चारा लिए जाता है? खड़ा रह!

दमड़ी ने चौंककर पीछे देखा, तो पुलिस का सिपाही! हाथ-पाँव फूल गये, काँपते हुए बोला—हुजूर, थोड़ा ही-सा काटा है, देख लीजिए।

सिपाही—थोड़ा काटा हो या बहुत, है तो चोरी। खेत किसका है?

दमड़ी—बलदेव महतो का।

सिपाही ने समझा था, शिकार फँसा, इससे कुछ ऐंठूँगा; लेकिन वहाँ क्या रखा था। पकड़कर गाँव में लाया और जब वहाँ भी कुछ हत्थे चढ़ता न दिखाई दिया तो थाने ले गया। थानेदार ने चालान कर दिया। मुकदमा राय साहब ही के इजलास में पेश किया।

राय साहब ने दमड़ी को फँसे हुए देखा, तो हमदर्दी के बदले कठोरता से काम लिया। बोले—यह मेरी बदनामी की बात है। तेरा क्या बिगड़ा, साल-छह महीने की सजा हो जायेगी, शर्मिन्दा तो मुझे होना पड़ रहा है! लोग यही तो कहते होंगे कि राय साहब के आदमी ऐसे बदमाश और चोर हैं। तू मेरा नौकर न होता, तो मैं हलकी सजा देता; लेकिन तू मेरा नौकर है, इसलिए कड़ी-से-कड़ी सजा दूँगा। मैं यह नहीं सुन सकता कि राय साहब ने अपने नौकर के साथ रिआयत की।

यह कहकर राय साहब ने दमड़ी को छह महीने की सख्त कैद का हुक्म सुना दिया।

उसी दिन उन्होंने खून के मुकदमे में जमानत ले ली। मैंने दोनों वृत्तान्त सुने और मेरे दिल में यह खयाल और भी पक्का हो गया कि सभ्यता केवल हुनर के साथ ऐब करने का नाम है। आप बुरे-से-बुरा काम करें, लेकिन अगर आप उस पर परदा डाल सकते हैं, तो आप सभ्य हैं, सज्जन हैं, जेन्टिलमैन हैं। अगर आप में यह सिफ़त नहीं तो आप असभ्य हैं, गँवार हैं, बदमाश हैं। यही सभ्यता का रहस्य है!

(प्रथम प्रकाशन : माधुरी/मार्च 1925)

निमन्त्रण

पण्डित मोटेराम शास्त्री ने अन्दर जा कर अपने विशाल उदर पर हाथ फेरते हुए यह पद पंचम स्वर में गया—

अजगर करे न चाकरी, पंछी करे न काम,
दास मलूका कह गये, सबके दाता राम!

सोना ने प्रफुल्लित हो कर पूछा—कोई मीठी ताजी खबर है क्या?

शास्त्री जी ने पैंतरे बदल कर कहा—मार लिया आज। ऐसा ताक कर मारा कि चारों खाने चित्त। सारे घर का नेवता! सारे घर का। वह बढ़-बढ़कर हाथ मारूँगा कि देखने वाले दंग रह जायेंगे। उदर महाराज अभी से अधीर हो रहे हैं।

सोना—कहीं पहले की भाँति अब की भी धोखा न हो। पक्का-पोढ़ा कर लिया है न?

मोटेराम ने मूँछें ऐंठते हुए कहा—ऐसा असगुन मुँह से न निकालो। बड़े जप-तप के बाद यह शुभ दिन आया है। जो तैयारियाँ करनी हों, कर लो।

सोना—वह तो करूँगी ही। क्या इतना भी नहीं जानती? जन्म भर घास थोड़े ही खोदती रही हूँ; मगर है घर भर का न?

मोटेराम—अब और कैसे कहूँ; पूरे घर भर का है। इसका अर्थ समझ में न आया हो, तो मुझसे पूछो। विद्वानों की बात समझना सबका काम नहीं। मगर उनकी बात सभी समझ लें, तो उनकी विद्वत्ता का महत्व ही क्या रहे; बताओ, क्या समझीं? मैं इस समय बहुत ही सरल भाषा में बोल रहा हूँ; मगर तुम नहीं समझ सकीं। बताओ, विद्वत्ता किसे कहते हैं? महत्व ही का अर्थ बताओ। घर भर का निमन्त्रण देना क्या दिल्लगी है? हाँ, ऐसे अवसर पर विद्वान लोग राजनीति से काम लेते हैं और उसका वही आशय निकालते हैं, जो अपने अनुकूल हो। मुरादापुर की रानी साहब सात ब्राह्मणों को इच्छापूर्ण भोजन कराना चाहती हैं। कौन-कौन महाशय मेरे साथ जायेंगे, यह निर्णय करना मेरा काम है। अलगूराम शास्त्री, बेनीराम शास्त्री, छेदीराम शास्त्री, भवानीराम

शास्त्री, फेकूराम शास्त्री, मोटेराम शास्त्री आदि जब इतने आदमी अपने घर ही में हैं, तब बाहर कौन ब्राह्मणों को खोजने जाये।

सोना—और सातवाँ कौन है?

मोटे.—बुद्धि दौड़ाओ।

सोना—एक पत्तल घर लेते आना।

मोटे.—फिर वही बात कही, जिसमें बदनामी हो। छिः छिः! पत्तल घर लाऊँ। उस पत्तल में वह स्वाद कहाँ जो जजमान के घर पर बैठ कर भोजन करने में है। सुनो, सातवें महाशय हैं—पण्डित सोनाराम शास्त्री।

सोना—चलो, दिल्लगी करते हो। भला, कैसे जाऊँगी?

मोटे.—ऐसे ही कठिन अवसरों पर तो विद्या की आवश्यकता पड़ती है। विद्वान आदमी अवसर को अपना सेवक बना लेता है, मूर्ख अपने भाग्य को रोता है। सोनादेवी और सोनाराम शास्त्री में क्या अन्तर है, जानती हो? केवल परिधान का। परिधान का अर्थ समझती हो? परिधान 'पहनाव' को कहते हैं। इसी साड़ी को मेरी तरह बाँध लो, मेरी मिरजई पहन लो, ऊपर से चादर ओढ़ लो। पगड़ी मैं बाँध दूँगा। फिर कौन पहचान सकता है?

सोना ने हँसकर कहा—मुझे तो लाज लगेगी।

मोटे.—तुम्हें करना ही क्या है? बातें तो हम करेंगे।

सोना ने मन ही मन आनेवाले पदार्थों का आनन्द ले कर कहा—बड़ा मजा होगा!

मोटे.—बस, अब विलम्ब न करो। तैयारी करो, चलो।

सोना—कितनी फंकी बना लूँ?

मोटे.—यह मैं नहीं जानता। बस, यही आदर्श सामने रखो कि अधिक से अधिक लाभ हो।

सहसा सोनादेवी को एक बात याद आ गयी। बोली—अच्छा, इन बिछुओं को क्या करूँगी?

मोटेराम ने त्योरी चढ़ा कर कहा—इन्हें उठाकर रख देना, और क्या करोगी?

सोना—हाँ जी, क्यों नहीं। उतार कर रख क्यों न दूँगी?

मोटे.—तो क्या तुम्हारे बिछुए पहने ही से मैं जी रहा हूँ? जीता हूँ पौष्टिक पदार्थों के सेवन से। तुम्हारे बिछुओं के पुण्य से नहीं जीता।

सोना—नहीं भाई, मैं बिछुए न उतारूँगी।

मोटेराम ने सोच कर कहा—अच्छा, पहने चलो, कोई हानि नहीं। गोवर्द्धनधारी यह बाधा भी हर लेंगे। बस, पाँव में बहुत-से कपड़े लपेट लेना। मैं कह दूँगा, इन पण्डित जी को फीलपाँव हो गया। क्यों, कैसी सूझी ?

पण्डिताइन ने पतिदेव को प्रशंसा-सूचक नेत्रों से देख कर कहा—जन्म भर पढ़ा नहीं है ?

2

सन्ध्या-समय पण्डित जी ने पाँचों पुत्रों को बुलाया और उपदेश देने लगे—पुत्रों, कोई काम करने के पहले खूब सोच-समझ लेना चाहिए कि कैसा क्या होगा। मान लो, रानी साहब ने तुम लोगों का पता-ठिकाना पूछना आरम्भ किया, तो तुम लोग क्या उत्तर दोगे ? यह तो महान् मूर्खता होगी कि तुम सब मेरा नाम लो। सोचो, कितने कलंक और लज्जा की बात होगी कि मुझ-जैसा विद्वान् केवल भोजन के लिए इतना बड़ा कुचक्र रचे। इसलिए तुम सब थोड़ी देर के लिए भूल जाओ कि मेरे पुत्र हो। कोई मेरा नाम न बतलाये। संसार में नामों की कमी नहीं, कोई अच्छा-सा नाम चुन कर बता देना। पिता का नाम बदल देने से कोई गाली नहीं लगती। यह कोई अपराध नहीं।

अलगू—आप ही बता दीजिए।

मोटे.—अच्छी बात है, बहुत अच्छी बात है। हाँ, इतने महत्व का काम मुझे स्वयं करना चाहिए। अच्छा सुनो—अलगूराम के पिता का नाम है पण्डित केशव पाँडे, खूब याद कर लो। बेनीराम के पिता का नाम पण्डित मँगरू ओझा, खूब याद रखना। छेदीराम के पिता हैं पण्डित दमड़ी तिवारी, भूलना नहीं। भवानी, तुम गंगू पाँडे बतलाना, खूब याद कर लो। अब रहे फेकूराम, तुम बेटा बतलाना सेतूराम पाठक। हो गये सब ! हो गया सबका नामकरण ! अच्छा अब मैं परीक्षा लूँगा। होशियार रहना। बोलो अलगू, तुम्हारे पिता का क्या नाम है ?

अलगू—पण्डित केशव पाँडे।

'बेनीराम, तुम बताओ।'

'दमड़ी तिवारी।'

छेदी.—यह तो मेरे पिता का नाम है।

बेनी.—मैं तो भूल गया।

मोटे.—भूल गये! पण्डित के पुत्र हो कर तुम एक नाम भी नहीं याद कर सकते। बड़े दुःख की बात है। मुझे पाँचों नाम याद हैं, तुम्हें एक नाम भी याद नहीं? सुनो, तुम्हारे पिता का नाम है पण्डित मँगरू ओझा।

पण्डित जी लड़कों की परीक्षा ले ही रहे थे कि उनके परम मित्र पण्डित चिन्तामणि ने द्वार पर आवाज दी। पण्डित मोटेराम ऐसे घबराये कि सिर-पैर की सुधि न रही। लड़कों को भगाना ही चाहते थे कि पण्डित चिन्तामणि अन्दर चले आये। दोनों सज्जनों में बचपन से गाढ़ी मैत्री थी। दोनों बहुधा साथ-साथ भोजन करने जाया करते थे, और यदि पण्डित मोटेराम अव्वल रहते, तो पण्डित चिन्तामणि के द्वितीय पद में कोई बाधक न हो सकता था; पर आज मोटेराम जी अपने मित्र को साथ नहीं ले जाना चाहते थे। उनको साथ ले जाना, अपने घरवालों में से किसी एक को छोड़ देना था और इतना महान् आत्मत्याग करने के लिए वे तैयार न थे।

चिन्तामणि ने यह समारोह देखा, तो प्रसन्न हो कर बोले—क्यों भाई, अकेले ही अकेले! मालूम होता है, आज कहीं गहरा हाथ मारा है।

मोटेराम ने मुँह लटका कर कहा—कैसी बातें करते हो, मित्र! ऐसा तो कभी नहीं हुआ कि मुझे कोई अवसर मिला हो और मैंने तुम्हें सूचना न दी हो। कदाचित् कुछ समय ही बदल गया, या किसी ग्रह का फेर है। कोई झूठ को भी नहीं बुलाता।

पण्डित चिन्तामणि ने अविश्वास के भाव से कहा—कोई न कोई बात तो मित्र अवश्य है, नहीं तो ये बालक क्यों जमा हैं?

मोटे.—तुम्हारी इन्हीं बातों पर मुझे क्रोध आता है। लड़कों की परीक्षा ले रहा हूँ। ब्राह्मण के लड़के हैं, चार अक्षर पढ़े बिना इनको कौन पूछेगा?

चिन्तामणि को अब भी विश्वास न आया। उन्होंने सोचा—लड़कों से ही इस बात का पता लग सकता है। फेकूराम सबसे छोटा था। उसी से पूछा—क्या पढ़ रहे हो बेटा! हमें भी सुनाओ। मोटेराम ने फेकूराम को बोलने का अवसर न दिया। डरे कि यह तो सारा भण्डा फोड़ देगा। बोले—अभी यह क्या पढ़ेगा। दिन भर खेलता है। फेकूराम इतना बड़ा अपराध अपने नन्हे-से सिर पर क्यों लेता। बाल-सुलभ गर्व से बोला—हमको तो याद है, पण्डित सेतूराम पाठक। हम याद भी कर लें, तिसपर भी कहते हैं, हरदम खेलता है!

यह कहते हुए रोना शुरू किया।

चिन्तामणि ने बालक को गले लगा लिया और बोले—नहीं बेटा, तुमने

अपना पाठ सुना दिया है। तुम खूब पढ़ते हो। यह सेतूराम पाठक कौन है, बेटा ?

मोटेराम ने बिगड़ कर कहा–तुम भी लड़कों की बातों में आते हो। सुन लिया होगा किसी का नाम। (फेकू से) जा, बाहर खेल।

चिन्तामणि अपने मित्र की घबराहट देख कर समझ गये कि कोई न कोई रहस्य अवश्य है। बहुत दिमाग लड़ाने पर भी सेतूराम पाठक का आशय उनकी समझ में न आया। अपने परम मित्र की इस कुटिलता पर मन में दुखित होकर बोले–अच्छा, आप पाठ पढ़ाइये और परीक्षा लीजिए। मैं जाता हूँ। तुम इतने स्वार्थी हो, इसका मुझे गुमान तक न था। आज तुम्हारी मित्रता की परीक्षा हो गयी।

पण्डित चिन्तामणि बाहर चले गये। मोटेरामजी के पास उन्हें मनाने के लिए समय न था। फिर परीक्षा लेने लगे।

सोना ने कहा–मना लो, मना लो। रूठे जाते हैं। फिर परीक्षा लेना।

मोटे.–जब कोई काम पड़ेगा, मना लूँगा। निमन्त्रण की सूचना पाते ही इनका सारा क्रोध शान्त हो जायेगा! हाँ भवानी, तुम्हारे पिता का क्या नाम है, बोलो।

भवानी–गंगू पाँडे।

मोटे.–और तुम्हारे पिता का नाम, फेकू ?

फेकू–बता तो दिया, उस पर कहते हैं, पढ़ता नहीं!

मोटे.–हमें भी बता दो।

फेकू–सेतूराम पाठक तो है।

मोटे.–बहुत ठीक, हमारा लड़का बड़ा राजा है। आज तुम्हें अपने साथ बैठायेंगे और सबसे अच्छा माल तुम्हीं को खिलायेंगे।

सोना–हमें भी कोई नाम बता दो।

मोटेराम ने रसिकता से मुसकरा कर कहा–तुम्हारा नाम है पण्डित मोहनसरूप सुकुल।

सोनादेवी ने लजा कर सिर झुका दिया।

3

सोनादेवी तो लड़कों को कपड़े पहनाने लगीं। उधर फेकू आनन्द की उमंग में घर से बाहर निकला। पण्डित चिन्तामणि रूठ कर तो चले थे; पर कुतूहलवश अभी तक द्वार पर दुबके खड़े थे। इन बातों की भनक इतनी देर में उनके

कानों में पड़ी, उससे यह तो ज्ञात हो गया कि कहीं निमन्त्रण है; पर कहाँ है, कौन-कौन से लोग निमन्त्रित हैं, यह ज्ञात न हुआ था। इतने में फेकू बाहर निकला, तो उन्होंने उसे गोद में उठा लिया और बोले—कहाँ नेवता है, बेटा?

अपनी जान में तो उन्होंने बहुत धीरे से पूछा था; पर न-जाने कैसे पण्डित मोटेराम के कान में भनक पड़ गयी। तुरन्त बाहर निकल आये। देखा, तो चिन्तामणि जी फेकू को गोद में लिए कुछ पूछ रहे हैं। लपक कर लड़के का हाथ पकड़ लिया और चाहा कि उसे अपने मित्र की गोद से छीन लें; मगर चिन्तामणि जी को अभी अपने प्रश्न का उत्तर न मिला था। अतएव वे लड़के का हाथ छुड़ा कर उसे लिए हुए अपने घर की ओर भागे। मोटेराम भी यह कहते हुए उनके पीछे दौड़े—उसे क्यों लिए जाते हो? धूर्त कहीं का, दुष्ट! चिन्तामणि, मैं कहे देता हूँ, इसका नतीजा अच्छा न होगा; फिर कभी किसी निमन्त्रण में न ले जाऊँगा। भला चाहते हो, तो उसे उतार दो...। मगर चिन्तामणि ने एक न सुनी। भागते ही चले गये। उनकी देह अभी सँभाल के बाहर न हुई थी; दौड़ सकते थे; मगर मोटेराम जी को एक-एक पग आगे बढ़ना दुस्तर हो रहा था। भैंसे की भाँति हाँफते थे और नाना प्रकार के विशेषणों का प्रयोग करते दुलकी चाल से चले जाते थे। और यद्यपि प्रतिक्षण अन्तर बढ़ता जाता था; और पीछा न छोड़ते थे। अच्छी घुड़दौड़ थी। नगर के दो महात्मा दौड़ते हुए ऐसे जान पड़ते थे, मानो दो गैंडे चिड़ियाघर से भाग आये हों। सैकड़ों आदमी तमाशा देखने लगे। कितने ही बालक उनके पीछे तालियाँ बजाते हुए दौड़े। कदाचित् यह दौड़ पण्डित चिन्तामणि के घर पर ही समाप्त होती; पर पण्डित मोटेराम धोती के ढीली हो जाने के कारण उलझ कर गिर पड़े। चिन्तामणि ने पीछे फिर कर यह दृश्य देखा, तो रुक गये और फेकूराम से पूछा—क्यों बेटा, कहाँ नेवता है?

फेकू—बता दें, तो हमें मिठाई दोगे न?

चिन्ता.—हाँ, दूँगा; बताओ।

फेकू—रानी के यहाँ।

चिन्ता.—कहाँ की रानी।

फेकू—यह मैं नहीं जानता। कोई बड़ी रानी है।

नगर में कई बड़ी-बड़ी रानियाँ थीं। पण्डित जी ने सोचा, सभी रानियों के द्वार पर चक्कर लगाऊँगा। जहाँ भोज होगा, वहाँ कुछ भीड़-भाड़ होगी ही, पता चल जायेगा। यह निश्चय करके वे लौट पड़े। सहानुभूति प्रकट करने में

अब कोई बाधा न थी। मोटेराम जी के पास आये, तो देखा कि वे पड़े कराह रहे हैं। उठने का नाम नहीं लेते। घबरा कर पूछा—गिर कैसे पड़े मित्र, यहाँ कहीं गढ़ा भी तो नहीं है!

मोटे.—तुमसे क्या मतलब! तुम लड़के को ले जाओ, जो कुछ पूछना चाहो, पूछो।

चिन्ता.—मैं यह कपट-व्यवहार नहीं करता। दिल्लगी की थी, तुम बुरा मान गये। ले उठ तो बैठ राम का नाम लेके। मैं सच कहता हूँ, मैंने कुछ नहीं पूछा।

मोटे.—चल झूठा।

चिन्ता.—जनेऊ हाथ में ले कर कहता हूँ।

मोटे.—तुम्हारी शपथ का विश्वास नहीं।

चिन्ता.—तुम मुझे इतना धूर्त समझते हो?

मोटे.—इससे कहीं अधिक। तुम गंगा में डूब कर शपथ खाओ, तो भी मुझे विश्वास न आये।

चिन्ता.—दूसरा यह बात कहता, तो मूँछ उखाड़ लेता।

मोटे.—तो फिर आ जाओ!

चिन्ता.—पहले पण्डिताइन से पूछ आओ।

मोटेराम यह भस्मक व्यंग्य न सह सके। चट उठ बैठे और पण्डित चिन्तामणि का हाथ पकड़ लिया। दोनों मित्रों में मल्ल-युद्ध होने लगा। दोनों हनुमान जी की स्तुति कर रहे थे और इतने जोर से गरज-गरजकर मानो सिंह दहाड़ रहे हों। बस ऐसा जान पड़ता था, मानो दो पीपे आपस में टकरा रहे हों।

मोटे.—महाबली विक्रम बजरंगी।

चिन्ता.—भूत-पिशाच निकट नहिं आवे।

मोटे.—जय-जय-जय हनुमान गोसाईं।

चिन्ता.—प्रभु, रखिए लाज हमारी।

मोटे.—(बिगड़कर) यह हनुमान-चालीसा में नहीं है।

चिन्ता.—यह हमने स्वयं रचा है। क्या तुम्हारी तरह की यह रटन्त विद्या है! जितना कहो, उतना रच दें।

मोटे.—अबे, हम रचने पर आ जायें तो एक दिन में एक लाख स्तुतियाँ रच डालें; किन्तु इतना अवकाश किसे है।

दोनों महात्मा अलग खड़े होकर अपने-अपने रचना-कौशल की डींगें मार

रहे थे। मल्ल-युद्ध शास्त्रार्थ का रूप धारण करने लगा, जो विद्वानों के लिए उचित है! इतने में किसी ने चिन्तामणि के घर जा कर कह दिया कि पण्डित मोटेराम और चिन्तामणि जी में बड़ी लड़ाई हो रही है। चिन्तामणि जी तीन महिलाओं के स्वामी थे। कुलीन ब्राह्मण थे, पूरे बीस बिस्वे। उस पर विद्वान् भी उच्चकोटि के, दूर-दूर तक यजमानी थी। ऐसे पुरुषों को सब अधिकार है। कन्या के साथ-साथ जब प्रचुर दक्षिणा भी मिलती हो, तब कैसे इनकार किया जाय। इन तीनों महिलाओं का सारे मुहल्ले में आतंक छाया हुआ था। पण्डित जी ने उनके नाम बहुत ही रसीले रखे थे। बड़ी स्त्री को 'अमिरती', मँझली को 'गुलाबजामुन' और छोटी को 'मोहनभोग' कहते थे; पर मुहल्ले वालों के लिए तीनों महिलाएँ त्रयताप से कम न थीं। घर में नित्य आँसुओं की नदी बहती रहती—खून की नदी तो पण्डित जी ने भी कभी नहीं बहायी, अधिक से अधिक शब्दों की ही नदी बहायी थी; पर मजाल न थी कि बाहर का आदमी किसी को कुछ कह जाय। संकट के समय तीनों एक हो जाती थीं। यह पण्डित जी के नीति-चातुर्य का सुफल था। ज्यों ही खबर मिली कि पण्डित चिन्तामणि पर संकट पड़ा हुआ है, तीनों त्रिदोष की भाँति कुपित हो कर घर से निकलीं और उनमें जो अन्य दोनों-जैसी मोटी नहीं थी, सबसे पहले समरभूमि में जा पहुँची। पण्डित मोटेराम जी ने उसे आते देखा, तो समझ गये कि अब कुशल नहीं। अपना हाथ छुड़ा कर बगटुट भागे, पीछे फिर कर भी न देखा। चिन्तामणि जी ने बहुत ललकारा; पर मोटेराम के कदम न रुके।

चिन्ता.—अजी, भागे क्यों? ठहरो, कुछ मजा तो चखते जाओ।

मोटे.—मैं हार गया, भाई, हार गया।

चिन्ता.—अभी, कुछ दक्षिणा तो लेते जाओ।

मोटेराम ने भागते हुए कहा—दया करो, भाई, दया करो।

4

आठ बजते-बजते पण्डित मोटेराम ने स्नान और पूजा करके कहा—अब विलम्ब नहीं करना चाहिए, फंकी तैयार है न?

सोना—फंकी लिए तो कब से बैठी हूँ, तुम्हें तो जैसे किसी बात की सुधि ही नहीं रहती। रात को कौन देखता है कि कितनी देर तक पूजा करते हो।

मोटे.—मैं तुमसे एक नहीं, हजार बार कह चुका कि मेरे कामों में मत बोला

करो। तुम नहीं समझ सकतीं कि मैंने इतना विलम्ब क्यों किया। तुम्हें ईश्वर ने इतनी बुद्धि ही नहीं दी। जल्दी जाने से अपमान होता है। यजमान समझता है, लोभी है, भुक्खड़ है। इसलिए चतुर लोग विलम्ब किया करते हैं, जिसमें यजमान समझे कि पण्डित जी को इसकी सुधि ही नहीं है, भूल गये होंगे। बुलाने को आदमी भेजें। इस प्रकार जाने में जो मान-महत्व है, वह मरभुखों की तरह जाने में क्या कभी हो सकता है? मैं बुलाने की प्रतीक्षा कर रहा हूँ। कोई न कोई आता ही होगा। लाओ थोड़ी फंकी। बालकों को खिला दी है न?

सोना–उन्हें तो मैंने साँझ ही को खिला दी थी।

मोटे.–कोई सोया तो नहीं?

सोना–आज भला कौन सोयेगा? सब भूख-भूख चिल्ला रहे थे, तो मैंने एक पैसे का चबेना मँगवा दिया। सब के सब ऊपर बैठे खा रहे हैं। सुनते नहीं हो, मार-पीट हो रही है।

मोटेराम ने दाँत पीस कर कहा–जी चाहता है कि तुम्हारी गरदन पकड़ कर ऐंठ दूँ। भला, इस बेला चबेना मँगाने का क्या काम था? चबेना खा लेंगे, तो वहाँ क्या तुम्हारा सिर खायेंगे? छिः छिः! जरा भी बुद्धि नहीं!

सोना ने अपराध स्वीकार करते हुए कहा–हाँ, भूल तो हुई; पर सब के सब इतना कोलाहल मचाये हुए थे कि सुना नहीं जाता था।

मोटे.–रोते ही थे न, रोने देती। रोने से उनका पेट न भरता; बल्कि और भूख खुल जाती।

सहसा एक आदमी ने बाहर से आवाज दी–पण्डित जी, महारानी बुला रही हैं, और लोगों को ले कर जल्दी चलो।

पण्डित जी ने पत्नी की ओर गर्व से देख कर कहा–देखा, इसे निमन्त्रण कहते हैं। अब तैयारी करनी चाहिए।

बाहर आ कर पण्डित जी ने उस आदमी से कहा–तुम एक क्षण और न आते, तो मैं कथा सुनाने चला गया होता। मुझे बिल्कुल याद न थी। चलो, हम बहुत शीघ्र आते हैं।

5

नौ बजते-बजते पण्डित मोटेराम बाल-गोपाल सहित रानी साहब के द्वार पर जा पहुँचे। रानी बड़ी विशालकाय एवं तेजस्विनी महिला थीं। इस समय वे कारचोबीदार तकिया लगाये तख्त पर बैठी हुई थीं। दो आदमी हाथ बाँधे

पीछे खड़े थे। बिजली का पंखा चल रहा था। पण्डित जी को देखते ही रानी ने तख्त से उठ कर चरण-स्पर्श किया और इस बालक-मण्डल को देखकर मुस्कराती हुई बोलीं—इन बच्चों को आप कहाँ से पकड़ लाये?

मोटे.—करता क्या? सारा नगर छान मारा; किसी पण्डित ने आना स्वीकार न किया। कोई किसी के यहाँ निमन्त्रित है, कोई किसी के यहाँ। तब तो मैं बहुत चकराया। अन्त में मैंने उनसे कहा—अच्छा, आप नहीं चलते तो हरि इच्छा; लेकिन ऐसा कीजिए कि मुझे लज्जित न होना पड़े। तब जबरदस्ती प्रत्येक के घर से जो बालक मिला, उसे पकड़ लाना पड़ा। क्यों फेकूराम, तुम्हारे पिता जी का क्या नाम है?

फेकूराम ने गर्व से कहा—पण्डित सेतूराम पाठक।

रानी—बालक तो बड़ा होनहार है।

और बालकों को भी उत्कण्ठा हो रही थी कि हमारी भी परीक्षा ली जाय; लेकिन जब पण्डित जी ने उनसे कोई प्रश्न न किया और उधर रानी ने फेकूराम की प्रशंसा कर दी, तब तो वे अधीर हो उठे। भवानी बोला—मेरे पिता का नाम है पण्डित गंगू पाँडे।

छेदी बोला—मेरे पिता का नाम है दमड़ी तिवारी!

बेनीराम ने कहा—मेरे पिता का नाम है पण्डित मँगरू ओझा।

अलगूराम समझदार था। चुपचाप खड़ा रहा। रानी ने उससे पूछा—तुम्हारे पिता का क्या नाम है, जी?

अलगूराम को इस वक्त पिता का निर्दिष्ट नाम याद न आया। न यही सूझा कि कोई और नाम ले ले। हतबुद्धि-सा खड़ा रहा। पण्डित मोटेराम ने जब उसकी ओर दाँत पीस कर देखा, तब रहा-सहा हवास भी गायब हो गया।

फेकूराम ने कहा—हम बता दें। भैया भूल गये।

रानी ने आश्चर्य से पूछा—क्या अपने पिता का नाम भूल गया? यह तो विचित्र बात देखी।

मोटेराम ने अलगू के पास जाकर कहा—क से है। अलगूराम बोल उठा—केशव पाँडे।

रानी—तो अब तक क्यों चुप था?

मोटे.—कुछ ऊँचा सुनता है, सरकार।

रानी—मैंने सामान तो बहुत-सा मँगवाया है। सब खराब होगा। लड़के क्या खायेंगे!

मोटे.—सरकार इन्हें बालक न समझें। इनमें जो सबसे छोटा है, यह दो पत्तल खा कर उठेगा।

6

जब सामने पत्तलें पड़ गयीं और भण्डारी चाँदी की थालों में एक से एक उत्तम पदार्थ ला-ला कर परसने लगा, तब पण्डित मोटेराम जी की आँखें खुल गयीं। उन्हें आये-दिन निमन्त्रण मिलते रहते थे। पर ऐसे अनुपम पदार्थ कभी सामने न आये थे। घी की ऐसी सोंधी सुगन्ध उन्हें कभी न मिली थी। प्रत्येक वस्तु से केवड़े और गुलाब की लपटें उड़ रही थीं। घी टपक रहा था। पण्डित जी ने सोचा—ऐसे पदार्थों से कभी पेट भर सकता है! मनों खा जाऊँ, फिर भी और खाने को जी चाहे। देवतागण इनसे उत्तम और कौन-से पदार्थ खाते होंगे? इनसे उत्तम पदार्थों की तो कल्पना भी नहीं हो सकती।

पण्डित जी को इस वक्त अपने परममित्र पण्डित चिन्तामणि की याद आयी। अगर वे होते, तो रंग जम जाता। उनके बिना रंग फीका रहेगा। यहाँ दूसरा कौन है जिससे लाग-डाँग करूँ। लड़के दो-दो पत्तलों में चें बोल जायेंगे। सोना कुछ साथ देगी; मगर कब तब! चिन्तामणि के बिना रंग न गठेगा। वे मुझे ललकारेंगे, मैं उन्हें ललकारूँगा। उस उमंग में पत्तलों की कौन गिनती। हमारी देखा-देखी लड़के भी डट जायेंगे। ओह, बड़ी भूल हो गयी। यह खयाल मुझे पहले न आया। रानी साहब से कहूँ, बुरा तो न मानेंगी। उँह! जो कुछ हो, एक बार जोर तो लगाना ही चाहिए। तुरन्त खड़े हो कर रानी साहब से बोले—सरकार! आज्ञा हो, तो कुछ कहूँ।

रानी—कहिए, कहिए महाराज, क्या किसी वस्तु की कमी है?

मोटे.—नहीं सरकार, किसी बात की नहीं। ऐसे उत्तम पदार्थ तो मैंने कभी देखे भी न थे। सारे नगर में आपकी कीर्ति फैल जायेगी। मेरे एक परममित्र पण्डित चिन्तामणि जी हैं, आज्ञा हो तो उन्हें भी बुला लूँ। बड़े विद्वान कर्मनिष्ठ ब्राह्मण हैं। उनके जोड़ का इस नगर में दूसरा नहीं है। मैं उन्हें निमन्त्रण देना भूल गया। अभी सुधि आयी।

रानी—आपकी इच्छा हो, तो बुला लीजिए, मगर आने-जाने में देर होगी और भोजन परोस दिया गया है।

मोटे.—मैं अभी आता हूँ, सरकार, दौड़ता हुआ जाऊँगा।

रानी—मेरी मोटर ले लीजिए।

जब पण्डितजी चलने को तैयार हुए, तब सोना ने कहा—तुम्हें आज क्या हो गया है, जी ! उसे क्यों बुला रहे हो ?

मोटे.—कोई साथ देनेवाला भी तो चाहिए ?

सोना—मैं क्या तुमसे दब जाती ?

पण्डित जी ने मुस्करा कर कहा—तुम जानतीं नहीं, घर की बात और है; दंगल की बात और है। पुराना खिलाड़ी मैदान में जा कर जितना नाम करेगा, उतना नया पट्ठा नहीं कर सकता। वहाँ बल का काम नहीं, साहस का काम है। बस, यहाँ भी वही हाल समझो। झण्डे गाड़ दूँगा। समझ लेना।

सोना—कहीं लड़के सो जायें तो ?

मोटे.—और भूख खुल जायेगी। जगा तो मैं लूँगा।

सोना—देख लेना, आज वह तुम्हें पछाड़ देगा। उसके पेट में तो शनीचर है।

मोटे.—बुद्धि की सर्वत्र प्रधानता रहती है। यह न समझो कि भोजन करने की कोई विद्या ही नहीं। इसका भी एक शास्त्र है, जिसे मथुरा के शनिचरानन्द महाराज ने रचा है। चतुर आदमी थोड़ी-सी जगह में गृहस्थी का सब सामान रख देता है। अनाड़ी बहुत-सी जगह में भी यही सोचता है कि कौन वस्तु कहाँ रखूँ। गँवार आदमी पहले से ही हबक-हबक कर खाने लगता है और चट एक लोटा पानी पी कर अफर जाता है। चतुर आदमी बड़ी सावधानी से खाता है, उसको कौर नीचे उतारने के लिए पानी की आवश्यकता नहीं पड़ती। देर तक भोजन करते रहने से वह सुपाच्य भी हो जाता है। चिन्तामणि मेरे सामने क्या ठहरेगा।

7

चिन्तामणि जी अपने आँगन में उदास बैठे हुए थे। जिस प्राणी को वह अपना परमहितैषी समझते थे, जिसके लिए वे अपने प्राण तक देने को तैयार रहते थे, उसी ने आज उनके साथ बेवफाई की। बेवफाई ही नहीं की, उन्हें उठा कर दे मारा। पण्डित मोटेराम के घर से तो कुछ जाता न था। अगर वे चिन्तामणि जी को साथ ले जाते, तो क्या रानी साहब उन्हें दुत्कार देतीं ? स्वार्थ के आगे कौन किसको पूछता है ? उन अमूल्य पदार्थों की कल्पना करके चिन्तामणि के मुँह से लार टपकी पड़ती थी। अब सामने पत्तर आ गयी होगी ! अब थालों में अमिरतियाँ लिए भण्डारी जी आये होंगे ! ओहो। कितनी सुन्दर, कोमल,

कुरकुरी, रसीली अमिरतियाँ होंगी! अब बेसन के लड्डू आये होंगे। ओहो, कितने सुडौल, मेवों से भरे हुए, घी से तरातर लड्डू होंगे, मुँह में रखते ही घुल जाते होंगे, जीभ भी न डुलानी पड़ती होगी। अहा! अब मोहनभोग आया होगा! हाय रे दुर्भाग्य! मैं यहाँ पड़ा सड़ रहा हूँ और वहाँ यह बहार! बड़े निर्दयी हो मोटेराम, तुमसे इस निष्ठुरता की आशा न थी।

अमिरतीदेवी बोलीं—तुम इतना दिल छोटा क्यों करते हो? पितृपक्ष तो आ ही रहा है, ऐसे-ऐसे न जाने कितने आयेंगे।

चिन्तामणि—आज किसी अभागे का मुँह देखकर उठा था। लाओ तो पत्रा, देखूँ, कैसा मुहूर्त है। अब नहीं रहा जाता। सारा नगर छान डालूँगा, कहीं तो पता चलेगा, नासिका तो दाहिनी चल रही है।

एकाएक मोटर की आवाज आयी। उसके प्रकाश से पण्डित जी का सारा घर जगमगा उठा। वे खिड़की से झाँकने लगे, तो मोटेराम को मोटर से उतरते देखा। एक लम्बी साँस लेकर चारपाई पर गिर पड़े। मन में कहा कि दुष्ट भोजन करके अब यहाँ मुझसे बखान करने आया है।

अमिरतीदेवी ने पूछा—कौन है डाढ़ीजार, इतनी रात को जगावत है?

मोटे.—हम हैं हम! गाली न दो!

अमिरती—अरे दुर मुँहझौंसे, तैं कौन है! कहते हैं, हम हैं हम! को जाने तैं कौन है?

मोटे.—अरे हमारी बोली नहीं पहचानती हो? खूब पहचान लो। हम हैं, तुम्हारे देवर।

अमिरती—ऐ दुर, तोरे मुँह में का लागे। तोर लहास उठे। हमार देवर बनत है, डाढ़ीजार।

मोटे.—अरे हम हैं मोटेराम शास्त्री। क्या इतना भी नहीं पहचानती? चिन्तामणि घर में हैं?

अमिरती ने किवाड़ खोल दिया और तिरस्कार-भाव से बोली—अरे तुम थे, तो नाम क्यों नहीं बताते थे? जब इतनी गालियाँ खा लीं, तो बोल निकला। क्या है, क्या?

मोटे.—कुछ नहीं; चिन्तामणि जी को शुभ-संवाद देने आया हूँ। रानी साहब ने उन्हें याद किया है।

अमिरती—भोजन के बाद बुला कर क्या करेंगी?

मोटे.—अभी भोजन कहाँ हुआ है! मैंने जब इनकी विद्या, कर्मनिष्ठा,

सद्विचार की प्रशंसा की, तब मुग्ध हो गयीं। मुझसे कहा कि उन्हें मोटर पर लाओ! क्या सो गये?

चिन्तामणि चारपाई पर पड़े-पड़े सुन रहे थे। जी में आता था, चल कर मोटेराम के चरणों पर गिर पड़ूँ। उनके विषय में अब तक जितने कुत्सित विचार उठे थे, सब लुप्त हो गये। ग्लानि का आविर्भाव हुआ। रोने लगे।

'अरे भाई, आते हो या सोते ही रहोगे!'—यह कहते हुए मोटेराम उनके सामने जा कर खड़े हो गये।

चिन्ता.—तब क्यों न ले गये? जब इतनी दुर्दशा कर लिए; तब आये। अभी तक पीठ में दर्द हो रहा है।

मोटे.—अजी, वह तर-माल खिलाऊँगा कि सारा दर्द-वर्द भाग जायेगा, तुम्हारे यजमानों को भी ऐसे पदार्थ मयस्सर न हुए होंगे! आज तुम्हें बद कर पछाड़ूँगा?

चिन्ता.—तुम बेचारे मुझे क्या पछाड़ोगे। सारे शहर में तो कोई ऐसा माई का लाल दिखायी नहीं देता। हमें शनीचर का इष्ट है।

मोटे.—अजी, यहाँ बरसों तपस्या की है। भण्डारे का भण्डारा साफ कर दें और इच्छा ज्यों की त्यों बनी रहे। बस, यही समझ लो कि भोजन करके हम खड़े नहीं रह सकते। चलना तो दूसरी बात है। गाड़ी पर लद कर आते हैं।

चिन्ता.—तो यह कौन बड़ी बात है। यहाँ तो टिकटी पर उठा कर लाये जाते हैं। ऐसी-ऐसी डकारें लेते हैं कि जान पड़ता है, बम-गोला छूट रहा है। एक बार खोपिया पुलिस ने बम-गोले के सन्देह में घर की तलाशी तक ली थी।

मोटे.—झूठ बोलते हो। कोई इस तरह नहीं डकार सकता।

चिन्ता.—अच्छा, तो आ कर सुन लेना। डर कर भाग न जाओ, तो सही।

एक क्षण में दोनों मित्र मोटर पर बैठे और मोटर चली।

8

रास्ते में पण्डित चिन्तामणि को शंका हुई कि कहीं ऐसा न हो कि मैं पण्डित मोटेराम का पिछलग्गू समझा जाऊँ और मेरा यथेष्ट सम्मान न हो। उधर पण्डित मोटेराम को भी भय हुआ कि कहीं ये महाशय मेरे प्रतिद्वंद्वी न बन जायें और रानी साहब पर अपना रंग जमा लें।

दोनों अपने-अपने मंसूबे बाँधने लगे। ज्यों ही मोटर रानी के भवन में पहुँची दोनों महाशय उतरे। अब मोटेराम चाहते थे कि पहले मैं रानी के पास पहुँच जाऊँ और कह दूँ कि पण्डित को ले आया, और चिन्तामणि चाहते थे कि पहले मैं रानी के पास पहुँचूँ और अपना रंग जमा दूँ। दोनों कदम बढ़ाने लगे। चिन्तामणि हल्के होने के कारण जरा आगे बढ़ गये, तो पण्डित मोटेराम दौड़ने लगे। चिन्तामणि भी दौड़ पड़े। घुड़दौड़-सी होने लगी। मालूम होता था कि दो गैंडे भागे जा रहे हैं। अन्त में मोटेराम ने हाँफते हुए कहा—राजसभा में दौड़ते हुए जाना उचित नहीं।

चिन्ता.—तो तुम धीरे-धीरे आओ न, दौड़ने को कौन कहता है।

मोटे.—जरा रुक जाओ, मेरे पैर में काँटा गड़ गया है।

चिन्ता.—तो निकाल लो, तब तक मैं चलता हूँ।

मोटे.—मैं न कहता, तो रानी तुम्हें पूछती भी न!

मोटेराम ने बहुत बहाने किये, पर चिन्तामणि ने एक न सुना। भवन में पहुँचे। रानी साहब बैठी कुछ लिख रही थीं और रह-रहकर द्वार की ओर ताक लेती थीं कि सहसा पण्डित चिन्तामणि उनके सामने आ खड़े हुए और यों स्तुति करने लगे—

'हे हे यशोदे, तू बालकेशव, मुरारनामा...'

रानी—क्या मतलब? अपना मतलब कहो?

चिन्ता.—सरकार को आशीर्वाद देता हूँ सरकार ने इस दास चिन्तामणि को निमन्त्रित करके कितना अनुग्रसित (अनुगृहीत) किया है, उसका बखान शेषनाग अपनी सहस्र जिह्वा द्वारा भी नहीं कर सकते।

रानी—तुम्हारा ही नाम चिन्तामणि है? वे कहाँ रह गये—पण्डित मोटेराम शास्त्री?

चिन्ता.—पीछे आ रहा है, सरकार। मेरे बराबर आ सकता है, भला! मेरा तो शिष्य है।

रानी—अच्छा, तो वे आपके शिष्य हैं!

चिन्ता.—मैं अपने मुँह से अपनी बड़ाई नहीं करना चाहता सरकार! विद्वानों को नम्र होना चाहिए; पर जो यथार्थ है, वह तो संसार जानता है। सरकार, मैं किसी से वाद-विवाद नहीं करता; यह मेरा अनुशीलन (अभीष्ट) नहीं। मेरे शिष्य भी बहुधा मेरे गुरु बन जाते हैं; पर मैं किसी से कुछ नहीं कहता। जो सत्य है, वह सभी जानते हैं।

इतने में पण्डित मोटेराम भी गिरते-पड़ते हाँफते हुए आ पहुँचे और यह देख कर कि चिन्तामणि भद्रता और सभ्यता की मूर्ति बने खड़े हैं, वे देवोपम शान्ति के साथ खड़े होगये।

रानी–पण्डित चिन्तामणि बड़े साधु प्रकृति एवं विद्वान् हैं। आप उनके शिष्य हैं, फिर भी वे आपको अपना शिष्य नहीं कहते हैं।

मोटे.–सरकार, मैं इनका दासानुदास हूँ।

चिन्ता.–जगतारिणी, मैं इनका चरण-रज हूँ।

मोटे.–रिपुदलसंहारिणी, मैं इनके द्वार का कूकर हूँ।

रानी–आप दोनों सज्जन पूज्य हैं। एक से एक बढ़े हुए। चलिए, भोजन कीजिए।

9

सोनारानी बैठी पण्डित मोटेराम की राह देख रही थीं। पति की इस मित्र-भक्ति पर उन्हें बड़ा क्रोध आ रहा था। बड़े लड़कों के विषय में तो कोई चिन्ता न थी, लेकिन छोटे बच्चों के सो जाने का भय था। उन्हें किस्से-कहानियाँ सुना-सुना कर बहला रही थी कि भण्डारी ने आकर कहा–महाराज चलो। दोनों पण्डित जी आसन पर बैठ गये। फिर क्या था, बच्चे कूद-कूद कर भोजनशाला में जा पहुँचे। देखा, तो दोनों पण्डित दो वीरों की भाँति आमने-सामने डटे बैठे हैं। दोनों अपना-अपना पुरुषार्थ दिखाने के लिए अधीर हो रहे थे।

चिन्ता.–भण्डारी जी, तुम परोसने में बड़ा विलम्ब करते हो! क्या भीतर जा कर सोने लगते हो?

भण्डारी–चुपाई मारे बैठे रहो, जौन कुछ होई, सब आय जाई। घबड़ाये का नहीं होत। तुम्हारे सिवाय और कोई जिवैया नहीं बैठा है।

मोटे.–भैया, भोजन करने के पहले कुछ देर सुगन्ध का स्वाद तो लो।

चिन्ता.–अजी, सुगन्ध गया चूल्हे में, सुगन्ध देवता लोग लेते हैं। अपने लोग तो भोजन करते हैं।

मोटे.–अच्छा बताओ, पहले किस चीज पर हाथ फेरोगे?

चिन्ता.–मैं जाता हूँ भीतर से सब चीजें एक साथ लिए आता हूँ।

मोटे.–धीरज धरो भैया, सब पदार्थों को आ जाने दो। ठाकुर जी का भोग तो लग जाय।

चिन्ता.–तो बैठे क्यों हो, तब तक भोग ही लगाओ। एक बाधा तो

मिटे। नहीं तो लाओ, मैं चटपट भोग लगा दूँ। व्यर्थ देर करोगे।

इतने में रानी आ गयीं। चिन्तामणि सावधान हो गये। रामायण की चौपाइयों का पाठ करने लगे–

'रहा एक दिन अवध अधारा। समुझत मन दुख भयउ
अपारा॥
कौशलेश दशरथ के जाये। हम पितु बचन मानि बन आये॥
उलटि पलटि लंका कपि जारी। कूद पड़ा तब सिन्धु मझारी॥
जेहि पर जा कर सत्य सनेहू। सो तेहि मिले न कछु सन्देहू॥
जामवन्त के वचन सुहाये। सुनि हनुमान हृदय अति भाये॥

पण्डित मोटेराम ने देखा कि चिन्तामणि का रंग जमता जाता है तो वे भी अपनी विद्वत्ता प्रकट करने को व्याकुल हो गये। बहुत दिमाग लड़ाया, पर कोई श्लोक, कोई मन्त्र, कोई कविता याद न आयी तब उन्होंने सीधे-सीधे राम-नाम का पाठ आरम्भ कर दिया–

'राम भज, राम भज, राम भज रे मन'–इन्होंने इतने ऊँचे स्वर से जाप करना शुरू किया कि चिन्तामणि को भी अपना स्वर ऊँचा करना पड़ा। मोटेराम और जोर से गरजने लगे। इतने में भण्डारी ने कहा–महाराज, अब भोग लगाइये। यह सुन कर उस प्रतिस्पर्द्धा का अन्त हुआ। भोग की तैयारी हुई। बाल-वृन्द सजग हो गया। किसी ने घण्टा लिया, किसी ने घड़ियाल, किसी ने शंख, किसी ने करताल और चिन्तामणि ने आरती उठा ली। मोटेराम मन में ऐंठ कर रह गये। रानी के समीप जाने का यह अवसर उनके हाथ से निकल गया।

पर यह किसे मालूम था कि विधि-वाम उधर कुछ और ही कुटिल-क्रीड़ा कर रहा है। आरती समाप्त हो गयी थी, भोजन शुरू होने को ही था कि एक कुत्ता न-जाने किधर से आ निकला। पण्डित चिन्तामणि के हाथ से लड्डू थाल में गिर पड़ा। पण्डित मोटेराम अचकचा कर रह गये। सर्वनाश!

चिन्तामणि ने मोटेराम से इशारे में कहा–अब क्या कहते हो, मित्र? कोई उपाय निकालो, यहाँ तो कमर टूट गयी।

मोटेराम ने लम्बी साँस खींचकर कहा–अब क्या हो सकता है? यह ससुर आया किधर से?

रानी पास ही खड़ी थीं, उन्होंने कहा–अरे, कुत्ता किधर से आ गया? यह रोज बँधा रहता था, आज कैसे छूट गया? अब तो रसोई भ्रष्ट हो गयी।

चिन्ता.—सरकार, आचार्यों ने इस विषय में...

मोटे.—कोई हर्ज नहीं है, सरकार, कोई हर्ज नहीं है!

सोना—भाग्य फूट गया। जोहत-जोहत आधी रात बीत गयी, तब ई विपत्त फाट परी।

चिन्ता.—सरकार स्वान के गुख में अमृत...

मोटे.—तो अब आज्ञा हो तो चलें।

रानी—हाँ और क्या। मुझे बड़ा दुःख है कि इस कुत्ते ने आज इतना बड़ा अनर्थ कर डाला। तुम बड़े गुस्ताख हो गये, टामी। भण्डारी, ये पत्तर उठा कर मेहतर को दे दो।

चिन्ता.—(सोना से) छाती फटी जाती है।

सोना को बालकों पर दया आयी। बेचारे इतनी देर देवोपम धैर्य के साथ बैठे थे। बस चलता, तो कुत्ते का गला घोंट देती। बोली—लरकन का तो दोष नहीं परत है। इन्हें काहे नहीं खवाय देत कोऊ।

चिन्ता.—मोटेराम महादुष्ट है। इसकी बुद्धि भ्रष्ट हो गयी है।

सोना—ऐसे तो बड़े विद्वान बने रहैं। अब काहे नाहीं बोलत बनत। मुँह में दही जम गया, जीभै नहीं खुलत है।

चिन्ता.—सत्य कहता हूँ, रानी को चकमा दे देता। उस दुष्ट के मारे सब खेल बिगड़ गया। सारी अभिलाषाएँ मन में रह गयीं। ऐसे पदार्थ अब कहाँ मिल सकते हैं?

सोना—सारी मनुसई निकल गयी। घर ही में गरजै के सेर हैं।

रानी ने भण्डारी को बुला कर कहा—इन छोटे-छोटे तीनों बच्चों को खिला दो। ये बेचारे क्यों भूखों मरें। क्यों फेकूराम, मिठाई खाओगे!

फेकू—इसीलिए तो आये हैं।

रानी—कितनी मिठाई खाओगे?

फेकू—बहुत-सी (हाथों से बता कर) इतनी!

रानी—अच्छी बात है। जितनी खाओगे उतनी मिलेगी; पर जो बात मैं पूछूँ, वह बतानी पड़ेगी। बताओगे न?

फेकू—हाँ बताऊँगा, पूछिए!

रानी—झूठ बोले, तो एक मिठाई न मिलेगी। समझ गये।

फेकू—मत दीजिएगा। मैं झूठ बोलूँगा ही नहीं।

रानी—अपने पिता का नाम बताओ।

मोटे.—बालकों को हरदम सब बातें स्मरण नहीं रहतीं। उसने तो आते ही आते बता दिया था।

रानी—मैं फिर पूछती हूँ, इसमें आपकी क्या हानि है?

चिन्ता.—नाम पूछने में कोई हर्ज नहीं।

मोटे.—तुम चुप रहो चिन्तामणि, नहीं तो ठीक न होगा। मेरे क्रोध को अभी तुम नहीं जानते। दबा बैठूँगा, तो रोते भागोगे।

रानी—आप तो व्यर्थ इतना क्रोध कर रहे हैं। बोलो फेकूराम, चुप क्यों हो, फिर मिठाई न पाओगे।

चिन्ता.—महारानी की इतनी दया-दृष्टि तुम्हारे ऊपर हैं, बता दो बेटा!

मोटे.—चिन्तामणि जी, मैं देख रहा हूँ, तुम्हारे अदिन आये हैं। वह नहीं बताता, तुम्हारा साझा—आये वहाँ से बड़े खैरख्वाह बन के।

सोना—अरे हाँ, लरकन से ई सब पँवारा से का मतलब। तुमका धरम परे मिठाई देव, न धरम परे न देव। ई का कि बाप का नाम बताओ तब मिठाई देव।

फेकूराम ने धीरे से कोई नाम लिया। इस पर पण्डित जी ने उसे इतने जोर से डाँटा कि उसकी आधी बात मुँह में ही रह गयी।

रानी—क्यों डाँटते हो, उसे बोलने क्यों नहीं देते? बोलो बेटा!

मोटे.—आप हमें अपने द्वार पर बुला कर हमारा अपमान कर रही हैं।

चिन्ता.—इसमें अपमान की तो कोई बात नहीं है, भाई!

मोटे.—अब हम इस द्वार पर कभी न आयेंगे। यहाँ सत्पुरुषों का अपमान किया जाता है।

अलगू—कहिए तो मैं चिन्तामणि को एक पटकन दूँ।

मोटे.—नहीं बेटा, दुष्टों को परमात्मा स्वयं दण्ड देता है। चलो, यहाँ से चलें। अब भूल कर यहाँ न आयेंगे। खिलाना न पिलाना, द्वार पर बुला कर ब्राह्मणों का अपमान करना। तभी तो देश में आग लगी हुई है।

चिन्ता.—मोटेराम, महारानी के सामने तुम्हें इतनी कटु बातें न करनी चाहिए।

मोटे.—बस चुप ही रहना, नहीं तो सारा क्रोध तुम्हारे ही सिर जायेगा। माता-पिता का पता नहीं, ब्राह्मण बनने चले हैं। तुम्हें कौन कहता है ब्राह्मण?

चिन्ता.—जो कुछ मन चाहे, कह लो। चन्द्रमा पर थूकने से थूक अपने ही मुँह पर पड़ता है। जब तुम धर्म का एक लक्षण नहीं जानते, तब तुमसे क्या बातें करूँ? ब्राह्मण को धैर्य रखना चाहिए।

मोटे.—पेट के गुलाम हो। ठकुरसोहाती कर रहे हो कि एकाध पत्तल मिल जाय। यहाँ मर्यादा का पालन करते हैं!

चिन्ता—कह तो दिया भाई कि तुम बड़े, मैं छोटा, अब और क्या कहूँ। तुम सत्य कहते होगे, मैं ब्राह्मण नहीं शूद्र हूँ।

रानी—ऐसा न कहिए चिन्तामणि जी।

इसका बदला न लिया तो कहना!—यह कहते हुए पण्डित मोटेराम बालक-वृन्द के साथ बाहर चले आये और भाग्य को कोसते हुए घर को चले। बार-बार पछता रहे थे कि दुष्ट चिन्तामणि को क्यों बुला लाया।

सोना ने कहा—भण्डा फूटत-फूटत बच गया। फेकुआ नाँव बताय देता। काहे रे, अपने बाप केर नाँव बताय देते!

फेकू—और क्या। वे तो सच-सच पूछती थीं!

मोटे.—चिन्तामणि ने रंग जमा लिया, अब आनन्द से भोजन करेगा।

सोना—तुम्हार एको विद्या काम न आयी। ऊँ तौन बाजी मार लैगा।

मोटे.—मैं तो जानता हूँ, रानी ने जान-बूझ कर कुत्ते को बुला लिया।

सोना—मैं तो ओकरा मुँह देखत ताड़ गयी कि हमका पहचान गयी।

इधर तो ये लोग पछताते चले जाते थे, उधर चिन्तामणि की पाँचों अँगुली घी में थीं। आसन मारे भोजन कर रहे थे। रानी अपने हाथों से मिठाइयाँ परोस रही थीं; वार्त्तालाप भी होता जाता था।

रानी—बड़ा धूर्त्त है? मैं बालकों को देखते ही समझ गयी। अपनी स्त्री को भेष बदल कर लाते उसे लज्जा न आयी।

चिन्ता.—मुझे कोस रहे होंगे!

रानी—मुझसे उड़ने चला था। मैंने भी कहा था—बचा, तुमको ऐसी शिक्षा दूँगी कि उम्र भर याद करोगे। टामी को बुला लिया।

चिन्ता.—सरकार की बुद्धि धन्य है!

(प्रथम प्रकाशन : सरस्वती/नवम्बर 1926)

गुल्ली-डण्डा

हमारे अंग्रेजीदाँ दोस्त मानें या न मानें, मैं तो यही कहूँगा कि गुल्ली-डण्डा सब खेलों का राजा है। अब भी कभी लड़कों को गुल्ली-डण्डा खेलते देखता हूँ, तो जी लोट-पोट हो जाता है कि इनके साथ जाकर खेलने लगूँ। न लॉन की जरूरत, न कोर्ट की, न नेट की, न थापी की। मजे से किसी पेड़ की एक टहनी काट ली, गुल्ली बना ली, और दो आदमी भी आ गये; तो खेल शुरू हो गया। विलायती खेलों में सबसे बड़ा ऐब है कि उनके सामान महँगे होते हैं। जब तक कम-से-कम एक सैकड़ा न खर्च कीजिए, खिलाड़ियों में शुमार ही नहीं हो सकता। यह गुल्ली-डण्डा है कि बिना हर्र-फिटकरी के चोखा रंग देता है; पर हम अंग्रेजी चीजों के पीछे ऐसे दीवाने हो रहे हैं कि अपनी सभी चीजों से अरुचि हो गयी है। हमारे स्कूलों में हरेक लड़के से तीन-चार रुपये सालाना केवल खेलने की फीस ली जाती है। किसी को यह नहीं सूझता कि भारतीय खेल खेलायें; जो बिना दाम-कौड़ी के खेले जाते हैं। अंग्रेजी खेल उनके लिए है, जिनके पास धन है। गरीब लड़कों के सिर क्यों यह व्यसन मढ़ते हो। ठीक है, गुल्ली से आँख फूट जाने का भय रहता है। तो क्या क्रिकेट से सिर फूट जाने, तिल्ली फट जाने, टाँग टूट जाने का भय नहीं रहता? अगर हमारे माथे में गुल्ली का दाग आज तक बना हुआ है, तो हमारे कई दोस्त ऐसे भी हैं, जो थापी को बैसाखी से बदल बैठे। ख़ैर, यह अपनी-अपनी रुचि है। मुझे गुल्ली ही सब खेलों से अच्छी लगती है और बचपन की मीठी स्मृतियों में गुल्ली ही सबसे मीठी है। वह प्रातःकाल घर से निकल जाना, वह पेड़ पर चढ़कर टहनियाँ काटना और गुल्ली-डण्डे बनाना, वह उत्साह, वह लगन, वह खिलाड़ियों के जमघटे, वह पदना और पदाना; वह लड़ाई-झगड़े, वह सरल स्वभाव, जिसमें छूत-अछूत, अमीर-गरीब का बिल्कुल भेद न रहता था, जिसमें अमीराना चोचलों की, प्रदर्शन की, अभिमान की गुंज़ाइश ही न

थी, यह उसी वक्त भूलेगा जब...घरवाले बिगड़ रहे हैं, पिताजी चौके पर बैठे वेग से रोटियों पर अपना क्रोध उतार रहे हैं, अम्माँ की दौड़ केवल द्वार तक है, लेकिन उनकी विचारधारा में मेरा अन्धकारमय भविष्य टूटी हुई नौका की तरह डगमगा रहा है, और मैं हूँ कि पदाने में मस्त हूँ, न नहाने की सुधि है, न खाने की। गुल्ली है तो जरा-सी; पर उसमें दुनिया भर की मिठाइयों की मिठास और तमाशों का आनन्द भरा हुआ है।

मेरे हमजोलियों में एक लड़का गया नाम का था। मुझसे दो-तीन साल बड़ा होगा। दुबला, लम्बा, बन्दरों की-सी लम्बी-लम्बी पतली-पतली उँगलियाँ, बन्दरों की-सी ही चपलता, वही झल्लाहट। गुल्ली कैसी हो, उस पर इस तरह लपकता था; जैसे छिपकली कीड़ों पर लपकती है। मालूम नहीं उसके माँ-बाप थे या नहीं, कहाँ रहता था, क्या खाता था; पर था हमारे गुल्ली-क्लब का चैम्पियन। जिसकी तरफ वह आ जाय, उसकी जीत निश्चित थी! हम सब उसे दूर से आते देख, उसका दौड़कर स्वागत करते थे और उसे अपना गोइयाँ बना लेते थे।

एक दिन हम और गया दो ही खेल रहे थे। वह पदा रहा था, मैं पद रहा था; मगर कुछ विचित्र बात है कि पदाने में हम दिन भर मस्त रह सकते हैं, पदना एक मिनट का भी अखरता है। मैंने गला छुड़ाने के लिए सब चालें चलीं, जो ऐसे अवसर पर शास्त्र-विहित न होने पर भी क्षम्य हैं, लेकिन गया अपना दाँव लिए बगैर मेरा पिण्ड न छोड़ता था।

अनुनय-विनय का कोई असर न हुआ। मैं घर की ओर भागा।

गया ने मुझे दौड़कर पकड़ लिया और डण्डा तानकर बोला—मेरा दाँव देकर जाओ। पदाया तो बड़े बहादुर बनके, पदने की बेर क्यों भागे जाते हो?

'तुम दिन भर पदाओ तो मैं दिन भर पदता रहूँ?'

'हाँ, तुम्हें दिन भर पदना पड़ेगा।'

'न खाने जाऊँ न पीने जाऊँ?'

'हाँ, मेरा दाँव दिये बिना कहीं नहीं जा सकते।'

'मैं तुम्हारा गुलाम हूँ?'

'हाँ, मेरे गुलाम हो।'

'मैं घर जाता हूँ, देखूँ मेरा क्या कर लेते हो?'

'घर कैसे जाओगे, कोई दिल्लगी है? दाँव दिया है, दाँव लेंगे।'

'अच्छा, कल मैंने तुम्हें अमरूद खिलाया था। वह लौटा दो।'

'वह तो पेट में चला गया।'

'निकालो पेट से। तुमने क्यों खाया मेरा अमरूद?'

'अमरूद तुमने दिया, तब मैंने खाया। तुमसे माँगने न गया था।'

'जब तक मेरा अमरूद न दोगे, मैं दाँव न दूँगा।'

मैं समझता था, न्याय मेरी ओर है। आखिर मैंने किसी स्वार्थ से ही उसे अमरूद खिलाया होगा। कौन निःस्वार्थ किसी के साथ सलूक करता है। भिक्षा तक तो स्वार्थ के लिए ही देते हैं। जब गया ने अमरूद खाया, तो फिर उसे मुझसे दाँव लेने का क्या अधिकार है? रिश्वत देकर तो लोग खून पचा जाते हैं। यह मेरा अमरूद यों ही हजम कर जायेगा? अमरूद पैसे के पाँच वाले थे, जो गया के बाप को भी नसीब न होंगे। यह सरासर अन्याय था।

गया ने मुझे अपनी ओर खींचते हुए कहा--मेरा दाँव देकर जाओ, अमरूद-समरूद मैं नहीं जानता।

मुझे न्याय का बल था। वह अन्याय पर डटा हुआ था। मैं हाथ छुड़ाकर भागना चाहता था। वह मुझे जाने न देता था! मैंने गाली दी; उसने उससे कड़ी गाली दी, और गाली नहीं, दो-एक चाँटा जमा दिया। मैंने उसे दाँत काट लिया। उसने मेरी पीठ पर डण्डा जमा दिया। मैं रोने लगा। गया मेरे इस अस्त्र का मुकाबला न कर सका। भागा। मैंने तुरन्त आँसू पोंछ डाले, डण्डे की चोट भूल गया और हँसता हुआ घर में जा पहुँचा! मैं थानेदार का लड़का एक नीच जात के लौंडे के हाथों पिट गया, यह मुझे उस समय भी अपमानजनक मालूम हुआ; लेकिन घर में किसी से शिकायत न की।

□□

उन्हीं दिनों पिताजी का वहाँ से तबादला हो गया। नई दुनिया देखने की खुशी में ऐसा फूला कि अपने हमजोलियों से बिछुड़ जाने का बिल्कुल दुःख न हुआ। पिताजी दुःखी थे। यह बड़ी आमदनी की जगह थी। अम्माँजी भी दुःखी थीं, यहाँ सब चीजें सस्ती थीं, और मुहल्ले की स्त्रियों से घराव-सा हो गया था, लेकिन मैं मारे खुशी के फूला न समाता था। लड़कों से जीट उड़ा रहा था, वहाँ ऐसे घर थोड़े ही होते हैं। ऐसे-ऐसे ऊँचे घर हैं कि आसमान से बातें करते हैं। वहाँ के अंग्रेजी स्कूल में कोई मास्टर लड़कों को पीटे, तो उसे जेहल हो जाय। मेरे मित्रों की फैली हुई आँखें और चकित-मुद्रा बतला रही थीं कि मैं उनकी निगाह में कितना ऊँचा उठ गया हूँ। बच्चों में मिथ्या को सत्य बना लेने की वह शक्ति है, जिसे हम, जो सत्य को मिथ्या बना

लेते हैं, क्या समझेंगे। उन बेचारों को मुझसे कितनी स्पर्द्धा हो रही थी। मानो कह रहे थे—तुम भाग्यवान हो भाई, जाओ हमें तो इस ऊजड़ ग्राम में जीना भी है और मरना भी।

बीस साल गुजर गये। मैंने इंजीनियरी पास की और उसी जिले का दौरा करता हुआ, उसी कस्बे में पहुँचा और डाकबँगले में ठहरा। उस स्थान को देखते ही इतनी मधुर बाल-स्मृतियाँ हृदय में जाग उठीं कि मैंने छड़ी उठाई और कस्बे की सैर करने निकला। आँखें किसी प्यासे पथिक की भाँति बचपन के उन क्रीड़ा-स्थलों को देखने के लिए व्याकुल हो रही थीं; पर उस परिचित नाम के सिवा वहाँ और कुछ परिचित न था। जहाँ खँडहर था। वहाँ पक्के मकान खड़े थे। जहाँ बरगद का पुराना पेड़ था; वहाँ अब एक सुन्दर बगीचा था। स्थान का काया-पलट हो गया था। अगर उसके नाम और स्थिति का ज्ञान न होता, तो मैं इसे पहचान भी न सकता। बचपन की संचित और अमर स्मृतियाँ बाँहें खोले अपने उन पुराने मित्रों से गले मिलने को अधीर हो रही थीं; मगर वह दुनिया बदल गयी थी। ऐसा जी होता था कि उस धरती से लिपटकर रोऊँ और कहूँ, तुम मुझे भूल गयीं। मैं तो अब भी तुम्हारा वही रूप देखना चाहता हूँ।

सहसा एक खुली हुई जगह में मैंने दो-तीन लड़कों को गुल्ली-डण्डा खेलते देखा। एक क्षण के लिए मैं अपने को बिल्कुल भूल गया। भूल गया कि मैं एक ऊँचा अफसर हूँ, साहबी ठाठ में, रौब और अधिकार के आवरण में।

जाकर एक लड़के से पूछा—क्यों बेटे, यहाँ कोई गया नाम का आदमी रहता है?

एक लड़के ने गुल्ली-डण्डा समेटकर सहमे हुए स्वर में कहा—कौन गया? गया चमार?

मैंने यों ही कहा—हाँ-हाँ, वही। गया नाम का कोई आदमी है तो। शायद वही हो।

'हाँ, है तो।'

'जरा उसे बुलाकर ला सकते हो?'

लड़का दौड़ा हुआ गया और एक क्षण में एक पाँच हाथ के काले देव को साथ लिए आता दिखाई दिया। मैं दूर ही से पहचान गया। उसकी ओर लपकना चाहता था कि उसके गले लिपट जाऊँ; पर कुछ सोचकर रह गया। बोला—कहो गया, मुझे पहचानते हो?

गया ने झुककर सलाम किया—हाँ मालिक, भला पहचानूँगा क्यों नहीं? आप मजे में रहे?

'बहुत मजे में। तुम अपनी कहो?'

'डिप्टी साहब का साईस हूँ।'

'मतई, मोहन, दुर्गा यह सब कहाँ हैं? कुछ खबर है?'

'मतई तो मर गया, दुर्गा और मोहन दोनों डाकिये हो गये हैं, आप?'

'मैं तो जिले का इन्जीनियर हूँ?'

'सरकार तो पहले ही बड़े जहीन थे।'

'अब कभी गुल्ली-डण्डा खेलते हो?'

गया ने मेरी ओर प्रश्न भरी आँखों से देखा—अब गुल्ली-डण्डा क्या खेलूँगा सरकार, अब तो पेट के धंधे से छुट्टी नहीं मिलती।

आओ, आज हम तुम खेलें। तुम पदाना, हम पदेंगे। तुम्हारा एक दाँव हमारे ऊपर है। वह आज ले लो।

गया बड़ी मुश्किल से राजी हुआ। वह ठहरा टके का मजदूर, मैं एक बड़ा अफसर। हमारा और उसका क्या जोड़? बेचारा झेंप रहा था; लेकिन मुझे भी कुछ कम झेंप न थी; इसलिए नहीं कि मैं गया के साथ खेलने जा रहा था; बल्कि इसलिए कि लोग इस खेल को अजूबा समझकर इसका तमाशा बना लेंगे और अच्छी-खासी भीड़ लग जायेगी। उस भीड़ में वह आनन्द कहाँ रहेगा; पर खेले बगैर तो रहा नहीं जाता था। आखिर निश्चय हुआ कि दोनों जने बस्ती से दूर जाकर एकान्त में खेलें। वहाँ कौन कोई देखनेवाला बैठा होगा। मजे से खेलेंगे और बचपन की उस मिठाई को खूब रस ले-लेकर खायेंगे। मैं गया को लेकर डाकबँगले पर आया और मोटर में बैठकर दोनों मैदान की ओर चले। साथ में एक कुल्हाड़ी ले ली। मैं गंभीर भाव धारण किये हुए था, लेकिन गया इसे अभी तक मजाक ही समझ रहा था। फिर भी उसके मुख पर उत्सुकता या आनन्द का कोई चिह्न न था। शायद वह हम दोनों में जो अन्तर हो गया था, वह सोचने में मगन था।

मैंने पूछा—तुम्हें कभी हमारी याद आयी थी गया? सच कहना।

गया झेंपता हुआ बोला—मैं आपको क्या याद करता हुजूर, किस लायक हूँ। भाग में आपके साथ कुछ दिन खेलना बदा था, नहीं मेरी क्या गिनती।

मैंने कुछ उदास होकर कहा—लेकिन मुझे तो बराबर तुम्हारी याद आती थी। तुम्हारा वह डण्डा, जो तुमने तानकर जमाया था, याद है न?

गया ने पछताते हुए कहा—वह लड़कपन था सरकार, उसकी याद न दिलाओ।

'वाह ! वह मेरे बाल-जीवन की सबसे रसीली याद है। तुम्हारे उस डण्डे में जो रस था, वह तो अब न आदर-सम्मान में पाता हूँ, न धन में। कुछ ऐसी मिठास थी उसमें कि आज तक उससे मन मीठा होता रहता है।'

इतनी देर में हम बस्ती से कोई तीन मील निकल आये हैं। चारों तरफ सन्नाटा है। पश्चिम की ओर कोसों तक भीमताल फैला हुआ है, जहाँ आकर हम किसी समय कमल के पुष्प तोड़ ले जाते थे और उसके झुमके बनाकर कानों में डाल लेते थे। जेठ की सन्ध्या केसर में डूबी चली आ रही है। मैं लपककर एक पेड़ पर चढ़ गया और एक टहनी काट लाया। चटपट गुल्ली-डण्डा बन गया।

खेल शुरू हो गया। मैंने गुच्ची में गुल्ली रखकर उछाली। गुल्ली गया के सामने से निकल गयी। उसने हाथ लपकाया जैसे मछली पकड़ रहा हो। गुल्ली उसके पीछे जाकर गिरी। यह वही गया है, जिसके हाथों में गुल्ली जैसे आप-ही-आप जाकर बैठ जाती थी। वह दाहिने-बायें कहीं हो, गुल्ली उसकी हथेलियों में ही पहुँचती थी। जैसे गुल्लियों पर वशीकरण डाल देता हो। नई गुल्ली, पुरानी गुल्ली, छोटी गुल्ली, बड़ी गुल्ली, नोकदार गुल्ली, सपाट गुल्ली, सभी उसे मिल जाती थी। जैसे उसके हाथों में कोई चुंबक हो, जो गुल्लियों को खींच लेता हो, लेकिन आज गुल्ली को उससे प्रेम नहीं रहा। फिर तो मैंने पदाना शुरू किया। मैं तरह-तरह की धाँधलियाँ कर रहा था। अभ्यास की कसर बेईमानी से पूरी कर रहा था। हुच जाने पर भी डण्डा खेले जाता था; हालाँकि शास्त्र के अनुसार गया की बारी आनी चाहिए थी। गुल्ली पर जब ओछी चोट पड़ती और वह जरा दूर पर गिर पड़ती, तो मैं झटपट उसे खुद उठा लेता और दोबारा टाँड़ लगाता। गया यह सारी-बे-कायदगियाँ देख रहा था, पर कुछ न बोलता था, जैसे उसे वह सब कायदे-कानून भूल गये। उसका निशाना कितना अचूक था। गुल्ली उसके हाथ से निकलकर टन-से डण्डे में आकर लगती थी। उसके हाथ से छूटकर उसका काम था डण्डे से टकरा जाना; लेकिन आज वह गुल्ली डण्डे में लगती ही नहीं। कभी दाहिने जाती है, कभी बायें, कभी आगे, कभी पीछे।

आधा घण्टे पदाने के बाद एक बार गुल्ली डण्डे में आ लगी। मैंने धाँधली की, गुल्ली डण्डे में नहीं लगी, बिल्कुल पास से गयी; लेकिन लगी नहीं।

गया ने किसी प्रकार का असन्तोष न प्रकट किया।

'न लगी होगी।'

'डण्डे में लगती तो क्या मैं बेईमानी करता?'

'नहीं भैया, तुम भला बेईमानी करोगे!'

बचपन में मजाल था, कि मैं ऐसा घपला करके जीता बचता। यही गया गरदन पर चढ़ बैठता; लेकिन आज मैं उसे कितनी आसानी से धोखा दिये चला जाता था। गधा है! सारी बातें भूल गया।

सहसा गुल्ली फिर डण्डे में लगी और इतने जोर से लगी जैसे बन्दूक छूटी हो। इस प्रमाण के सामने अब किसी तरह की धाँधली करने का साहस मुझे इस वक्त भी न हो सका; लेकिन क्यों न एक बार सच को झूठ बनाने की चेष्टा करूँ? मेरा हरज ही क्या है। मान गया, तो वाह-वाह नहीं तो दो-चार हाथ पदना ही तो पड़ेगा। अँधेरे का बहाना करके जल्दी से गला छुड़ा लूँगा। फिर कौन दाँव देने आता है।

गया ने विजय के उल्लास में कहा—लग गयी, लग गयी! टन से बोली।

मैंने अनजान बनने की चेष्टा करके कहा—तुमने लगते देखा? मैंने तो नहीं देखा।

'टन से बोली है सरकार!'

'और जो किसी ईंट में लग गयी हो?'

मेरे मुख से यह वाक्य उस समय कैसे निकला, इसका मुझे खुद आश्चर्य है। इस सत्य को झुठलाना वैसे ही था जैसे दिन को रात बताना। हम दोनों ने गुल्ली को डण्डे में जोर से लगते देखा था; लेकिन गया ने मेरा कथन स्वीकार कर लिया।

'हाँ, किसी ईंट में ही लगी होगी। डण्डे में लगती, तो इतनी आवाज न आती।'

मैंने फिर पदाना शुरू कर दिया; लेकिन प्रत्यक्ष धाँधली कर लेने के बाद, गया की सरलता पर मुझे दया आने लगी, इसलिए जब तीसरी बार गुल्ली डण्डे में लगी, तो मैंने बड़ी उदारता से दाँव देना तय कर दिया।

गया ने कहा—अब तो अँधेरा हो गया भैया, कल पर रखो।

मैंने सोचा, कल बहुत-सा समय होगा, यह न जाने कितनी देर पदाये, इसलिए इसी वक्त मुआमला साफ कर लेना अच्छा होगा।

'नहीं, नहीं। अभी बहुत उजाला है। तुम अपना दाँव ले लो।'

'गुल्ली सूझेगी नहीं।'

'कुछ परवाह नहीं।'

गया ने पदाना शुरू किया, पर उसे अब बिल्कुल अभ्यास न था। उसने दो बार टाँड़ लगाने का इरादा किया; पर दोनों ही बार हुच गया। एक मिनट से कम में वह दाँव पूरा कर चुका। बेचारा घण्टा भर पदा; पर एक मिनट ही में अपना दाँव खो बैठा। मैंने अपने हृदय की विशालता का परिचय दिया।

'एक दाँव और खेल लो। तुम पहले ही हाथ में हुच गये।'

'नहीं भैया, अब अँधेरा हो गया।'

'तुम्हारा अभ्यास छूट गया। क्या कभी खेलते नहीं?'

'खेलने का समय कहाँ मिलता है भैया!'

हम दोनों मोटर पर जा बैठे और चिराग जलते-जलते पड़ाव पर पहुँच गये। गया चलते-चलते बोला--कल यहाँ गुल्ली-डण्डा होगा। सभी पुराने खिलाड़ी खेलेंगे। आप भी आओगे? जब आपको फुरसत हो, तभी खिलाड़ियों को बुलाऊँ।

मैंने शाम का समय दिया और दूसरे दिन मैच देखने आया। कोई दस-दस आदमियों की मण्डली थी। कई मेरे लड़कपन के साथी निकले। अधिकांश युवक थे जिन्हें मैं पहचान न सका। खेल शुरू हुआ। मैं मोटर पर बैठा-बैठा तमाशा देखने लगा। आज गया का खेल, उसका वह नैपुण्य देखकर मैं चकित हो गया। टाँड़ लगाता, तो गुल्ली आसमान से बातें करती। कल की-सी वह झिझक, वह हिचकिचाहट, वह बेदिली आज न थी। लड़कपन में जो बात थी, आज उसने प्रौढ़ता प्राप्त कर ली थी। कहीं कल इसने मुझे इस तरह पदाया होता, तो मैं जरूर रोने लगता। उसके डण्डे की चोट खाकर गुल्ली दो सौ गज की खबर लाती थी।

पदनेवालों में एक युवक ने धाँधली की! उसने अपने विचार में गुल्ली लोक ली थी। गया का कहना था--गुल्ली जमीन में लगकर उछली थी। इस पर दोनों में ताल ठोंकने की नौबत आयी। युवक दब गया। गया का तमतमाया हुआ चेहरा देखकर डर गया। अगर वह दब न जाता, तो जरूर मारपीट हो जाती। मैं खेल में न था; पर दूसरों के इस खेल में मुझे वही लड़कपन का आनन्द आ रहा था, जब हम सब कुछ भूलकर खेल में मस्त हो जाते थे। अब मुझे मालूम हुआ कि कल गया ने मेरे साथ खेला नहीं, केवल खेलने का बहाना किया। उसने मुझे दया का पात्र समझा। मैंने धाँधली की, बेईमानियाँ

कीं; पर उसे ज़रा भी क्रोध न आया। इसलिए कि वह खेल न रहा था, मुझे खेला रहा था, मेरा मान रख रहा था। वह मुझे पदाकर मेरा कचूमर नहीं निकालना चाहता था। मैं अब अफसर हूँ। यह अफसरी मेरे और उसके बीच में दीवार बन गयी है। अब मैं उसका लिहाज पा सकता हूँ, अदब पा सकता हूँ, साहचर्य नहीं पा सकता। लड़कपन था, तब मैं उसका समकक्ष था। हममें कोई भेद न था। यह पद पाकर अब मैं केवल उसकी दया के योग्य हूँ। वह मुझे अपना जोड़ नहीं समझता। वह बड़ा हो गया है, मैं छोटा हो गया हूँ।

(प्रथम प्रकाशन : हंस/फरवरी, 1929)

अलग्योझा

भोला महतो ने पहली स्त्री के मर जाने के बाद दूसरी सगाई की तो उसके लड़के रग्घू के लिए बुरे दिन आ गये। रग्घू की उम्र उस समय केवल दस वर्ष की थी। चैन से गाँव में गुल्ली-डण्डा खेलता फिरता था। माँ के आते ही चक्की में जुतना पड़ा। पन्ना रूपवती स्त्री थी और रूप और गर्व में चोली-दामन का नाता है। वह अपने हाथों से कोई मोटा काम न करती। गोबर रग्घू निकालता, बैलों को सानी रग्घू देता। रग्घू ही जूठे बरतन माँजता। भोला की आँखें कुछ ऐसी फिरीं कि उसे अब रग्घू में सब बुराइयाँ-ही-बुराइयाँ नजर आतीं। पन्ना की बातों को वह प्राचीन मर्यादानुसार आँखें बन्द करके मान लेता था। रग्घू की शिकायतों की जरा भी परवाह न करता। नतीजा यह हुआ कि रग्घू ने शिकायत करना छोड़ दिया। किसके सामने रोये? बाप ही नहीं, सारा गाँव उसका दुश्मन था। बड़ा जिद्दी लड़का है, पन्ना को कुछ समझता ही नहीं; बेचारी उसका दुलार करती है, खिलाती-पिलाती है। यह उसी का फल है। दूसरी औरत होती, तो निबाह न होता! वह तो कहो, पन्ना इतनी सीधी-सादी है कि निबाह होता जाता है। सबल की शिकायतें सब सुनते हैं, निर्बल की फरियाद भी कोई नहीं सुनता। रग्घू का हृदय माँ की ओर से दिन-दिन फटता जाता था। यहाँ तक कि आठ साल गुजर गये। और एक दिन भोला के नाम मृत्यु का सन्देश आ पहुँचा।

पन्ना के चार बच्चे थे—तीन बेटे और एक बेटी। इतना बड़ा खर्च और कमानेवाला कोई नहीं। रग्घू अब क्यों पूछने लगा। यह मानी हुई बात थी। अपनी स्त्री लायेगा और अलग रहेगा। स्त्री आकर और भी आग लगायेगी। पन्ना के चारों ओर अँधेरा-ही-अँधेरा दिखाई देता था। पर कुछ भी हो, वह रग्घू की आसरैत बनकर घर में न रहेगी। जिस घर में उसने राज किया, उसमें अब लौंडी न बनेगी। जिस लौंडे को अपना गुलाम समझा, उसका मुँह न ताकेगी। वह सुन्दर थी, अवस्था भी कुछ ऐसी ज्यादा न थी। जवानी अपनी

पूरी बहार पर थी। क्या वह कोई दूसरा घर नहीं कर सकती? यही न होगा, लोग हँसेगे। बला से! उसकी बिरादरी में क्या ऐसा होता नहीं। ब्राह्मण-ठाकुर थोड़े ही थी कि नाक कट जायेगी। यह तो ऊँची जातों में होता है कि घर में चाहे जो कुछ करो, बाहर परदा ढका रहे। वह तो संसार को दिखाकर दूसरा घर कर सकती है। फिर वह रग्घू की दबैल बनकर क्यों रहे?

भोला को मरे एक महीना गुजर चुका था। सन्ध्या हो गयी थी। पन्ना इसी चिन्ता में पड़ी हुई थी कि सहसा उसे खयाल आया, लड़के घर में नहीं हैं। यह बैलों के लौटने की बेला है, कहीं कोई लड़का उनके नीचे न आ जाय। अब द्वार पर कौन है, जो उनकी देखभाल करेगा। घर से बाहर निकली, तो देखा रग्घू अपने झोंपड़े में बैठा ऊख की गँडेरियाँ बना रहा है, तीनों लड़के उसे घेरे खड़े हैं और छोटी लड़की गर्दन में हाथ डाले उसकी पीठ पर सवार होने की चेष्टा कर रही है। पन्ना को अपनी आँखों पर विश्वास न आया। आज तो यह नई बात है! शायद दुनिया को दिखाता है कि मैं अपने भाइयों को कितना चाहता हूँ और मन में छुरी रक्खी हुई है। घात मिले तो जान ही ले ले। काला साँप है, काला साँप। कठोर स्वर में बोली—तुम सब-के-सब वहाँ क्या करते हो? घर में आओ, साँझ की बेला है, गोरू आते होंगे।

रग्घू ने विनीत नेत्रों से देखकर कहा—मैं तो हूँ ही काकी, डर किस बात का है?

बड़ा लड़का केदार बोला—काकी, रग्घू दादा ने हमारे लिए दो गाड़ियाँ बना दी हैं। यह देख, एक पर हम और खुन्नू बैठेंगे, दूसरी पर लछमन और झुनिया। दादा दोनों गाड़ियाँ खींचेंगे।

यह कहकर वह कोने से छोटी-छोटी गाड़ियाँ निकाल लाया, चार-चार पहिए लगे थे, बैठने के लिए तख्ते और रोक के लिए दोनों तरफ बाजू थे।

पन्ना ने आश्चर्य से पूछा—ये गाड़ियाँ किसने बनायीं?

केदार ने चिढ़कर कहा—रग्घू दादा ने बनायी हैं, और किसने। भगत के घर से बसूला और रुखानी माँग लाये और झटपट बना दीं। खूब दौड़ती हैं काकी। बैठ खुन्नू, मैं खींचूँ।

खुन्नू गाड़ी में बैठ गया। केदार खींचने लगा। चर-चर का शोर हुआ, मानो गाड़ी भी इस खेल में लड़कों के साथ शरीक है।

लछमन ने दूसरी गाड़ी पर बैठकर कहा—दादा खींचो।

रग्घू ने झुनिया को भी गाड़ी में बैठा दिया और गाड़ी खींचता हुआ

दौड़ा। तीनों लड़के तालियाँ बजाने लगे। पन्ना चकित नेत्रों से यह दृश्य देख रही थी और सोच रही थी कि यह वही रग्घू है या और।

थोड़ी देर के बाद दोनों गाड़ियाँ लौटीं; लड़के घर में आकर इस यान-यात्रा के अनुभव बयान करने लगे। कितने खुश थे सब, मानों हवाई जहाज पर बैठ आये हों।

खुन्नू ने कहा—काकी सच, पेड़ दौड़ रहे थे।

लछमन—और बछिया कैसी भागीं, सब-की-सब दौड़ीं।

केदार—काकी, रग्घू दादा दोनों गाड़ियाँ एक साथ खींच ले जाते हैं।

झुनिया सबसे छोटी थी। उसकी व्यंजनाशक्ति उछल-कूद और नेत्रों तक परिमित थी—तालियाँ बजा-बजाकर नाच रही थी।

खुन्नू—अब हमारे घर गाय भी आ जायेगी काकी। रग्घू दादा ने गिरधारी से कहा है कि हमें एक गाय ला दो।

गिरधारी बोला—कल लाऊँगा।

केदार—तीन सेर दूध देती है काकी। खूब दूध पीयेंगे।

इतने में रग्घू भी अन्दर आ गया। पन्ना ने अवहेलना की दृष्टि से देखकर पूछा—क्यों रग्घू, तुमने गिरधारी से कोई गाय माँगी है?

रग्घू ने क्षमा-प्रार्थना के भाव से कहा—हाँ माँगी तो है, कल लावेगा।

पन्ना—रुपये किसके घर से आयेंगे? यह भी सोचा है?

रग्घू—सब सोच लिया है काकी। मेरी यह मुहर नहीं है। इसके पच्चीस रुपये मिल रहे हैं; पाँच रुपये बछिया के मुजरा दे दूँगा। बस गाय अपनी हो जायेगी।

पन्ना सन्नाटे में आ गयी। अब उसका अविश्वासी मन भी रग्घू के प्रेम और सज्जनता को अस्वीकार न कर सका। बोली—मुहर को क्यों बेचे देते हो? गाय की अभी कौन जल्दी है। हाथ में पैसे हो जायें, तो ले लेना। सूना-सूना गला अच्छा न लगेगा। इतने दिनों गाय नहीं रही; तो क्या लड़के नहीं जिये?

रग्घू दार्शनिक भाव से बोला—बच्चों के खाने-पीने के यही दिन हैं काकी। इस उम्र में न खाया, तो फिर क्या खायेंगे। मुहर पहनना मुझे अच्छा भी नहीं मालूम होता, लोग समझते होंगे कि बाप तो मर गया, इसे मुहर पहनने की सूझी है।

भोला महतो तो गाय की चिन्ता ही में चल बसे, न रुपये आये और न गाय मिली, मजबूर थे। रग्घू ने वह समस्या कितनी सुगमता से हल कर

दी। आज जीवन में पहली बार, पन्ना को रग्घू पर विश्वास आया, बोली—जब गहना ही बेचना है, तो अपनी मुहर क्यों बेचोगे। मेरी हँसली ले लेना।

रग्घू—नहीं काकी! वह तुम्हारे गले में बहुत अच्छी लगती है। मर्दों को क्या, मुहर पहने या न पहने।

पन्ना—चल, मैं बूढ़ी हुई। मुझे अब हँसली पहनकर क्या करना है। तू अभी लड़का है, तेरा सूना गला अच्छा न लगेगा।

रग्घू मुस्करा कर बोला—तुम अभी से कैसे बूढ़ी हो गयीं? गाँव में, कौन तुम्हारे बराबर है?

रग्घू की सरल आलोचना ने पन्ना को लज्जित कर दिया। उसके रूखे-मुरझाये मुख पर प्रसन्नता की लाली दौड़ गयी।

□□

पाँच साल गुजर गये। रग्घू का-सा मेहनती, ईमानदार, बात का धनी दूसरा किसान गाँव में न था। पन्ना की इच्छा के बिना कोई काम न करता। उसकी उम्र अब 23 साल की हो गयी थी। पन्ना बार-बार कहती—भइया बहू को बिदा करा लाओ। कब तक नैहर में पड़ी रहेगी। सब लोग मुझी को बदनाम करते हैं कि यही बहू को नहीं आने देती, मगर रग्घू टाल देता था। कहता कि अभी जल्दी क्या है। उसे अपनी स्त्री के रंग-ढंग का कुछ परिचय दूसरों से मिल चुका था। ऐसी औरत को घर में लाकर वह अपनी शान्ति में बाधा नहीं डालना चाहता था।

आखिर एक दिन पन्ना ने जिद करके कहा—तो तुम न लाओगे?

'कह दिया कि अभी कोई जल्दी नहीं है।'

'तुम्हारे लिए जल्दी न होगी, मेरे लिए तो जल्दी है। मैं आज आदमी भेजती हूँ।'

'पछताओगी काकी, उसका मिजाज अच्छा नहीं है।'

'तुम्हारी बला से। जब मैं उससे बोलूँगी ही नहीं; तो क्या हवा से लड़ेगी। रोटियाँ तो बना लेगी। मुझसे भीतर-बाहर का सारा काम नहीं होता, मैं आज बुलाये लेती हूँ।'

'बुलाना चाहती हो, बुला लो; मगर फिर यह न कहना कि यह मेहरिया को ठीक नहीं करता, उसका गुलाम हो गया।'

'न कहूँगी, जाकर दो साड़ियाँ और मिठाई ले आ।'

तीसरे दिन मुलिया मैके से आ गयी। दरवाजे पर नगाड़े बजे। शहनाइयों की मधुर ध्वनि आकाश में गूँजने लगी। मुँह-दिखावे की रस्म अदा हुई। वह इस मरुभूमि में निर्मल जल-धारा थी। गेहुआँ रंग था, बड़ी-बड़ी नोकीली पलकें, कपोलों पर हल्की सुर्खी, आँखों में प्रबल आकर्षण, रग्घू उसे देखते ही मन्त्र-मुग्ध हो गया।

प्रातःकाल पानी का घड़ा लेकर चलती, तब उसका गेहुआँ रंग प्रभात की सुनहली किरणों से कुन्दन हो जाता, मानो उषा अपनी सारी सुगन्ध, सारा विकास और सारा उन्माद लिए मुसकराती चली जाती हो।

□□

मुलिया मैके से ही जली-भुनी आयी थी, मेरा शौहर छाती फाड़कर काम करे, और पन्ना रानी बनी बैठी रहे, उसके लड़के रईसजादे बने घूमें। मुलिया से यह बरदाश्त न होगा। वह किसी की गुलामी न करेगी। अपने लड़के तो अपने होते ही नहीं, भाई किसके होते हैं। जब तक पर नहीं निकलते हैं, रग्घू को घेरे हुए हैं। ज्योंही जरा सयाने हुए, पर झाड़कर निकल जायेंगे। बात भी न पूछेंगे।

उस दिन उसने रग्घू से कहा—तुम्हें इस तरह गुलामी करनी हो तो करो, मुझसे न होगी।

रग्घू—तो फिर क्या करूँ, तू ही बता? लड़के तो अभी घर का काम करने लायक भी नहीं हैं।

मुलिया—लड़के रावत के हैं, कुछ तुम्हारे नहीं हैं। यही पन्ना है, जो तुम्हें दाने-दाने को तरसाती थी। सब सुन चुकी हूँ। मैं लौंडी बनकर न रहूँगी। रुपये-पैसे का मुझे कुछ हिसाब नहीं मिलता। न जाने तुम क्या लाते हो? और वह क्या करती है। तुम समझते हो रुपये घर ही में तो हैं; मगर देख लेना, तुम्हें जो एक फूटी कौड़ी भी मिले।

रग्घू—रुपये-पैसे तेरे हाथ में देने लगूँ, तो दुनिया क्या कहेगी, यह तो सोच।

मुलिया—दुनिया जो चाहे, कहे। दुनिया के हाथों बिकी नहीं हूँ। देख लेना, भाड़ लीपकर हाथ काला ही रहेगा। फिर तुम अपने भाइयों के लिए मरो, मैं क्यों मरूँ?

रग्घू ने जवाब न दिया—उसे जिस बात का भय था, वह इतनी जल्द सिर पर आ पड़ी। अब अगर उसने बहुत तत्थोथंभी किया, तो साल-छह महीने

और काम चलेगा। बस, आगे यह डोंगा चलता नजर नहीं आता। बकरे की माँ कब तक खैर मनायेगी?

एक दिन पन्ना ने महुए का सुखावन डाला। बरसात शुरू हो गयी थी। बखार में अनाज गीला हो रहा था। मुलिया से बोली—बहू, जरा देखती रहना, मैं तालाब से नहा आऊँ।

मुलिया ने लापरवाही से कहा—मुझे नींद आ रही है, तुम बैठकर देखो, एक दिन न नहाओगी तो क्या होगा।

पन्ना ने साड़ी उठाकर रख दी, नहाने न गयी। मुलिया का वार खाली गया।

कई दिन के बाद एक शाम को पन्ना धान रोपकर लौटी, अँधेरा हो गया था। दिन भर की भूखी थी, आशा थी, बहू ने रोटी बना रखी होगी, मगर देखा तो यहाँ चूल्हा ठण्डा पड़ा हुआ था, और बच्चे मारे भूख के तड़प रहे थे। मुलिया से आहिस्ते से पूछा—आज अभी चूल्हा नहीं जला?

केदार ने कहा—आज दोपहर को भी चूल्हा नहीं जला काकी! भाभी ने कुछ बनाया ही नहीं।

पन्ना—तो तुम लोगों ने खाया क्या?

केदार—कुछ नहीं, रात की रोटियाँ थीं, खुन्नू और लछमन ने खायीं। मैंने सत्तू खा लिया।

पन्ना—और बहू?

केदार—वह तो पड़ी सो रही है, कुछ नहीं खाया।

पन्ना ने उसी वक्त चूल्हा जलाया और खाना बनाने बैठ गयी। आटा गूँथती थी और रोती थी। क्या नसीब है, दिन-भर खेत में जली, घर आयी तो चूल्हे के सामने जलना पड़ा।

केदार का चौदहवाँ साल था। भाभी के रंग-ढंग देखकर सारी स्थिति समझ रहा था। बोला—काकी, भाभी अब तुम्हारे साथ रहना नहीं चाहती।

पन्ना ने चौंककर पूछा—क्या कुछ कहती थी?

केदार—कहती कुछ नहीं थी; मगर है उसके मन में यही बात। फिर तुम क्यों नहीं छोड़ देतीं? जैसे चाहे रहे; हमारा भी भगवान है।

पन्ना ने दाँतों से जीभ दबाकर कहा—चुप, मेरे सामने ऐसी बात भूलकर भी न कहना। रग्घू तुम्हारा भाई नहीं, तुम्हारा बाप है। मुलिया से कभी बोलोगे, तो समझ लेना जहर खा लूँगी।

□□

दशहरे का त्योहार आया। इस गाँव से कोस-भर पर एक पुरवे में मेला लगता था। गाँव के सब लड़के मेला देखने चले। पन्ना भी लड़कों के साथ चलने को तैयार हुई; मगर पैसे कहाँ से आयें? कुंजी तो मुलिया के पास थी।

रग्घू ने आकर मुलिया से कहा–लड़के मेले जा रहे हैं, सबों को दो-दो आने पैसे दे दे।

मुलिया ने त्योरियाँ चढ़ाकर कहा–पैसे घर में नहीं हैं।

रग्घू–अभी तो तेलहन बिका था, क्या इतनी जल्दी रुपये उठ गये?

मुलिया–हाँ, उठ गये।

रग्घू–कहाँ उठ गये? जरा सुनूँ, आज त्योहार के दिन लड़के मेला देखने न जायेंगे?

मुलिया–अपनी काकी से कहो, पैसे निकालें, गाड़कर क्या करेंगी।

खूँटी पर कुंजी लटक रही थी। रग्घू ने कुंजी उतारी और चाहा कि संदूक खोले कि मुलिया ने उसका हाथ पकड़ लिया और बोली–कुंजी मुझे दे दो, नहीं तो ठीक न होगा। खाने-पहनने को भी चाहिए, कागज-किताब को भी चाहिए, उस पर मेला देखने को भी चाहिए। हमारी कमाई इसलिए नहीं है कि दूसरे खायें और मूँछों पर ताव दें।

पन्ना ने रग्घू से कहा–भइया, पैसे क्या होंगे। लड़के मेले देखने न जायेंगे।

रग्घू ने झिड़ककर कहा–मेला देखने क्यों न जायेंगे? सारा गाँव जा रहा है। हमारे ही लड़के न जायेंगे।

यह कहकर रग्घू ने अपना हाथ छुड़ा लिया और पैसे निकालकर लड़कों को दे दिये; मगर कुंजी जब मुलिया को देने लगा, तब उसने उसे आँगन में फेंक दिया और मुँह लपेटकर लेट गयी। लड़के मेला देखने न गये।

इसके बाद दो दिन गुजर गये। मुलिया ने कुछ नहीं खाया, और पन्ना भी भूखी रही। रग्घू कभी इसे मनाता, कभी उसे; पर न यह उठती न वह। आखिर रग्घू ने हैरान होकर मुलिया से पूछा–कुछ मुँह से कह, चाहती क्या है?

मुलिया ने धरती को सम्बोधित करके कहा–मैं कुछ नहीं चाहती, तू मुझे मेरे घर पहुँचा दे।

रग्घू—अच्छा उठ, बना खा। पहुँचा दूँगा।

मुलिया ने रग्घू की ओर आँखें उठाईं। रग्घू उसकी सूरत देखकर डर गया। वह माधुर्य, वह मोहकता, वह लावण्य गायब हो गया था। दाँत निकल आये थे, आँखें फट गयी थीं और नथुने फड़क रहे थे। अंगारे की-सी लाल आँखों से देखकर बोली—अच्छा, तो काकी ने यह सलाह दी है, यह मन्त्र पढ़ाया है? तो यहाँ ऐसी कच्ची नहीं हूँ। तुम दोनों की छाती पर मूँग दलूँगी। हो किस फेर में।

रग्घू—अच्छा, तो मूँग ही दल लेना। कुछ खा-पी लेगी, तभी तो मूँग दल सकेगी।

मुलिया—अब तो तभी मुँह में पानी डालूँगी, जब घर अलग हो जायेगा। बहुत झेल चुकी, अब नहीं झेला जाता।

रग्घू सन्नाटे में आ गया, एक मिनट तक तो उसके मुँह से आवाज ही न निकली। अलग होने की उसने स्वप्न में भी कल्पना न की थी। उसने गाँव में दो चार परिवारों को अलग होते देखा था। वह खूब जानता था, रोटी के साथ लोगों के हृदय भी अलग हो जाते हैं। अपने हमेशा के लिए गैर हो जाते हैं। फिर उनमें वही नाता रह जाता है, जो गाँव के और आदमियों में। रग्घू ने मन में ठान लिया था कि इस विपत्ति को घर न आने दूँगा; मगर होनहार के सामने उसकी एक न चली। आह! मेरे मुँह में कालिख लगेगी, दुनिया यही कहेगी कि बाप के मर जाने पर दस साल भी एक में निबाह न हो सका। फिर किससे अलग हो जाऊँ। जिनको गोद में खिलाया, जिनको बच्चों की तरह पाला, जिनके लिए तरह-तरह के कष्ट झेले, उन्हीं से अलग हो जाऊँ। अपने प्यारों को घर से निकाल बाहर करूँ। उसका गला फँस गया। काँपते हुए स्वर में बोला—तू क्या चाहती है कि मैं अपने भाइयों से अलग हो जाऊँ? भला सोच तो; कहीं मुँह दिखाने लायक न रहूँगा?

मुलिया—तो मेरा इन लोगों के साथ निबाह न होगा?

रग्घू—तो तू अलग हो जा। मुझे अपने साथ क्यों घसीटती है।

मुलिया—तो मुझे क्या तुम्हारे घर में मिठाई मिलती है, मेरे लिए क्या संसार में जगह नहीं है?

रग्घू—तेरी जैसी मर्जी, जहाँ चाहे रह। मैं अपने घरवालों से अलग नहीं हो सकता। जिस दिन इस घर में दो चूल्हे जलेंगे, उस दिन मेरे कलेजे के दो टुकड़े हो जायेंगे। मैं यह चोट नहीं सह सकता। तुझे जो तकलीफ हो, वह

मैं दूर कर सकता हूँ। माल-असबाब की मालकिन तू है ही, अनाज-पानी तेरे ही हाथ है, अब रह क्या गया है? अगर कुछ काम-धन्धा करना नहीं चाहती, मत कर। भगवान ने मुझे समाई दी होती, तो तुझे तिनका तक उठाने न देता। तेरे यह सुकुमार हाथ-पाँव मेहनत-मजूरी करने के लिए बनाये ही नहीं गये हैं; मगर क्या करूँ, अपना कुछ बस ही नहीं है। फिर भी तेरा जी कोई काम करने को न चाहे, मत कर; मगर मुझसे अलग होने को न कह, तेरे पैरों पड़ता हूँ।

मुलिया ने सिर से आंचल खिसकाया और जरा समीप आकर बोली—मैं काम करने से नहीं डरती, न बैठे-बैठे खाना चाहती हूँ; मगर मुझसे किसी की धौंस नहीं सही जाती। तुम्हारी ही काकी घर का काम-काज करती हैं, तो अपने लिए करती हैं, अपने बाल-बच्चों के लिए करती हैं। मुझ पर कुछ एहसान नहीं करतीं। फिर मुझ पर धौंस क्यों जमाती हैं। उन्हें अपने बच्चे प्यारे होंगे, मुझे तो तुम्हारा आसरा है। मैं अपनी आँखों से यह नहीं देख सकती कि सारा घर तो चैन करे, जरा-जरा से बच्चे तो दूध पीयें, और जिसके बल-बूते पर गृहस्थी थमी हुई है, वह मट्ठे को तरसे। कोई उसका पूछनेवाला न हो। जरा अपना मुँह तो देखो, कैसे सूरत निकल आयी है। औरों के तो चार बरस में अपने पट्ठे तैयार हो जायेंगे। तुम तो दस साल में खाट पर पड़ जाओगे। बैठ जाओ, खड़े क्यों हो? क्या मारकर भागोगे! मैं तुम्हें जबरदस्ती न बाँध लूँगी। जानती कि यहाँ ऐसे निर्मोहियों से पाला पड़ेगा, तो इस घर में भूल से न आती। आती भी तो मन न लगाती, मगर अब तो मन तुमसे लग गया। घर भी जाऊँ, तो मन यहाँ ही रहेगा। और तुम जो हो, मेरी बात नहीं पूछते।

मुलिया की ये रसीली बातें रग्घू पर कोई असर न डाल सकीं। वह उसी रुखाई से बोला—मुलिया, मुझसे यह न होगा। अलग होने का ध्यान करते ही मेरा मन न जाने कैसा हो जाता है। यह चोट मुझसे न सही जायेगी।

मुलिया ने परिहास करके कहा—तो चूड़ियाँ पहनकर अन्दर बैठो न। लाओ मैं मूँछें लगा लूँ। मैं तो समझती थी कि तुममें भी कुछ कस-बल है। अब देखती हूँ, तो निरे मिट्टी के लोंदे हो।

पन्ना दालान में खड़ी दोनों की बातचीत सुन रही थी। अब उससे न रहा गया। सामने आकर रग्घू से बोली—जब वह अलग होने पर तुली हुई है, फिर तुम क्यों उसे जबरदस्ती मिलाये रखना चाहते हो? तुम उसे लेकर रहो, हमारे भगवान मालिक हैं। जब महतो मर गये थे, और कहीं पत्ती की भी छाँह

न थी, जब उस वक्त भगवान ने निबाह दिया, तो अब क्या डर? अब तो भगवान की दया से तीनों लड़के सयाने हो गये हैं। अब कोई चिन्ता नहीं।

रग्घू ने आँसू भरी आँखों से पन्ना को देखकर कहा—काकी, तू भी पागल हो गयी है क्या? जानती नहीं, दो रोटियाँ होते ही दो मन हो जाते हैं।

पन्ना—जब वह मानती ही नहीं, तब तुम क्या करोगे? भगवान की यही मरजी होगी, तो कोई क्या करेगा। परारब्ध में जितने दिन एक साथ रहना लिखा था, उतने दिन रहे, अब उसकी यही मरजी है, तो यही सही। तुमने मेरे बाल-बच्चों के लिए जो कुछ किया, वह मैं भूल नहीं सकती। तुमने इनके सिर पर हाथ न रक्खा होता तो आज इनकी न जाने क्या गति होती, न जाने किसके द्वार पर ठोकरें खाते होते, न जाने कहाँ-कहाँ भीख माँगते फिरते। तुम्हारा जस मरते दम तक गाऊँगी, अगर मेरी खाल तुम्हारे जूते बनाने के काम आये, तो खुशी से दे दूँ। चाहे तुमसे अलग हो जाऊँ, पर जिस घड़ी तुम पुकारोगे, कुत्ते की तरह दौड़ी आऊँगी। यह भूलकर भी न सोचना कि तुमसे अलग होकर मैं तुम्हारा बुरा चेतूँगी। जिस दिन तुम्हारा अनभल मेरे मन में आयेगा, उसी दिन विष खाकर मर जाऊँगी। भगवान करे, तुम दूधों नहाव, पूतों फलो। मरते दम तक यही असीस मेरे रोएँ-रोएँ से निकलती रहेगी। और अगर लड़के भी अपने बाप के हैं, तो मरते दम तुम्हारा पोस मानेंगे।

यह कहकर पन्ना रोती हुई वहाँ से चली गयी। रग्घू वहीं मूर्ति की तरह खड़ा रहा। आसमान की ओर टकटकी लगी थी और आँखों से आँसू बह रहे थे।

□□

पन्ना की बातें सुनकर मुलिया समझ गयी कि अब अपने पौबारह हैं। चटपट उठी, घर में झाड़ू लगाया, चूल्हा जलाया और कुएँ से पानी लाने चली। उसकी टेक पूरी हो गयी थी।

गाँव में स्त्रियों के दो दल होते हैं—एक बहुओं का, दूसरा सासों का। बहुएँ सलाह और सहानुभूति के लिए अपने दल में जाती हैं, सासें अपने दल में। दोनों की पंचायतें अलग होती हैं। मुलिया को कुएँ पर दो-तीन बहुएँ मिल गयीं। एक ने पूछा—आज तो तुम्हारी बुढ़िया बहुत रो-धो रही थी।

मुलिया ने विजय के गर्व से कहा—इतने दिनों से घर की मालकिन बनी हुई हैं, राज-पाट छोड़ते किसे अच्छा लगता है। बहन, मैं उनका बुरा

नहीं चाहती; लेकिन एक आदमी की कमाई में कहाँ तक बरकत होगी। मेरे भी तो यही खाने-पीने, पहनने-ओढ़ने के दिन है। अभी उनके पीछे मरो, फिर बाल-बच्चे हो जायें, उनके पीछे मरो। सारी जिन्दगी रोते ही कट जाय।

एक बहू—बुढ़िया यही चाहती है कि यह बस जन्म भर लौंडी बनी रहे। मोटा-झोटा खाएँ और पड़ी रहें।

दूसरी बहू—किस भरोसे पर कोई मरे। अपने लड़के तो बात नहीं पूछते, पराये लड़कों का क्या भरोसा? कल इनके हाथ-पाँव हो जायेंगे, फिर कौन पूछता है। अपनी-अपनी मेहरियों का मुँह देखेंगे। पहले से ही फटकार देना अच्छा है। फिर तो कोई कलंक न होगा।

मुलिया पानी लेकर गयी, खाना बनाया और रग्घू से बोली—'जाओ, नहा आओ, रोटी तैयार है।'

रग्घू ने मानो सुना ही नहीं। सिर पर हाथ रखकर द्वार की तरफ ताकता रहा।

मुलिया—क्या कहती हूँ, कुछ सुनाई देता है? रोटी तैयार है, जाओ नहा आओ।

रग्घू—सुन तो रहा हूँ, क्या बहरा हूँ? रोटी तैयार है, तो जाकर खा ले। मुझे भूख नहीं है।

मुलिया ने फिर कुछ नहीं कहा। जाकर चूल्हा बुझा दिया, रोटियाँ उठाकर छींके पर रख दीं और मुँह ढाँककर लेट रही।

जरा देर में पन्ना आकर बोली—खाना तो तैयार है, नहा-धोकर खा लो! वह भी तो भूखी होगी?

रग्घू ने झुँझलाकर कहा—काकी, तू घर में रहने देगी कि मुँह में कालिख लगाकर कहीं निकल जाऊँ? खाना तो खाना ही है, आज न खाऊँगा, कल खाऊँगा; लेकिन अभी मुझसे न खाया जायेगा। केदार क्या अभी मदरसे से नहीं आया?

पन्ना—अभी तो नहीं आया, आता ही होगा।

पन्ना समझ गयी कि जब तक वह खाना बनाकर लड़कों को न खिलायेगी और खुद न खायेगी, रग्घू न खायेगा। इतना ही नहीं, उसे रग्घू से लड़ाई करनी पड़ेगी, उसे जली-कटी सुनानी पड़ेगी, उसे यह दिखाना पड़ेगा कि मैं ही उससे अलग होना चाहती हूँ, नहीं तो वह इसी चिन्ता में घुल-घुलकर प्राण दे देगा। यह सोचकर उसने अलग चूल्हा जलाया। और खाना बनाने लगी। इतने

में केदार और खुन्नू मदरसे से आ गये। पन्ना ने कहा–'आओ बेटा, खा लो रोटी तैयार है।'

केदार ने पूछा–भइया को बुला लूँ न?

पन्ना–तुम आकर खा लो। उनकी रोटी बहू ने अलग बनायी है।

खुन्नू–जाकर भइया से पूछ न आऊँ?

पन्ना–जब उनका जी चाहेगा, खायेंगे। तू बैठकर खा, तुझे इन बातों से क्या मतलब? जिसका जी चाहेगा, खायेगा, जिसका जी न चाहेगा न खायेगा। जब वह और उसकी बीवी अलग रहने पर तुले हैं, तो कौन मनाये?

केदार–तो क्यों अम्माँजी, क्या हम अलग घर में रहेंगे?

पन्ना–उनका जी चाहे एक घर में रहें, जी चाहे आँगन में दीवार डाल लें।

खुन्नू ने दरवाजे पर आकर झाँका, सामने फूस की झोपड़ी थी, वहीं खाट पर पड़ा रग्घू नारियल पी रहा था।

खुन्नू–भइया तो अभी नारियल लिए बैठे हैं।

पन्ना–जब जी चाहेगा खायेंगे।

केदार–भइया ने भाभी को डाँटा नहीं?

मुलिया अपनी कोठरी में पड़ी सुन रही थी। बाहर आकर बोली–भइया ने तो नहीं डाँटा, अब तुम आकर डाँटो।

केदार के चेहरे का रंग उड़ गया। फिर जबान न खोली। तीनों लड़कों ने खाना खाया, और बाहर निकले। लू चलने लगी थी। आम के बाग में गाँव के लड़के-लड़कियाँ हवा से गिरे हुए आम चुन रहे थे। केदार ने कहा–आज हम भी आम चुनने चलें, खूब आम गिर रहे हैं।

खुन्नू–दादा जी बैठे हैं...

लछमन–मैं न जाऊँगा, दादा घुड़केंगे।

केदार–वह तो अब अलग हो गये।

लछमन–तो अब हमको कोई मारेगा, तब भी दादा न बोलेंगे?

केदार–वाह, तब क्यों न बोलेंगे?

रग्घू ने तीनों लड़कों को दरवाजे पर खड़े देखा, पर कुछ बोला नहीं। पहले तो वह घर से बाहर निकलते ही उन्हें डाँट बैठता था; पर आज वह मूर्ति के समान निश्चल बैठा रहा। अब लड़कों को कुछ साहस हुआ। कुछ दूर और आगे बढ़े, रग्घू अब भी न बोला, कैसे बोले। वह सोच रहा था, काकी ने लड़कों को खिला-पिला दिया, मुझसे पूछा तक नहीं। क्या उसकी आँखों पर

भी परदा पड़ गया है; अगर मैंने लड़कों को पुकारा और वह न आये तो? मैं उनको मार-पीट तो सकूँगा। लू में सब-के-सब मारे-मारे फिरेंगे। कहीं बीमार न पड़ जायें। उसका दिल मसोसकर रह जाता था; लेकिन मुँह से कुछ कह न सकता था। लड़कों ने देखा कि यह बिल्कुल नहीं बोलते, तो निर्भय होकर चल पड़े।

सहसा मुलिया ने आकर कहा—अब तो उठोगे कि अब भी नहीं? जिनके नाम पर फाका कर रहे हो, उन्होंने मजे से लड़कों को खिलाया और आप खाया, अब आराम से सो रही हैं। 'मोर पिया मोरी बात न पूछें मोर सुहागिन नाँव।' एक बार भी तो मुँह से न फटा कि भइया, खा लो।

रग्घू को इस समय मर्मान्तक पीड़ा हो रही थी। मुलिया के इन कठोर शब्दों ने घाव पर नमक छिड़क दिया। दुःखित नेत्रों से देखकर बोला—तेरी जो मर्जी थी, वही तो हुआ। अब जा ढोल बजा!

मुलिया—नहीं, तुम्हारे लिए थाली परोसे बैठी हैं!

रग्घू—मुझे चिढ़ा मत। तेरे पीछे मैं भी बदनाम हो रहा हूँ। जब तू किसी की होकर नहीं रहना चाहती; तो दूसरे को क्या गरज है, जो तेरी खुशामद करे। जाकर काकी से पूछ, लड़के आम चुनने गये हैं, उन्हें पकड़ लाऊँ।

मुलिया अँगूठा दिखाकर बोली—यह जाता है! तुम्हें सौ बार गरज हो जाकर पूछो।

इतने में पन्ना भी भीतर से निकल आयी। रग्घू ने पूछा—लड़के बगीचे में चले गये काकी, लू चल रही है।

पन्ना—अब उनका कौन पुछत्तर है। बगीचे में जायें, पेड़ पर चढ़ें, पानी में डूबें। मैं अकेली क्या-क्या करूँ?

रग्घू—जाकर पकड़ लाऊँ?

पन्ना—जब तुम्हें अपने मन से नहीं जाना है, तो फिर मैं जाने को क्यों कहूँ? तुम्हें रोकना होता, तो रोक न देते? तुम्हारे सामने ही तो गये होंगे।

पन्ना की बात पूरी न हुई थी कि रग्घू ने नारियल कोने में रख दिया और बाग की तरफ चला।

□□

रग्घू लड़कों को लेकर बाग से लौटा, तो देखा मुलिया अभी तक झोपड़ी में खड़ी है। बोला—तू जाकर खा क्यों नहीं लेती। मुझे तो इस बेला भूख नहीं है।

मुलिया ऐंठकर बोली—हाँ, भूख क्यों लगेगी। भाइयों ने खाया, वह तुम्हारे पेट में पहुँच ही गया होगा।

रग्घू ने दाँत पीसकर कहा—मुझे जला मत मुलिया, नहीं तो अच्छा न होगा। खाना कहीं भागा नहीं जाता। एक बेला न खाऊँगा, तो मर न जाऊँगा। क्या तू समझती है, घर में आज कोई छोटी बात हो गयी है? तूने घर में चूल्हा नहीं जलाया, मेरे कलेजे में आग लगाई है। मुझे घमण्ड था कि और चाहे कुछ हो जाय, पर मेरे घर में फूट का रोग न आने पावेगा, पर तूने मेरा घमण्ड चूर कर दिया। परारब्ध की बात है।

मुलिया तिनककर बोली—सारा मोह-छोह तुम्हीं को है कि और किसी को भी है? मैं तो किसी को तुम्हारी तरह बिसूरते नहीं देखती।

रग्घू ने ठण्डी साँस खींचकर कहा—मुलिया घाव पर नोन न छिड़क। तेरे ही कारन मेरी पीठ में धूल लग रही है। मुझे इस गृहस्थी का मोह न होगा, तो किसे होगा? मैंने ही तो इसे मर-मर जोड़ा। जिनको गोद में खेलाया, वही अब मेरे पट्टीदार होंगे। जिन बच्चों को मैं डाँटता था, उन्हें आज कड़ी आँखों से भी नहीं देख सकता। मैं उनके भले के लिए भी कोई बात करूँ, तो दुनिया यही कहेगी कि यह अपने भाइयों को लूटे लेता है। जा, मुझे छोड़ दे, अभी मुझसे कुछ न खाया जायेगा।

मुलिया—मैं कसम रखा दूँगी, नहीं चुपके से चले चलो।

रग्घू—देख, अब भी कुछ नहीं बिगड़ा है। अपनी हठ छोड़ दे।

मुलिया—हमारा ही लहू पिये, जो खाने न उठे।

रग्घू ने कानों पर हाथ रखकर कहा—यह तूने क्या किया मुलिया? मैं तो उठ ही रहा था। चल खा लूँ। नहाने-धोने कौन जाय, लेकिन इतना कहे देता हूँ कि चाहे चार की जगह छह रोटियाँ खा जाऊँ, चाहे तू मुझे घी के मटके में ही डुबो दे; पर यह दाग मेरे दिल से न मिटेगा।

मुलिया--दाग-साग सब मिट जायेगा। पहले सबको ऐसा ही लगता है। देखते नहीं हो, उधर कैसी चैन की बंसी बज रही है। वह तो मना ही रही थी कि किसी तरह यह सब अलग हो जायें। अब वह पहले की-सी चाँदी तो नहीं है कि जो कुछ घर में आवे, सब गायब! अब क्यों हमारे साथ रहने लगीं।

रग्घू ने आहत स्वर में कहा—इसी बात का तो मुझे गम है। काकी से ऐसी आशा न थी।

रग्घू खाने बैठा, तो कौर विष के घूँट-सा लगता था। जान पड़ता था, रोटियाँ भूसी की हैं। दाल पानी-सी लगती थी। पानी भी कण्ठ के नीचे न उतरता था। दूध की तरफ देखा तक नहीं। दो-चार ग्रास खाकर उठ आया, जैसे किसी प्रियजन के श्राद्ध का भोजन हो।

रात का भोजन भी उसने इसी तरह किया। भोजन क्या किया, कसम पूरी की। रात-भर उसका चित्त उद्विग्न रहा। एक अज्ञात शंका उसके मन पर छाई हुई थी, जैसे भोला महतो द्वार पर बैठा रो रहा हो। वह कई बार चौंककर उठा। ऐसा जान पड़ा, भोला उसकी ओर तिरस्कार की आँखों से देख रहा है।

वह दोनों जून का भोजन करता था; पर जैसे शत्रु के घर। भोला की शोकमग्न मूर्ति आँखों से न उतरती थी। रात को उसे नींद न आती। वह गाँव में निकलता, तो इस तरह मुँह चुराये, सिर झुकाये, मानो गोहत्या की हो।

□□

पाँच साल गुजर गये। रग्घू अब दो लड़कों का बाप था। आँगन में दीवार खिंच गयी थी, खेतों में मेड़ें डाल दी गयी थीं, और बैल-बधिये बाँट लिए गये थे। केदार की उम्र अब सोलह साल की हो गयी थी। उसने पढ़ना छोड़ दिया था और खेती का काम करता था। खुन्नू गाय चराता था। केवल लछमन अब तक मदरसे जाता था। पन्ना और मुलिया दोनों एक दूसरे की सूरत से जलती थीं। मुलिया के दोनों लड़के बहुधा पन्ना के पास ही रहते। वही उन्हें उबटन मलती, वही काजल लगाती, वही गोद में लिए फिरती; मगर मुलिया के मुँह से अनुग्रह का एक शब्द भी न निकलता। न पन्ना ही इसकी इच्छुक थी। वह जो कुछ करती निर्व्याज भाव से करती थी। उसके दो-दो लड़के कमाऊ हो गये थे। लड़की खाना पका लेती थी। वह खुद ऊपर का काम-काज कर लेती। इसके विरुद्ध रग्घू अपने घर का अकेला था, वह भी दुर्बल, अशक्त और जवानी में बूढ़ा। अभी आयु तीस वर्ष से अधिक न थी; लेकिन बाल खिचड़ी हो गये थे, कमर भी झुक चली थी। खाँसी ने जीर्ण कर रक्खा था। देखकर दया आती थी। और खेती पसीने की वस्तु है। खेतों की जैसी सेवा होनी चाहिए, वह उससे न हो पाती। फिर अच्छी फसल कहाँ से आती! कुछ ऋणी भी हो गया था। वह चिन्ता और भी मारे डालती थी। चाहिए तो यह था कि अब उसे कुछ आराम मिलता। इतने दिनों के निरन्तर परिश्रम के बाद

सिर का बोझ कुछ हल्का होता ; किन्तु मुलिया की स्वार्थपरता और अदूरदर्शिता ने लहराती हुई खेती उजाड़ दी; अगर सब एकसाथ रहते, तो वह अब तक पेंशन पा जाता, मजे से द्वार पर बैठा हुआ नारियल पीता। भाई काम करता, वह सलाह देता। महतो बना फिरता। कहीं किसी के झगड़े चुकाता। कहीं साधु-सन्तों की सेवा करता; पर वह अवसर हाथ से निकल गया। अब तो चिन्ताभार दिन-दिन बढ़ता जाता था।

आखिर उसे धीमा-धीमा ज्वर रहने लगा। हृदय-शूल, चिन्ता, कड़े परिश्रम और अभाव का यही पुरस्कार है। पहले कुछ परवाह न की। समझा आप ही अच्छा हो जायेगा; मगर कमजोरी बढ़ने लगी, तो दवा की फिक्र हुई। जिसने जो बता दिया, खा लिया। डाक्टरों और वैद्यों के पास जाने की सामर्थ्य कहाँ? और सामर्थ्य भी होती, तो रुपये खर्च कर देने के सिवा और नतीजा ही क्या था। जीर्ण ज्वर की औषधि आराम है और पुष्टिकारक भोजन। न वह बसन्त-मालती का सेवन कर सकता था और न आराम से बैठकर बलवर्धक भोजन कर सकता था, कमज़ोरी बढ़ती ही गयी।

पन्ना को अवसर मिलता तो वह आकर उसे तसल्ली देती; लेकिन उसके लड़के अब रग्घू से बात भी न करते थे। दवा-दारू तो क्या करते, उसका और मजाक उड़ाते। भैया समझते थे कि हम लोगों से अलग होकर सोने की ईंट रख लेंगे। भाभी भी समझती थीं, सोने से लद जाऊँगी। अब देखें, कौन पूछता है। सिसक-सिसककर न मरें, तो कह देना। बहुत 'हाय! हाय!' भी अच्छी नहीं होती। आदमी उतना काम करे, जितना हो सके। यह नहीं कि रुपये के लिए जान ही दे दे।

पन्ना कहती—रग्घू बेचारे का कौन दोष है।

केदार कहता—चल, मैं खूब समझता हूँ। भैया की जगह मैं होता तो डण्डे से बात करता। मजाल थी कि औरत यों जिद करती। यह सब भैया की चाल थी। सब सधी-बदी बात थी।

आखिर एक दिन रग्घू का टिमटिमाता हुआ जीवन-दीपक बुझ गया। मौत ने सारी चिन्ताओं का अन्त कर दिया।

अन्त समय उसने केदार को बुलाया था, पर केदार को ऊख में पानी देना था। डरा, कहीं दवा के लिए न भेज दें। बहाना बना दिया।

□□

मुलिया का जीवन अन्धकारमय हो गया। जिस भूमि पर उसने मंसूबों की दीवार खड़ी की थी, अब नीचे से खिसक गयी थी। जिस खूँटे के बल पर वह उछल रही थी, वह उखड़ गया था। गाँववालों ने कहना शुरू किया, ईश्वर ने कैसा तत्काल दण्ड दिया। बेचारी मारे लाज के अपने बच्चों को लिए रोया करती। गाँव में किसी को मुँह दिखाने का साहस न होता। प्रत्येक प्राणी उससे यह कहता हुआ मालूम होता था—'मारे घमण्ड के धरती पर पाँव न रखती थी, आखिर सजा मिल गयी कि नहीं।' अब इस घर में कैसे निबाह होगा ? वह किसके सहारे रहेगी ? किसके बल पर खेती होगी। बेचारा रग्घू बीमार था, दुर्बल था; पर जब तक जीता रहा, अपना काम करता रहा। मारे कमजोरी के कभी-कभी सिर पकड़कर बैठ जाता, और जरा दम लेकर फिर हाथ चलाने लगता था। सारी खेती तहस-नहस हो रही थी, उसे कौन सँभालेगा ? अनाज की डाँठें खलियान में पड़ी थीं, ऊख अलग सूख रही थी। वह अकेली क्या-क्या करेगी ? फिर सिंचाई अकेले आदमी का तो काम नहीं। तीन-तीन मजूरों को कहाँ से लाये ? गाँव में मजूर थे ही कितने ? आदमियों के लिए खींचातानी हो रही थी। क्या करे, क्या न करे ?

इस तरह तेरह दिन बीत गये। क्रिया-कर्म से छुट्टी मिली। दूसरे ही दिन सबेरे मुलिया ने दोनों बालकों को गोद में उठाया और अनाज माँड़ने चली। खलिहान में पहुँचकर उसने एक को तो पेड़ के नीचे घास के नर्म बिस्तर पर सुला दिया और दूसरे को वहीं बैठाकर अनाज माँड़ने लगी। बैलों को हाँकती थी और रोती थी। क्या इसीलिए भगवान ने उसको जन्म दिया था ? देखते-देखते क्या-से-क्या हो गया ? इन्हीं दिनों पिछले साल भी अनाज माँड़ा गया था, वह रग्घू के लिए लोटे में शरबत और मटर की घुँघनी लेकर आयी थी। आज कोई उसके न आगे है न पीछे ! लेकिन किसी की लौंडी तो नहीं हूँ ? उसे अलग होने का अब भी पछतावा न था।

एकाएक छोटे बच्चे का रोना सुनकर उसने उधर ताका, तो बड़ा लड़का उसे चुमकारकर कह रहा था—बैया, तुप रहो, तुप रहो। धीरे-धीरे उसके मुँह पर हाथ फेरता था और चुप करने के लिए विकल था। जब बच्चा किसी तरह न चुप हुआ तो वह खुद उसके पास लेट गया और उसे छाती से लगाकर प्यार करने लगा; मगर जब यह प्रयत्न भी सफल न हुआ, तो वह रोने लगा।

उसी समय पन्ना दौड़ी आयी और छोटे बालक को गोद में उठाकर प्यार

करती हुई बोली—लड़कों को मुझे क्यों न दे आयी बहू? हाय! हाय! अभी बेचारा धरती पर पड़ा लोट रहा है। जब मैं मर जाऊँ, तो जो चाहे करना, अभी तो जीती हूँ। अलग हो जाने से बच्चे तो नहीं अलग हो गये।

मुलिया ने कहा—तुम्हें भी तो छुट्टी नहीं थी अम्माँ, क्या करती।

पन्ना—तो तुझे यहाँ आने की ऐसी क्या जल्दी थी। डाँठ माँड़ न जाती तीन-तीन लड़के तो हैं, और किस दिन काम आयेंगे। केदार तो कल ही माँड़ने को कह रहा था; पर मैंने कहा—पहले ऊख में पानी दे लो; फिर अनाज माँड़ना। मँड़ाई तो दस दिन बाद भी हो सकती है, ऊख की सिंचाई न हुई तो सूख जायेगी। कल से पानी चढ़ा हुआ है, परसों तक खेत पुर जायेगा। तब मँड़ाई हो जायेगी। तुझे विश्वास न आवेगा, जब से भैया मरे हैं, केदार को बड़ी चिन्ता हो गयी है। दिन में सौ-सौ बार पूछता है, भाभी बहुत रोती तो नहीं हैं? देख, लड़के भूखे तो नहीं हैं। कोई लड़का रोता है, तो दौड़ा आता है देख अम्माँ क्या हुआ, बच्चा क्यों रोता है? कल रोकर बोला—अम्माँ, मैं जानता कि भैया इतनी जल्दी चले जायेंगे, तो उनकी सेवा कर लेता। कहाँ जगाये-जगाये उठता था, अब देखती हो; पहर रात से उठकर काम में लग जाता है। खुन्नू कल जरा-सा बोला—पहले हम अपनी ऊख में पानी दे लेंगे, तब भैया की ऊख में देंगे। उस पर केदार ने ऐसा डाँटा कि खुन्नू के मुँह से फिर बात न निकली। बोला—कैसी तुम्हारी और कैसी हमारी ऊख। भैया ने जिला न लिया होता, तो आज या तो मर गये होते या कहीं भीख माँगते। आज तुम बड़े ऊखवाले बने हो! यह उन्हीं का पुन-परताप है कि आज भले आदमी बने बैठे हो। परसों रोटी खाने को बुलाने गयी; तो मड़ैया में बैठा रो रहा था। पूछा—क्यों रोता है? तो बोला—अम्माँ, भैया इसी 'अलग्योझे' के दुख से मर गये, नहीं अभी उनकी उमिर ही क्या थी। यह उस बखत न सूझा; नहीं उनसे क्यों बिगाड़ करते।

यह कहकर पन्ना ने मुलिया की ओर संकेतपूर्ण दृष्टि से देखकर कहा—तुम्हें वह अलग न रहने देगा बहू; कहता है, भैया हमारे लिए मर गये तो हम भी उनके बाल-बच्चों के लिए मर जायेंगे।

मुलिया की आँखों से आँसू जारी थे, पन्ना की बातों में आज सच्ची वेदना, सच्ची सांत्वना, सच्ची सद्‌चिन्ता भरी हुई थी। मुलिया का मन कभी उसकी ओर इतना आकर्षित न हुआ था। जिनसे उसे व्यंग्य और प्रतिकार का भय था, वे इतने दयालु, इतने शुभेच्छु हो गये थे।

आज पहली बार उसे अपनी स्वार्थपरता पर लज्जा आयी, पहली बार आत्मा ने अलग्योझे पर धिक्कारा!

□□

इस घटना को हुए पाँच साल गुजर गये। पन्ना आज बूढ़ी हो गयी है। केदार घर का मालिक है। मुलिया घर की मालकिन है। खुन्नू और लछमन के विवाह हो चुके हैं; मगर केदार अभी तक क्वाँरा है। कहता है—मैं विवाह न करूँगा। कई जगहों से बातचीत हुई, कई सगाइयाँ आयीं; पर उसने हामी न भरी। पन्ना ने कम्पे लगाये, जाल फैलाये; पर वह न फँसा। कहता—औरतों से कौन सुख। मेहरिया घर में आयी और आदमी का मिजाज बदला। फिर जो कुछ है, वह मेहरिया है। माँ-बाप, भाई-बन्धु सब पराये हैं। जब भैया-जैसे आदमी का मिजाज बदल गया, तो फिर दूसरों की क्या गिनती। दो लड़के भगवान के दिये हैं, और क्या चाहिए। बिना ब्याह किये दो बेटे मिल गये, इससे बढ़कर और क्या होगा। जिसे अपना समझो, वह अपना है, जिसे गैर समझो, वह गैर है।

एक दिन पन्ना ने कहा—तेरा वंश कैसे चलेगा?

केदार—मेरा वंश तो चल रहा है। दोनों लड़कों को अपना ही समझता हूँ।

पन्ना—समझने ही पर है, तो तू मुलिया को भी अपनी मेहरिया समझता होगा।

केदार ने झेंपते हुए कहा—तुम तो गाली देती हो अम्माँ!

पन्ना—गाली कैसी, तेरी भाभी ही तो है।

केदार—मेरे जैसे लट्ठ-गँवार को वह क्या पूछने लगी!

पन्ना—तू करने को कह, तो मैं उससे पूछूँ?

केदार—नहीं मेरी अम्माँ, कहीं रोने-गाने न लगे।

पन्ना—तेरा मन हो, तो मैं बातों-बातों में उसके मन की थाह लूँ?

केदार—मैं नहीं जानता, जो चाहे कर।

पन्ना केदार के मन की बात समझ गयी। लड़के का दिल मुलिया पर आया हुआ है; पर संकोच और भय के मारे कुछ नहीं कहता।

उसी दिन उसने मुलिया से कहा—'क्या करूँ बहू, मन की लालसा मन में ही रही जाती है। केदार का घर भी बस जाता; तो मैं निश्चिन्त हो जाती।

मुलिया—वह तो करने ही नहीं कहते।

पन्ना—कहता है, ऐसी औरत मिले, जो घर में मेल से रहे, तो कर लूँ।

मुलिया—ऐसी औरत कहाँ मिलेगी? कहीं ढूँढो।

पन्ना—मैंने तो ढूँढ लिया है।

मुलिया—सच ! किस गाँव की है ?

पन्ना—अभी न बताऊँगी, मुदा यह जानती हूँ कि उससे केदार की सगाई हो जाय, तो घर बस जाय और केदार की जिन्दगी भी सफल हो जाय। न जाने लड़की मानेगी कि नहीं !

मुलिया—मानेगी क्यों नहीं अम्माँ; ऐसा सुन्दर, कमाऊ, सुशील वर और कहाँ मिल जाता है। उस जनम का कोई साधु-महात्मा है, नहीं तो लड़ाई-झगड़े के डर से कौन बिना ब्याहा रहता है। कहाँ रहती है, मैं जाकर उसे मना लाऊँ।

पन्ना—तू चाहे, तो मना ले। तेरे ही ऊपर है।

मुलिया—मैं आज ही चली जाऊँगी अम्माँ! उसके पैरों पड़कर मना लाऊँगी।

पन्ना—बता दूँ ! वह तू ही है !

मुलिया लजाकर बोली—तुम तो अम्माँ जी, गाली देती हो।

पन्ना—गाली कैसी, देवर ही तो है।

मुलिया—मुझ जैसी बुढ़िया को वह क्यों पूछेंगे।

पन्ना—वह तुझी पर दाँत लगाये बैठा है। तेरे सिवा कोई और उसे भाती ही नहीं। डर के मारे कहता नहीं; पर उसके मन की बात मैं जानती हूँ।

वैधव्य के शोक से मुरझाया हुआ मुलिया का पीत वदन कमल की भाँति अरुण हो उठा। दस वर्षों में जो कुछ खोया था, इसी एक क्षण में मानो ब्याज के साथ मिल गया। वही लावण्य, वही विकास, वही आकर्षण, वही लोच !

(प्रथम प्रकाशन : माधुरी/अक्टूबर 1929)

पूस की रात

हल्कू ने आकर स्त्री से कहा—सहना आया है, लाओ, जो रुपये रखे हैं, उसे दे दूँ, किसी तरह गला तो छूटे।

मुन्नी झाड़ू लगा रही थी। पीछे फिरकर बोली—तीन ही तो रुपये हैं; दे दोगे तो कम्मल कहाँ से आवेगा? माघ-पूस की रात हार में कैसे कटेगी। उससे कह दो, फसल पर रुपये दे देंगे। अभी नहीं।

हल्कू एक क्षण अनिश्चित दशा में खड़ा रहा। पूस सिर पर आ गया, कम्मल के बिना हार में रात को वह किसी तरह नहीं जा सकता। मगर सहना मानेगा नहीं, घुड़कियाँ जमावेगा, गालियाँ देगा। बला से जाड़ों मरेंगे, बला सिर से टल जायेगी। यह सोचता हुआ वह अपना भारी-भरकम डील लिए हुए (जो उसके नाम को झूठ सिद्ध करता था) स्त्री के समीप आ गया और खुशामद करके बोला—ला दे दे, गला तो छूटे। कम्मल के लिए कोई दूसरा उपाय सोचूँगा।

मुन्नी उसके पास से दूर हट गयी और आँखें तरेरती हुई बोली—कर चुके दूसरा उपाय! जरा सुनूँ, कौन उपाय करोगे? कोई खैरात दे देगा कम्मल? न जाने कितनी बाकी है जो किसी तरह चुकने ही नहीं आती। मैं कहती हूँ, तुम क्यों नहीं खेती छोड़ देते? मर-मर काम करो, उपज हो तो बाकी दे दो, चलो छुट्टी हुई। बाकी चुकाने के लिए ही तो हमारा जनम हुआ है। पेट के लिए मजूरी करो। ऐसी खेती से बाज आये। मैं रुपये न दूँगी—न दूँगी।

हल्कू उदास होकर बोला—तो क्या गाली खाऊँ?

मुन्नी ने तड़पकर कहा—गाली क्यों देगा, क्या उसका राज है?

मगर यह कहने के साथ उसकी तनी हुई भौंहें ढीली पड़ गयीं। हल्कू के उस वाक्य में जो कठोर सत्य था, वह मानो एक भीषण जन्तु की भाँति उसे घूर रहा था।

उसने जाकर आले पर से रुपये निकाले और लाकर हल्कू के हाथ पर रख दिये। फिर बोली—तुम छोड़ दो अबकी से खेती। मजूरी में सुख से एक

रोटी खाने को तो मिलेगी। किसी की धौंस तो न रहेगी। अच्छी खेती है! मजूरी करके लाओ, वह उसी में झोंक दो, उस पर से धौंस।

हल्कू ने रुपये लिए और इस तरह बाहर चला मानो अपना हृदय निकालकर देने जा रहा हो। उसने मजूरी से एक-एक पैसा काट-कपटकर तीन रुपये कम्मल के लिए जमा किये थे। वह आज निकले जा रहे थे। एक-एक पग के साथ उसका मस्तक अपनी दीनता के भार से दबा जा रहा था।

□□

पूस की अँधेरी रात! आकाश पर तारे ठिठुरते हुए मालूम होते थे। हल्कू अपने खेत के किनारे ऊख के पत्तों की एक छतरी के नीचे बाँस के खटोले पर अपनी पुरानी गाढ़े की चादर ओढ़े काँप रहा था। खाट के नीचे उसका संगी कुत्ता जबरा पेट में मुँह डाले सर्दी से कूँ-कूँ कर रहा था। दो में से एक को भी नींद न आती थी।

हल्कू ने घुटनियों को गर्दन में चिपकाते हुए कहा—क्यों जबरा, जाड़ा लगता है? कहता तो था, घर में पुआल पर लेट रह, तो यहाँ क्या लेने आये थे। अब खाओ ठण्ड, मैं क्या करूँ? जानते थे, मैं यहाँ हलुवा-पूरी खाने आ रहा हूँ, दौड़े-दौड़े आगे-आगे चले आये। अब रोओ नानी के नाम को।

जबरा ने पड़े-पड़े दुम हिलाई और अपनी कूँ-कूँ को दीर्घ बनाता हुआ एक बार जम्हाई लेकर चुप हो गया। उसकी श्वान-बुद्धि ने शायद ताड़ लिया, स्वामी को मेरी कूँ-कूँ से नींद नहीं आ रही है।

हल्कू ने हाथ निकालकर जबरा की ठण्डी पीठ सहलाते हुए कहा—कल से मत आना मेरे साथ, नहीं तो ठण्डे हो जाओगे। यह राँड पछुआ न जाने कहाँ से बरफ लिए आ रही है। उठूँ, फिर एक चिलम भरूँ। किसी तरह रात तो कटे! आठ चिलम तो पी चुका। यह खेती का मजा है! और एक-एक भागवान ऐसे पड़े हैं, जिनके पास जाड़ा जाय तो गर्मी से घबराकर भागे। मोटे-मोटे गद्दे, लिहाफ-कम्मल। मजाल है कि जाड़े का गुजर हो जाय। तकदीर की खूबी है! मजूरी हम करें, मजा दूसरे लूटें!

हल्कू उठा और गड्ढे में से जरा-सी आग निकालकर चिलम भरी। जबरा भी उठ बैठा।

हल्कू ने चिलम पीते हुए कहा, पियेगा चिलम, जाड़ा तो क्या जाता है, जरा मन बहल जाता है।

जबरा ने उसके मुँह की ओर प्रेम से छलकती हुई आँखों से देखा।

हल्कू–आज और जाड़ा खा ले। कल से मैं यहाँ पुआल बिछा दूँगा। उसी में घुसकर बैठना, तब जाड़ा न लगेगा।

जबरा ने अगले पंजे उसकी घुटनियों पर रख दिये और उसके मुँह के पास अपना मुँह ले गया। हल्कू को उसकी गर्म साँस लगी।

चिलम पीकर हल्कू फिर लेटा और निश्चय करके लेटा कि चाहे कुछ हो अबकी सो जाऊँगा, पर एक ही क्षण में उसके हृदय में कम्पन होने लगा। कभी इस करवट लेटता, कभी उस करवट; पर जाड़ा किसी पिशाच की भाँति उसकी छाती को दबाये हुए था।

जब किसी तरह न रहा गया तो उसने जबरा को धीरे से उठाया और उसके सिर को थपथपाकर उसे अपनी गोद में सुला लिया। कुत्ते की देह से जाने कैसी दुर्गंध आ रही थी, पर वह उसे अपनी गोद से चिपटाये हुए ऐसे सुख का अनुभव कर रहा था, जो इधर महीनों से उसे न मिला था। जबरा शायद समझ रहा था कि स्वर्ग यही है; और हल्कू की पवित्र आत्मा में तो उस कुत्ते के प्रति घृणा की गन्ध तक न थी। अपने किसी अभिन्न मित्र या भाई को भी वह इतनी ही तत्परता से गले लगाता। वह अपनी दीनता से आहत न था, जिसने आज उसे इस दशा को पहुँचा दिया। नहीं, इस अनोखी मैत्री ने जैसे उसकी आत्मा के सब द्वार खोल दिये थे और उसका एक-एक अणु प्रकाश से चमक रहा था।

सहसा जबरा ने किसी जानवर की आहट पाई। इस विशेष आत्मीयता ने उसमें एक नई स्फूर्ति पैदा कर दी थी, जो हवा के ठण्डे झोकों को तुच्छ समझती थी। वह झपटकर उठा और छतरी के बाहर आकर भूँकने लगा। हल्कू ने उसे कई बार चुमकारकर बुलाया; पर वह उसके पास न आया। हार में चारों तरह दौड़-दौड़कर भूँकता रहा। एक क्षण के लिए आ भी जाता तो तुरन्त ही फिर दौड़ता। कर्त्तव्य उसके हृदय में अरमान की भाँति उछल रहा था।

□□

एक घण्टा और गुजर गया। रात ने शीत को हवा से धधकाना शुरू किया। हल्कू उठ बैठा और दोनों घुटनों को छाती से मिलाकर सिर को उसमें छिपा लिया। फिर भी ठण्ड कम न हुई। ऐसा जान पड़ता था, सारा रक्त जम गया है, धमनियों में रक्त की जगह हिम बह रहा है। उसने झुककर आकाश की ओर देखा, अभी कितनी रात बाकी है। सप्तर्षि अभी आकाश में आधे भी नहीं

चढ़े। ऊपर आ जायेंगे तब कहीं सबेरा होगा। अभी पहर भर से ऊपर रात है।

हल्कू के खेत से कोई एक गोली के टप्पे पर आमों का बाग था। पतझड़ शुरू हो गयी थी। बाग में पत्तियों का ढेर लगा हुआ था। हल्कू ने सोचा, चलकर पत्तियाँ बटोरूँ और उन्हें जलाकर खूब तापूँ। रात को कोई मुझे पत्तियाँ बटोरते देखे तो समझे कोई भूत है। कौन जाने कोई जानवर ही छिपा बैठा हो; मगर अब तो बैठे नहीं रहा जाता।

उसने पास के अरहर के खेत में जाकर कई पौधे उखाड़ लिए और उनका एक झाड़ू बनाकर हाथ में सुलगता हुआ उपला लिए बगीचे की तरफ चला। जबरा ने उसे आते देखा तो पास आया और दुम हिलाने लगा।

हल्कू ने कहा–अब तो नहीं रहा जाता जबरू! चलो, बगीचे में पत्तियाँ बटोरकर तापें। टाँठे हो जायेंगे, तो फिर आकर सोयेंगे। अभी तो रात बहुत है।

जबरा ने कूँ-कूँ करके सहमति प्रकट की और आगे-आगे बगीचे की ओर चला।

बगीचे में खूब अँधेरा छाया हुआ था और अन्धकार में निर्दय पवन पत्तियों को कुचलता हुआ चला जाता था। वृक्षों से ओस की बूँदें टप-टप नीचे टपक रही थीं।

एकाएक एक झोंका मेंहदी के फूलों की खुशबू लिए हुए आया।

हल्कू ने कहा–कैसी अच्छी महक आयी जबरू! तुम्हारी नाक में भी सुगन्ध आ रही है?

जबरा को कहीं जमीन पर एक हड्डी पड़ी मिल गयी थी। उसे वह चिचोड़ रहा था।

हल्कू ने आग जमीन पर रख दी और पत्तियाँ बटोरने लगा। जरा देर में पत्तियों का एक ढेर लग गया। हाथ ठिठुरे जाते थे। नंगे पाँव गले जाते थे। और वह पत्तियों का पहाड़ खड़ा कर रहा था। इसी अलाव में वह ठण्ड को जलाकर भस्म कर देगा।

थोड़ी देर में अलाव जल उठा। उसकी लौ ऊपर वाले वृक्ष की पत्तियों को छू-छूकर भागने लगीं। उस अस्थिर प्रकाश में बगीचे के विशाल वृक्ष ऐसे मालूम होते थे, मानो उस अथाह अन्धकार को अपने सिरों पर सँभाले हुए हों। अन्धकार के उस अनन्त सागर में यह प्रकाश एक नौका के समान हिलता, मचलता हुआ जान पड़ता था।

हल्कू अलाव के सामने बैठा आग ताप रहा था। एक क्षण में उसने दोहर उतारकर बगल में दबा ली और दोनों पाँव फैला दिये, मानो ठण्ड को

ललकार रहा हो, तेरे जी में जो आये सो कर। ठण्ड की असीम शक्ति पर विजय पाकर वह विजय-गर्व को हृदय में छिपा न सकता था।

उसने जबरा से कहा–क्यों जब्बर, अब ठण्ड नहीं लग रही है?

जब्बर ने कूँ-कूँ करके मानो कहा–अब क्या ठण्ड लगती ही रहेगी।

'पहले से यह उपाय न सूझा, नहीं इतनी ठण्ड क्यों खाते।'

जबरा ने पूँछ हिलाई।

'अच्छा आओ, इस अलाव को कूद कर पार करें। देखें, कौन निकल जाता है। अगर जल गये बच्चा, तो मैं दवा न करूँगा।'

जबरा ने उस अग्निराशि की ओर कातर नेत्रों से देखा।

'मुन्नी से कल न कह देना नहीं तो लड़ाई करेगी।'

यह कहता हुआ वह उछला और अलाव के ऊपर से साफ निकल गया। पैरों में जरा लपट लगी; पर वह कोई बात न थी। जबरा आग के इर्द-गिर्द घूमकर उसके पास आ खड़ा हुआ।

हल्कू ने कहा–चलो-चलो, इसकी सही नहीं। ऊपर से कूदकर आओ। वह फिर कूदा और अलाव के इस पार आ गया।

□□

पत्तियाँ जल चुकी थीं। बगीचे में फिर अँधेरा छाया था। राख के नीचे कुछ-कुछ आग बाकी थी, जो हवा का झोंका आ जाने पर जरा जाग उठती थी; पर एक क्षण में फिर आँखें बन्द कर लेती थी।

हल्कू ने फिर चादर ओढ़ ली और गर्म राख के पास बैठा हुआ एक गीत गुनगुनाने लगा। उसके बदन में गर्मी आ गयी थी; पर ज्यों-ज्यों शीत बढ़ती जाती थी, उसे आलस्य दबाये लेता था।

जबरा जोर से भूँककर खेत की ओर भागा। हल्कू को ऐसा मालूम हुआ कि जानवरों का एक झुण्ड उसके खेत में आया है। शायद नीलगायों का झुण्ड था। उनके कूदने-दौड़ने की आवाजें साफ कान में आ रही थीं। फिर ऐसा मालूम हुआ कि वह खेत में चर रही हैं। उनके चबाने की आवाज चर-चर सुनायी देने लगी।

उसने दिल में कहा–नहीं, जबरा के होते कोई जानवर खेत में नहीं आ सकता। नोच ही डाले। मुझे भ्रम हो रहा है। कहाँ! अब तो कुछ नहीं सुनायी देता। मुझे भी कैसा धोखा हुआ।

उसने जोर से आवाज लगायी–जबरा, जबरा।

जबरा भूँकता रहा। उसके पास न आया।

फिर खेत के चरे जाने की आहट मिली। अब वह अपने को धोखा न दे सका। उसे अपनी जगह से हिलना जहर लग रहा था। कैसा दंदाया हुआ था। इस जाड़े-पाले में खेत में जाना, जानवरों के पीछे दौड़ना असूझ जान बैठा पड़ा। वह अपनी जगह से न हिला।

उसने जोर से आवाज लगायी–लिहो-लिहो! लिहो!!

जबरा भूँक उठा। जानवर खेत चर रहे थे। फसल तैयार है। कैसी अच्छी खेती थी; पर ये दुष्ट जानवर उसका सर्वनाश किये डालते हैं।

हल्कू पक्का इरादा करके उठा और दो-तीन कदम चला; पर एकाएक हवा का ऐसा ठण्डा, चुभनेवाला, बिच्छू के डंक का-सा झोंका लगा कि वह फिर बुझते हुए अलाव के पास आ बैठा और राख को कुरेदकर अपनी ठण्डी देह को गर्माने लगा।

जबरा अपना गला फाड़े डालता था, नीलगायें खेत का सफाया किये डालती थीं। और हल्कू गर्म राख के पास शान्त बैठा हुआ था। अकर्मण्यता ने रस्सियों की भाँति उसे चारों तरफ से जकड़ रखा था।

उसी राख के पास गर्म जमीन पर वह चादर ओढ़कर सो गया।

सबेरे जब उसकी नींद खुली, तब चारों तरफ धूप फैल गयी थी। और मुन्नी कह रही थी–क्या आज सोते ही रहोगे? तुम यहाँ आकर रम गये और उधर सारा खेत चौपट हो गया।

हल्कू ने उठकर कहा–क्या तू खेत से होकर आ रही है?

मुन्नी बोली–हाँ, सारे खेत का सत्यानाश हो गया। भला ऐसा भी कोई सोता है! तुम्हारे मड़ैया डालने से क्या हुआ?

हल्कू ने बहाना किया–मैं मरते-मरते बचा, तुझे अपने खेत की पड़ी है। पेट में ऐसा दरद हुआ, कि मैं ही जानता हूँ।

दोनों फिर खेत की डाँड़ पर आये। देखा, सारा खेत रौंदा पड़ा हुआ है, और जबरा मड़ैया के नीचे चित लेटा है; मानो प्राण ही न हों।

दोनों खेत की दशा देख रहे थे। मुन्नी के मुख पर उदासी छाई थी। पर हल्कू प्रसन्न था।

मुन्नी ने चिन्तित होकर कहा–अब मजूरी करके मालगुजारी भरनी पड़ेगी।

हल्कू ने प्रसन्न-मुख से कहा–रात की ठण्ड में यहाँ सोना तो न पड़ेगा।

(प्रथम प्रकाशन : माधुरी/मई 1930)

नया विवाह

हमारी देह पुरानी है, लेकिन इसमें सदैव नया रक्त दौड़ता रहता है। नये रक्त के प्रवाह पर ही हमारे जीवन का आधार है। पृथ्वी की इस चिरन्तन व्यवस्था में यह नयापन उसके एक-एक अणु में, एक-एक कण में, तार में बसे हुए स्वरों की भाँति, गूँजता रहता है और यह सौ साल की बुढ़िया आज भी नवेली दुल्हन बनी हुई है।

जब से लाला डंगामल ने नया विवाह किया है, उनका यौवन नये सिरे से जाग उठा है। जब पहली स्त्री जीवित थी, तब वे घर में बहुत कम रहते थे। प्रातः से दस ग्यारह बजे तक तो पूजा-पाठ ही करते रहते थे। फिर भोजन करके दुकान चले जाते। वहाँ से एक बजे रात लौटते और थके-माँदे सो जाते। यदि लीला कभी कहती, जरा और सबेरे आ जाया करो, तो बिगड़ जाते और कहते–तुम्हारे लिए क्या दुकान छोड़ दूँ, या रोजगार बन्द कर दूँ? यह वह जमाना नहीं है कि एक लोटा जल चढ़ाकर लक्ष्मी प्रसन्न कर ली जायें। आज उनकी चौखट पर माथा रगड़ना पड़ता है; तब भी उनका मुँह सीधा नहीं होता। लीला बेचारी चुप हो जाती।

अभी छह महीने की बात है। लीला को ज्वर चढ़ा हुआ था। लालाजी दुकान जाने लगे, तब उसने डरते-डरते कहा था–देखो, मेरा जी अच्छा नहीं है। जरा सबेरे आ जाना।

डंगामल ने पगड़ी उतारकर खूँटी पर लटका दी और बोले–अगर मेरे बैठे रहने से तुम्हारा जी अच्छा हो जाय, तो मैं दुकान न जाऊँगा।

लीला हताश होकर बोली–मैं दुकान जाने को तो नहीं मना करती। केवल जरा सबेरे आने को कहती हूँ।

'तो क्या दुकान पर बैठा मौज किया करता हूँ।?'

लीला इसका क्या जवाब देती? पति का यह स्नेहहीन व्यवहार उसके लिए कोई नयी बात न थी। इधर कई साल से उसे इसका कठोर अनुभव हो

रहा था कि उसकीइस घर में कद्र नहीं है। वह अक्सर इस समस्या पर विचार भी किया करती, पर वह अपना कोई अपराध न पाती। वह पति की सेवा अब पहले से कहीं ज्यादा करती, उनके कार्य-भार को हलका करने की बराबर चेष्टा करती रहती, बराबर प्रसन्नचित्त रहती; कभी उनकी इच्छा के विरुद्ध कोई काम नहीं करती। अगर उसकी जवानी ढल चुकी थी, तो इसमें उसका क्या अपराध था? किसकी जवानी सदैव स्थिर रहती है? अगर अब उसका स्वास्थ्य उतना अच्छा न था, तो इसमें उसका क्या दोष? उसे बेकसूर क्यों दण्ड दिया जाता है?

उचित तो यह था कि 25 साल का साहचर्य अब एक गहरी मानसिक और आत्मिक अनुरूपता का रूप धारण कर लेता, जो दोष को भी गुण बना लेता है, जो पके फल की तरह ज्यादा रसीला, ज्यादा मीठा, ज्यादा सुन्दर हो जाता है। लेकिन लालाजी का वणिक-हृदय हर एक पदार्थ को वाणिज्य की तराजू से तौलता था। बूढ़ी गाय जब न दूध दे सकती है न बच्चे, तब उसके लिए गोशाला ही सबसे अच्छी जगह है। उनके विचार में लीला के लिए इतना ही काफी था कि घर की मालकिन बनी रहे; आराम से खाय और पड़ी रहे। उसे अख्तियार है चाहे जितने जेवर बनवाये, चाहे जितना स्नान व पूजा करे, केवल उनसे दूर रहे। मानव-प्रकृति की जटिलता का एक रहस्य यह था कि डंगामल जिस आनन्द से लीला को वंचित रखना चाहते थे, जिसकी उसके लिए कोई जरूरत ही न समझते थे, खुद उसी के लिए सदैव प्रयत्न करते रहते थे। लीला 40 वर्ष की होकर बूढ़ी समझ ली गयी थी, किन्तु वे तैंतालीस के होकर अभी जवान ही थे, जवानी के उन्माद और उल्लास से भरे हुए। लीला से अब उन्हें एक तरह की अरुचि होती थी और वह दुखिया जब अपनी त्रुटियों का अनुभव करके प्रकृति के निर्दय आघातों से बचने के लिए रंग व रोगन की आड़ लेती, तब लालाजी उसके बूढ़े नखरों से और भी घृणा करने लगते। वे कहते--वाह री तृष्णा! सात लड़कों की तो माँ हो गयी, बाल खिचड़ी हो गये, चेहरा धुले हुए फलालैन की तरह सिकुड़ गया, मगर आपको अभी महावर, सेंदुर, मेहंदी और उबटन की हवस बाकी ही है। औरतों का स्वभाव भी कितना विचित्र है! न-जाने क्यों बनाव-सिंगार पर इतना जान देती हैं? पूछो, अब तुम्हें और क्या चाहिए। क्यों नहीं मन को समझा लेतीं कि जवानी विदा हो गयी और इन उपादानों से वह वापस नहीं बुलायी जा सकती! लेकिन वे खुद जवानी का स्वप्न देखते रहते थे। उनकी जवानी की

तृष्णा अभी शान्त न हुई थी। जाड़ों में रसों और पाकों का सेवन करते रहते थे। हफ्ते में दो बार खिजाब लगाते और एक डॉक्टर से मंकीग्लैंड के विषय में पत्र-व्यवहार कर रहे थे।

लीला ने उन्हें असमंजस में देखकर कातर-स्वर में पूछा—कुछ बतला सकते हो, कै बजे आओगे?

लालाजी ने शान्त भाव से पूछा—तुम्हारा जी आज कैसा है?

लीला क्या जवाब दे? अगर कहती है कि बहुत खराब है, तो शायद वे महाशय वहीं बैठ जायें और उसे जली-कटी सुनाकर अपने दिल का बुखार निकालें। अगर कहती है कि अच्छी हूँ, तो शायद निश्चिन्त होकर दो बजे तक कहीं खबर लें। इस दुविधा में डरते-डरते बोली—अब तक तो हलकी थी, लेकिन अब कुछ भारी हो रही है। तुम जाओ, दुकान पर लोग तुम्हारी राह देखते होंगे। हाँ, ईश्वर के लिए एक-दो न बजा देना। लड़के सो जाते हैं, मुझे जरा भी अच्छा नहीं लगता, जी घबराता है!

सेठजी ने अपने स्वर में स्नेह की चाशनी देकर कहा—बारह बजे तक आ जरूर जाऊँगा!

लीला का मुख धूमिल हो गया। उसने कहा—दस बजे तक नहीं आ सकते?

'साढ़े ग्यारह से पहले किसी तरह नहीं।'

'नहीं, साढ़े दस।'

'अच्छा, ग्यारह बजे।'

लाला वादा करके चले गये, लेकिन दस बजे रात को एक मित्र ने मुजरा सुनने के लिए बुला भेजा। इस निमन्त्रण को कैसे इनकार कर देते। जब एक आदमी आपको खातिर से बुलाता है, तब यह कहाँ की भलमनसाहत है कि आप उसका निमन्त्रण अस्वीकार कर दें?

लालाजी मुजरा सुनने चले गये, दो बजे लौटे। चुपके से आकर नौकर को जगाया और अपने कमरे में आकर लेट रहे। लीला उनकी राह देखती, प्रतिक्षण विकल-वेदना का अनुभव करती हुई न-जाने कब सो गयी थी।

अन्त को इस बीमारी ने अभागिनी लीला की जान ही लेकर छोड़ा। लालाजी को उसके मरने का बड़ा दुःख हुआ। मित्रों ने संवेदना के तार भेजे। एक दैनिक पत्र ने शोक प्रकट करते हुए लीला के मानसिक और धार्मिक सद्गुणों को खूब बढ़ाकर वर्णन किया। लालाजी ने इन सभी मित्रों को हार्दिक

धन्यवाद दिया और लीला के नाम से बालिका-विद्यालय में पाँच वजीफे प्रदान किये तथा मृतक-भोज तो जितने समारोह से किया गया, वह नगर के इतिहास में बहुत दिनों तक याद रहेगा।

लेकिन एक महीना भी न गुजरने पाया था कि लालाजी के मित्रों ने चारा डालना शुरू कर दिया और उसका यह असर हुआ कि छह महीने की विधुरता के तप के बाद उन्होंने दूसरा विवाह कर लिया। आखिर बेचारे क्या करते? जीवन में एक सहचरी की आवश्यकता तो थी ही और इस उम्र में तो एक तरह से वह अनिवार्य हो गयी थी।

□□

जब से नयी पत्नी आयी, लालाजी के जीवन में आश्चर्यजनक परिवर्तन हो गया। दुकान से अब उतना प्रेम नहीं था। लगातार हफ्तों न जाने में भी उनके कारबार में कोई हर्ज नहीं होता था। जीवन के उपभोग की जो शक्ति दिन-दिन क्षीण होती जाती थी, अब वह छींटे पाकर सजीव हो गयी थी, सूखा पेड़ हरा हो गया था, उसमें नयी-नयी कोपलें फूटने लगी थीं। मोटर नयी आ गयी थी, कमरे नये फर्नीचर से सजा दिये गये थे, नौकरों की भी संख्या बढ़ गयी थी, रेडियो आ पहुँचा था और प्रतिदिन नये-नये उपहार आते रहते थे। लालाजी की बूढ़ी जवानी जवानों की जवानी से भी प्रखर हो गयी थी, उसी तरह जैसे बिजली का प्रकाश चन्द्रमा के प्रकाश से ज्यादा स्वच्छ और मनोरंजक होता है। लालाजी को उनके मित्र इस रूपान्तर पर बधाइयाँ देते, जब वे गर्व के साथ कहते—भाई, हम तो हमेशा जवान रहे और हमेशा जवान रहेंगे। बुढ़ापा यहाँ आये तो उसके मुँह में कालिख लगाकर गधे पर उलटा सवार कराके शहर से निकाल दें। जवानी और बुढ़ापे को न जाने क्यों लोग अवस्था से सम्बद्ध कर देते हैं। जवानी का उम्र से उतना ही सम्बन्ध है; जितना धर्म का आचार से, रुपये का ईमानदारी से, रूप का शृंगार से। आजकल के जवानों को आप जवान कहते हैं? उनकी एक हजार जवानियों को अपने एक घण्टे से भी न बदलूँगा। मालूम होता है उनकी जिन्दगी में कोई उत्साह ही नहीं, कोई शौक नहीं। जीवन क्या है, गले में पड़ा हुआ एक ढोल है।

यही शब्द घटा-बढ़ाकर वे आशा के हृदय-पटल पर अंकित करते रहे थे। उससे बराबर सिनेमा, थियेटर और दरिया की सैर के लिए आग्रह करते रहते। लेकिन आशा को न-जाने क्यों इन बातों में जरा भी रुचि न थी। वह

जाती तो थी, मगर बहुत टाल-टूट करने के बाद। एक दिन लालाजी ने आकर कहा—चलो, आज बजरे पर दरिया की सैर करें।

वर्षा के दिन थे, दरिया चढ़ा हुआ था, मेघ-मालाएँ अन्तरराष्ट्रीय सेनाओं की भाँति रंग-बिरंगी वर्दियाँ पहने आकाश में कवायद कर रही थीं। सड़क पर लोग मलार और बारहमासा गाते चलते थे। बागों में झूले पड़ गये थे।

आशा ने बेदिली से कहा—मेरा जी तो नहीं चाहता।

लालाजी ने मृदु प्रेरणा के साथ कहा—तुम्हारा मन कैसा है जो आमोद-प्रमोद की ओर आकर्षित नहीं होता? चलो, जरा दरिया की सैर देखो। सच कहता हूँ, बजरे पर बड़ी बहार रहेगी।

'आप जायें। मुझे और कई काम करने हैं।'

'काम करने को आदमी हैं। तुम क्यों काम करोगी?'

'महाराज अच्छे सालन नहीं पकाता। आप खाने बैठेंगे तो यों ही उठ जायेंगे।'

आशा अपने अवकाश का बड़ा भाग लालाजी के लिए तरह-तरह का भोजन पकाने में ही लगाती थी। उसने किसी से सुन रखा था कि एक विशेष अवस्था के बाद पुरुष के जीवन का सबसे बड़ा सुख, रसना का स्वाद ही रह जाता है।

लालाजी की आत्मा खिल उठी। उन्होंने सोचा कि आशा को उनसे कितना प्रेम है कि वह दरिया की सैर को उनकी सेवा के लिए छोड़ रही है। एक लीला थी कि 'मान-न-मान' चलने को तैयार रहती थी। पीछा छुड़ाना पड़ता था, ख्वामख्वाह सिर पर सवार हो जाती थी और सारा मजा किरकिरा कर देती थी।

स्नेह-भरे उलाहने से बोले—तुम्हारा मन भी विचित्र है। अगर एक दिन सालन फीका ही रहा, ऐसा क्या तूफान आ जायेगा? तुम तो मुझे बिल्कुल निकम्मा बनाये देती हो। अगर तुम न चलोगी, तो मैं भी न जाऊँगा।

आशा ने जैसे गले से फन्दा छुड़ाते हुए कहा—आप भी तो मुझे इधर-उधर घुमा-घुमाकर मेरा मिजाज बिगाड़ देते हैं। यह आदत पड़ जायेगी, तो घर का धन्धा कौन करेगा?

'मुझे घर के धन्धे की रत्ती-भर भी परवा नहीं—बाल की नोक बराबर भी नहीं। मैं चाहता हूँ कि तुम्हारा मिजाज बिगड़े और तुम गृहस्थी की चक्की से दूर रहो और तुम मुझे बार-बार आप क्यों कहती हो? मैं चाहता हूँ, तुम

मुझे तुम कहो, तू कहो, गालियाँ दो, धौल जमाओ। तुम तो मुझे आप कहके जैसे देवता के सिंहासन पर बैठा देती हो ! मैं अपने घर में देवता नहीं, चंचल बालक बनना चाहता हूँ।'

आशा ने मुस्कराने की चेष्टा करके कहा—भला, मैं आपको 'तुम' कहूँगी। तुम बराबर वाले को कहा जाता है कि बड़ों को ?

मुनीम ने एक लाख के घाटे की खबर सुनायी होती, तो भी शायद लालाजी को इतना दुःख न होता, जितना आशा के इन कठोर शब्दों से हुआ। उनका सारा उत्साह, सारा उल्लास जैसे ठण्डा पड़ गया। सिर पर बाँकी रखी हुई फूलदार टोपी, गले में पड़ी हुई जोगिये रंग की चुनी हुई रेशमी चादर, वह तंजेब का बेलदार कुर्त्ता, जिसमें सोने के बटन लगे हुए थे—यह सारा ठाठ कैसे उन्हें हास्यजनक जान पड़ने लगा, जैसे वह सारा नशा किसी मन्त्र से उतर गया हो।

निराश होकर बोले—तो तुम्हें चलना है या नहीं।

'मेरा जी नहीं चाहता।'

'तो मैं भी न जाऊँ ?'

'मैं आपको कब मना करती हूँ ?'

'फिर 'आप' कहा ?'

आशा ने जैसे भीतर से जोर लगाकर कहा 'तुम' और उसका मुखमण्डल लज्जा से आरक्त हो गया।

'हाँ, इसी तरह 'तुम' कहा करो। तो तुम नहीं चल रही हो ? अगर मैं कहूँ, तुम्हें चलना पड़ेगा ?'

'तब चलूँगी। आपकी आज्ञा मानना मेरा धर्म है।'

लालाजी आज्ञा न दे सके। आज्ञा और धर्म जैसे शब्द उनके कानों में चुभने-से लगे। खिसियाये हुए बाहर को चल पड़े; उस वक्त आशा को उन पर दया आ गयी। बोली—तो कब तक लौटोगे ?

'मैं नहीं जा रहा हूँ।'

'अच्छा, तो मैं भी चलती हूँ।'

जैसे कोई जिद्दी लड़का रोने के बाद अपनी इच्छित वस्तु पाकर उसे पैरों से ठुकरा देता है, उसी तरह लालाजी ने मुँह बनाकर कहा—तुम्हारा जी नहीं करता, तो न चलो। मैं आग्रह नहीं करता।

'आप नहीं, तुम बुरा मान जाओगे।'

आशा गयी, लेकिन उमंग से नहीं। जिस मामूली वेश में थी, उसी तरह चल खड़ी हुई। न कोई सजीली साड़ी, न जड़ाऊ गहने, न कोई सिंगार, जैसे कोई विधवा हा।

ऐसी ही बातों पर लालाजी मन में झुँझला उठते थे। ब्याह किया था, जीवन का आनन्द उठाने के लिए, झिलमिलाते हुए दीपक में तेल डालकर उसे और चटक करने के लिए। अगर दीपक का प्रकाश तेज न हुआ, तो तेल डालने से लाभ? न-जाने इसका मन क्यों इतना शुष्क और नीरस है, जैसे कोई ऊसर का पेड़ हो, कितना ही पानी डालो, उसमें हरी पत्तियों के दर्शन न होंगे। जड़ाऊ गहनों से भरी पेटारियाँ खुली हुई हैं, कहाँ-कहाँ से मँगवाये—दिल्ली से, कलकत्ते से, फ्रांस से। कैसी-कैसी बहुमूल्य साड़ियाँ रखी हुई हैं। एक नहीं, सैकड़ों। पर केवल सन्दूक में कीड़ों का भोजन बनने के लिए। दरिद्र घर की लड़कियों में यही ऐब होता है। उनकी दृष्टि सदैव संकीर्ण रही है। न खा सकें, न पहन सकें, न दे सकें। उन्हें तो खजाना भी मिल जाय, तो यही सोचती रहेंगी कि खर्च कैसे करें।

दरिया की सैर तो हुई, पर विशेष आनन्द न आया।

□□

कई महीने तक आशा की मनोवृत्तियों को जगाने का असफल प्रयत्न करके लालाजी ने समझ लिया कि इसकी पैदाइश ही मुहर्रमी है। लेकिन फिर भी निराश न हुए। ऐसे व्यापार में एक बड़ी रकम लगाने के बाद वे उसमें अधिक-से-अधिक लाभ उठाने की वणिक-प्रवृत्ति को कैसे त्याग देते? विनोद की नयी-नयी योजनाएँ पैदा की जातीं—ग्रामोफोन अगर बिगड़ गया है, गाता नहीं, या साफ आवाज नहीं निकलती, तो उसकी मरम्मत करानी पड़ेगी। उसे उठाकर रख देना, तो मूर्खता है।

इधर बूढ़ा महाराज एकाएक बीमार होकर घर चला गया था और उसकी जगह उसका सत्रह-अठारह साल का जवान लड़का आ गया था—कुछ अजीब गँवार था, बिल्कुल झंगड़, उजड्ड। कोई बात ही न समझता था। जितने फुलके बनाता, उतनी तरह के। हाँ, एक बात समान होती। सब बीच में मोटे होते, किनारे पतले। दाल कभी तो इतनी पतली जैसे चाय, कभी इतनी गाढ़ी जैसे दही। नमक कभी इतना कम कि बिल्कुल फीकी, कभी इतना तेज कि नींबू का शाकीन। आशा मुँह-हाथ धोकर चौके में पहुँच जाती और इस डपोरशंख को

भोजन पकाना सिखाती। एक दिन उसने कहा—तुम कितने नालायक आदमी हो जुगल। आखिर इतनी उम्र तक तुम घास खोदते रहे या भाड़ झोंकते रहे कि फुलके तक नहीं बना सकते? जुगल आँखों में आँसू भर-कर कहता—बहूजी, अभी मेरी उम्र ही क्या है? सत्रहवाँ ही तो पूरा हुआ है!

आशा को उसकी बात पर हँसी आ गयी। उसने कहा—तो रोटियाँ पकाना क्या दस-पाँच साल में आता है?

'आप एक महीना सिखा दें बहूजी, फिर देखिए, मैं आपको कैसे फुलके खिलाता हूँ कि जी खुश हो जाय। जिस दिन मुझे फुलके बनाने आ जायेंगे, मैं आपसे कोई इनाम लूँगा। सालन तो अब मैं कुछ-कुछ बनाने लगा हूँ, क्यों?'

आशा ने हौसला बढ़ाने वाली मुस्कराहट के साथ कहा—सालन नहीं, वो बनाना आता है। अभी कल ही नमक इतना तेज था कि खाया न गया। मसाले में कचाँध आ रही थी।

'मैं जब सालन बना रहा था, तब आप यहाँ कब थीं?'

'अच्छा, तो मैं जब यहाँ बैठी रहूँ तब तुम्हारा सालन बढ़िया पकेगा?'

'आप बैठी रहती हैं, तब मेरी अक्ल ठिकाने रहती है।'

आशा को जुगल की इन भोली बातों पर खूब हँसी आ रही थी। हँसी को रोकना चाहती थी, पर वह इस तरह निकली पड़ती थी जैसे भरी बोतल उँड़ेल दी गयी हो।

'और मैं नहीं रहती तब?'

'तब तो आपके कमरे के द्वार पर जा बैठता हूँ। वहाँ बैठकर अपनी तकदीर को रोता हूँ।'

आशा ने हँसी को रोककर पूछा—क्यों, रोते क्यों हो?

'यह न पूछिए बहूजी, आप इन बातों को नहीं समझेंगी।'

आशा ने उसके मुँह की ओर प्रश्न की आँखों से देखा। उसका आशय कुछ तो समझ गयी, पर न समझने का बहाना किया।

'तुम्हारे दादा आ जायेंगे; तब तुम चले जाओगे?'

'और क्या करूँगा बहूजी। यहाँ कोई काम दिलवा दीजिएगा, तो पड़ा रहूँगा। मुझे मोटर चलाना सिखवा दीजिए। आपको खूब सैर कराया करूँगा। नहीं, नहीं बहूजी, आप हट जाइए, मैं पतीली उतार लूँगा। ऐसी अच्छी साड़ी है आपकी, कहीं कोई दाग पड़ जाय, तो क्या हो?'

आशा पतीली उतार रही थी। जुगल ने उसके हाथ से सँड़सी ले लेनी चाही।

'दूर रहो। फूहड़ तो तुम हो ही। कहीं पतीली पाँव पर गिरा ली, तो महीनों झींकोगे।'

जुगल के मुख पर उदासी छा गयी।

आशा ने मुस्कराकर पूछा—क्यों, मुँह क्यों लटक गया सरकार का?

जुगल रुआँसा होकर बोला—आप मुझे डाँट देती हैं, बहूजी, तब मेरा दिल टूट जाता है। सरकार कितना ही घुड़कें, मुझे बिल्कुल ही दुःख नहीं होता। आपकी नजर कड़ी देखकर मेरा खून सर्द हो जाता है।

आशा ने दिलासा दिया—मैंने तुम्हें डाँटा तो नहीं, केवल यही तो कहा कि कहीं पतीली तुम्हारे पाँव पर गिर पड़े तो क्या हो?

'हाथ ही तो आपका भी है। कहीं आपके ही हाथ से छूट पड़े तो?'

लाला डंगामल ने रसोई-घर के द्वार पर आकर कहा—आशा, जरा यहाँ आना। देखो, तुम्हारे लिए कितने सुन्दर गमले लाया हूँ। तुम्हारे कमरे के सामने रखे जायेंगे। तुम यहाँ धुएँ-धक्कड़ में क्यों हलाकान होती हो? इस लड़के से कह दो कि जल्दी महाराज को बुलाये। नहीं तो मैं कोई दूसरा आदमी रख लूँगा। महाराजों की कमी नहीं है। आखिर कब तक कोई रिआयत करे, गधे को जरा भी तमीज नहीं आयी। सुनता है जुगल, लिख दे आज अपने बाप को।

चूल्हे पर तवा रखा हुआ था। आशा रोटियाँ बेलने में लगी थी। जुगल तवे के लिए रोटियों का इन्तजार कर रहा था। ऐसी हालत में भला आशा कैसे गमले देखने जाती?

उसने कहा—जुगल रोटियाँ टेढ़ी-मेढ़ी बेल डालेगा।

लालाजी ने कुछ चिढ़कर कहा—अगर रोटियाँ टेढ़ी-मेढ़ी बेलेगा, तो निकाल दिया जायेगा!

आशा अनसुनी करके बोली—दस-पाँच दिन में सीख जायेगा, निकालने की क्या जरूरत है?

'तुम आकर बतला दो, गमले कहाँ रखे जायें।'

'कहती तो हूँ, रोटियाँ बेलकर आयी जाती हूँ।'

'नहीं, मैं कहता हूँ तुम रोटियाँ मत बेलो।'

'आप तो ख्वामख्वाह जिद करते हैं।'

लालाजी सन्नाटे में आ गये। आशा ने कभी इतनी रुखाई से उन्हें जवाब न दिया था। और यह केवल रुखाई न थी, इसमें कटुता भी थी। लज्जित

होकर चले गये। उन्हें ऐसा क्रोध आ रहा था कि इन गमलों को तोड़कर फेंक दें और सारे पौधों को चूल्हे में डाल दें।

जुगल ने सहमे हुए स्वर में कहा—आप चली जायें बहूजी, सरकार बिगड़ जायेंगे।

'बको मत, जल्दी-जल्दी फुलके सेंको, नहीं तो निकाल दिये जाओगे। और आज मुझसे रुपये लेकर अपने लिए कपड़े बनवा लो। भिखमंगों की-सी सूरत बनाये घूमते हो। और बाल क्यों इतने बढ़ा रखे हैं? तुम्हें नाई भी नहीं जुड़ता?'

जुगल ने दूर की बात सोची। बोला—कपड़े बनवा लूँ, तो दादा को हिसाब क्या दूँगा?

'अरे पागल! मैं हिसाब में नहीं देने कहती। मुझसे ले जाना।'

जुगल काहिलपन की हँसी हँसा।

'आप बनवायेंगी, तो अच्छे कपड़े लूँगा। खद्दर के मलमल का कुर्त्ता, खद्दर की धोती, रेशमी चादर, अच्छा-सा चप्पल।'

आशा ने मीठी मुसकान से कहा—और अगर अपने दाम से बनवाने पड़े।

'तब कपड़े ही क्यों बनवाऊँगा?'

'बड़े चालाक हो तुम।'

जुगल ने अपनी बुद्धिमत्ता का प्रदर्शन किया—आदमी अपने घर में सूखी रोटियाँ खाकर सो रहता है, लेकिन दावत में तो अच्छे-अच्छे पकवान ही खाता है। वहाँ भी यदि रूखी रोटियाँ मिलें, तो वह दावत में जाय ही नहीं।

'यह सब मैं नहीं जानती। एक गाढ़े का कुर्त्ता बनवा लो और एक टोपी ले लो, हजामत के लिए दो आने पैसे ऊपर से ले लो।'

जुगल ने मान करके कहा—रहने दीजिए। मैं नहीं लेता। अच्छे कपड़े पहनकर निकलूँगा, तब तो आपकी याद आवेगी। सड़ियल कपड़े पहनकर तो और जी जलेगा।

'तुम स्वार्थी हो, मुफ्त के कपड़े लोगे और साथ ही बढ़िया भी।'

'जब यहाँ से जाने लगूँ, तब आप मुझे अपना एक चित्र दीजिएगा।'

'मेरा चित्र लेकर क्या करोगे?'

'अपनी कोठरी में लगाऊँगा और नित्य देखा करूँगा। बस, वही साड़ी पहनकर खिंचवाना, जो कल पहनी थी और वही मोतियों की माला भी हो। मुझे नंगी-नंगी सूरत अच्छी नहीं लगती। आपके पास तो बहुत गहने होंगे। आप पहनती क्यों नहीं!'

'तो तुम्हें गहने अच्छे लगते हैं?'

'बहुत।'

लालाजी ने फिर आकर जलते हुए मन से कहा—अभी तक तुम्हारी रोटियाँ नहीं पकीं जुगल? अगर कल से तूने अपने-आप अच्छी रोटियाँ न पकायीं तो मैं तुझे निकाल दूँगा।

आशा ने तुरन्त हाथ-मुँह धोया और बड़े प्रसन्न मन से लालाजी के साथ गमले देखने चली। इस समय उसकी छवि में प्रफुल्लता की रौनक थी, बातों में भी जैसे शक्कर घुली हुई थी। लालाजी का सारा खिसियानापन मिट गया था।

उसने गमलों को मुग्ध आँखों से देखा। उसने कहा—मैं इनमें से कोई गमला न जाने दूँगी। सब मेरे कमरे के सामने रखवाना, सब! कितने सुन्दर पौधे हैं, वाह! इनके हिन्दी नाम भी मुझे बतला देना।

लालाजी ने छेड़ा—सब गमले क्या करोगी? दस-पाँच पसन्द कर लो। शेष मैं बाहर रखवा दूँगा।

'जी नहीं। मैं एक भी न छोड़ूँगी। सब यहीं रखे जायेंगे।'

'बड़ी लालचिन हो तुम।'

'लालचिन ही सही। मैं आपको एक भी न दूँगी।'

'दो-चार तो दे दो? इतनी मेहनत से लाया हूँ।'

'जी नहीं, इनमें से एक भी न मिलेगा।'

□□

दूसरे दिन आशा ने अपने को आभूषण से खूब सजाया और फीरोजी साड़ी पहनकर निकली, तब लालाजी की आँखों में ज्योति आ गयी। समझे, अवश्य ही अब उनके प्रेम का जादू 'कुछ-कुछ' चल रहा है। नहीं तो उनके बार-बार के आग्रह करने पर भी, बार-बार याचना करने पर भी, उसने कोई आभूषण न पहना था। कभी-कभी मोतियों का हार गले में डाल लेती थी, वह भी ऊपरी मन से। आज वह आभूषणों से अलंकृत होकर फूली नहीं समाती, इतरायी जाती है, मानो कहती हो, देखो, मैं कितनी सुन्दर हूँ!

पहले जो बन्द कली थी, वह आज खिल गयी थी।

लालाजी पर घड़ों नशा चढ़ा हुआ था। वे चाहते थे, उनके मित्र और बन्धु-वर्ग आकर इस सोने की रानी के दर्शनों से अपनी आँखें ठण्डी करें। देखें कि वह कितनी सुखी, सन्तुष्ट और प्रसन्न है। जिन विद्रोहियों ने विवाह

के समय तरह-तरह की शंकाएँ की थीं, वे आँखें खोलकर देखें कि डंगामल कितना सुखी है। विश्वास, अनुराग और अनुभव ने चमत्कार किया है!

उन्होंने प्रस्ताव किया—चलो, कहीं घूम आयें। बड़ी मजेदार हवा चल रही है।

आशा इस वक्त कैसे जा सकती थी? अभी उसे रसोई में जाना था, वहाँ से कहीं बारह-एक बजे फुर्सत मिलेगी। फिर घर के दूसरे धन्धे सिर पर 'सवार' हो जायेंगे। सैर-सपाटे के पीछे क्या घर चौपट कर दें?

सेठजी ने उसका हाथ पकड़ लिया और कहा—नहीं, आज मैं तुम्हें रसोई में न जाने दूँगा।

'महाराज के किये कुछ न होगा।'

'तो आज उसकी शामत भी आ जायेगी।'

आशा के मुख पर से वह प्रफुल्लता जाती रही। मन भी उदास हो गया। एक सोफा पर लेटकर बोली—आज न-जाने क्यों कलेजे में मीठा-मीठा दर्द हो रहा है। ऐसा दर्द कभी नहीं होता था।

सेठजी घबरा उठे।

'यह दर्द कब से हो रहा है?'

'हो तो रहा है रात से ही, लेकिन अभी कुछ कम हो गया था। अब फिर होने लगा है। रह-रहकर जैसे चुभन हो जाती है।'

सेठजी एक बात सोचकर दिल-ही-दिल में फूल उठे। अब वे गोलियाँ रंग ला रही हैं। राजवैद्यजी ने कहा भी था कि जरा सोच-समझकर इनका सेवन कीजिएगा। क्यों न हो! खानदानी वैद्य हैं। इनके बाप बनारस के महाराज के चिकित्सक थे। पुराने और परीक्षित नुस्खे हैं इनके पास! उन्होंने कहा—तो रात से ही यह दर्द हो रहा है? तुमने मुझसे कहा नहीं, नहीं तो वैधजी से कोई दवा मँगवाता।

'मैंने समझा था, आप-ही-आप अच्छा हो जायेगा, मगर अब बढ़ रहा है।'

'कहाँ दर्द हो रहा है? जरा देखूँ! कुछ सूजन तो नहीं है?'

सेठजी ने आशा के आँचल की तरफ हाथ बढ़ाया। आशा ने शर्माकर सिर झुका लिया। उसने कहा—यह तुम्हारी शरारत मुझे अच्छी नहीं लगती। मैं अपनी जान से मरती हूँ तुम्हें हँसी सूझती है। जाकर कोई दवा ला दो।

सेठजी अपने पुंसत्व का यह डिप्लोमा पाकर उससे कहीं ज्यादा प्रसन्न हुए, जितना रायबहादुरी पाकर होते। इस विजय का डंका पीटे बिना उन्हें कैसे

चैन आ सकता था? जो लोग उनके विवाह के विषय में द्वेषमय टिप्पणियाँ कर रहे थे, उन्हें नीचा दिखाने का कितना अच्छा अवसर हाथ आया है और इतनी जल्दी।

पहले पण्डित भोलानाथ के पास गये और भाग्य ठोंककर बोले—भई, मैं तो बड़ी विपत्ति में फँस गया। कल से उनके कलेजे में दर्द हो रहा है। कुछ बुद्धि काम नहीं करती। कहती है, ऐसा दर्द पहले कभी नहीं हुआ था।

भोलानाथ ने कुछ बहुत हमदर्दी न दिखायी।

सेठजी यहाँ से उठकर अपने दूसरे मित्र लाला फागमल के पास पहुँचे, और उनसे भी लगभग इन्हीं शब्दों में यह शोक-सम्वाद कहा।

फागमल बड़ा शोहदा था। मुस्कराकर बोला—मुझे तो आपकी शरारत मालूम होती है।

सेठजी की बाँछें खिल गयीं। उन्होंने कहा—मैं अपना दुःख सुना रहा हूँ और तुम्हें दिल्लगी सूझती है, जरा भी आदमीयत तुममें नहीं है।

'मैं दिल्लगी नहीं कर रहा हूँ। इसमें दिल्लगी की क्या बात है? वे हैं कमसिन, कोमलांगी, आप ठहरे पुराने लठैत, दंगल के पहलवान! बस! अगर यह बात न निकले, तो मूँछें मुड़ा लूँ।'

सेठ की आँखें जगमगा उठीं। मन में यौवन की भावना प्रबल हो उठी और उसके साथ ही मुख पर भी यौवन की झलक आ गयी। छाती जैसे कुछ फैल गयी। चलते समय उनके पग कुछ अधिक मजबूती से जमीन पर पड़ने लगे और सिर की टोपी भी न जाने कैसे बाँकी हो गयी। आकृति से बाँकपन की शान बरसने लगी।

□□

जुगल ने आशा को सिर से पाँव तक जगमगाते देखकर कहा—बस बहूजी, आप इसी तरह पहने-ओढ़े रहा करें। आज मैं आपको चूल्हे के पास न आने दूँगा।

आशा ने नयन-बाण चलाकर कहा—क्यों, आज यह नया हुक्म क्यों? पहले तो तुमने कभी मना नहीं किया।

'आज की बात दूसरी है।'

'जरा सुनूँ, क्या बात है?'

'मैं डरता हूँ, आप कहीं नाराज न हो जायें?'

'नहीं-नहीं, कहो, मैं नाराज न होऊँगी।'

'आज आप बहुत सुन्दर लग रही हैं।'

लाला डंगामल ने असंख्य बार आशा के रूप और यौवन की प्रशंसा की थी; मगर उनकी प्रशंसा में उसे बनावट की गन्ध आती थी। वह शब्द उनके मुख से निकलकर कुछ ऐसे लगते थे, जैसे कोई पंगु दौड़ने की चेष्टा कर रहा हो। जुगल के इन सीधे शब्दों में एक उन्माद था, नशा था, एक चोट थी? आशा की सारी देह प्रकम्पित हो गयी।

'तुम मुझे नजर लगा दोगे जुगल, इस तरह क्यों घूरते हो?'

'जब यहाँ से चला जाऊँगा, तब आपकी बहुत याद आयेगी।'

'रसोई पकाकर तुम सारे दिन क्या किया करते हो? दिखायी नहीं देते!'

'सरकार रहते हैं, इसीलिए, नहीं आता। फिर अब तो मुझे जवाब मिल रहा है। देखिए, भगवान् कहाँ ले जाते हैं।'

आशा की मुख-मुद्रा कठोर हो गयी। उसने कहा—कौन तुम्हें जवाब देता है?

'सरकार ही तो कहते हैं, तुझे निकाल दूँगा।'

'अपना काम किये जाओ, कोई नहीं निकालेगा। अब तो तुम फुलके भी अच्छे बनाने लगे।'

'सरकार हैं बड़े गुस्सेवर।'

'दो-चार दिन में उनका मिजाज ठीक किये देती हूँ।'

'आपके साथ चलते हैं तो आपके बाप-से लगते हैं।'

'तुम बड़े मुँहफट हो। खबरदार, जबान सँभालकर बातें किया करो।'

किन्तु अप्रसन्नता का यह झीना आवरण उसके मनोरहस्य को न छिपा सका। वह प्रकाश की भाँति उसके अन्दर से निकला पड़ता था।

जुगल ने फिर उसी निर्भीकता से कहा—मेरा मुँह कोई बन्द कर ले, यहाँ यों सभी यही कहते हैं। मेरा ब्याह कोई 50 साल की बुढ़िया से कर दे, तो मैं घर छोड़कर भाग जाऊँ। या तो खुद जहर खा लूँ या उसे जहर देकर मार डालूँ। फाँसी ही तो होगी?

आशा उस कृत्रिम क्रोध को कायम न रख सकी। जुगल ने उसकी हृदयवीणा के तारों पर मिज़राब की ऐसी चोट मारी थी कि उसके बहुत ज़ब्त करने पर भी मन की व्यथा बाहर निकल आयी। उसने कहा—भाग्य भी तो कोई वस्तु है।

'ऐसा भाग्य जाय भाड़ में।'

'तुम्हारा ब्याह किसी बुढ़िया से ही करूँगी, देख लेना!'

'तो मैं भी जहर खा लूँगा। देख लीजिएगा।'

'क्यों बुढ़िया तुम्हें जवान स्त्री से ज्यादा प्यार करेगी, ज्यादा सेवा करेगी। तुम्हें सीधे रास्ते पर रखेगी।'

'यह सब माँ का काम है। बीवी जिस काम के लिए है, उसी काम के लिए है।'

'आखिर बीवी किस काम के लिए है?'

मोटर की आवाज आयी। न-जाने कैसे आशा के सिर का अंचल खिसककर कन्धे पर आ गया। उसने जल्दी से अंचल खींचकर सिर पर कर लिया और यह कहती हुई अपने कमरे की ओर लपकी कि लाला भोजन करके चले जायें, तब आना।

(प्रथम प्रकाशन : चंदन/सितम्बर 1931)

सद्गति

दुखी चमार द्वार पर झाड़ू लगा रहा था और उसकी पत्नी झुरिया, घर को गोबर से लीप रही थी। दोनों अपने-अपने काम से फुर्सत पा चुके थे, तो चमारिन ने कहा—तो जाके पण्डित बाबा से कह आओ न। ऐसा न हो कहीं चले जायें।

दुखी—हाँ जाता हूँ, लेकिन यह तो सोच, बैठेंगे किस चीज पर?

झुरिया—कहीं से खटिया न मिल जायेगी? ठकुराने से माँग लाना।

दुखी—तू तो कभी-कभी ऐसी बात कह देती है कि देह जल जाती है। ठकुराने वाले मुझे खटिया देंगे! आग तक तो घर से निकलती नहीं, खटिया देंगे! कैथाने में जाकर एक लोटा पानी माँगूँ तो न मिले। भला खटिया कौन देगा! हमारे उपले, सेंठे, भूसा, लकड़ी थोड़े ही हैं कि जो चाहे उठा ले जायें। ले अपनी खटोली धोकर रख दे। गरमी के तो दिन हैं। उनके आते-आते सूख जायेगी।

झुरिया—वह हमारी खटोली पर बैठेंगे नहीं। देखते नहीं कितने नेम-धरम से रहते हैं।

दुखी ने जरा चिन्तित होकर कहा—हाँ, यह बात तो है। महुए के पत्ते तोड़कर एक पत्तल बना लूँ तो ठीक हो जाय। पत्तल में बड़े-बड़े आदमी खाते हैं। वह पवित्तर है। ला तो डण्डा, पत्ते तोड़ लूँ।

झुरिया—पत्तल मैं बना लूँगी, तुम जाओ। लेकिन हाँ, उन्हें सीधा भी तो देना होगा। अपनी थाली में रख दूँ?

दुखी—कहीं ऐसा गजब न करना, नहीं तो सीधा भी जाय और थाली भी फूटे! बाबा थाली उठाकर पटक देंगे। उनको बड़ी जल्दी किरोध चढ़ आता है। किरोध में पण्डिताइन तक को छोड़ते नहीं, लड़के को ऐसा पीटा कि आज तक टूटा हाथ लिए फिरता है। पत्तल में सीधा भी देना, हाँ। मुदा तू छूना मत। झूरी गोंड़ की लड़की को लेकर साह की दूकान से सब चीजें ले आना। सीधा भरपूर हो। सेर भर आटा, आध सेर चावल, पाव भर दाल, आध पाव घी, नोन, हल्दी और पत्तल में एक किनारे चार आने पैसे रख देना। गोंड़ की

लड़की न मिले तो भुर्जिन के हाथ-पैर जोड़कर ले जाना। तू कुछ मत छूना, नहीं गजब हो जायेगा।

इन बातों की ताकीद करके दुखी ने लकड़ी उठाई और घास का एक बड़ा-सा गट्ठा लेकर पण्डितजी से अर्ज करने चला। खाली हाथ बाबाजी की सेवा में कैसे जाता। नजराने के लिए उसके पास घास के सिवाय और क्या था। उसे खाली देखकर तो बाबा दूर ही से दुत्कारते।

2

पं. घासीराम ईश्वर के परम भक्त थे। नींद खुलते ही ईशोपासन में लग जाते। मुँह-हाथ धोते आठ बजते, तब असली पूजा शुरू होती, जिसका पहला भाग भंग की तैयारी थी। उसके बाद आध घण्टे तक चन्दन रगड़ते, फिर आईने के सामने एक तिनके से माथे पर तिलक लगाते। चन्दन की दो रेखाओं के बीच में लाल रोरी की बिन्दी होती थी। फिर छाती पर, बाहों पर चन्दन की गोल-गोल मुद्रिकाएँ बनाते। फिर ठाकुरजी की मूर्ति निकालकर उसे नहलाते, चन्दन लगाते, फूल चढ़ाते, आरती करते, घण्टी बजाते। दस बजते-बजते वह पूजन से उठते और भंग छानकर बाहर आते। तब तक दो-चार जजमान द्वार पर आ जाते! ईशोपासन का तत्काल फल मिल जाता। वही उनकी खेती थी।

आज वह पूजन-गृह से निकले, तो देखा दुखी चमार घास का एक गट्ठा लिए बैठा है। दुखी उन्हें देखते ही उठ खड़ा हुआ और उन्हें साष्टांग दण्डवत् करके हाथ बाँधकर खड़ा हो गया। यह तेजस्वी मूर्ति देखकर उसका हृदय श्रद्धा से परिपूर्ण हो गया! कितनी दिव्य मूर्ति थी। छोटा-सा गोल-मटोल आदमी, चिकना सिर, फूले गाल, ब्रह्मतेज से प्रदीप्त आँखें। रोरी और चन्दन देवताओं की प्रतिभा प्रदान कर रही थी। दुखी को देखकर श्रीमुख से बोले—आज कैसे चला रे दुखिया?

दुखी ने सिर झुकाकर कहा—बिटिया की सगाई कर रहा हूँ महाराज। कुछ साइत-सगुन विचारना है। कब मर्जी होगी?

घासी—आज मुझे छुट्टी नहीं। हाँ साँझ तक आ जाऊँगा।

दुखी—नहीं महराज, जल्दी मर्जी हो जाय। सब सामान ठीक कर आया हूँ। यह घास कहाँ रख दूँ?

घासी—इस गाय के सामने डाल दे और जरा झाड़ू लेकर द्वार तो साफ कर दे। यह बैठक भी कई दिन से लीपी नहीं गयी। उसे भी गोबर से लीप

दे। तब तक मैं भोजन कर लूँ। फिर जरा आराम करके चलूँगा। हाँ, यह लकड़ी भी चीर देना। खलिहान में चार खाँची भूसा पड़ा है। उसे भी उठा लाना और भुसौली में रख देना।

दुखी फौरन हुक्म की तामील करने लगा। द्वार पर झाड़ू लगाई, बैठक को गोबर से लीपा। तब बारह बज गये। पण्डितजी भोजन करने चले गये। दुखी ने सुबह से कुछ नहीं खाया था। उसे भी जोर की भूख लगी; पर वहाँ खाने को क्या धरा था। घर यहाँ से मील भर था। वहाँ खाने चला जाय, तो पण्डितजी बिगड़ जायें। बेचारे ने भूख दबाई और लकड़ी फाड़ने लगा। लकड़ी की मोटी-सी गाँठ थी; जिस पर पहले कितने ही भक्तों ने अपना जोर आजमा लिया था। वह उसी दम-खम के साथ लोहे से लोहा लेने के लिए तैयार थी। दुखी घास छीलकर बाजार ले जाता था। लकड़ी चीरने का उसे अभ्यास न था। घास उसके खुरपे के सामने सिर झुका देती थी। यहाँ कस-कसकर कुल्हाड़ी का भरपूर हाथ लगाता; पर उस गाँठ पर निशान तक न पड़ता था। कुल्हाड़ी उचट जाती। पसीने में तर था, हाँफता था, थककर बैठ जाता था, फिर उठता था। हाथ उठाये न उठते थे, पाँव काँप रहे थे, कमर न सीधी होती थी, आँखों तले अँधेरा हो रहा था, सिर में चक्कर आ रहे थे, तितलियाँ उड़ रही थीं, फिर भी अपना काम किये जाता था। अगर एक चिलम तम्बाकू पीने को मिल जाती, तो शायद कुछ ताकत आती। उसने सोचा, यहाँ चिलम और तम्बाकू कहाँ मिलेगी। बाह्मनों का पूरा गाँव है। बाह्मन लोग हम नीच जातों की तरह तम्बाकू थोड़े ही पीते हैं। सहसा उसे याद आया कि गाँव में एक गोंड़ भी रहता है। उसके यहाँ जरूर चिलम-तमाखू होगी। तुरत उसके घर दौड़ा। खैर मेहनत सुफल हुई। उसने तमाखू भी दी और चिलम भी दी; पर आग वहाँ न थी। दुखी ने कहा—आग की चिन्ता न करो भाई। मैं जाता हूँ, पण्डितजी के घर से आग माँग लूँगा। वहाँ तो अभी रसोई बन रही थी।

यह कहता हुआ वह दोनों चीज़ें लेकर चला आया और पण्डितजी के घर में बरौठे के द्वार पर खड़ा होकर बोला—मालिक, रचिके आग मिल जाय, तो चिलम पी लें।

पण्डितजी भोजन कर रहे थे। पण्डिताइन ने पूछा—यह कौन आदमी आग माँग रहा है?

पण्डित—अरे वही ससुरा दुखिया चमार है। कहा है थोड़ी-सी लकड़ी चीर दे। आग तो है, दे दो।

पण्डिताइन ने भँवें चढ़ाकर कहा—तुम्हें तो जैसे पोथी-पत्रे के फेर में धरम-करम किसी बात की सुधि ही नहीं रही। चमार हो, धोबी हो, पासी हो, मुँह उठाये घर में चला आये। हिन्दू का घर न हुआ, कोई सराय हुई। कह दो दाढ़ीजार से चला जाय, नहीं तो इस लुआठे से मुँह झुलस दूँगी। आग माँगने चले हैं।

पण्डितजी ने उन्हें समझाकर कहा—भीतर आ गया, तो क्या हुआ। तुम्हारी कोई चीज तो नहीं छुई। धरती पवित्र है। जरा-सी आग दे क्यों नहीं देती, काम तो हमारा ही कर रहा है। कोई लोनिया यही लकड़ी फाड़ता, तो कम-से-कम चार आने लेता।

पण्डिताइन ने गरजकर कहा—वह घर में आया क्यों!

पण्डित ने हारकर कहा—ससुरे का अभाग था और क्या!

पण्डिताइन—अच्छा, इस बखत तो आग दिये देती हूँ, लेकिन फिर जो इस तरह घर में आयेगा, तो उसका मुँह ही जला दूँगी।

दुखी के कानों में इन बातों की भनक पड़ रही थी। पछता रहा था, नाहक आया। सच तो कहती हैं। पण्डित के घर में चमार कैसे चला आये। बड़े पवित्तर होते हैं यह लोग, तभी तो संसार पूजता है, तभी तो इतना मान है। भर-चमार थोड़े ही हैं। इसी गाँव में बूढ़ा हो गया; मगर मुझे इतनी अकल भी न आयी।

इसलिए जब पण्डिताइन आग लेकर निकलीं, तो वह मानो स्वर्ग का वरदान पा गया। दोनों हाथ जोड़कर जमीन पर माथा टेकता हुआ बोला—पड़ाइन माता, मुझसे बड़ी भूल हुई कि घर में चला आया। चमार की अकल ही तो ठहरी। इतने मूरख न होते, तो लात क्यों खाते। पण्डिताइन चिमटे से पकड़कर आग लाई थीं। पाँच हाथ की दूरी से घूँघट की आड़ से दुखी की तरफ आग फेंकी। आग की बड़ी-सी चिनगारी दुखी के सिर पर पड़ गयी। जल्दी से पीछे हटकर सिर के झोटे देने लगा। उसने मन में कहा—यह एक पवित्तर बाह्मन के घर को अपवित्तर करने का फल है। भगवान ने कितनी जल्दी फल दे दिया। इसी से तो संसार पण्डितों से डरता है। और सबके रुपये मारे जाते हैं बाह्मन के रुपये भला कोई मार तो ले! घर भर का सत्यानाश हो जाय, पाँव गल-गलकर गिरने लगे।

बाहर आकर उसने चिलम पी और फिर कुल्हाड़ी लेकर जुट गया। खट-खट की आवाजें आने लगीं।

उस पर आग पड़ गयी, तो पण्डिताइन को उस पर कुछ दया आ गयी। पण्डितजी भोजन करके उठे, तो बोलीं—इस चमरवा को भी कुछ खाने को दे दो, बेचारा कब से काम कर रहा है। भूखा होगा।

पण्डितजी ने इस प्रस्ताव को व्यावहारिक क्षेत्र से दूर समझकर पूछा—रोटियाँ हैं ?

पण्डिताइन—दो-चार बच जायेंगी।

पण्डित—दो-चार रोटियों में क्या होगा ? चमार है, कम से कम सेर भर चढ़ा जायेगा।

पण्डिताइन कानों पर हाथ रखकर बोलीं—अरे बाप रे ! सेर भर ! तो फिर रहने दो।

पण्डितजी ने अब शेर बनकर कहा—कुछ भूसी-चोकर हो तो आटे में मिलाकर दो ठो लिट्टा ठोंक दो। साले का पेट भर जायेगा। पतली रोटियों से इन नीचों का पेट नहीं भरता। इन्हें तो जुआर का लिट्टा चाहिए।

पण्डिताइन ने कहा—अब जाने भी दो, धूप में कौन मरे।

3

दुखी ने चिलम पीकर फिर कुल्हाड़ी सँभाली। दम लेने से जरा हाथों में ताकत आ गयी थी। कोई आध घण्टे तक फिर कुल्हाड़ी चलाता रहा। फिर बेदम होकर वहीं सिर पकड़ के बैठ गया।

इतने में वही गोंड़ आ गया। बोला—क्यों जान देते हो बूढ़े दादा, तुम्हारे फाड़े यह गाँठ न फटेगी। नाहक हलकान होते हो।

दुखी ने माथे का पसीना पोंछकर कहा—अभी गाड़ी भर भूसा ढोना है भाई !

गोंड़—कुछ खाने को मिला कि काम ही कराना जानते हैं। जाके माँगते क्यों नहीं ?

दुखी—कैसी बात करते हो चिखुरी, बाह्मन की रोटी हमको पचेगी !

गोंड़—पचने को पच जायेगी, पहले मिले तो। मूँछों पर ताव देकर भोजन किया और आराम से सोये, तुम्हें लकड़ी फाड़ने का हुक्म लगा दिया। जमींदार भी कुछ खाने को देता है। हाकिम भी बेगार लेता है, तो थोड़ी बहुत मजूरी देता है। यह उनसे भी बढ़ गये, उस पर धर्मात्मा बनते हैं।

दुखी—धीरे-धीरे बोलो भाई, कहीं सुन लें तो आफत आ जाय।

यह कहकर दुखी फिर सँभल पड़ा और कुल्हाड़ी की चोट मारने लगा। चिखुरी को उस पर दया आयी। आकर कुल्हाड़ी उसके हाथ से छीन ली और कोई आध घण्टे खूब कस-कसकर कुल्हाड़ी चलाई; पर गाँठ में एक दरार भी न पड़ी। तब उसने कुल्हाड़ी फेंक दी और यह कहकर चला गया—तुम्हारे फाड़े यह न फटेगी, जान भले निकल जाय।

दुखी सोचने लगा, बाबा ने यह गाँठ कहाँ रख छोड़ी थी कि फाड़े नहीं फटती। कहीं दरार तक तो नहीं पड़ती। मैं कब तक इसे चीरता रहूँगा। अभी घर पर सौ काम पड़े हैं। कार-परोजन का घर है, एक-न-एक चीज घटी ही रहती है; पर इन्हें इसकी क्या चिन्ता। चलूँ जब तक भूसा ही उठा लाऊँ। कह दूँगा, बाबा, आज तो लकड़ी नहीं फटी, कल आकर फाड़ दूँगा।

उसने झौवा उठाया और भूसा ढोने लगा। खलिहान यहाँ से दो फरलांग से कम न था। अगर झौवा खूब भर-भर कर लाता तो काम जल्द खत्म हो जाता; फिर झौवे को उठाता कौन। अकेले भरा हुआ झौवा उससे न उठ सकता था। इसलिए थोड़ा-थोड़ा लाता था। चार बजे कहीं भूसा खत्म हुआ। पण्डितजी की नींद भी खुली। मुँह-हाथ धोया, पान खाया और बाहर निकले। देखा, तो दुखी झौवा सिर पर रखे सो रहा है। जोर से बोले—अरे, दुखिया तू सो रहा है? लकड़ी तो अभी ज्यों की त्यों पड़ी हुई है। इतनी देर तू करता क्या रहा? मुट्ठी भर भूसा ढोने में संझा कर दी! उस पर सो रहा है। उठा ले कुल्हाड़ी और लकड़ी फाड़ डाल। तुझसे जरा-सी लकड़ी नहीं फटती। फिर साइत भी वैसी ही निकलेगी, मुझे दोष मत देना! इसी से कहा है कि नीच के घर में खाने को हुआ और उसकी आँख बदली।

दुखी ने फिर कुल्हाड़ी उठाई। जो बातें पहले से सोच रखी थीं, वह सब भूल गयीं। पेट पीठ में धँसा जाता था, आज सबेरे जलपान तक न किया था। अवकाश ही न मिला। उठना ही पहाड़ मालूम होता था। जी डूबा जाता था, पर दिल को समझाकर उठा। पण्डित हैं, कहीं साइत ठीक न विचारें, तो फिर सत्यानाश ही हो जाय। जभी तो संसार में इतना मान है। साइत ही का तो सब खेल है। जिसे चाहे बिगाड़ दें। पण्डितजी गाँठ के पास आकर खड़े हो गये और बढ़ावा देने लगे—हाँ, मार कसके, और मार—कसके मार—अबे जोर से मार—तेरे हाथ में तो जैसे दम ही नहीं है—लगा कसके, खड़ा सोचने क्या लगता है—हाँ—बस फटा ही चाहती है! दे उसी दरार में!

दुखी अपने होश में न था। न-जाने कौन-सी गुप्तशक्ति उसके हाथों को

चला रही थी। वह थकान, भूख, कमजोरी सब मानो भाग गयी। उसे अपने बाहुबल पर स्वयं आश्चर्य हो रहा था। एक-एक चोट वज्र की तरह पड़ती थी। आध घण्टे तक वह इसी उन्माद की दशा में हाथ चलाता रहा, यहाँ तक कि लकड़ी बीच से फट गयी—और दुखी के हाथ से कुल्हाड़ी छूटकर गिर पड़ी। इसके साथ वह भी चक्कर खाकर गिर पड़ा। भूखा, प्यासा, थका हुआ शरीर जवाब दे गया।

पण्डितजी ने पुकारा—उठके दो-चार हाथ और लगा दे। पतली-पतली चैलियाँ हो जायें। दुखी न उठा। पण्डितजी ने अब उसे दिक करना उचित न समझा। भीतर जाकर बूटी छानी, शौच गये, स्नान किया और पण्डिताई बाना पहनकर बाहर निकले! दुखी अभी तक वहीं पड़ा हुआ था। जोर से पुकारा—अरे क्या पड़े ही रहोगे दुखी, चलो तुम्हारे ही घर चल रहा हूँ। सब सामान ठीक-ठीक है न? दुखी फिर भी न उठा।

अब पण्डितजी को कुछ शंका हुई। पास जाकर देखा, तो दुखी अकड़ा पड़ा हुआ था। बदहवास होकर भागे और पण्डिताइन से बोले—दुखिया तो जैसे मर गया।

पण्डिताइन हकबकाकर बोलीं—वह तो अभी लकड़ी चीर रहा था न?

पण्डित—हाँ लकड़ी चीरते-चीरते मर गया। अब क्या होगा?

पण्डिताइन ने शान्त होकर कहा—होगा क्या, चमरौने में कहला भेजो मुर्दा उठा ले जायें।

एक क्षण में गाँव भर में खबर हो गयी। पूरे में ब्राह्मनों की ही बस्ती थी। केवल एक घर गोंड़ का था। लोगों ने इधर का रास्ता छोड़ दिया। कुएँ का रास्ता उधर ही से था, पानी कैसे भरा जाय! चमार की लाश के पास से होकर पानी भरने कौन जाय। एक बुढ़िया ने पण्डितजी से कहा—अब मुर्दा फेंकवाते क्यों नहीं? कोई गाँव में पानी पीयेगा या नहीं।

इधर गोंड़ ने चमरौने में जाकर सबसे कह दिया—खबरदार, मुर्दा उठाने मत जाना। अभी पुलिस की तहकीकात होगी। दिल्लगी है कि एक गरीब की जान ले ली। पण्डितजी होंगे, तो अपने घर के होंगे। लाश उठाओगे तो तुम भी पकड़ जाओगे।

इसके बाद ही पण्डितजी पहुँचे; पर चमरौने का कोई आदमी लाश उठा लाने को तैयार न हुआ, हाँ दुखी की स्त्री और कन्या दोनों हाय-हाय करती वहाँ चलीं और पण्डितजी के द्वार पर आकर सिर पीट-पीटकर रोने लगीं। उनके साथ दस-पाँच और चमारिनें थीं। कोई रोती थी, कोई समझाती थी,

पर चमार एक भी न था। पण्डितजी ने चमारों को बहुत धमकाया, समझाया, मिन्नत की; पर चमारों के दिल पर पुलिस का रोब छाया हुआ था, एक भी न मिनका। आखिर निराश होकर लौट आये।

4

आधी रात तक रोना-पीटना जारी रहा। देवताओं का सोना मुश्किल हो गया। पर लाश उठाने कोई चमार न आया और ब्राह्मन चमार की लाश कैसे उठाते! भला ऐसा किसी शास्त्र-पुराण में लिखा है? कहीं कोई दिखा दे।

पण्डिताइन ने झुँझलाकर कहा—इन डाइनों ने तो खोपड़ी चाट डाली। सभों का गला भी नहीं पकता।

पण्डित ने कहा—रोने दो चुड़ैलों को, कब तक रोयेंगी। जीता था, तो कोई बात न पूछता था। मर गया, तो कोलाहल मचाने के लिए सब की सब आ पहुँचीं।

पण्डिताइन—चमार का रोना मनहूस है।

पण्डित—हाँ, बहुत मनहूस।

पण्डिताइन—अभी से दुर्गन्ध उठने लगी।

पण्डित—चमार था ससुरा कि नहीं। साध-असाध किसी का विचार है इन सबों को।

पण्डिताइन—इन सबों को घिन भी नहीं लगती।

पण्डित—भ्रष्ट हैं सब।

रात तो किसी तरह कटी; मगर सबेरे भी कोई चमार न आया। चमारिनें भी रो-पीटकर चली गयीं। दुर्गन्ध कुछ-कुछ फैलने लगी।

पण्डितजी ने एक रस्सी निकाली। उसका फन्दा बनाकर मुरदे के पैर में डाला और फन्दे को खींचकर कस दिया। अभी कुछ-कुछ धुँधलका था। पण्डितजी ने रस्सी पकड़कर लाश को घसीटना शुरू किया और गाँव के बाहर घसीट ले गये। वहाँ से आकर तुरन्त स्नान किया, दुर्गापाठ पढ़ा और घर में गंगाजल छिड़का।

उधर दुखी की लाश को खेत में गीदड़ और गिद्ध, कुत्ते और कौए नोच रहे थे। यही जीवन-पर्यन्त की भक्ति, सेवा और निष्ठा का पुरस्कार था।

(प्रथम प्रकाशन : मानसरोवर/अक्टूबर 1931)

गिला

जीवन का बड़ा भाग इसी घर में गुज़र गया, पर कभी आराम न नसीब हुआ। मेरे पति संसार की दृष्टि में बड़े सज्जन, बड़े शिष्ट, बड़े उदार, बड़े सौम्य होंगे; लेकिन जिस पर गुज़रती है वही जानता है। संसार को उन लोगों की प्रशंसा करने में आनन्द आता है, जो अपने घर को भाड़ में झोंक रहे हों, ग़ैरों के पीछे अपना सर्वनाश किये डालते हों। जो प्राणी घरवालों के लिए मरता है, उसकी प्रशंसा संसारवाले नहीं करते। वह तो उनकी दृष्टि में स्वार्थी है, कृपण है, संकीर्ण हृदय है, आचार-भ्रष्ट है। इसी तरह जो लोग बाहरवालों के लिए मरते हैं, उनकी प्रशंसा घरवाले क्यों करने लगे? अब इन्हीं को देखो, सारे दिन मुझे जलाया करते हैं। मैं परदा तो नहीं करती; लेकिन सौदे-सुलफ़ के लिए बाजार जाना बुरा मालूम होता है। और, इनका यह हाल है, कि चीज़ मँगवाओ, तो ऐसी दुकान से लायेंगे, जहाँ कोई ग्राहक भूलकर भी न जाता हो। ऐसी दुकान पर न तो चीज़ अच्छी मिलती है, न तौल ठीक होती है, न दाम ही उचित होते हैं। यह दोष न होते, तो वह दुकान बदनाम ही क्यों होती; पर इन्हें ऐसी ही गयी-बीती दुकानों की चीज़ें लाने का मरज है। बार-बार कह दिया, साहब कि सी चलती हुई दुकान रो सौदे लाया करो। वहाँ माल अधिक खपता है, इसलिए ताज़ा माल आता रहता है; पर इनकी तो टुटपुँजिया से बनती है, और वे इन्हें उल्टे छुरे से मूँडते हैं। गेहूँ लायेंगे, तो सारे बाजार से खराब, घुना हुआ चावल, ऐसा मोटा कि बैल भी न पूछे, दाल में कराई और कंकड़ भरे हुए। मनों लकड़ी जला डालो, क्या मज़ाल कि गले! घी लायेंगे तो आधाआध तेल, या सोलहों आने काकोजेम और दरअसल घी से एक छटाँक कम! तेल लायेंगे तो मिलावट, बालों में डालो, तो चिमट जायें; पर दाम दे आयेंगे शुद्ध आँवले के तेल का! किसी चलती हुई नामी दुकान पर जाते तो इन्हें जैसे डर लगता है। शायद ऊँची दुकान और फीके पकवान के कायल हैं। मेरा अनुभव तो यह है, कि नीची दुकान पर ही सड़े पकवान मिलते हैं।

एक दिन की बात हो, तो बरदाश्त कर ली जाय। रोज़-रोज़ का टंटा नहीं सहा जाता। मैं पूछती हूँ; आखिर आप टुटपुँजियों की दुकान पर जाते ही क्यों हैं? क्या उनके पालन-पोषण का ठीका तुम्हीं ने लिया है? आप फ़रमाते हैं, मुझे देखकर सब-के-सब बुलाने लगते हैं। वाह क्या कहना है! कितनी दूर की बात कही है। ज़रा इन्हें बुला लिया और खुशामद के दो शब्द सुना दिये, थोड़ी-सी स्तुति कर दी, बस आपका मिज़ाज आसमान पर जा पहुँचा। फिर इन्हें सुधि नहीं रहती कि यह कूड़ा-करकट बाँध रहा है या क्या। पूछती हूँ, तुम उस रास्ते से जाते ही क्यों हो? क्यों किसी दूसरे रास्ते से नहीं जाते। ऐसे उठाईगीरों को मुँह ही क्यों लगाते हो? इसका कोई जवाब नहीं? एक चुप सौ बाधाओं को हराती है?

एक बार एक गहना बनवाने को दिया। मैं तो महाशय को जानती थी। इनसे कुछ पूछना व्यर्थ समझा। अपने पहचान के एक सुनार को बुला रही थी। संयोग से आप भी विराजमान थे। बोले—यह सम्प्रदाय विश्वास के योग्य नहीं, धोखा खाओगी। मैं एक सुनार को जानता हूँ, मेरे साथ का पढ़ा हुआ है, बरसों साथ-साथ खेले हैं, वह मेरे साथ चालबाजी नहीं कर सकता। मैंने भी समझा, जब इनका मित्र है और वह भी बचपन का, तो कहाँ तक दोस्ती का हक़ न निभायेगा। सोने का एक आभूषण और सौ रुपये इनके हवाले किये। इस भलेमानस ने वह आभूषण और रुपये न जाने किस बेईमान को दे दिये कि बरसों के झंझट के बाद जब चीज़ बनकर आयी, तो आठ आने ताँबा और इतनी भद्दी कि देखकर घिन लगती थी। बरसों की अभिलाषा धूल में मिल गयी। रो-पीटकर बैठ रही। ऐसे-ऐसे वफ़ादार तो इनके मित्र हैं; जिन्हें मित्र की गरदन पर छुरी फेरने पर भी संकोच नहीं। इनकी दोस्ती भी उन्हीं लोगों से है, जो जमाने भर के जट्टू, गिरहकट, लँगोटी में फाग खेलनेवाले, फाकेमस्त हैं, जिनका उद्यम ही इन जैसे आँख के अन्धों से दोस्ती गाँठना है। नित्य ही एक-न-एक महाशय उधार माँगने के लिए सिर पर सवार रहते हैं और बिना लिए गला नहीं छोड़ते। मगर ऐसा कभी न हुआ कि किसी ने रुपये चुकाये हों। आदमी एकबार खोकर सीखता है, दो बार खोकर सीखता है, किन्तु यह भलेमानस हजार बार खोकर भी नहीं सीखते! जब कहती हूँ, रुपये तो दे आये। अब माँग क्यों नहीं लाते! क्या मर गये तुम्हारे वह दोस्त? तो बस बगलें झाँककर रह जाते हैं। आपसे मित्रों को सूखा जवाब नहीं दिया जाता। खैर, सूखा जवाब न दो। मैं भी नहीं कहती कि दोस्तों से बेमुरौवती

करो; मगर चिकनी-चुपड़ी बातें तो बना सकते हो, बहाने तो कर सकते हो। किसी मित्र ने रुपये माँगे और आपके सिर पर बोझ पड़ा। बेचारे कैसे इनकार करें। आखिर लोग जान जायेंगे कि नहीं कि यह महाशय भी खुक्खल ही हैं! इनकी हविस यह है कि दुनिया इन्हें सम्पन्न समझती रहे, चाहे मेरे गहने ही क्यों न गिरों रखने पड़ें। सच कहती हूँ, कभी-कभी तो एक-एक पैसे की तंगी हो जाती है और इन भले आदमी को रुपये जैसे घर में काटते हैं। जब तक रुपये के वारे-न्यारे न कर लें, इन्हें चैन नहीं। इनकी करतूत कहाँ तक गाऊँ। मेरी तो नाक में दम आ गया। एक-न-एक मेहमान रोज़ यमराज की भाँति सिर पर सवार रहते हैं। न जाने कहाँ के बेफिक्रे इनके मित्र हैं। कोई कहीं से आकर मरता है, कोई कहीं से। घर क्या है, अपाहिजों का अड्डा है। जरा-सा तो घर, मुश्किल से दो पलँग, ओढ़ना-बिछौना भी फालतू नहीं, मगर आप हैं कि मित्रों को निमन्त्रण देने को तैयार! आप तो अतिथि के साथ लेटेंगे, इसलिए इन्हें चारपाई भी चाहिए, ओढ़ना-बिछौना भी चाहिए, नहीं तो घर का परदा खुल जाय। जाता है मेरे बच्चों के सिर, गरमियों में तो खैर कोई मुजायका नहीं; लेकिन जाड़ों में तो ईश्वर ही याद आते हैं। गरमियों में भी खुली छत पर तो मेहमानों का अधिकार हो जाता है, अब मैं बच्चों को लिए पिंजड़े में पड़ी फड़फड़ाया करूँ। इन्हें इतनी समझ भी नहीं, कि जब घर की यह दशा है; तो क्यों ऐसों को मेहमान बनायें, जिनके पास कपड़े-लत्ते तक नहीं। ईश्वर की दया से इनके सभी मित्र इसी श्रेणी के हैं। एक भी ऐसा माई का लाल नहीं, जो समय पड़ने पर धेले से भी इनकी मदद कर सके। दो-एक बार महाशय को इसका अनुभव—अत्यन्त कटु अनुभव—हो चुका है; मगर इस जड़ भरत ने जैसे आँखें न खोलने की कसम खा ली है। ऐसे ही दरिद्र भट्टाचार्यों से इनकी पटती है। शहर में इतने लक्ष्मी के पुत्र हैं, पर आपका किसी से परिचय नहीं। उनके पास जाते इनकी आत्मा दुखती है। दोस्ती गाँठेंगे ऐसों से, जिनके घर में खाने का ठिकाना नहीं।

एक बार हमारा कहार काम छोड़कर चला गया और कई दिन कोई दूसरा कहार न मिला। किसी चतुर और कुशल कहार की तलाश में थी; किन्तु आपको जल्द-से-जल्द कोई आदमी रख लेने की धुन सवार हो गयी। घर के सारे काम पूर्ववत् चल रहे थे, पर आपको मालूम हो रहा था कि गाड़ी रुकी हुई है। मेरा जूठे बरतन माँजना और अपना साग-भाजी के लिए बाजार जाना इनके लिए असह्य हो उठा। एक दिन जाने कहाँ से एक बाँगड़ू

को पकड़ लाये। उसकी सूरत कहे देती थी कि कोई जाँगलू है; मगर आपने उसका ऐसा बखान किया, कि क्या कहूँ। बड़ा होशियार है, बड़ा आज्ञाकारी, परले सिरे का मेहनती, गजब का सलीकेदार और बहुत ही ईमानदार। खैर, मैंने उसे रख लिया। मैं बार-बार क्यों इनकी बातों में आ जाती हूँ, इसका मुझे स्वयं आश्चर्य है। यह आदमी केवल रूप से आदमी था। आदमियत के और कोई लक्षण उसमें न थे। किसी काम की तमीज नहीं। बेईमान न था; पर गधा अव्वल दरजे का। बेईमान होता, तो कम-सें-कम इतनी तस्कीन तो होती कि खुद खा जाता है। अभागा दुकानदारों के हाथों लुट जाता था। दस तक की गिनती उसे न आती थी। एक रुपया देकर बाजार भेजूँ तो सन्ध्या तक हिसाब न समझा सके। क्रोध पी-पीकर रह जाती थी। रक्त खौलने लगता था कि दुष्ट के कान उखाड़ लूँ, मगर इन महाशय को उसे कभी कुछ कहते नहीं देखा, डाँटना तो दूर की बात है। आप नहा-धोकर धोती छाँट रहे हैं और वह दूर बैठा तमाशा देख रहा है। मैं तो बचा का खून पी जाती; लेकिन इन्हें जरा भी गम नहीं। जब मेरे डाँटने पर धोती छाँटने जाता भी, तो आप उसे समीप न आने देते। बस, उसके दोषों को गुण बनाकर दिखाया करते थे; और इस प्रयास में सफल न होते, तो दोषों पर परदा डाल देते थे। मूर्ख को झाड़ू लगाने की तमीज़ न थी। मरदाना कमरा ही तो सारे घर में ढंग का एक कमरा है। उसमें झाड़ू लगाता, तो इधर की चीज उधर, ऊपर की नीचे; मानो कमरे में भूकम्प आ गया हो। और गर्द का यह हाल, कि साँस लेना कठिन; पर आप शान्तिपूर्वक कमरे में बैठे हैं, जैसे कोई बात ही नहीं। एक दिन मैंने उसे खूब डाँटा—कल से ठीक-ठीक झाड़ू न लगाई तो कान पकड़ कर निकाल दूँगी। सबेरे सोकर उठी, तो देखती हूँ कमरे में झाड़ू लगी हुई है और हरेक चीज करीने से रखी हुई है। गर्दगुबार का नाम नहीं। मैं चकित होकर देखने लगी, तो आप हँसकर बोले—देखती क्या हो; आज घूरे ने बड़े सबेरे उठकर झाड़ू लगाई है। मैंने समझा दिया। तुम ढंग तो बताती नहीं, उलटे डाँटने लगती हो।

मैंने समझा। खैर, दुष्ट ने कम-से-कम एक काम तो सलीके से किया। अब रोज कमरा साफ-सुथरा मिलता। घूरे मेरी दृष्टि में विश्वासी बनने लगा। संयोग की बात एक दिन मैं जरा मामूल से सबेरे उठ बैठी और कमरे में आयी, तो क्या देखती हूँ कि घूरे द्वार पर खड़ा है, और आप तन-मन से कमरे में झाड़ू लगा रहे हैं। मेरी आँखों में खून उतर आया। उनके हाथ से

झाड़ू छीनकर घूरे के सिर जमा दी। हरामखोर को उसी दम निकाल बाहर किया। आप फरमाने लगे—उसका महीना तो चुका दो। वाह री समझ। एक तो काम न करे, उस पर आँखें दिखाये। उस पर पूरी मजूरी भी चुका दूँ। मैंने एक कौड़ी भी न दी। एक कुरता दिया था, वह भी छीन लिया। इस पर जड़ भरत महाशय मुझसे कई दिन रूठे रहे। घर छोड़कर भागे जाते थे। बड़ी मुश्किलों से रुके। ऐसे-ऐसे भोंदू भी संसार में पड़े हुए हैं। मैं न होती, तो शायद अब तक इन्हें किसी ने बाजार में बेच दिया होता।

एक दिन मेहतर ने उतारे कपड़ों का सवाल किया। इस बेकारी के जमाने में फालतू कपड़े तो शायद पुलिसवालों या रईसों के घर में हों, मेरे घर में तो जरूरी कपड़े भी काफी नहीं। आपका वस्त्रालय एक बकची में आ जायेगा, जो डाक के पारसल से कहीं भेजा जा सकता है। फिर इस साल जाड़ों के कपड़े बनवाने की नौबत न आयी। पैसे नज़र नहीं आते, कपड़े कहाँ से बनें। मैंने मेहतर को साफ जवाब दे दिया। कड़ाके का जाड़ा पड़ रहा था; इसका अनुभव मुझे कम न था। गरीबों पर क्या बीत रही है, इसका भी मुझे ज्ञान था। लेकिन मेरे या आपके पास खेद के सिवा इसका और क्या इलाज है। जब तक समाज का यह संगठन रहेगा, ऐसी शिकायतें पैदा होती रहेंगी। जब एक-एक अमीर और रईस के पास एक-एक मालगाड़ी कपड़ों से भरी हुई है, तब फिर निर्धनों को क्यों न नग्नता का कष्ट उठाना पड़े? खैर मैंने तो मेहतर को जवाब दे दिया, आपने क्या किया कि आपका कोट उठाकर उसको भेंट कर दिया। मेरी देह में आग लग गयी। इतनी दानशील नहीं हूँ कि दूसरों को खिलाकर आप सो रहूँ, देवता के पास यही एक कोट था। आपको इसकी जरा भी चिन्ता न हुई कि पहनेंगे क्या? यश के लोभ ने जैसे बुद्धि ही हर ली। मेहतर ने सलाम किया, दुआएँ दीं, और अपनी राह ली। आप कई दिन सर्दी से ठिठुरते रहे। प्रातःकाल घूमने जाया करते थे। वह बन्द हो गया। ईश्वर ने उन्हें हृदय भी एक विचित्र प्रकार का दिया है। फटे-पुराने कपड़े पहनते आपको जरा भी संकोच नहीं होता; मैं तो मारे लाज के गड़ जाती हूँ, पर आपको जरा फिक्र नहीं। कोई हँसता है, तो हँसे, आपकी बला से। अन्त में जब मुझसे न देखा गया, तो एक कोट बनवा दिया। जी तो जलता था कि खूब सर्दी खाने दूँ; पर डरी कि कहीं बीमार पड़ जायें, तो और बुरा हो। आखिर काम तो उन्हीं को करना है।

महाशय अपने दिल में समझते होंगे, मैं कितना विनीत, कितना परोपकारी

हूँ। शायद इन्हें इन बातों का गर्व हो। मैं इन्हें परोपकारी नहीं समझती, न विनीत ही समझती हूँ, यह जड़ता है, सीधी-सादी निरीहता। जिस मेहतर को आपने अपना कोट दिया, उसे मैंने कई बार रात को शराब के नशे में मस्त झूमता देखा है और आपको दिखा भी दिया है। फिर दूसरों की विवेकहीनता की पुरौती हम क्यों करें? अगर आप विनीत और परोपकारी होते, तो घरवालों के प्रति भी तो आपके मन में कुछ उदारता होती। या सारी उदारता बाहरवालों ही के लिए सुरक्षित है? घरवालों को उसका अल्पांश भी न मिलना चाहिए? मेरी इतनी अवस्था बीत गयी; पर इस भले आदमी ने कभी अपने हाथों से मुझे एक उपहार भी न दिया। बेशक मैं जो चीज बाजार से मँगवाऊँ; उसे लाने में इन्हें जरा भी आपत्ति नहीं, बिल्कुल उज्र नहीं, मगर रुपये मैं दे दूँ, यह शर्त है। इन्हें खुद कभी यह उमंग नहीं होती। यह मैं मानती हूँ कि बेचारे अपने लिए भी कुछ नहीं लाते। मैं जो कुछ मँगवा दूँ उसी पर सन्तुष्ट हो जाते हैं; मगर आखिर आदमी कभी-कभी शौक की चीजें चाहता ही है। अन्य पुरुषों को देखती हूँ, स्त्री के लिए तरह-तरह के गहने, भाँति-भाँति के कपड़े, शौक-सिंगार की वस्तुएँ लाते रहते हैं। यहाँ इस व्यवहार का निषेध है। बच्चों के लिए भी मिठाइयाँ, खिलौने, बाजे शायद जीवन में एक बार भी न लाये हों। शपथ भी खा ली है; इसलिए मैं तो इन्हें कृपण कहूँगी, अरसिक कहूँगी, हृदय-शून्य कहूँगी, उदार नहीं कह सकती। दूसरों के साथ इनका जो सेवा-भाव है, उसका कारण है, इनका यश-लोभ और व्यावहारिक अज्ञानता। आपके विनय का यह हाल है कि जिस दफ्तर में आप नौकर हैं, उसके किसी अधिकारी से आपका मेल-जोल नहीं। अफसरों को सलाम करना तो आपकी नीति के विरुद्ध है, नजर या डाली तो दूर की बात है। और तो और, कभी किसी अफसर के घर नहीं जाते। इसका खामियाजा आप न उठायें, तो कौन उठाये। औरों को रिआयती छुट्टियाँ मिलती हैं, आपका वेतन कटता है; औरों की तरक्कियाँ होती हैं, आपको कोई पूछता भी नहीं; हाजिरी में पाँच मिनट की भी देर हो जाय, तो जवाब पूछा जाता है। बेचारे जी तोड़कर काम करते हैं, कोई बड़ा कठिन काम आ जाता है, तो इन्हीं के सिर मढ़ा जाता है, इन्हें जरा भी आपत्ति नहीं। दफ्तर में इन्हें 'घिस्सू', 'पिस्सू' आदि उपाधियाँ मिली हुई हैं, मगर पड़ाव कितना ही बड़ा मारें इनके भाग्य में वही सूखी घास लिखी है। यह विनय नहीं है, स्वाधीन मनोवृत्ति भी नहीं है, मैं तो इसे समय-चातुरी का अभाव कहती हूँ, व्यावहारिक ज्ञान की क्षति कहती हूँ। आखिर कोई अफसर

आपसे क्यों प्रसन्न हो। इसलिए कि आप बड़े मेहनती हैं? दुनिया का काम मुरौवत और रवादारी से चलता है! अगर हम किसी से खिंचे रहें, तो कोई कारण नहीं कि वह भी हमसे न खिंचा रहे। फिर जब मन में क्षोभ होता है, तो वह दफ्तरी व्यवहारों में भी प्रकट हो ही जाता है। जो मातहत अफसर को प्रसन्न रखने की चेष्टा करता है, जिसकी जात से अफसर का कोई व्यक्तिगत उपकार होता है, जिस पर वह विश्वास कर सकता है, उसका लिहाज वह स्वभावतः करता है। ऐसे सिराग़ियों से क्यों किसी को सहानुभूति होने लगी। अफसर भी तो मनुष्य है। उसके हृदय में जो सम्मान और विशिष्टता की कामना है, वह कहाँ पूरी हो। जब अधीनस्थ कर्मचारी ही उससे फिरन्ट रहें, तो क्या उसके अफसर उसे सलाम करने आयेंगे? आपने जहाँ नौकरी की, वहाँ से निकाले गये। कभी किसी दफ्तर में दो-तीन साल से ज्यादा न टिके। या तो अफसर से लड़ गये, या कार्याधिक्य के कारण छोड़ बैठे।

आपको कुटुम्ब-सेवा का दावा है। आपके कई भाई-भतीजे होते हैं, वह कभी इनकी बात भी नहीं पूछते; आप बराबर उनका मुँह ताकते रहते हैं।

इनके एक भाई साहब आजकल तहसीलदार हैं। घर की मिल्कियत उन्हीं की निगरानी में है। वह ठाट से रहते हैं। मोटर रख ली है; कई नौकर-चाकर हैं मगर यहाँ भूले से भी पत्र नहीं लिखते। एक बार हमें रुपये की बड़ी तंगी हुई। मैंने कहा—अपने भ्राताजी से क्यों नहीं माँग लेते? कहने लगे—उन्हें क्यों चिन्ता में डालूँ। उन्हें भी तो अपना खर्च है। कौन-सी ऐसी बचत हो जाती होगी। जब मैंने बहुत मजबूर किया; तो आपने पत्र लिखा। मालूम नहीं पत्र में क्या लिखा, पत्र लिखा या मुझे चकमा दे दिया; रुपये न आने थे, न आये। कई दिनों के बाद मैंने पूछा—कुछ जवाब आया श्रीमान् के भाई साहब के दरबार से? आपने रुष्ट होकर कहा—अभी केवल एक सप्ताह तो खत पहुँचे हुए, अभी क्या जवाब आ सकता है। एक सप्ताह और गुजरा, मगर जवाब नदारद। अब आपका यह हाल है कि मुझे कुछ बातचीत करने का अवसर ही नहीं देते। इतने प्रसन्न-चित्त नजर आते हैं कि क्या कहूँ। बाहर से आते हैं तो खुश-खुश! कोई-न-कोई शिगूफा लिए हुए। मेरी खुशामद भी खूब हो रही है, मेरे मैके वालों की प्रशंसा भी हो रही है, मेरे गृह-प्रबन्ध का बखान भी असाधारण रीति से किया जा रहा है। मैं इस महाशय की चाल समझ रही थी। यह सारी दिलजोई केवल इसलिए थी कि श्रीमान् के भाईसाहब के विषय में कुछ पूछ न बैठूँ। सारे राजनैतिक, आर्थिक, सामाजिक, आचारिक प्रश्नों की

मुझसे व्याख्या की जाती थी, इतने विस्तार और गवेषणा के साथ, कि विशेषज्ञ भी लोहा मान जायें। केवल इसलिए कि मुझे वह प्रसंग उठाने का अवसर न मिले; लेकिन मैं भला कब चूकनेवाली थी। जब पूरे दो सप्ताह गुजर गये और बीमे के रुपये भेजने की मिती, मौत की तरह सिर पर सवार हो गयी तो मैंने पूछा—क्या हुआ, तुम्हारे भाई साहब ने श्रीमुख से कुछ फरमाया या अभी तक पत्र नहीं पहुँचा? आखिर घर की जायदाद में हमारा भी कुछ हिस्सा है या नहीं? या हम किसी लौंडी-दासी की सन्तान हैं? पाँच सौ रुपये साल का नफा तो दस साल पहले था। अब तो एक हजार से कम न होगा, पर हमें कभी एक कानी कौड़ी भी नहीं मिली। मोटे हिसाब से हमें दो हजार मिलना चाहिए। दो हजार न हों, एक हजार हों, पाँच सौ हों, ढाई सौ हों, कुछ न हों, तो बीमा के प्रीमियम भर के तो हों। तहसीलदार साहब की आमदनी हमारी आमदनी की चौगुनी है, रिश्वतें भी लेते हैं; तो फिर हमारे रुपये क्यों नहीं देते? आप हें-हें, हाँ-हाँ, करने लगे। कहने लगे, वह बेचारे घर की मरम्मत करवाते हैं। बन्धु-बान्धवों का स्वागत-सत्कार करते हैं, नातेदारियों में भेंट-भाँट भेजते हैं। और कहाँ से लावें जो हमारे पास भेजें? वाह री बुद्धि! मानो जायदाद इसीलिए होती है कि उसकी कमाई उसी में खर्च हो जाय। इस भले आदमी को बहाने गढ़ने भी नहीं आते। मुझसे पूछते मैं एक नहीं, हजार बता देती, एक-से-एक बढ़कर—कह देते घर में आग लग गयी, सब कुछ स्वाहा हो गया था, या चोरी हो गयी, तिनका तक न बचा या दस हजार का अनाज भरा था, उसमें घाटा रहा, या किसी से फौजदारी हो गयी, उसमें दिवाला पिट गया। आपको सूझी भी तो लचर-सी बात। तकदीर ठोंककर बैठ रही। पड़ोस की एक महिला से रुपये कर्ज लिए, तब जाकर काम चला। फिर भी आप भाई-भतीजों की तारीफ के पुल बाँधते हैं, तो मेरे शरीर में आग लग जाती है। ऐसे कौरवों से ईश्वर बचाये।

ईश्वर की दया से आपके दो बच्चे हैं, दो बच्चियाँ भी हैं। ईश्वर की दया कहूँ; या कोप कहूँ। सब-के-सब ऊधमी हो गये हैं कि खुदा की पनाह! मगर क्या मजाल है कि यह भोंदू किसी को कड़ी आँखों से देखें! रात के आठ बजे गये हैं, युवराज अभी घूमकर नहीं आये। मैं घबरा रही हूँ, आप निश्चिन्त बैठे अखबार पढ़ रहे हैं। झल्लाई हुई जाती हूँ और अखबार छीनकर कहती हूँ, जाकर जरा देखते क्यों नहीं, लौंडा कहाँ रह गया? न जाने तुम्हारा हृदय कितना कठोर है। ईश्वर ने तुम्हें सन्तान ही न जाने क्यों दे दी। पिता

का पुत्र के साथ कुछ तो धर्म है। तब आप भी गर्म हो जाते हैं। अभी तक नहीं आया? बड़ा शैतान है। आज बचा आते हैं, तो कान उखाड़ लेता हूँ। मारे हंटरों के खाल उधेड़कर रख दूँगा। यों बिगड़कर तैश के साथ आप उसे खोजने निकलते हैं। संयोग की बात, आप उधर जाते हैं, इधर लड़का आ जाता है। मैं पूछती हूँ—तू किधर से आ गया? तुझे वह ढूँढ़ने गये हुए हैं। देखना, आज कैसी मरम्मत होती है। यह आदत ही छूट जायेगी। दाँत पीस रहे थे। आते ही होंगे! छड़ी भी उनके हाथ में है। तुम अपने मन के हो गये हो कि बात नहीं सुनते! आज आटे-दाल का भाव मालूम होगा। लड़का सहम जाता है और लैम्प जलाकर पढ़ने बैठ जाता है। महाशयजी दो-ढाई घण्टे के बाद लौटते हैं; हैरान, परेशान और बदहवास। घर में पाँव रखते ही पूछते हैं—आया कि नहीं? मैं उनका क्रोध उत्तेजित करने के विचार से कहती हूँ—आकर बैठा तो है, जाकर पूछते क्यों नहीं? पूछकर हार गयी, कहाँ गया था, कुछ बोलता ही नहीं। आप गरजकर कहते हैं—मन्नू, यहाँ आओ।

लड़का थरथर काँपता हुआ आकर आँगन में खड़ा हो जाता है। दोनों बच्चियाँ घर में छिप जाती हैं कि कोई बड़ा भयंकर काण्ड होनेवाला है। छोटा बच्चा खिड़की से चूहे की तरह झाँक रहा है। आप क्रोध से बौखलाये हुए हैं। हाथ में छड़ी है ही, मैं भी वह क्रोधोन्मत्त आकृति देखकर पछताने लगती हूँ, कि कहाँ से इनसे शिकायत की? आप लड़के के पास जाते हैं, मगर छड़ी जमाने के बदले आहिस्ते से उसके कन्धे पर हाथ रखकर बनावटी क्रोध से कहते हैं—तुम कहाँ गये थे जी? मना किया जाता है, मानते नहीं हो। खबरदार, जो अब कभी इतनी देर होगी। आदमी शाम को घर चला आता है, या मटरगश्ती करता है?

मैं समझ रही हूँ कि यह भूमिका है। विषय अब आयेगा। भूमिका तो बुरी नहीं; लेकिन यहाँ तो भूमिका पर इति हो जाती है। बस, आपका क्रोध शान्त हो गया। बिल्कुल जैसे क्वार की घटा—घेर-घार हुआ, काले बादल आये, गड़गड़ाहट हुई और गिरी क्या चार बूँदें! लड़का अपने कमरे में चला जाता है और शायद खुशी से नाचने लगता है।

मैं पराभूत होकर कहती हूँ—तुम तो जैसे डर गये। भला दो-चार तमाचे तो लगाये होते! इसी तरह तो लड़के शेर हो जाते हैं।

आप फरमाते हैं—तुमने सुना नहीं, मैंने कितने जोर से डाँटा! बचा की जान ही निकल गयी होगी। देख लेना, जो फिर कभी देर से आये।

'तुमने डाँटा तो नहीं, हाँ, आँसू पोंछ दिये।'

'तुमने मेरी डाँट सुनी नहीं?'

'क्या कहना है, आपकी डाँट का! लोगों के कान बहरे हो गये। लाओ, तुम्हारा गला सहला दूँ।'

आपने एक नया सिद्धान्त निकाला है कि दण्ड देने से लड़के खराब हो जाते हैं। आपके विचार से लड़कों को आजाद रहना चाहिए। उन पर किसी तरह का बन्धन, शासन या दबाव न होना चाहिए। आपके मत से शासन बालकों के मानसिक विकास में बाधक होता है। इसी का यह फल है कि लड़के बे-नकेल के ऊँट बने हुए हैं। कोई एक मिनट भी किताब खोलकर नहीं बैठता। कभी गुल्ली-डण्डा है, कभी गोलियाँ, कभी कनकौवे। श्रीमान् भी लड़कों के साथ खेलते हैं, चालीस साल की उम्र और लड़कपन इतना। मेरे पिताजी के सामने मजाल थी कि कोई लड़का कनकौवा उड़ा ले, या गुल्ली-डण्डा खेल सके। खून पी जाते। प्रातःकाल से लड़कों को लेकर बैठ जाते थे। स्कूल से ज्यों ही लड़के आते, फिर ले बैठते थे। बस, सन्ध्या समय आध घण्टे की छुट्टी देते थे। रात को फिर जोत देते। यह नहीं कि आप तो अखबार पढ़ा करें और लड़के गली-गली भटकते फिरें। कभी-कभी आप सींग कटाकर बछड़े बन जाते हैं। लड़कों के साथ ताश खेलने बैठा करते हैं। ऐसे बाप का भला लड़कों पर क्या रोब हो सकता है? पिताजी के सामने मेरे भाई सीधे ताक नहीं सकते थे। उनकी आवाज सुनते ही तहलका मच जाता था। उन्होंने घर में कदम रखा और शान्ति का साम्राज्य हुआ। उसके सम्मुख जाते लड़कों के प्राण सूखते थे। उसी शासन की यह बरकत है कि सभी लड़के अच्छे-अच्छे पदों पर पहुँच गये। हाँ, स्वास्थ्य किसी का अच्छा नहीं है। तो पिताजी ही का स्वास्थ्य कौन बड़ा अच्छा था! बेचारे हमेशा किसी-न-किसी औषधि का सेवन करते रहते थे। और क्या कहूँ; एक दिन तो हद ही हो गयी। श्रीमान्‌जी लड़कों को कनकौवा उड़ाने की शिक्षा दे रहे थे—यों घुमाओ, यों गोता दो, यों खींचो, यों ढील दो। ऐसे तन-मन से सिखा रहे थे मानो गुरु-मन्त्र दे रहे हों। उस दिन मैंने इनकी ऐसी खबर ली कि याद करते होंगे—तुम कौन होते हो, मेरे बच्चों को बिगाड़ने वाले! तुम्हें घर से कोई मतलब नहीं है, न हो; लेकिन आप मेरे बच्चों को खराब न कीजिए। बुरी-बुरी आदतें न सिखाइए। आप उन्हें सुधार नहीं सकते, तो कम-से-कम बिगाड़िए मत। लगे बगलें झाँकने। मैं चाहती हूँ, एक बार यह भी गरम पड़ें, तो अपना चण्डी रूप दिखाऊँ, पर

यह इतना जल्दी दब जाते हैं कि मैं हार जाती हूँ। पिताजी किसी लड़के को मेले-तमाशे न ले जाते थे। लड़का सिर पटककर मर जाय, मगर जरा भी न पसीजते थे और इन महात्माजी का यह हाल है कि एक-एक से पूछकर मेले ले जाते हैं—चलो, चलो, वहाँ बड़ी बहार है, खूब आतिशबाजियाँ छूटेंगी, गुब्बारे उड़ेंगे, विलायती चर्खियाँ भी हैं। उन पर मजे से बैठना। और तो और, आप लड़कों को हाकी खेलने से भी नहीं रोकते। यह अंग्रेजी खेल भी कितने जानलेवा होते हैं, क्रिकेट, फुटबाल, हाकी एक-से-एक घातक। गेंद लग जाय तो जान लेकर ही छोड़े; पर आपको इन सभी खेलों से प्रेम है। कोई लड़का मैच में जीतकर आ जाता है, तो ऐसे फूल उठते हैं, मानो किला जीतकर आया हो। आपको इसकी जरा भी परवाह नहीं कि चोट-चपेट आ गयी, तो क्या होगा। हाथ-पाँव टूट गये, तो बेचारों की जिन्दगी कैसे पार लगेगी!

पिछले साल कन्या का विवाह था। आपको जिद थी कि दहेज के नाम कानी कौड़ी भी न देंगे, चाहे कन्या आजीवन क्वाँरी बैठी रहे। यहाँ भी आपका आदर्शवाद आ कूदा। समाज के नेताओं का छल-प्रपंच आये दिन देखते रहते हैं, फिर भी आपकी आँखें नहीं खुलतीं। जब तक समाज की यह व्यवस्था कायम है और युवती कन्या का अविवाहित रहना निन्दास्पद है, तब तक यह प्रथा मिटने की नहीं। दो-चार ऐसे व्यक्ति भले ही निकल आवें जो दहेज के लिए हाथ न फैलावें; लेकिन इसका परिस्थिति पर कोई असर नहीं पड़ता और कुप्रथा ज्यों-की-त्यों बनी हुई है। पैसों की तो कमी नहीं है, दहेज की बुराइयों पर लेक्चर दे सकते हैं; लेकिन मिलते हुए दहेज को छोड़ देने वाला मैंने आज तक न देखा। जब लड़कों की तरह लड़कियों की शिक्षा और जीविका की सुविधाएँ निकल आयेंगी, तो यह प्रथा भी विदा हो जायेगी। उसके पहले सम्भव नहीं। मैंने जहाँ-जहाँ सन्देशा भेजा दहेज का प्रश्न उठ खड़ा हुआ और आपने प्रत्येक अवसर पर टाँग अड़ाई। अब इस तरह पूरा साल गुजर गया और कन्या को सत्रहवाँ लग गया, तो मैंने एक जगह बात पक्की कर ली। आपने भी स्वीकार कर लिया, क्योंकि वरपक्ष ने लेन-देन का प्रश्न उठाया ही नहीं, हालाँकि अन्तःकरण में उन लोगों को पूरा विश्वास था कि अच्छी रकम मिलेगी और मैंने भी तय कर लिया था कि यथाशक्ति कोई बात उठा न रखूँगी। विवाह के सकुशल होने में कोई सन्देह न था; लेकिन इन महाशय के आगे मेरी एक न चली—यह प्रथा निन्द्य है, यह रस्म निरर्थक है, यहाँ रुपये की क्या जरूरत? यहाँ गीतों का क्या काम? नाक में दम था। यह क्यों, वह क्यों, यह तो साफ दहेज है, तुमने मेरे मुँह में

कालिख लगा दी, मेरी आबरू मिटा दी। जरा सोचिए इस परिस्थिति को कि बारात द्वार पर पड़ी हुई है और यहाँ बात-बात पर शास्त्रार्थ हो रहा है। विवाह का मुहूर्त आधी रात के बाद था। प्रथानुसार मैंने व्रत रखा; किन्तु आपकी टेक थी कि व्रत की कोई जरूरत नहीं। जब लड़के के माता-पिता व्रत नहीं रखते, जब लड़का तक व्रत नहीं रखता, तो कन्या पक्षवाले ही व्रत क्यों रखें! मैं और सारा खानदान मना करता रहा; लेकिन आपने नाश्ता किया, भोजन किया। खैर! कन्या-दान का मुहूर्त आया। आप सदैव से इस प्रथा के विरोधी हैं। आप इसे निषिद्ध समझते हैं। कन्या क्या दान की वस्तु है? दान रुपये-पैसे, जगह-जमीन का हो सकता है। पशु-दान भी होता है लेकिन लड़की का दान! एक लचर सी बात है। कितना समझाती हूँ; पुरानी प्रथा है, वेद-काल से होती चली आयी है, शास्त्रों में इसकी व्यवस्था है; सम्बन्धी समझा रहे हैं, पण्डित समझा रहे हैं, पर आप हैं, कि कान पर जूँ नहीं रेंगती। हाथ जोड़ती हूँ, पैरों पड़ती हूँ, गिड़गिड़ाती हूँ, लेकिन मण्डप के नीचे न गये। और मजा यह है कि आपने ही तो यह अनर्थ किया और आप ही मुझसे रूठ गये। विवाह के पश्चात् महीनों बोलचाल न रही। झक मारकर मुझी को मानना पड़ा।

किन्तु सबसे बड़ी विडम्बना यह है कि इन सारे दुर्गुणों के होते हुए भी मैं इनसे एक दिन भी पृथक नहीं रह सकती—एक क्षण का वियोग नहीं सह सकती। इन सारे दोषों पर भी मुझे इनसे प्रगाढ़ प्रेम है। इनमें यह कौन-सा गुण है, जिस पर मैं मुग्ध हूँ, मैं खुद नहीं जानती; पर इनमें कोई बात ऐसी है, जो मुझे इनकी चेरी बनाये हुए है। वह जरा मामूली सी देर में घर आते हैं, तो प्राण नहों में समा जाते हैं। आज यदि विधाता इनके बदले मुझे कोई विद्या और बुद्धि का पुतला, रूप और धन का देवता भी दे, तो मैं उसकी ओर आँखें उठाकर न देखूँ। यह धर्म की बेड़ी नहीं है, कदापि नहीं। प्रथागत पतिव्रत भी नहीं; बल्कि हम दोनों की प्रकृति में कुछ ऐसी क्षमताएँ, कुछ व्यवस्थाएँ उत्पन्न हो गयी हैं, मानो किसी मशीन के कल-पुरजे घिस-घिसाकर फिट हो गये हों, और एक पुरजे की जगह दूसरा पुरजा काम न दे सके, चाहे वह पहले से कितना ही सुडौल, नया और सुदृढ़ क्यों न हो। जाने हुए रास्ते से हम निःशंक आँखें बन्द किये जाते हैं, उसके ऊँच-नीच, मोड़ और घुमाव सब हमारी आँखों में समाये हुए हैं। अनजान रास्ते पर चलना कितना कष्टप्रद होगा। शायद आज मैं इनके दोषों को गुणों से बदलने पर भी तैयार न हूँगी।

(प्रथम प्रकाशन : हंस/अप्रैल 1932)

ईदगाह

रमज़ान के पूरे तीस रोज़ों के बाद आज ईद आयी है। कितना मनोहर, कितना सुहावना प्रभात है। वृक्षों पर कुछ अजीब हरियाली है, खेतों में कुछ अजीब रौनक है, आसमान पर कुछ अजीब लालिमा है। आज का सूर्य देखो, कितना प्यारा, कितना शीतल है, मानो संसार को ईद की बधाई दे रहा है। गाँव में कितनी हलचल है। ईदगाह जाने की तैयारियाँ हो रही हैं। किसी के कुरते में बटन नहीं है। पड़ोस के घर से सुई-धागा लेने दौड़ा जा रहा है। किसी के जूते कड़े हो गये हैं। उनमें तेल डालने के लिए तेली के घर भागा जाता है। जल्दी-जल्दी बैलों को सानी-पानी दे दें। ईदगाह से लौटते-लौटते दोपहर हो जायेगी। तीन कोस का पैदल रास्ता, फिर सैकड़ों आदमियों से मिलना-भेंटना। दोपहर के पहले लौटना असम्भव है। लड़के सबसे ज्यादा प्रसन्न हैं। किसी ने एक रोज़ा रखा है, वह भी दोपहर तक, किसी ने वह भी नहीं; लेकिन ईदगाह जाने की खुशी उनके हिस्से की चीज है। रोज़े बड़े-बूढ़ों के लिए होंगे। उनके लिए तो ईद है। रोज़ ईद का नाम रटते थे। आज वह आ गयी। अब जल्दी पड़ी है कि लोग ईदगाह क्यों नहीं चलते। इन्हें गृहस्थी की चिन्ताओं से क्या प्रयोजन! सेवैयों के लिए दूध और शक्कर घर में है या नहीं, इनकी बला से, ये तो सेवैयाँ खायेंगे। वह क्या जानें कि अब्बाजान क्यों बदहवास चौधरी कायमअली के घर दौड़े जा रहे हैं। उन्हें क्या ख़बर कि चौधरी आज आँखें बदल लें, तो यह सारी ईद मुहर्रम हो जाय। उनकी अपनी जेबों में तो कुबेर का धन भरा हुआ है। बार-बार जेब से अपना खजाना निकालकर गिनते हैं और खुश होकर फिर रख लेते हैं। महमूद गिनता है, एक-दो, दस-बारह। उसके पास बारह पैसे हैं। मोहसिन के पास एक, दो, तीन, आठ, नौ, पन्द्रह पैसे हैं। इन्हीं अनगिनती पैसों में अनगिनती चीजें लायेंगे—खिलौने, मिठाइयाँ, बिगुल, गेंद और न जाने क्या-क्या। और सबसे ज्यादा प्रसन्न है हामिद। वह चार-पाँच साल का गरीब-सूरत, दुबला-पतला लड़का, जिसका

बाप गत वर्ष हैजे की भेंट हो गया और माँ न जाने क्यों पीली होती-होती एक दिन मर गयी। किसी को पता न चला, क्या बीमारी है। कहती भी तो कौन सुनने वाला था। दिल पर जो कुछ बीतती थी, वह दिल में ही सहती थी और जब न सहा गया तो संसार से बिदा हो गयी। अब हामिद अपनी बूढ़ी दादी अमीना की गोद में सोता है और उतना ही प्रसन्न है। उसके अब्बाजान रुपये कमाने गये हैं। बहुत-सी थैलियाँ लेकर आयेंगे। अम्मीजान अल्लाह मियाँ के घर से उसके लिए बड़ी अच्छी-अच्छी चीजें लाने गयी हैं; इसलिए हामिद प्रसन्न है। आशा तो बड़ी चीज है, और फिर बच्चों की आशा! उनकी कल्पना तो राई का पर्वत बना लेती है। हामिद के पाँव में जूते नहीं हैं, सिर पर एक पुरानी-धुरानी टोपी है, जिसका गोट काला पड़ गया है, फिर भी वह प्रसन्न है। जब उसके अब्बाजान थैलियाँ और अम्मीजान नियामतें लेकर आयेंगी, तो वह दिल के अरमान निकाल लेगा। तब देखेगा महमूद, मोहसिन, नूरे और सम्मी कहाँ से उतने पैसे निकालेंगे। अभागिन अमीना अपनी कोठरी में बैठी रो रही है। आज ईद का दिन और उसके घर में दाना नहीं! आज आबिद होता तो क्या इसी तरह ईद आती और चली जाती! इस अन्धकार और निराशा में वह डूबी जा रही थी। किसने बुलाया था इस निगोड़ी ईद को। इस घर में उसका काम नहीं है, लेकिन हामिद! उसे किसी के मरने-जीने से क्या मतलब? उसके अन्दर प्रकाश है, बाहर आशा। विपत्ति अपना सारा दल-बल लेकर आये, हामिद की आनन्द-भरी चितवन उसका विध्वंस कर देगी।

हामिद भीतर जाकर दादी से कहता है—तुम डरना नहीं अम्माँ, मैं सबसे पहले आऊँगा। बिल्कुल न डरना!

अमीना का दिल कचोट रहा है। गाँव के बच्चे अपने-अपने बाप के साथ जा रहे हैं। हामिद के बाप अमीना के सिवा और कौन है? उसे कैसे अकेले मेले में जाने दे। उस भीड़-भाड़ में बच्चा कहीं खो जाय तो क्या हो। नहीं; अमीना उसे यों न जाने देगी। नन्ही-सी जान! तीन कोस चलेगा कैसे! पैर में छाले पड़ जायेंगे। जूते भी तो नहीं हैं। वह थोड़ी-थोड़ी दूर पर उसे गोद ले लेगी; लेकिन यहाँ सेवैयाँ कौन पकायेगा? पैसे होते तो लौटते-लौटते सब सामग्री जमा करके चटपट बना लेती। यहाँ तो घण्टों चीजें जमा करते लगेंगे। माँगे ही का तो भरोसा ठहरा। उस दिन फहीमन के कपड़े सिये थे। आठ आने पैसे मिले थे। उस अठन्नी को ईमान की तरह बचाती चली आती थी इसी ईद के लिए, लेकिन कल ग्वालन सिर पर सवार हो गयी तो क्या

करती। हामिद के लिए कुछ नहीं है, तो दो पैसे का दूध तो चाहिए ही। अब तो कुल दो आने पैसे बच रहे हैं। तीन पैसे हामिद की जेब में, पाँच अमीना के बटवे में। यही तो बिसात है और ईद का त्योहार! अल्लाह ही बेड़ा पार लगावे। धोबन और नाइन और मेहतरानी और चूड़िहारिन सभी तो आयेंगी। सभी को सेवैयाँ चाहिए और थोड़ा किसी की आँखों नहीं लगता। किस-किस से मुँह चुरायेगी। और मुँह क्या चुराये? साल भर का त्यौहार है। ज़िन्दगी ख़ैरियत से रहे, उनकी तकदीर भी तो उसी के साथ है। बच्चे को खुदा सलामत रखे, ये दिन भी कट जायेंगे।

गाँव से मेला चला। और बच्चों के साथ हामिद भी जा रहा था। कभी सबके सब दौड़कर आगे निकल जाते। फिर किसी पेड़ के नीचे खड़े होकर साथवालों का इन्तज़ार करते। ये लोग क्यों इतना धीरे-धीरे चल रहे हैं। हामिद के पैरों में तो जैसे पर लग गये हैं। वह कभी थक सकता है! शहर का दामन आ गया। सड़क के दोनों ओर अमीरों के बगीचे हैं। पक्की चारदीवारी बनी हुई है। पेड़ों में आम और लीचियाँ लगी हुई हैं। कभी-कभी कोई लड़का कँकड़ी उठाकर आम पर निशाना लगाता है। माली अन्दर से गाली देता हुआ निकलता है। लड़के वहाँ से एक फलांग पर हैं। खूब हँस रहे हैं। माली को कैसे उल्लू बनाया है।

बड़ी-बड़ी इमारतें आने लगीं; यह अदालत है, यह कालेज है, यह क्लब-घर है। इतने बड़े कालेज में कितने लड़के पढ़ते होंगे? सब लड़के नहीं हैं जी! बड़े-बड़े आदमी हैं, सच उनकी बड़ी-बड़ी मूँछे हैं। इतने बड़े हो गये, अभी तक पढ़ने जाते हैं। न जाने कब तक पढ़ेंगे और क्या करेंगे इतना पढ़कर। हामिद के मदरसे में दो-तीन बड़े-बड़े लड़के हैं, बिल्कुल तीन कौड़ी के, रोज़ मार खाते हैं, काम से जी चुरानेवाले। इस जगह भी उसी तरह के लोग होंगे और क्या। क्लब-घर में जादू होता है। सुना है, यहाँ मुरदे की खोपड़ियाँ दौड़ती हैं। और बड़े-बड़े तमाशे होते हैं, पर किसी को अन्दर नहीं जाने देते। और यहाँ शाम को साहब लोग खेलते हैं। बड़े-बड़े आदमी खेलते हैं, मूँछों-दाढ़ीवाले और मेमें खेलती हैं, सच! हमारी अम्माँ को वह दे दो, क्या नाम है, बैट, तो उसे पकड़ ही न सकें। घुमाते ही लुढ़क न जायें।

महमूद ने कहा--हमारी अम्मीजान का तो हाथ काँपने लगे, अल्ला कसम।

मोहसिन बोला--अम्मी मनों आटा पीस डालती हैं। जरा-सा बैट पकड़ लेंगी, तो हाथ काँपने लगे। सैकड़ों घड़े पानी रोज़ निकालती हैं। पाँच घड़े तो

मेरी भैंस पी जाती है। किसी मेम को एक घड़ा पानी भरना पड़े तो आँखों तले अँधेरा अ: जाय।

महमूद—लेकिन दौड़तीं तो नहीं, उछल-कूद तो नहीं सकतीं।

मोहसिन—हाँ, उछल-कूद नहीं सकतीं; लेकिन उस दिन मेरी गाय खुल गयी थी और चौधरी के खेत में जा पड़ी थी, तो अम्माँ इतनी तेज दौड़ीं कि मैं उन्हें न पा सका, सच?

आगे चले। हलवाइयों की दुकानें शुरू हुईं। आज खूब सजी हुई थीं। इतनी मिठाइयाँ कौन खाता है। देखो न, एक-एक दुकान पर मनों होंगी। सुना है, रात को जिन्नात आकर खरीद ले जाते हैं। अब्बा कहते थे कि आधी रात को एक आदमी हर दुकान पर जाता है और जितना माल बचा होता है, वह तुलवा लेता है और सचमुच के रुपये देता है, बिल्कुल ऐसे ही रुपये।

हामिद को यकीन न आया—ऐसे रुपये जिन्नात को कहाँ से मिल जायेंगे?

मोहसिन ने कहा—जिन्नात को रुपये की क्या कमी? जिस खजाने में चाहें, चले जायें। लोहे के दरवाजे तक उन्हें नहीं रोक सकते जनाब, आप हैं किस फेर में। हीरे-जवाहरात तक उनके पास रहते हैं, जिससे खुश हो गये, उसे टोकरों जवाहरात दे दिये। अभी यहीं बैठे हैं, पाँच मिनट में कहो कलकत्ता पहुँच जायें।

हामिद ने फिर पूछा—जिन्नात बहुत बड़े-बड़े होते होंगे?

मोहसिन—एक-एक आसमान के बराबर होता है जी। जमीन पर खड़ा हो जाय तो उसका सिर आसमान से जा लगे, मगर चाहें तो एक लोटे में घुस जायें।

हामिद—लोग उन्हें खुश करते होंगे? कोई मुझे वह मन्तर बता दे, तो एक जिन्न को खुश कर लूँ।

मोहसिन—अब यह तो मैं नहीं जानता, लेकिन चौधरी साहब के काबू में बहुत से जिन्नात हैं। कोई चीज चोरी चली जाय, चौधरी साहब उसका पता लगा देंगे और चोर का नाम भी बता देंगे। जुमराती का बछवा उस दिन खो गया था। तीस दिन हैरान हुए, कहीं न मिला। तब झख मारकर चौधरी के पास गये। चौधरी ने तुरन्त बता दिया कि मवेशीखाने में है, और वहीं मिला। जिन्नात आकर उन्हें सारे जहान की खबरें दे जाते हैं।

अब उसकी समझ में आ गया कि चौधरी के पास क्यों इतना धन है, और क्यों उनका इतना सम्मान है।

आगे चले। यह पुलिस लाइन है। यहीं सब कानिसटिबल कवायद करते हैं। रैटन! फाय फो! रात को बेचारे घूम-घूमकर पहरा देते हैं, नहीं चोरियाँ हो जायें। मोहसिन ने प्रतिवाद किया—यह कानिसटिबल पहरा देते हैं? तभी तुम बहुत जानते हो। अजी हजरत, यही चोरी कराते हैं। शहर के जितने चोर-डाकू हैं, सब इनसे मिले रहते हैं। रात को ये लोग चोरों से तो कहते हैं, चोरी करो और आप दूसरे मुहल्ले में जाकर 'जागते रहो! जागते रहो?' पुकारते हैं। जभी इन लोगों के पास इतने रुपये आते हैं। मेरे मामूँ एक थाने में कानिसटिबल हैं। बीस रुपया महीना पाते हैं; लेकिन पचास रुपये घर भेजते हैं। अल्ला कसम! मैंने एक बार पूछा था कि मामूँ, आप इतने रुपये कहाँ से पाते हैं? हँसकर कहने लगे—बेटा, अल्लाह देता है। फिर आप ही बोले—लोग चाहें तो एक दिन में लाखों मार लायें। हम तो इतना ही लेते हैं, जिसमें अपनी बदनामी न हो और नौकरी न चली जाय।

हामिद ने पूछा—यह लोग चोरी करवाते हैं तो कोई इन्हें पकड़ता नहीं?

मोहसिन उसकी नादानी पर दया दिखाकर बोला—अरे पागल, इन्हें कौन पकड़ेगा। पकड़नेवाला तो यह खुद है; लेकिन अल्लाह इन्हें सजा भी खूब देता है। ह़राम का माल हराम में जाता है। थोड़े ही दिन हुए, मामूँ के घर में आग लग गयी। सारी लेई-पूँजी जल गयी। एक बरतन तक न बचा। कई दिन पेड़ के नीचे सोये, अल्ला कसम, पेड़ के नीचे। फिर न जाने कहाँ से एक सौ कर्ज लाये तो बरतन-भांडे आये।

हामिद—एक सौ तो पचास से ज्यादा होते हैं?

'कहाँ पचास कहाँ एक सौ। पचास एक थैली-भर होता है। सौ तो दो थैलियों में भी न आवें।'

अब बस्ती घनी होने लगी थी। ईदगाह जानेवालों की टोलियाँ नजर आने लगीं। एक-से-एक भड़कीले वस्त्र पहने हुए। कोई इक्के-ताँगे पर सवार, कोई मोटर पर, सभी इत्र में बसे; सभी के दिलों में उमंग। ग्रामीणों का यह छोटा-सा दल अपनी विपन्नता से बेखबर, सन्तोष और धैर्य में मगन चला जा रहा था। बच्चों के लिए नगर की सभी चीजें अनोखी थीं। जिस चीज की ओर ताकते, ताकते ही रह जाते। और पीछे से बार-बार हॉर्न की आवाज होने पर भी न चेतते। हामिद तो मोटर के नीचे आते-आते बचा।

सहसा ईदगाह नजर आया। ऊपर इमली के घने वृक्षों की छाया। नीचे पक्का फर्श है, जिस पर जाजिम बिछा हुआ है। और रोज़ेदारों की पंक्तियाँ

एक के पीछे एक न जाने कहाँ तक चली गयी हैं, पक्के जगत के नीचे तक, जहाँ जाजिम भी नहीं है। नये आनेवाले आकर पीछे की कतार में खड़े हो जाते हैं। आगे जगह नहीं है। यहाँ कोई धन और पद नहीं देखता। इस्लाम की निगाह में सब बराबर हैं। इन ग्रामीणों ने भी वजू किया और पिछली पंक्ति में खड़े हो गये। कितना सुन्दर संचालन है, कितनी सुन्दर व्यवस्था! लाखों सिर एक साथ सिजदे में झुक जाते हैं, फिर सब-के-सब एक साथ खड़े हो जाते हैं, एक साथ झुकते हैं और एक साथ घुटनों के बल बैठ जाते हैं। कई बार यही क्रिया होती है, जैसे बिजली की लाखों बत्तियाँ एक साथ प्रदीप्त हों और एक साथ बुझ जायें, और यही क्रम चलता है। कितना अपूर्व दृश्य था, जिसकी सामूहिक क्रियाएँ, विस्तार और अनन्तता हृदय को श्रद्धा, गर्व और आत्मानन्द से भर देती थीं, मानो भ्रातृत्व का एक सूत्र इन समस्त आत्माओं को एक लड़ी में पिरोये हुए है।

□□

नमाज़ खत्म हो गयी है। लोग आपस में गले मिल रहे हैं। तब मिठाई और खिलौने की दुकानों पर धावा होता है। ग्रामीणों का यह दल इस विषय में बालकों से कम उत्साही नहीं है। यह देखो, हिंडोला है। एक पैसा देकर चढ़ जाओ। कभी आसमान पर जाते हुए मालूम होंगे, कभी जमीन पर गिरते हुए। यह चर्खी है, लकड़ी के हाथी, घोड़े, ऊँट छड़ों से लटके हुए हैं। एक पैसा देकर बैठ जाओ और पच्चीस चक्करों का मजा लो। महमूद और मोहसिन और नूरे और सम्मी इन घोड़ों और ऊँटों पर बैठते हैं। हामिद दूर खड़ा है। तीन ही पैसे तो उसके पास हैं। अपने कोष का तिहाई जरा-सा चक्कर खाने के लिए नहीं दे सकता।

सब चर्खियों से उतरते हैं। अब खिलौने लेंगे। इधर दुकानों की कतार लगी हुई है। तरह-तरह के खिलौने हैं—सिपाही और गुजरिया, राजा और वकील, भिश्ती और धोबिन और साधू। वाह! कितने सुन्दर खिलौने हैं। अब बोला ही चाहते हैं। महमूद सिपाही लेता है, खाकी वर्दी और लाल पगड़ीवाला, कन्धे पर बन्दूक रखे हुए। मालूम होता है, अभी कवायद किये चला आ रहा है। मोहसिन को भिश्ती पसन्द आया। कमर झुकी है, ऊपर मशक रखे हुए है। मशक का मुँह एक हाथ से पकड़े हुए है। कितना प्रसन्न है। शायद कोई गीत गा रहा है। बस, मशक से पानी उँडेला ही चाहता है। नूरे को वकील से

प्रेम है। कैसी विद्वत्ता है उसके मुख पर! काला चोगा, नीचे सफेद अचकन, अचकन के सामने की जेब में घड़ी, सुनहरी जंजीर, एक हाथ में कानून का पोथा लिए हुए। मालूम होता है, अभी किसी अदालत से जिरह या बहस किये चला आ रहा है। यह सब दो-दो पैसे के खिलौने हैं। हामिद के पास कुल तीन पैसे हैं; इतने महँगे खिलौने वह कैसे ले? खिलौना कहीं हाथ से छूट पड़े, तो चूर-चूर हो जाय। जरा पानी पड़े तो सारा रंग धुल जाय। ऐसे खिलौने लेकर वह क्या करेगा; किस काम के!

मोहसिन–मेरा भिश्ती रोज पानी दे जायेगा; साँझ-सबेरे।

महमूद–और मेरा सिपाही घर का पहरा देगा। कोई चोर आवेगा, तो फौरन बन्दूक से फैर कर देगा!

नूरे–और मेरा वकील खूब मुकदमा लड़ेगा।

सम्मी–और मेरी धोबिन रोज कपड़े धोयेगी।

हामिद खिलौनों की निन्दा करता है–मिट्टी ही के तो हैं, गिरें तो चकनाचूर हो जायें, लेकिन ललचाई हुई आँखों से खिलौनों को देख रहा है और चाहता है कि जरा देर के लिए उन्हें हाथ में ले सकता। उसके हाथ अनायास ही लपकते हैं : लेकिन लड़के इतने त्यागी नहीं होते, विशेषकर जब अभी नया शौक है। हामिद ललचाता रह जाता है।

खिलौनों के बाद मिठाइयाँ आती हैं। किसी ने रेवड़ियाँ ली हैं, किसी ने गुलाबजामुन, किसी ने सोहनहलुआ। मजे से खा रहे हैं। हामिद उनकी बिरादरी से पृथक है। अभागे के पास तीन पैसे हैं। क्यों नहीं कुछ लेकर खाता? ललचायी आँखों से सबकी ओर देखता है।

मोहसिन कहता है–हामिद, रेवड़ी ले जा, कितनी खुशबूदार है।

हामिद को सन्देह हुआ, यह केवल क्रूर विनोद है, मोहसिन इतना उदार नहीं है; लेकिन यह जानकर भी वह उसके पास जाता है। मोहसिन दोने से एक रेवड़ी निकालकर हामिद की ओर बढ़ाता है। हामिद हाथ फैलाता है। मोहसिन रेवड़ी अपने मुँह में रख लेता है। महमूद, नूरे और सम्मी खूब तालियाँ बजा-बजाकर हँसते हैं। हामिद खिसिया जाता है।

मोहसिन–अच्छा, अबकी जरूर देंगे हामिद, अल्ला कसम, ले जाव।

हामिद–रखे रहो। क्या मेरे पास पैसे नहीं हैं?

सम्मी–तीन ही पैसे तो हैं। तीन पैसे में क्या-क्या लोगे?

महमूद–हमसे गुलाबजामुन ले जाव हामिद। मोहसिन बदमाश है।

हामिद–मिठाई कौन बड़ी नेमत है। किताब में इसकी कितनी बुराइयाँ लिखी हैं।

मोहसिन–लेकिन दिल में कह रहे होंगे कि मिले तो खा लें। अपने पैसे क्यों नहीं निकालते?

महमूद–हम समझते हैं इसकी चालाकी। जब हमारे सारे पैसे खर्च हो जायेंगे, तो हमें ललचा-ललचाकर खायगा।

मिठाइयों के बाद कुछ दुकानें लोहे की चीजों की हैं। कुछ गिलट और कुछ नकली गहनों की। लड़कों के लिए यहाँ कोई आकर्षण न था। वह सब आगे बढ़ जाते हैं। हामिद लोहे की दुकान पर रुक जाता है। कई चिमटे रखे हुए थे। उसे खयाल आया, दादी के पास चिमटा नहीं है। तवे से रोटियाँ उतारती है, तो हाथ जल जाता है; अगर वह चिमटा ले जाकर दादी को दे दे, तो वह कितनी प्रसन्न होंगी? फिर उनकी उँगलियाँ कभी न जलेंगी। घर में एक काम की चीज हो जायेगी। खिलौने से क्या फायदा। व्यर्थ में पैसे खराब होते हैं। जरा देर ही तो खुशी होती है। फिर तो खिलौनों को कोई आँख उठा कर नहीं देखता। या तो घर पहुँचते-पहुँचते टूट-फूट बराबर हो जायेंगे, या छोटे बच्चे जो मेले में नहीं आये हैं, ज़िद करके ले लेंगे और तोड़ डालेंगे। चिमटा कितने काम की चीज है। रोटियाँ तवे से उतार लो, चूल्हें में सेंक लो। कोई आग माँगने आवे तो चटपट चूल्हे से आग निकालकर उसे दे दो। अम्माँ बेचारी को कहाँ फुर्सत है कि बाजार आयें, और इतने पैसे ही कहाँ मिलते हैं। रोज हाथ जला लेती है। हामिद के साथी आगे बढ़ गये हैं। सबील पर सब-के-सब शर्बत पी रहे हैं। देखो, सब कितने लालची हैं। इतनी मिठाइयाँ लीं, मुझे किसी ने एक भी न दी। उस पर कहते हैं, मेरे साथ खेलो। मेरा यह काम करो। अब अगर किसी ने कोई काम करने को कहा, तो पूछूँगा। खायें मिठाइयाँ, आप मुँह सड़ेगा, फोड़े-फुन्सियाँ निकलेंगी, आप ही जबान चटोरी हो जायेगी। तब घर के पैसे चुरायेंगे और मार खायेंगे। किताब में झूठी बातें थोड़े ही लिखी हैं। मेरी ज़बान क्यों खराब होगी? अम्मा चिमटा देखते ही दौड़कर मेरे हाथ से ले लेंगी और कहेंगी–मेरा बच्चा अम्माँ के लिए चिमटा लाया है! हजारों दुआएँ देंगी। फिर पड़ोस की औरतों को दिखायेंगी। सारे गाँव में चरचा होने लगेगी, हामिद चिमटा लाया है। कितना अच्छा लड़का है। इन लोगों के खिलौनों पर कौन इन्हें दुआएँ देगा। बड़ों की दुआएँ सीधे अल्लाह के दरबार में पहुँचती हैं, और तुरन्त सुनी जाती हैं। मेरे पास पैसे

नहीं हैं। तभी तो मोहसिन और महमूद यों मिजाज दिखाते हैं। मैं भी इनसे मिजाज दिखाऊँगा। खेलें खिलौने और खायें मिठाइयाँ। मैं नहीं खेलता खिलौने, किसी का मिजाज क्यों सहूँ। मैं गरीब सही, किसी से कुछ माँगने तो नहीं जाता। आखिर अब्बाजान कभी-न-कभी आयेंगे। अम्माँ भी आयेंगी ही। फिर इन लोगों से पूछूँगा कितने खिलौने लोगे? एक-एक को टोकरियों खिलौने दूँ और दिखा दूँ कि दोस्तों के साथ इस तरह सलूक किया जाता है। यह नहीं कि एक पैसे की रेवड़ियाँ लीं तो चिढ़ा-चिढ़ाकर खाने लगे। सब-के-सब खूब हँसेंगे कि हामिद ने चिमटा लिया है। हँसें। मेरी बला से। उसने दुकानदार से पूछा—यह चिमटा कितने का है?

दुकानदार ने उसकी ओर देखा और कोई आदमी साथ न देखकर कहा—यह तुम्हारे काम का नहीं है जी?

'बिकाऊ क्यों नहीं है। और यहाँ क्यों लाद लाये हैं?'

'बिकाऊ है?'

'तो बताते क्यों नहीं, कै पैसे का है?'

'छै पैसे लगेंगे।'

हामिद का दिल बैठ गया।

'ठीक-ठीक पाँच पैसे लगेंगे, लेना हो लो, नहीं चलते बनो।'

हामिद ने कलेजा मजबूत करके कहा—तीन पैसे लोगे?

यह कहता हुआ वह आगे बढ़ गया कि दुकानदार की घुड़कियाँ न सुने। लेकिन दुकानदार ने घुड़कियाँ नहीं दीं। बुलाकर चिमटा दे दिया। हामिद ने उसे इस तरह कन्धे पर रखा, मानो बन्दूक है और शान से अकड़ता हुआ संगियों के पास आया। जरा सुनें, सब-के-सब क्या-क्या आलोचनाएँ करते हैं।

मोहसिन ने हँसकर कहा—यह चिमटा क्यों लाया पगले; इसे क्या करेगा? हामिद ने चिमटे को जमीन पर पटककर कहा—जरा अपना भिश्ती जमीन पर गिरा दो। सारी पसलियाँ चूर-चूर हो जायें बच्चा की।

महमूद बोला—तो यह चिमटा कोई खिलौना है?

हामिद—खिलौना क्यों नहीं? अभी कन्धे पर रखा, बन्दूक हो गयी। हाथ में लिया, फकीरों का चिमटा हो गया। चाहूँ तो इससे मजीरे का काम ले सकता हूँ। एक चिमटा जमा दूँ तो तुम लोगों के सारे खिलौनों की जान निकल जाय। तुम्हारे खिलौने कितना ही जोर लगावें, वे मेरे चिमटे का बाल भी बाँका नहीं कर सकते। मेरा बहादुर शेर है—चिमटा।

सम्मी ने खँजरी ली थी। प्रभावित होकर बोला–मेरी खँजरी से बदलोगे? दो आने की है।

हामिद ने खँजरी की ओर उपेक्षा से देखा–मेरा चिमटा चाहे तो तुम्हारी खँजरी का पेट फाड़ डाले। बस, एक चमड़े की झिल्ली लगा दी, ढब-ढब बोलने लगी। जरा-सा पानी लग जाय तो खतम हो जाय। मेरा बहादुर चिमटा आग में, पानी में, तूफान में बराबर डटा खड़ा रहेगा।

चिमटे ने सभी को मोहित कर लिया; लेकिन अब पैसे किसके पास धरे हैं! फिर मेले से दूर निकल आये हैं, नौ कब के बज गये, धूप तेज हो रही है। घर पहुँचने की जल्दी हो रही थी। बाप से जिद भी करें, तो चिमटा नहीं मिल सकता है। हामिद है बड़ा चालाक। इसीलिए बदमाश ने अपने पैसे बचा रखे थे!

अब बालकों के दो दल हो गये हैं। मोहसिन, महमूद, सम्मी और नूर एक तरफ हैं, हामिद अकेला दूसरी तरफ। शास्त्रार्थ हो रहा है। सम्मी तो विधर्मी हो गया। दूसरे पक्ष से जा मिला; लेकिन मोहसिन, महमूद और नूरे भी, हामिद से एक-एक, दो-दो साल बड़े होने पर भी हामिद के आघातों से आतंकित हो उठे हैं। उसके पास न्याय का बल है और नीति की शक्ति। एक ओर मिट्टी है, दूसरी ओर लोहा, जो इस वक्त अपने को फौलाद कह रहा है। वह अजेय है, घातक है। अगर कोई शेर आ जाय, तो मियाँ भिश्ती के छक्के छूट जायें, मियाँ सिपाही मिट्टी की बन्दूक छोड़कर भागें, वकील साहब की नानी मर जाय, चोगे में मुँह छिपाकर जमीन पर लेट जायें। मगर यह चिमटा, यह बहादुर, यह रुस्तमे-हिन्द लपककर शेर की गरदन पर सवार हो जायेगा और उसकी आँखें निकाल लेगा।

मोहसिन ने एड़ी-चोटी का जोर लगाकर कहा–अच्छा, पानी तो नहीं भर सकता।

हामिद ने चिमटे को सीधा खड़ा करके कहा–भिश्ती को एक डाँट बतायेगा, तो दौड़ा हुआ पानी लाकर उसके द्वार पर छिड़कने लगेगा।

मोहसिन परास्त हो गया; पर महमूद ने कुमक पहुँचाई–अगर बच्चा पकड़ जायें तो अदालत में बँधे-बँधे फिरेंगे। तब तो वकील साहब के ही पैरों पड़ेंगे।

हामिद इस प्रबल तर्क का जवाब न दे सका। उसने पूछा–हमें पकड़ने कौन आयेगा?

नूरे ने अकड़कर कहा—यह सिपाही बन्दूक वाला।

हामिद ने मुँह चिढ़ाकर कहा—यह बेचारे हम बहादुर रुस्तमे-हिन्द को पकड़ेंगे! अच्छा लाओ, अभी जरा कुश्ती हो जाय। इसकी सूरत देखकर दूर से भागेंगे। पकड़ेंगे क्या बेचारे!

मोहसिन को एक नयी चोट सूझ गयी—तुम्हारे चिमटे का मुँह रोज आग में जलेगा।

उसने समझा था कि हामिद लाजवाब हो जायेगा; लेकिन यह बात न हुई। हामिद ने तुरन्त जवाब दिया—आग में बहादुर ही कूदते हैं जनाब, तुम्हारे यह वकील, सिपाही और भिश्ती लौंडियों की तरह घर में घुस जायेंगे। आग में कूदना वह काम है, जो रुस्तमे-हिन्द ही कर सकता है।

महमूद ने एक जोर लगाया—वकील साहब कुर्सी-मेज पर बैठेंगे, तुम्हारा चिमटा तो बावरचीखाने में जमीन पर पड़ा रहेगा।

इस तर्क ने सम्मी और नूरे को भी सजीव कर दिया। कितने ठिकाने की बात कही है पट्ठे ने। चिमटा बावरचीखाने में पड़े रहने के सिवा और क्या कर सकता है?

हामिद को कोई फड़कता हुआ जवाब न सूझा तो उसने धाँधली शुरू की—मेरा चिमटा बावरचीखाने में नहीं रहेगा। वकील साहब कुरसी पर बैठेंगे तो जाकर उन्हें जमीन पर पटक देगा और उनका कानून उनके पेट में डाल देगा।

बात कुछ बनी नहीं। खासी गाली-गलौच थी; कानून को पेट में डालने वाली बात छा गयी। ऐसी छा गयी कि तीनों सूरमा मुँह ताकते रह गये, मानो कोई धेलचा कनकौआ किसी गण्डेवाले कनकौए को काट गया हो। कानून मुँह से बाहर निकलने वाली चीज है। उसको पेट के अन्दर डाल दिया जावे, बेतुकी-सी बात होने पर भी कुछ नयापन रखती है। हामिद ने मैदान मार लिया। उसका चिमटा रुस्तमे-हिन्द है। अब इसमें मोहसिन, महमूद, नूरे, सम्मी किसी को भी आपत्ति नहीं हो सकती।

विजेता को हारनेवालों से जो सत्कार मिलना स्वाभाविक है, वह हामिद को भी मिला। औरों ने तीन-तीन, चार-चार आने पैसे खर्च किये; पर कोई काम की चीज न ले सके। हामिद ने तीन पैसे में रंग जमा लिया। सच ही तो है, खिलौनों का क्या भरोसा? टूट-फूट जायेंगे। हामिद का चिमटा बना रहेगा बरसों!

सन्धि की शर्त तय होने लगी। मोहसिन ने कहा—जरा अपना चिमटा दो, हम भी देखें, तुम हमारा भिश्ती लेकर देखो।

महमूद और नूरे ने भी अपने-अपने खिलौने पेश किये।

हामिद को इन शर्तों के मानने में कोई आपत्ति न थी। चिमटा बारी-बारी से सबके हाथ में गया; और उनके खिलौने बारी-बारी से हामिद के हाथ में आये। कितने खूबसूरत खिलौने हैं!

हामिद ने हारनेवाले के आँसू पोंछे—मैं तुम्हें चिढ़ा रहा था, सच। यह लोहे का चिमटा भला इन खिलौनों की क्या बराबरी करेगा; मालूम होता है, अब बोले, अब बोले।

लेकिन मोहसिन की पार्टी को इस दिलासे से सन्तोष नहीं होता। चिमटे का सिक्का खूब बैठ गया है। चिपका हुआ टिकट अब पानी से नहीं छूट रहा है।

मोहसिन—लेकिन इन खिलौनों के लिए कोई हमें दुआ तो न देगा।

महमूद—दुआ को लिए फिरते हो। उलटे मार न पड़े। अम्माँ जरूर कहेंगी कि मेले में मिट्टी के खिलौने तुम्हें मिले?

हामिद को स्वीकार करना पड़ा कि खिलौनों को देखकर किसी की माँ इतनी खुश न होंगी, जितनी दादी चिमटे को देखकर होंगी। तीन पैसों ही में तो उसे सब कुछ करना था, और उन पैसों के इस उपयोग पर पछतावे की बिल्कुल जरूरत न थी। फिर अब तो चिमटा रुस्तमे-हिन्द है और सभी खिलौनों का बादशाह।

रास्ते में महमूद को भूख लगी। उसके बाप ने केले खाने को दिये। महमूद ने केवल हामिद को साझी बनाया। उसके अन्य मित्र मुँह ताकते रह गये। यह उस चिमटे का प्रसाद था।

□□

ग्यारह बजे सारे गाँव में हलचल मच गयी। मेलेवाले आ गये। मोहसिन की छोटी बहन ने दौड़कर भिश्ती उसके हाथ से छीन लिया और मारे खुशी के जो उछली, तो मियाँ भिश्ती नीचे आ रहे और सुरलोक सिधारे। इस पर भाई-बहन में मार-पीट हुई। दोनों खूब रोये। उनकी अम्माँ यह शोर सुनकर बिगड़ीं और दोनों को ऊपर से दो-दो चाँटे और लगाये।

मियाँ नूरे के वकील का अन्त उसके प्रतिष्ठानुकूल इससे ज्यादा गौरवमय हुआ। वकील जमीन पर या ताक पर तो नहीं बैठ सकता। उसकी मर्यादा का

विचार तो रखना ही होगा। दीवार में दो खूटियाँ गाड़ी गयीं। उन पर लकड़ी का एक पटरा रखा गया। पटरे पर कागज का कालीन बिछाया गया। वकील साहब राजा भोज की भाँति सिंहासन पर विराजे। नूरे ने उन्हें पंखा झलना शुरू किया। अदालतों में खस की टट्टियाँ और बिजली के पंखे रहते हैं। क्या यहाँ मामूली पंखा भी न हो। कानून की गर्मी दिमाग पर चढ़ जायेगी कि नहीं। बाँस का पंखा आया और नूरे हवा करने लगे। मालूम नहीं, पंखे की हवा से या पंखे की चोट से वकील साहब स्वर्गलोक से मृत्युलोक में आ रहे और उनका माटी का चोला माटी में मिल गया। फिर बड़े जोर-शोर से मातम हुआ और वकील साहब की अस्थि घूर पर डाल दी गयी।

अब रहा महमूद का सिपाही। उसे चटपट गाँव का पहरा देने का चार्ज मिल गया; लेकिन पुलिस का सिपाही कोई साधारण व्यक्ति तो था नहीं; जो अपने पैरों चले। वह पालकी पर चलेगा। एक टोकरी आयी, उसमें कुछ लाल रंग के फटे-पुराने चिथड़े बिछाये गये, जिसमें सिपाही साहब आराम से लेटे। नूरे ने यह टोकरी उठायी और अपने द्वार का चक्कर लगाने लगे। उनके दोनों छोटे भाई सिपाही की तरफ से 'छोनेवाले, जागते लहो' पुकारते चलते हैं। मगर रात तो अँधेरी ही होनी चाहिए। महमूद को ठोकर लग जाती है। टोकरी उसके हाथ से छूटकर गिर पड़ती है और मियाँ सिपाही अपनी बन्दूक लिए जमीन पर आ जाते हैं और उनकी एक टाँग में विकार आ जाता है। महमूद को आज ज्ञात हुआ कि वह अच्छा डाक्टर है। उसको ऐसा मरहम मिल गया है, जिससे वह टूटी टाँग को आनन-फानन जोड़ सकता है। केवल गूलर का दूध चाहिए। गूलर का दूध आता है। टाँग जोड़ दी जाती है; लेकिन सिपाही को ज्यों ही खड़ा किया जाता है, टाँग जवाब दे जाती है। शल्यक्रिया असफल हुई, तब उसकी दूसरी टाँग भी तोड़ दी जाती है। अब कम-से-कम एक जगह आराम से बैठ तो सकता है। एक टाँग से तो न चल सकता था न बैठ सकता था। अब वह सिपाही संन्यासी हो गया है। अपनी जगह पर बैठा-बैठा पहरा देता है। कभी-कभी देवता भी बन जाता है। उसके सिर का झालरदार साफा खुरच दिया गया है। अब उसका जितना रूपान्तर चाहो, कर सकते हो। कभी-कभी तो उससे बाट का काम भी लिया जाता है।

अब मियाँ हामिद का हा़ल सुनिए। अमीना उसकी आवाज सुनते ही दौड़ी और उसे गोद में उठाकर प्यार करने लगी। सहसा उसके हाथ में चिमटा देखकर वह चौंकी।

'यह चिमटा कहाँ था ?'

'मैंने मोल लिया है।'

'कै पैसे में ?'

'तीन पैसे दिये।'

अमीना ने छाती पीट ली। यह कैसा बेसमझ लड़का है कि दोपहर हुआ, कुछ खाया न पिया। लाया क्या यह चिमटा ! सारे मेले में तुझे और कोई चीज न मिली, जो यह लोहे का चिमटा उठा लाया।

हामिद ने अपराधी भाव से कहा—तुम्हारी उँगलियाँ तवे से जल जाती थीं, इसलिए मैंने इसे ले लिया।

बुढ़िया का क्रोध तुरन्त स्नेह में बदल गया, और स्नेह भी वह नहीं, जो प्रगल्भ होता है और अपनी सारी कसक शब्दों में बिखेर देता है। यह मूक स्नेह था, खूब ठोस, रस और स्वाद से भरा हुआ। बच्चे में कितना त्याग, कितना सद्भाव और कितना विवेक है ! दूसरों को खिलौने लेते और मिठाई खाते देखकर उसका मन कितना ललचाया होगा। इतना जब्त इससे हुआ कैसे ? वहाँ भी उसे अपनी बुढ़िया दादी की याद बनी रही। अमीना का मन गद्गद हो गया।

और अब एक बड़ी विचित्र बात हुई। हामिद के इस चिमटे से भी तिचित्र। बच्चे हामिद ने बूढ़े हामिद का पार्ट खेला था। बुढ़िया अमीना बालिका अमीना बन गयी। वह रोने लगी। दामन फैलाकर हामिद को दुआएँ देती जाती थी और आँसू की बड़ी-बड़ी बूँदें गिराती जाती थी। हामिद इसका रहस्य क्या समझता !

(प्रथम प्रकाशन : चाँद/अगस्त 1933)

दूध का दाम

अब बड़े-बड़े शहरों में दाइयाँ, नर्सें और लेडी डॉक्टर, सभी पैदा हो गयी हैं; लेकिन देहातों में जच्चेखानों पर अभी तक भंगिनों का ही प्रभुत्व है और निकट भविष्य में इसमें कोई तब्दीली होने की आशा नहीं। बाबू महेशनाथ अपने गाँव के जमींदार थे, शिक्षित थे और जच्चेखानों में सुधार की आवश्यकता को मानते थे, लेकिन इसमें जो बाधाएँ थीं, उन पर कैसे विजय पाते ? कोई नर्स देहात में जाने पर राजी न हुई और बहुत कहने-सुनने से राजी भी हुई, तो इतनी लम्बी-चौड़ी फीस माँगी कि बाबू साहब को सिर झुकाकर चले आने के सिवा और कुछ न सूझा। लेडी डॉक्टर के पास जाने की उन्हें हिम्मत न पड़ी। उसकी फीस पूरी करने के लिए तो शायद बाबू साहब को अपनी आधी जायदाद बेचनी पड़ती; इसलिए जब तीन कन्याओं के बाद वह चौथा लड़का पैदा हुआ, तो फिर वही गूदड़ था और वही गूदड़ की बहू। बच्चे अक्सर रात ही को पैदा होते हैं। एक दिन आधीरात को चपरासी ने गूदड़ के द्वार पर ऐसी हाँक लगायी कि पास-पड़ोस में भी जाग पड़ गयी। लड़की न थी कि मरी आवाज से पुकारता।

गूदड़ के घर में इस शुभ अवसर के लिए महीनों से तैयारी हो रही थी। भय था तो यही कि फिर बेटी न हो जाय, नहीं तो वही बँधा हुआ एक रुपया और एक साड़ी मिलकर रह जायेगी। इस विषय में स्त्री-पुरुष में कितनी ही बार झगड़ा हो चुका था, शर्त लग चुकी थी। स्त्री कहती थी—अगर अबकी बेटा न हो तो मुँह न दिखाऊँ; हाँ-हाँ, मुँह न दिखाऊँ, सारे लच्छन बेटे के हैं। और गूदड़ कहता था—देख लेना, बेटी होगी और बीच खेत बेटी होगी। बेटा निकले तो मूँछें मुँड़ा लूँ, हाँ-हाँ, मूँछें मुड़ा लूँ। शायद गूदड़ समझता था कि इस तरह अपनी स्त्री में पुत्र-कामना को बलवान् करके वह बेटे की अवाई के लिए रास्ता साफ कर रहा है।

भूँगी बोली—अब मूँछ मुँड़ा ले दाढ़ीजार! कहती थी, बेटा होगा। सुनता ही न था। अपनी ही रट लगाये जाता था। मैं आज तेरी मूँछें मूँडूँगी, खूँटी तक तो रखूँगी ही नहीं।

गूदड़ ने कहा—अच्छा मूँड़ लेना भलीमानस! मूँछें क्या फिर निकलेंगी ही नहीं? तीसरे दिन देख लेना, फिर ज्यों-की-त्यों हैं, मगर जो कुछ मिलेगा, उसमें आधा रखा लूँगा, कहे देता हूँ।

भूँगी ने अँगूठा दिखाया और अपने तीन महीने के बालक को गूदड़ के सुपुर्द कर सिपाही के साथ चल खड़ी हुई।

गूदड़ ने पुकारा—अरी! सुन तो, कहाँ भागी जाती है? मुझे भी बधाई बजाने जाना पड़ेगा। इसे कौन सँभालेगा?

भूँगी ने दूर ही से कहा—इसे वहीं धरती पर सुला देना। मैं आके दूध पिला जाऊँगी।

□□

महेशनाथ के यहाँ अब भी भूँगी की खूब खातिरदारियाँ होने लगीं। सबेरे हरीरा मिलता, दोपहर को पूरियाँ और हलवा, तीसरे पहर को फिर और रात को फिर और गूदड़ को भी भरपूर परोसा मिलता था। भूँगी अपने बच्चे को दिन-रात में एक-दो बार से ज्यादा न पिला सकती थी। उसके लिए ऊपर के दूध का प्रबन्ध था। भूँगी का दूध बाबूसाहब का भाग्यवान् बालक पीता था। और यह सिलसिला बारहवें दिन भी न बन्द हुआ। मालकिन मोटी-ताजी देवी थी; पर अबकी कुछ ऐसा संयोग कि उन्हें दूध हुआ ही नहीं। तीनों लड़कियों की बार इतने इफरात से दूध होता था कि लड़कियों को बदहजमी हो जाती थी। अब की एक बूँद नहीं। भूँगी दाई भी थी और दूध-पिलाई भी।

मालकिन कहतीं—भूँगी, हमारे बच्चे को पाल दे, फिर जब तक तू जिये, बैठी खाती रहना। पाँच बीघे माफी दिलवा दूँगी। नाती-पोते तक चैन करेंगे।

और भूँगी का लाड़ला ऊपर का दूध हजम न कर सकने के कारण बार-बार उलटी करता और दिन-दिन दुबला होता जाता था।

भूँगी कहती—बहूजी, मूँड़न में चूड़े लूँगी, कहे देती हूँ।

बहूजी उत्तर देतीं—हाँ हाँ, चूड़े लेना भाई, धमकाती क्यों है? चाँदी के लेगी या सोने के।

'वाह बहूजी! चाँदी के चूड़े पहन के किसे मुँह दिखाऊँगी और किसकी हँसी होगी?'

'अच्छा, सोने के लेना भाई, कह तो दिया।'

'और ब्याह में कण्ठा लूँगी और चौधरी (गूदड़) के लिए हाथों के तोड़े।'

'वह भी लेना, भगवान् वह दिन तो दिखावे।'

घर में मालकिन के बाद भूँगी का राज्य था। महरियाँ, महराजिन, नौकर-चाकर सब उसका रोब मानते थे। यहाँ तक कि खुद बहूजी भी उससे दब जाती थीं। एक बार तो उसने महेशनाथ को भी डाँटा था। हँसकर टाल गये। बात चली थी भंगियों की। महेशनाथ ने कहा था—दुनिया में और चाहे जो कुछ हो जाय, भंगी भंगी ही रहेंगे। इन्हें आदमी बनाना कठिन है।

इस पर भूँगी ने कहा था—मालिक, भंगी तो बड़ों-बड़ों को आदमी बनाते हैं, उन्हें कोई क्या आदमी बनाये।

यह गुस्ताखी करके किसी दूसरे अवसर पर भला भूँगी के सिर के बाल बच सकते थे? लेकिन आज बाबूसाहब ठठाकर हँसे और बोले—भूँगी बात बड़े पते की कहती है।

□□

भूँगी का शासनकाल साल-भर से आगे न चल सका। देवताओं ने बालक के भंगिन का दूध पीने पर आपत्ति की, मोटेराम शास्त्री तो प्रायश्चित्त का प्रस्ताव कर बैठे। दूध तो छुड़ा दिया गया; लेकिन प्रायश्चित्त की बात हँसी में उड़ गयी। महेशनाथ ने फटकारकर कहा—प्रायश्चित्त की खूब कही शास्त्रीजी, कल तक उसी भंगिन का खून पीकर पला, अब उसमें छूत घुस गयी। वाह रे आपका धर्म।

शास्त्रीजी शिखा फटकारकर बोले—यह सत्य है, वह कल तक भंगिन का रक्त पीकर पला। मांस खाकर पला, यह भी सत्य है; लेकिन कल की बात कल थी, आज की बात आज। जगन्नाथपुरी में छूत-अछूत सब एक पंगत में खाते हैं; पर यहाँ तो नहीं खा सकते। बीमारी में तो हम भी कपड़े पहने खा लेते हैं, खिचड़ी तक खा लेते हैं बाबूजी; लेकिन अच्छे हो जाने पर तो नेम का पालन करना ही पड़ता है। आपद्धर्म की बात न्यारी है।

'तो इसका यह अर्थ है कि धर्म बदलता रहता है—कभी कुछ, कभी कुछ?'

'और क्या! राजा का धर्म अलग, प्रजा का धर्म अलग, अमीर का धर्म अलग, गरीब का धर्म अलग, राजे-महाराजे जो चाहें खायें, जिसके साथ चाहें खायें, जिसके साथ चाहें शादी-ब्याह करें, उनके लिए कोई बन्धन नहीं। समर्थ पुरुष हैं। बन्धन तो मध्यवालों के लिए है।'

प्रायश्चित्त तो न हुआ; लेकिन भूँगी को गद्दी से उतरना पड़ा! हाँ, दान-दक्षिणा इतनी मिली की वह अकेले ले न जा सकी और सोने के चूड़े भी मिले। एक की जगह दो नयी, सुन्दर साड़ियाँ—मामूली नैनसुख की नहीं, जैसी लड़कियों की बार मिली थीं।

□□

इसी साल प्लेग ने जोर बाँधा और गूदड़ पहले ही चपेट में आ गया। भूँगी अकेली रह गयी; पर गृहस्थी ज्यों-की-त्यों चलती रही। लोग ताक लगाये बैठे थे कि भूँगी अब गयी। फलाँ भंगी से बातचीत हुई, फलाँ चौधरी आये, लेकिन भूँगी न कहीं आयी, न कहीं गयी, यहाँ तक कि पाँच साल बीत गये और उसका बालक मंगल, दुर्बल और सदा रोगी रहने पर भी, दौड़ने लगा। सुरेश के सामने पिद्दी-सा लगता था।

एक दिन भूँगी महेशनाथ के घर का परनाला साफ कर रही थी। महीनों से गलीज जमा हो रहा था। आँगन में पानी भरा रहने लगा था। परनाले में एक लम्बा मोटा बाँस डालकर जोर से हिला रही थी। पूरा दाहिना हाथ परनाले के अन्दर था कि एकाएक उसने चिल्लाकर हाथ बाहर निकाल लिया और उसी वक्त एक काला साँप परनाले से निकलकर भागा। लोगों ने दौड़कर उसे मार तो डाला; लेकिन भूँगी को न बचा सके। समझे, पानी का साँप है, विषैला न होगा, इसलिए पहले कुछ गफलत की गयी। जब विष देह में फैल गया और लहरें आने लगीं, तब पता चला कि वह पानी का साँप नहीं, गेहुँवन था।

मंगल अब अनाथ था। दिन-भर महेशबाबू के द्वार पर मँडराया करता। घर में जूठन इतना बचता था कि ऐसे-ऐसे दस-पाँच बालक पल सकते थे। खाने की कोई कमी न थी। हाँ, उसे तब बुरा जरूर लगता था, जब उसे मिट्टी के कसोरों में ऊपर से खाना दिया जाता था। सब लोग अच्छे-अच्छे बरतनों में खाते हैं, उसके लिए मिट्टी के कसोरे!

यों उसे इस भेदभाव का बिल्कुल ज्ञान न होता था, लेकिन गाँव के लड़के चिढ़ा-चिढ़ाकर उसका अपमान करते रहते थे। कोई उसे अपने साथ खेलाता भी न था। यहाँ तक कि जिस टाट पर वह सोता था, वह भी अछूत था। मकान के सामने एक नीम का पेड़ था। इसी के नीचे मंगल का डेरा था। एक फटा-सा टाट का टुकड़ा, दो मिट्टी के कसोरे और एक धोती, जो सुरेश बाबू की उतारन थी, जाड़ा, गरमी, बरसात हरेक मौसम में वह जगह एक-सी आरामदेह थी और भाग्य का बली मंगल झुलसती हुई लू, गलते हुए

जाड़े और मूसलाधार वर्षा में भी जिन्दा और पहले से कहीं स्वस्थ था। बस, उसका कोई अपना था, तो गाँव का एक कुत्ता, जो अपने सहवर्गियों के जुल्म से दुखी होकर मंगल की शरण आ पड़ा था। दोनों एक ही खाना खाते, एक ही टाट पर सोते, तबियत भी दोनों की एक-सी थी और दोनों एक-दूसरे के स्वभाव को जान गये थे। कभी आपस में झगड़ा न होता।

गाँव के धर्मात्मा लोग बाबूसाहब की इस उदारता पर आश्चर्य करते। ठीक द्वार के सामने–पचास हाथ भी न होगा–मंगल का पड़ा रहना उन्हें सोलहों आने धर्म-विरुद्ध जान पड़ा। छिः! यही हाल रहा, तो थोड़े ही दिनों में धर्म का अन्त ही समझो। भंगी को भी भगवान् ने ही रचा है, यह हम भी जानते हैं। उसके साथ हमें किसी तरह का अन्याय न करना चाहिए, यह किसे नहीं मालूम? भगवान् का तो नाम ही पतित-पावन है; लेकिन समाज की मर्यादा भी कोई वस्तु है! उस द्वार पर जाते हुए संकोच होता है। गाँव के मालिक हैं, जाना तो पड़ता ही है; लेकिन बस यही समझ लो कि घृणा होती है।

मंगल और टामी में गहरी बनती थी। मंगल कहता–देखो भाई टामी, जरा और खिसककर सोओ। आखिर मैं कहाँ लेटूँ? सारा टाट तो तुमने घेर लिया।

टामी कूँ-कूँ करता, दुम हिलाता और खिसक जाने के बदले और ऊपर चढ़ आता एवं मंगल का मुँह चाटने लगता।

शाम को वह एक बार रोज अपना घर देखने और थोड़ी देर रोने जाता। पहले साल फूस का छप्पर गिर पड़ा, दूसरे साल एक दीवार गिरी और अब केवल आधी-आधी दीवारें खड़ी थीं, जिनका ऊपरी भाग नोकदार हो गया था। यही उसे स्नेह की सम्पत्ति मिली थी। वही स्मृति, वही आकर्षण, वही प्यार उसे एक बार उस ऊजड़ में खींच ले जाता था और टामी सदैव उसके साथ होता था। मंगल नोकदार दीवार पर बैठ जाता और जीवन के बीते और आनेवाले स्वप्न देखने लगता और बार-बार उछलकर उसकी गोद में बैठने की असफल चेष्टा करता।

□□

एक दिन कई लड़के खेल रहे थे। मंगल भी पहुँचकर दूर खड़ा हो गया। या तो सुरेश को उस पर दया आयी, या खेलनेवालों की जोड़ी पूरी न पड़ती थी, कह नहीं सकते। जो कुछ भी हो, तजवीज की कि आज मंगल को भी खेल

में शरीक कर लिया जाय। यहाँ कौन देखने आता है। क्यों रे मंगल, खेलेगा।

मंगल बोला—ना भैया, कहीं मालिक देख लें, तो मेरी चमड़ी उधेड़ दी जाय। तुम्हें क्या, तुम तो अलग हो जाओगे।

सुरेश ने कहा—तो यहाँ कौन आता है देखने बे? चल, हम लोग सवार-सवार खेलेंगे। तू घोड़ा बनेगा, हम लोग तेरे ऊपर सवारी करके दौड़ायेंगे?

मंगल ने शंका की—मैं बराबर घोड़ा ही रहूँगा, कि सवारी भी करूँगा? यह बता दो।

यह प्रश्न टेढ़ा था। किसी ने इस पर विचार न किया था। सुरेश ने एक क्षण विचार करके कहा—तुझे कौन अपनी पीठ पर बिठायेगा, सोच? आखिर तू भंगी है कि नहीं?

मंगल भी कड़ा हो गया। बोला—मैं कब कहता हूँ कि मैं भंगी नहीं हूँ, लेकिन तुम्हें मेरी ही माँ ने अपना दूध पिलाकर पाला है। जब तक मुझे भी सवारी करने को न मिलेगी, मैं घोड़ा न बनूँगा। तुम लोग बड़े चघड़ हो। आप तो मजे से सवारी करोगे और मैं घोड़ा ही बना रहूँ।

सुरेश ने डाँटकर कहा, तुझे घोड़ा बनना पड़ेगा और मंगल को पकड़ने दौड़ा। मंगल भागा। सुरेश ने दौड़ाया। मंगल ने कदम और तेज किया। सुरेश ने भी जोर लगाया; मगर वह बहुत खा-खाकर थुल-थुल हो गया था। और दौड़ने में उसकी साँस फूलने लगती थी।

आखिर उसने रुककर कहा—आकर घोड़ा बनो मंगल, नहीं तो कभी पा जाऊँगा, तो बुरी तरह पीटूँगा।

'तुम्हें भी घोड़ा बनना पड़ेगा।'

'अच्छा हम भी बन जायेंगे।'

'तुम पीछे से निकल जाओगे। पहले तुम घोड़ा बन जाओ। मैं सवारी कर लूँ, फिर मैं बनूँगा।'

सुरेश ने सचमुच चकमा देना चाहा था। मंगल का यह मुतालबा सुनकर साथियों से बोला—देखते हो इसकी बदमाशी, भंगी है न!

तीनों ने मंगल को घेर लिया और उसे जबरदस्ती घोड़ा बना दिया। सुरेश ने चटपट उसकी पीठ पर आसन जमा लिया और टिकटिक करके बोला—चल घोड़े, चल!

मंगल कुछ देर तक तो चला, लेकिन उस बोझ से उसकी कमर टूटी जाती थी। उसने धीरे से पीठ सिकोड़ी और सुरेश की रान के नीचे से सरक गया। सुरेश महोदय लद से गिर पड़े और भोंपू बजाने लगे।

माँ ने सुना, सुरेश कहीं रो रहा है। सुरेश कहीं रोये, तो उनके तेज कानों में जरूर भनक पड़ जाती थी और उसका रोना भी बिल्कुल निराला होता था, जैसे छोटी लाइन के इंजन की आवाज।

महरी से बोली—देख तो, सुरेश कहीं रो रहा है, पूछ तो किसने मारा है।

इतने में सुरेश खुद आँखें मलता हुआ आया। उसे जब रोने का अवसर मिलता था, तो माँ के पास फरियाद लेकर जरूर आता था। माँ मिठाई या मेवे देकर आँसू पोंछ देती थीं। आप थे तो आठ साल के, मगर थे बिल्कुल गावदी। हद से ज्यादा प्यार ने उसकी बुद्धि के साथ वही किया था, जो हद से ज्यादा भोजन ने उसकी देह के साथ।

माँ ने पूछा—क्यों रोता है सुरेश, किसने मारा?

सुरेश ने रोकर कहा—मंगल ने छू दिया।

माँ को विश्वास न आया। मंगल इतना निरीह था कि उससे किसी तरह की शरारत की शंका न होती थी; लेकिन जब सुरेश कसमें खाने लगा, तो विश्वास करना लाजिम हो गया। मंगल को बुलाकर डाँटा—क्यों रे मंगल, अब तुझे बदमाशी सूझने लगी। मैंने तुझसे कहा था, सुरेश को कभी मत छूना, याद है कि नहीं, बोल।

मंगल ने दबी आवाज से कहा—याद क्यों नहीं है।

'तो फिर तूने उसे क्यों छुआ?'

'मैंने नहीं छुआ।'

'तूने नहीं छुआ, तो वह रोता क्यों था?'

'गिर पड़े, इससे रोने लगे।'

चोरी और सीनाजोरी। देवीजी दाँत पीसकर रह गयीं। मारतीं, तो उसी दम स्नान करना पड़ता। छड़ी तो हाथ में लेनी ही पड़ती और छूत का विद्युत-प्रवाह इस छड़ी के रास्ते उनकी देह में पैवस्त हो जाता, इसलिए जहाँ तक गालियाँ दे सकीं, दीं और हुक्म दिया कि अभी-अभी यहाँ से निकल जा। फिर जो इस द्वार पर तेरी सूरत नजर आयी, तो खून ही पी जाऊँगी। मुफ्त की रोटियाँ खा-खाकर शरारत सूझती है, आदि।

मंगल में गैरत तो क्या थी, हाँ, डर था। चुपके से अपने सकोरे उठाये, टाट का टुकड़ा बगल में दबाया, धोती कन्धे पर रखी और रोता हुआ वहाँ से चल पड़ा। अब वह यहाँ कभी न आयेगा। यही तो होगा कि भूखों मर जायेगा। क्या हरज है? इस तरह जीने से फायदा ही क्या? गाँव में उसके

लिए और कहाँ ठिकाना था? भंगी को कौन पनाह देता? उसी खण्डहर की ओर चला, जहाँ भले दिनों की स्मृतियाँ उसके आँसू पोंछ सकती थीं और खूब फूट-फूटकर रोया।

उसी क्षण टामी भी उसे ढूँढ़ता हुआ पहुँचा और दोनों फिर अपनी व्यथा भूल गये।

□□

लेकिन ज्यों-ज्यों दिन का प्रकाश क्षीण होता जाता था, मंगल की ग्लानि भी क्षीण होती जाती थी। बचपन को बेचैन करने वाली भूख देह का रक्त पी-पीकर और भी बलवान होती जाती थी। आँखें बार-बार कसोरों की ओर उठ जातीं। वहाँ अब तक सुरेश की जूठी मिठाइयाँ मिल गयी होतीं। यहाँ क्या धूल फाँके?

उसने टामी से सलाह की—खाओगे क्या टामी? मैं तो भूखा लेट रहूँगा।

टामी ने कूँ-कूँ करके शायद कहा—इस तरह का अपमान तो जिन्दगी भर सहना है। यों हिम्मत हारोगे, तो कैसे काम चलेगा? मुझे देखो न, कभी किसी ने डण्डा मारा, चिल्ला उठा, फिर जरा देर बाद दुम हिलाता हुआ उसके पास जा पहुँचा। हम-तुम दोनों इसीलिए बने हैं, भाई!

मंगल ने कहा—तो तुम जाओ, जो कुछ मिले खा लो, मेरी परवाह न करो।

टामी ने अपनी श्वान-भाषा में कहा—अकेला नहीं जाता, तुम्हें साथ लेकर चलूँगा।

'मैं नहीं जाता।'

'तो मैं भी नहीं जाता।'

'भूखों मर जाओगे।'

'तो क्या तुम जीते रहोगे?'

'मेरा कौन बैठा है, जो रोयेगा?'

'यहाँ भी वही हाल है भाई, क्वार में जिस कुतिया से प्रेम किया था, उसने बेवफाई की और अब कल्लू के साथ है। खैरियत यही हुई कि अपने बच्चे लेती गयी, नहीं तो मेरी जान गाढ़े में पड़ जाती। पाँच-पाँच बच्चों को कौन पालता?'

एक क्षण के बाद भूख ने एक दूसरी युक्ति सोच निकाली।

'मालकिन हमें खोज रही होंगी, क्या टामी?'

'और क्या? बाबूजी और सुरेश खा चुके होंगे। कहार ने उनकी थाली से जूठन निकाल लिया होगा और हमें पुकार रहा होगा।'

'बाबूजी और सुरेश दोनों की थालियों में घी खूब रहता है और वह मीठी-मीठी चीज—हाँ मलाई।'

'सब-का-सब घूरे पर डाल दिया जायेगा।'

'देखें, हमें खोजने कोई आता है?'

'खोजने कौन आयेगा; क्या कोई पुरोहित हो? एक बार 'मंगल-मंगल' होगा और बस, थाली परनाले में उँड़ेल दी जायेगी।'

'अच्छा, तो चलो चलें। मगर मैं छिपा रहूँगा, अगर किसी ने मेरा नाम लेकर न पुकारा; तो मैं लौट आऊँगा। यह समझ लो।'

दोनों वहाँ से निकले और आकर महेशनाथ के द्वार पर अँधेरे में दुबककर खड़े हो गये; मगर टामी को सब्र कहाँ? वह धीरे से अन्दर घुस गया। देखा, महेशनाथ और सुरेश थाली पर बैठ गये हैं। बरोठे में धीरे से बैठ गया, मगर डर रहा था कि कोई डण्डा न मार दे।

नौकर में बातचीत हो रही थी। एक ने कहा—आज मँगलवा नहीं दिखायी देता। मालकिन ने डाँटा था, इससे भागा है साइत।

दूसरे ने जवाब दिया—अच्छा हुआ, निकाल दिया गया। सबेरे-सबेरे भंगी का मुँह देखना पड़ता था।

मंगल और अँधेरे में खिसक गया। आशा गहरे जल में डूब गयी।

महेशनाथ थाली से उठ गये। नौकर हाथ धुला रहा है। अब हुक्का पीयेंगे और सोयेंगे। सुरेश अपनी माँ के पास बैठा कोई कहानी सुनता-सुनता सो जायेगा! गरीब मंगल की किसे चिन्ता है? इतनी देर हो गयी, किसी ने भूल से भी न पुकारा।

कुछ देर तक वह निराश-सा वहाँ खड़ा रहा, फिर एक लम्बी साँस खींचकर जाना ही चाहता था कि कहार पत्तल में थाली का जूठन ले जाता नजर आया।

मंगल अँधेरे से निकलकर प्रकाश में आ गया। अब मन को कैसे रोके?

कहार ने कहा—अरे, तू यहाँ था? हमने समझा कि कहीं चला गया। ले, खा ले; मैं फेंकने ले जा रहा था।

मंगल ने दीनता से कहा—मैं तो बड़ी देर से यहाँ खड़ा था।

'तो बोला क्यों नहीं?'

'मारे डर के।'

'अच्छा, ले खा ले।'

उसने पत्तल को ऊपर उठाकर मंगल के फैले हुए हाथों में डाल दिया। मंगल ने उसकी ओर ऐसी आँखों से देखा, जिसमें दीन कृतज्ञता भरी हुई थी।

टामी भी अन्दर से निकल आया था। दोनों वहीं नीम के नीचे पत्तल में खाने लगे।

मंगल ने एक हाथ से टामी का सिर सहलाकर कहा--देखा, पेट की आग ऐसी होती है! यह लात की मारी हुई रोटियाँ भी न मिलतीं, तो क्या करते?

टामी ने दुम हिला दी।

'सुरेश की अम्माँ ने पाला था।'

टामी ने फिर दुम हिलायी।

'लोग कहते हैं, दूध का दाम कोई नहीं चुका सकता और मुझे दूध का यह दाम मिल रहा है।'

टामी ने फिर दुम हिलायी।

(प्रथम प्रकाशन : हंस/जुलाई 1934)

मुफ्त का यश

उन दिनों संयोग से हाकिम-जिला एक रसिक सज्जन थे। इतिहास और पुराने सिक्कों की खोज में उन्होंने अच्छी ख्याति प्राप्त कर ली थी। ईश्वर जाने दफ्तर के सूखे कामों से उन्हें ऐतिहासिक छान-बीन के लिए कैसे समय मिल जाता था। वहाँ तो जब किसी अफसर से पूछिए, तो वह यही कहता है—'मारे काम के मरा जाता हूँ, सिर उठाने की फुरसत नहीं मिलती।' शायद शिकार और सैर भी उनके काम में शामिल है? उन सज्जन की कीर्तियाँ मैंने देखी थीं और मन में उनका आदर करता था; लेकिन उनकी अफसरी किसी प्रकार की घनिष्ठता में बाधक थी। मुझे संकोच था कि अगर मेरी ओर से पहल हुई तो लोग यही कहेंगे कि इसमें मेरा कोई स्वार्थ है और मैं किसी दशा में भी यह इलजाम अपने सिर नहीं लेना चाहता। मैं तो हुक्काम की दावतों और सार्वजनिक उत्सवों में नेवता देने का भी विरोधी हूँ और जब कभी सुनता हूँ कि किसी अफसर को किसी आम जलसे का सभापति बनाया गया या कोई स्कूल, औषधालय या विधवाश्रम किसी गवर्नर के नाम से खोला गया, तो अपने देश-बन्धुओं की दास-मनोवृत्ति पर घंटों अफसोस करता हूँ; मगर जब एक दिन हाकिम-जिला ने खुद मेरे नाम एक रुक्का भेजा कि मैं आपसे मिलना चाहता हूँ; क्या आप मेरे बँगले पर आने का कष्ट स्वीकार करेंगे, तो मैं बड़े दुविधे में पड़ गया। क्या जवाब दूँ? अपने दो-एक मित्रों से सलाह ली। उन्होंने कहा—'साफ लिख दीजिए, मुझे फुरसत नहीं। वह हाकिम-जिला होंगे, तो अपने घर के होंगे, कोई सरकारी वा जाब्ते का काम होता, तो आपका जाना अनिवार्य था; लेकिन निजी मुलाकात के लिए जाना आपकी शान के खिलाफ है। आखिर वह खुद आपके मकान पर क्यों नहीं आये? इससे क्या उनकी शान में बट्टा लगा जाता था? इसीलिए तो खुद नहीं आये कि वह हाकिम-जिला हैं। इन अहमक हिन्दुस्तानियों को कब यह समझ आयेगी कि दफ्तर के बाहर वे भी वैसे ही साधारण मनुष्य हैं, जैसे हम या आप। शायद ये लोग अपनी घरवालियों से भी अफसरी जताते होंगे। अपना पद उन्हें कभी नहीं भूलता।'

एक मित्र ने, जो लतीफों के चलते-फिरते तिजोरी हैं, हिन्दुस्तानी अफसरों के विषय में कई बड़ी मनोरंजक घटनाएँ सुनायीं। एक अफसर साहब ससुराल गये। शायद स्त्री को विदा कराना था। जैसा आम रिवाज है, ससुर जी ने पहले ही वादे पर लड़की को विदा करना उचित न समझा। कहने लगे—बेटा, इतने दिनों के बाद आयी है अभी कैसे विदा कर दूँ? भला, छह महीने तो रहने दो। उधर धर्मपत्नीजी ने भी नाइन से सन्देश कहला भेजा—अभी मैं नहीं जाना चाहती। आखिर माता-पिता से भी तो मेरा कोई नाता है। कुछ तुम्हारे हाथ बिक थोड़े ही गयी हूँ? दामाद साहब अफसर थे, जामे से बाहर हो गये। तुरन्त घोड़े पर बैठे और सदर की राह ली। दूसरे ही दिन ससुरजी पर सम्मन जारी कर दिया। बेचारा बूढ़ा आदमी तुरन्त लड़की को साथ लेकर दामाद की सेवा में जा पहुँचा। तब जाके उनकी जान बची। ये लोग ऐसे मिथ्याभिमानी होते हैं और फिर तुम्हें हाकिम-जिला से लेना ही क्या है? अगर तुम कोई विद्रोहात्मक गल्प वा लेख लिखोगे, तो फौरन गिरफ्तार कर लिए जाओगे। हाकिम-जिला जरा भी मुरौवत न करेंगे। कह देंगे—यह गवर्नमेंट का हुक्म है, मैं क्या करूँ? अपने लड़के के लिए कानूनगोई या नायब तहसीलदारी की लालसा तुम्हें है नहीं। व्यर्थ क्यों दौड़े जाओ।

लेकिन, मुझे मित्रों की यह सलाह पसन्द न आयी। एक भला आदमी जब निमन्त्रण देता है, तो केवल इसलिए अस्वीकार कर देना कि हाकिम-जिला ने भेजा है, मुटमर्दी है। बेशक हाकिम साहब मेरे घर आ जाते, तो उनकी शान कम न होती। उदार हृदय वाला आदमी बेतकल्लुफ चला आता; लेकिन भाई, जिले की अफसरी बड़ी चीज है। और एक उपन्यासकार की हस्ती ही क्या है। इंग्लैण्ड या अमेरिका में गल्प लेखकों और उपन्यासकारों की मेज पर निमन्त्रित होने में प्रधानमन्त्री भी अपना गौरव समझेगा, हाकिम-जिला की तो गिनती ही क्या है? लेकिन यह भारतवर्ष है, जहाँ हर एक रईस के दरबार में कवि-सम्राटों का जत्था रईस के कीर्तिमान के लिए जमा रहता था और आज भी ताजपोशी में हमारे लेखक-वृन्द बिना बुलाये राजाओं की खिदमत में हाजिर होते हैं, कसीदे पेश करते हैं और इनाम के लिए हाथ पसारते हैं। तुम ऐसे कहाँ के बड़े वह हो कि हाकिम-जिला तुम्हारे घर चला आये। जब तुममें इतनी अकड़ और तुनुकमिजाजी है, तो वह तो जिले का बादशाह है। अगर उसे कुछ अभिमान भी हो तो उचित है। इसे उसकी कमजोरी कहो, बेहूदगी कहो, मूर्खता कहो, उजड्डता कहो, फिर भी उचित है। देवता होना गर्व की बात है; लेकिन मनुष्य होना भी अपराध नहीं।

और मैं तो कहता हूँ—ईश्वर को धन्यवाद दो कि हाकिम-जिला तुम्हारे घर नहीं आये; वरना तुम्हारी कितनी भद होती। उनके आदर-सत्कार का सामान तुम्हारे पास कहाँ था? गत की एक कुर्सी भी नहीं है। उन्हें क्या तीन टाँगोंवाले सिंहासन पर बैठाते या मटमैले जाजिम पर? तीन पैसे की चौबीस बीड़ियाँ पीकर दिल खुश कर लेते हो। है सामर्थ्य रुपये के दो सिगार खरीदने की? तुम तो इतना भी नहीं जानते कि वह सिगार मिलता कहाँ है; उसका नाम क्या है। अपना भाग्य सराहो कि अफसर साहब तुम्हारे घर नहीं आये और तुम्हें बुला लिया। चार-पाँच रुपये बिगड़ भी जाते और लज्जित भी होना पड़ता। और कहीं तुम्हारे परम दुर्भाग्य और पापों के दण्डस्वरूप उनकी धर्मपत्नी भी उनके साथ होतीं, तब तो तुम्हें धरती में समा जाने के सिवा और कोई ठिकाना न था। तुम या तुम्हारी धर्मपत्नी उस महिला का सत्कार कर सकती थी? तुम्हारी तो घिग्घी बँध जाती साहब, बदहवास हो जाते! वह तुम्हारे दीवानखाने तक ही न रहती जिसे तुमने गरीबामऊ ढंग से सजा रखा है। वहाँ तुम्हारी गरीबी अवश्य है, पर फूहड़पन नहीं। अन्दर तो पग-पग पर फूहड़पन के दृश्य नजर आते। तुम अपने में फटे-पुराने पहनकर और अपनी विपन्नता में मगन रहकर जिन्दगी बसर कर सकते हो; लेकिन कोई भी आत्माभिमानी आदमी यह पसन्द नहीं कर सकता कि उसकी दुरवस्था दूसरों के लिए विनोद की वस्तु बने। इन लेडी साहिबा के सामने तो तुम्हारी जबान बन्द हो जाती।

चुनाँचे मैंने हाकिम-जिला का निमन्त्रण स्वीकार कर लिया और यद्यपि उनके स्वभाव में कुछ अनावश्यक अफसरी की शान थी; लेकिन उनके स्नेह और उदारता ने उसे यथासाध्य प्रकट न होने दिया। कम-से-कम उन्होंने मुझे शिकायत का कोई मौका न दिया। अफसराना प्रकृति को तब्दील करना उनकी शक्ति के बाहर था।

मुझे इस प्रसंग को कोई महत्त्व देने की कोई बात भी न थी, महत्त्व न दिया। उन्होंने मुझे बुलाया, मैं चला गया। कुछ गप-शप किया और लौट आया। किसी से इसका जिक्र करने की जरूरत ही क्या? मानो भाजी खरीदने बाजार गया था।

लेकिन टोहियों ने जाने कैसे टोह लगा लिया। विशेष समुदायों में यह चर्चा होने लगी कि हाकिम-जिला से मेरी बड़ी गहरी मैत्री है और वह मेरा बड़ा सम्मान करते हैं। अतिशयोक्ति ने मेरा सम्मान और भी बढ़ा दिया। यहाँ तक मशहूर हुआ कि वह मुझसे सलाह लिए बगैर कोई फैसला या रिपोर्ट नहीं लिखते।

कोई भी समझदार आदमी इस ख्याति से लाभ उठा सकता था। स्वार्थ

में आदमी बावला हो जाता है। तिनके का सहारा ढूँढ़ता फिरता है। ऐसों को विश्वास दिलाना कुछ मुश्किल न था कि मेरे द्वारा उनका काम निकल सकता है, लेकिन मैं ऐसी बातों से घृणा करता हूँ। सैकड़ों व्यक्ति अपनी कथाएँ लेकर मेरे पास आये। किसी के साथ पुलिस ने बेजा ज्यादती की थी। कोई इन्कम टैक्स वालों की सख्तियों से दुःखी था, किसी की यह शिकायत थी कि दफ्तर में उसकी हकतलफी हो रही है और उसके पीछे के आदमियों को दनादन तरक्कियाँ मिल रही हैं। उसका नम्बर आता है, तो कोई परवाह नहीं करता। इस तरह का कोई-न-कोई प्रसंग नित्य ही मेरे पास आने लगा, लेकिन मेरे पास उन सबके लिए एक ही जवाब था—मुझसे कोई मतलब नहीं।

एक दिन मैं अपने कमरे में बैठा था, कि मेरे बचपन के एक सहपाठी मित्र आ टपके। हम दोनों एक ही मकतब में पढ़ने जाया करते थे। कोई 45 साल की पुरानी बात है। मेरी उम्र 19 साल से अधिक न थी। वह भी लगभग इसी उम्र के रहे होंगे; लेकिन मुझसे कहीं बलवान और हृष्ट-पुष्ट। मैं जहीन था, वह निरे कौदन। मौलवी साहब उनसे हार गये थे और उन्हें सबक पढ़ाने का भार मुझ पर डाल दिया था। अपने से दुगुने व्यक्ति को पढ़ाना मैं अपने लिए गौरव की बात समझता था और खूब मन लगाकर पढ़ाता था। फल यह हुआ कि मौलवी साहब की छड़ी जहाँ असफल रही, वहाँ मेरा प्रेम सफल हो गया। बलदेव चल निकला, खालिकबारी तक जा पहुँचा, मगर इस बीच में मौलवी साहब का स्वर्गवास हो गया और वह शाखा टूट गयी। उनके छात्र भी इधर-उधर हो गये। तब से बलदेव को केवल मैंने दो-तीन बार रास्ते में देखा, (मैं अब भी वही सींकिया पहलवान हूँ और वह अब भी वही भीमकाय) राम-राम हुई, क्षेम-कुशल पूछा और अपनी-अपनी राह चले गये।

मैंने उनसे हाथ मिलाते हुए कहा—आओ भाई बलदेव, मजे में तो हो? कैसे याद किया, क्या करते हो आजकल?

बलदेव ने व्यथित कण्ठ से कहा—जिन्दगी के दिन पूरे कर रहे हैं भाई, और क्या। तुमसे मिलने की बहुत दिनों से इच्छा थी। याद करो वह मकतबवाली बात, जब तुम मुझे पढ़ाया करते थे। तुम्हारी बदौलत चार अक्षर पढ़ गया और अपनी जमींदारी का काम सँभाल लेता हूँ, नहीं तो मूर्ख ही बना रहता। तुम मेरे गुरु हो भाई, सच कहता हूँ; मुझ-जैसे गधे को पढ़ाना तुम्हारा ही काम था। न-जाने क्या बात थी कि मौलवी साहब से सबक पढ़कर अपनी जगह पर आया नहीं कि बिल्कुल साफ। तुम जो पढ़ाते थे, वह बिना याद किये ही याद हो जाता था। तुम तब भी बड़े जहीन थे।

यह कहकर उन्होंने मुझे सगर्व नेत्रों से देखा।

मैं बचपन के साथियों को देखकर फूल उठता हूँ। सजल नेत्र होकर बोला—मैं तो जब तुम्हें देखता हूँ, तो यही जी में आता है कि दौड़कर तुम्हारे गले लिपट जाऊँ। 45 वर्ष का युग मानो बिल्कुल गायब हो जाता है। वह मकतब आँखों के सामने फिरने लगता है और बचपन सारी मनोहरताओं के साथ ताजा हो जाता है।

बलदेव ने भी द्रवित कण्ठ से उत्तर दिया—मैंने तो भाई, तुम्हें सदैव अपना इष्टदेव समझा है। जब तुम्हें देखता हूँ, तो छाती गज-भर की हो जाती है कि वह मेरा बचपन का संगी जा रहा है, जो समय आ पड़ने पर कभी दगा न देगा। तुम्हारी बड़ाई सुन-सुनकर मन-ही-मन प्रसन्न हो जाता हूँ, लेकिन यह बताओ, क्या तुम्हें खाना नहीं मिलता? कुछ खाते-पीते क्यों नहीं? सूखते क्यों जाते हो? घी न मिलता हो, तो दो-चार कनस्तर भिजवा दूँ। अब तुम भी बूढ़े हुए, खूब डटकर खाया करो। अब तो देह में जो कुछ तेज और बल है, वह केवल भोजन के अधीन है। मैं तो अब भी सेर-भर दूध और पाव-भर घी उड़ाये जाता हूँ। इधर थोड़ा मक्खन भी खाने लगा हूँ। जिन्दगी-भर बाल-बच्चों के लिए मर मिटे। अब कोई यह नहीं पूछता कि तुम्हारी तबियत कैसी है। अगर आज कन्धा डाल दूँ, तो कोई एक लोटे पानी को न पूछे। इसलिए खूब खाता हूँ और सबसे ज्यादा काम करता हूँ। घर पर अपना रोब बना हुआ है। वही जो तुम्हारा जेठा लड़का है, उस पर पुलिस ने एक झूठा मुकदमा चला दिया है। जवानी के मद में किसी को कुछ समझता नहीं है। है भी अच्छा-खासा पहलवान। दारोगाजी से एक बार कुछ कहा-सुनी हो गयी। तब से घात में लगे हुए थे। इधर गाँव में एक डाका पड़ गया। दारोगाजी ने तहकीकात में उसे भी फाँस लिया। आज एक सप्ताह से हिरासत में है। मुकदमा मुहम्मद खलील, डिप्टी के इजलास में है और मुहम्मद खलील और दारोगाजी से दाँत-काटी रोटी है। अवश्य सजा हो जायेगी। अब तुम्हीं बचाओ, तो उसकी जान बच सकती है। और कोई आशा नहीं है। सजा तो जो होगी वह होगी ही; इज्जत भी खाक में मिल जायेगी। तुम जाकर हाकिम-जिला से इतना कह दो कि मुकदमा झूठा है, आप खुद चलकर तहकीकात कर लें! बस, देखो भाई, बचपन के साथी हो, 'नहीं' न करना। जानता हूँ, तुम इन मुआमलों में नहीं पड़ते और तुम्हारे-जैसे आदमी को पड़ना भी न चाहिए। तुम प्रजा की लड़ाई लड़ने वाले जीव हो, तुम्हें सरकार के आदमियों से मेल-जोल बढ़ाना उचित नहीं; नहीं तो जनता की नजरों से गिर जाओगे। लेकिन यह घर का मुआमला है। इतना समझ लो कि मुआमला बिल्कुल झूठ न होता, तो मैं कभी तुम्हारे पास न आता। लड़के की माँ रो-रोकर जान दिये डालती है,

बहू ने दाना-पानी छोड़ रखा है। सात दिन से घर में चूल्हा नहीं जला। मैं तो थोड़ा-सा दूध पी लेता हूँ, लेकिन दोनों सास-बहू तो निराहार पड़ी हुई हैं, अगर बच्चा को सजा हो गयी, तो दोनों मर जायेंगी। मैंने यही कहकर उन्हें ढाढ़स दिया है कि जब तक हमारा छोटा भाई सलामत है, कोई हमारा बाल बाँका नहीं कर सकता। तुम्हारी भाभी ने तुम्हारी एक पुस्तक पढ़ी है। वह तो तुम्हें देवतुल्य समझती है और जब कोई बात होती है, तुम्हारी नजीर देकर मुझे लज्जित करती है। मैं भी साफ कह देता हूँ—मैं उस छोकरे की-सी बुद्धि कहाँ से लाऊँ? तुम्हें उसकी नजरों से गिराने के लिए तुम्हें छोकरा, मरियल सभी कुछ कहता हूँ, पर तुम्हारे सामने मेरा रंग नहीं जमता।

मैं बड़े संकट में पड़ गया। मेरी ओर से जितनी आपत्तियाँ हो सकती थीं, उन सबका जवाब बलदेवसिंह ने पहले ही से दे दिया था। इनको फिर दुहराना व्यर्थ था। इसके सिवा कोई जवाब न सूझा कि मैं जाकर साहब से कहूँगा। हाँ, इतना मैंने अपनी तरफ से और बढ़ा दिया कि मुझे आशा नहीं कि मेरे कहने का विशेष खयाल किया जाय, क्योंकि सरकारी मुआमलों में हुक्काम हमेशा अपने मातहतों का पक्ष लिया करते हैं।

बलदेवसिंह ने प्रसन्न होकर कहा—इसकी चिन्ता नहीं, तकदीर में जो लिखा है, वह तो होगा ही। बस, तुम जाकर कह भर दो।

'अच्छी बात है।'

'तो कल जाओगे?'

'हाँ अवश्य, जाऊँगा?'

'यह जरूर कहना कि आप चलकर तहकीकात कर लें।'

'हाँ, यह जरूर कहूँगा।'

'और यह भी कह देना कि बलदेवसिंह मेरा भाई है।'

'झूठ बोलने के लिए मुझे मजबूर न करो।'

'तुम मेरे भाई नहीं हो? मैंने तो हमेशा तुम्हें अपना भाई समझा है।'

'अच्छा, यह भी कह दूँगा।'

बलदेवसिंह को विदा करके मैंने अपना खेल समाप्त किया और आराम से भोजन करके लेटा। मैंने उससे गला छुड़ाने के लिए झूठा वादा कर दिया। मेरा इरादा हाकिम-जिला से कुछ कहने का नहीं था। मैंने पेशबन्दी के तौर पर पहले ही जता दिया था कि हुक्काम आम तौर पर पुलिस के मुआमलों में दखल नहीं देते; इसलिए सजा हो भी गयी, तो मुझे यह कहने की काफी गुंजाइश थी कि साहब ने मेरी बात स्वीकार नहीं की।

कई दिन गुजर गये थे। मैं इस वाकिये को बिल्कुल भूल गया था। सहसा एक दिन बलदेवसिंह अपने पहलवान बेटे के साथ मेरे कमरे में दाखिल हुए। बेटे ने मेरे चरणों पर सिर रख दिया और अदब से एक किनारे खड़ा हो गया। बलदेवसिंह बोले—बिल्कुल बरी हो गया भैया! साहब ने दारोगा को बुलाकर खूब डाँटा कि तुम भले आदमियों को सताते और बदनाम करते हो। अगर फिर ऐसा झूठा मुकदमा लाये, तो बर्खास्त कर दिये जाओगे। दारोगाजी बहुत झेंपे। मैंने उन्हें झुककर सलाम किया। बचा पर घड़ों पानी पड़ गया। यह तुम्हारी सिफारिश का चमत्कार है, भाईजान! अगर तुमने मदद न की होती, तो हम तबाह हो गये थे। यह समझ लो कि तुमने चार प्राणियों की जान बचा ली। मैं तुम्हारे पास बहुत डरते-डरते आया था। लोगों ने कहा था—उनके पास नाहक जाते हो, वह बड़ा बेमुरौवत आदमी है, उसकी जात से किसी का उपकार नहीं हो सकता। आदमी वह है; जो दूसरों का हित करे। वह क्या आदमी है, जो किसी की कुछ सुने ही नहीं! लेकिन भाईजान, मैंने किसी की बात न मानी। मेरे दिल में मेरा राम बैठा कह रहा था—तुम चाहे कितने ही रूखे और बेलाग हो, लेकिन मुझ पर अवश्य दया करोगे।

यह कहकर बलदेवसिंह ने अपने बेटे को इशारा किया। वह बाहर गया और एक बड़ा-सा गट्ठर उठा लाया, जिसमें भाँति-भाँति की देहाती सौगातें बँधी हुई थीं। हालाँकि मैं बराबर कहे जाता था—तुम ये चीज़ें नाहक लाये, इनकी क्या जरूरत थी, कितने गँवार हो, आखिर तो ठहरे देहाती, मैंने कुछ नहीं कहा, मैं तो साहब के पास गया भी नहीं, लेकिन कौन सुनता है। खोया, दही, मटर की फलियाँ, अमावट, ताजा गुड़ और जाने क्या-क्या आ गया।

मैंने कहने को तो एक तरह से कह दिया—मैं साहब के पास गया ही नहीं, जो कुछ हुआ, खुद हुआ, मेरा कोई एहसान नहीं है, लेकिन उसका मतलब यह निकाला गया कि मैं केवल नम्रता से और सौगातों को लौटा देने का कोई बहाना ढूँढ़ने के लिए ऐसा कह रहा हूँ। मुझे इतनी हिम्मत न हुई कि मैं इस बात का विश्वास दिलाता। इसका जो अर्थ निकाला गया, वही मैं चाहता था। मुफ्त का एहसान छोड़ने का जी न चाहता था, अन्त में जब मैंने जोर देकर कहा कि किसी से इस बात का जिक्र न करना, नहीं तो मेरे पास फरियादों का मेला लग जायेगा, तो मानो मैंने स्वीकार कर लिया कि मैंने सिफारिश की—और जोरों से की।

(प्रथम प्रकाशन : हंस/अगस्त 1934)

कफ़न

झोंपड़ें के द्वार पर बाप और बेटा दोनों एक बुझे हुए अलाव के सामने चुपचाप बैठे थे और अन्दर बेटे की जवान बीबी बुधिया प्रसव-वेदना से पछाड़ खा रही थी। रह-रहकर उसके मुँह से ऐसी हिला देनेवाली आवाज निकलती थी कि दोनों कलेजा थाम लेते थे। जाड़ों की रात थी, प्रकृति सन्नाटे में डूबी हुई, सारा गाँव अन्धकार में लय हो गया था।

घीसू ने कहा—"मालूम होता है, बचेगी नहीं। सारा दिन दौड़ते हो गया; जा, देख तो आ।"

माधव चिढ़कर बोला—"मरना ही है तो जल्दी मर क्यों नहीं आती? देखकर क्या करूँ?"

"तू बड़ा बेदर्द है बे! साल भर जिसके साथ सुख-चैन से रहा, उसी के साथ इतनी बेवफाई!"

"तो मुझसे तो उसका तड़पना और हाथ-पाँव पटकना नहीं देखा जाता।"

चमारों का कुनबा था और सारे गाँव में बदनाम। घीसू एक दिन काम करता तो तीन दिन आराम। माधव इतना काम चोर था कि आध घण्टे काम करता तो घंटे भर चिलम पीता। इसलिए उन्हें कहीं मजदूरी नहीं मिलती थी। घर में मुट्ठी भर भी अनाज मौजूद हो, तो उनके लिए काम करने को कसम थी। जब दो-चार फाके हो जाते तो घीसू पेड़ पर चढ़कर लकड़ियाँ तोड़ लाता माधव बाजार में बेच आता। और जब तक वह पैसे रहते, दोनों इधर-उधर मारे-मारे फिरते। जब फाके की नौबत आ जाती तो फिर लकड़ियाँ तोड़ते या मजदूरी तलाश करते। गाँव में काम की कमी न थी। किसानों का गाँव था, मेहनती आदमी के लिए पचास काम थे। मगर इन दोनों को लोग उसी वक्त बुलाते, जब दो आदमियों से एक का काम पाकर भी सन्तोष कर लेने के सिवा और कोई चारा न होता। अगर दोनों साधु होते, तो उन्हें सन्तोष और धैर्य के लिए संयम और नियत की बिल्कुल जरूरत न होती यह तो इनकी प्रकृति थी। विचित्र

जीवन था इनका। घर में मिट्टी के दो-चार बर्तनों के सिवा कोई सम्पत्ति नहीं। फटे चीथड़ों से अपनी नग्नता को ढाँके हुए जिए जाते थे। संसार की चिंताओं से मुक्त! कर्ज से लदे हुए। गालियाँ भी खाते, मार भी खाते, मगर कोई भी गम नहीं। दीन इतने कि वसूली की बिलकुल आशा न रहने पर भी लोग इन्हें कुछ-न-कुछ कर्ज दे देते थे। मटर, आलू की फसल में दूसरों के खेतों से मटर या आलू उखाड़ लाते औश्र भून-भानकर खा लेते या दस-पाँच ऊख उखाड़ लाते और रात को चूसते। घीसू ने इसी आकाश-वृत्ति से साठ साल की उम्रकाट दी और माधव भी सपूत बेटे की तरह बाप ही के पदचिह्नों पर चल रहा था, बल्कि उसका नाम और भी उजागर कर रहा था। इस वक्त भी दोनों अलाव के सामने बैठकर आलू भून रहे थे जो कि किसी के खेत से खोद लाए थे। घीसू की स्त्री का तो बहुत दिन हुए देहान्त हो गया था। माधव का ब्याह पिछले साल हुआ था। जब से यह औरत आई थी उसने इस खानदान में व्यवस्था की नींव डाली थी। पिसाई करके या घास छीलकर वह सेरभर आटे का इन्तजाम कर लेती थी और इन दोनों बेगैरतों का दोजख भरती रहती थी। जब से वह आई, वह दोनों और भी आलसी और आरामतलब हो गए थे, बल्कि कुछ अकड़ने भी लगे थे। कोई काम करने को बुलाता, तो निर्ब्याज भाव से दुगुनी मजदूरी माँगते। वही औरत आज प्रसव-वेदना से मर रही थी और ये दोनों शायद इसी इन्तजार में थे कि वह मर जाए, तो आराम से सोएँ।

घीसू ने आलू निकालकर छीलते कहा—''जाकर देख तो, क्या दशा है उसकी। चुड़ैल का फिसाद होगा, और क्या! यहाँ तो ओझा भी एक रुपया माँगता है!'' माधव को भय था कि वह कोठरी में गया, तो घीसू आलुओं का बड़ा भाग साफ कर देगा। बोला—''मुझे वहाँ जाते डर लगता है।''

''डर किस बात का है, मैं तो यहाँ हूँ ही!''

''तो तुम्हीं जाकर देखो ना!''

''मेरी औरत जब मरी थी, तो मैं तीन दिन तक उसके पास से हिला तक नहीं। और फिर मुझसे लजाएगी कि नहीं? जिसका कभी मुँह नहीं देखा, आज उसका उघड़ा हुआ बदन देखूँ। उसे तन की सुध भी तो न होगी! मुझे देख लेगी तो खुलकर हाथ-पाँव भी न पटक सकेगी।''

''मैं सोचता हूँ, कोई बाल-बच्चा हो गया तो क्या होगा? सोंठ, गुड़, तेल, कुछ भी तो नहीं है घर में!''

''सब कुछ आ जाएगा। भगवान् दें तो! जो लोग अभी एक पैसा नहीं

दे रहे हैं, वे ही कल बुलाकर रुपए देंगे। मेरे नौ लड़के हुए, घर में कभी कुछ न था; मगर भगवान् ने किसी न किसी तरह बेड़ा पार ही लगाया।''

जिस समाज में दिन-रात मेहनत करने वालों की हालत उनकी हालत से कुछ बहुत अच्छी न थी, और किसानों के मुकाबले में वे लोग, जो किसानों की दुर्बलताओं से लाभ उठाना जानते थे, कहीं ज्यादा सम्पन्न थे, वहाँ इस तरह की मनोवृत्ति का पैदा हो जाना कोई अचरज की बात न थी। वहाँ तो कहेंगे, घीसू किसानों से कहीं ज्यादा विचारवान था और किसानों के विचारशून्य समूह में शामिल होने के बदले बैठकबाजों की कुत्सित मण्डली में जा मिला था। हाँ, उसमें यह शक्ति न थी कि बैठकबाजों के नियम और नीति का पालन करता। इसलिए जहाँ उसकी मंडली के और लोग गाँव के सरगना और मुखिया बने हुए थे, उस पर सारा गाँव उँगली उठाता था। फिर भी उसे यह तसकीन तो थी ही कि अगर वह फटेहाल है तो कम-से-कम उसे किसानों की-सी जी-तोड़ मेहनत तो नहीं करनी पड़ती। और उसकी सरलता और निरीहता से दूसरे लोग बेजा फायदा तो नहीं उठाते।

दोनों आलू निकाल-निकालकर जलते-जलते खाने लगे। कल के कुछ नहीं खाया था। इतना सब्र न था कि उन्हें ठण्डा हो जाने दें। कई बार दोनों ही जबानें जल गईं। छिल जाने पर आलू का बहारी हिस्सा तो बहुत ज्यादा गर्म न मालूम होता; लेकिन दाँतों-तले पड़ते ही अन्दर का हिस्सा जबान तथा हलक और तालू को जला देता था और उस अंगारे के मुँह में रहने से ज्यादा खैरियत इसी में थी कि वह अन्दर पहुँच जाए। वहाँ उसे ठण्डा करने के लिए काफी सामान थे। इसलिए दोनों जल्दी-जल्दी निगल जाते, हालाँकि इस कोशिश में उनकी आँखों से आँसू निकल आते।

घीसू को उस वक्त ठाकुर की बारात याद आई, जिसमें बीस साल पहले वह गया था। उस दावत में उसे जो तृप्ति मिली थी, वह उसके जीवन में एक याद रखने लायक बात थी और आज भी उसकी याद ताजी थी। बोला—''वह भोज नहीं भूलता। तब से फिर उस तरह का खाना और भरपेट नहीं मिला। लड़की वालों ने भरपेट पूड़ियाँ खिलाई थीं सबको! छोटे-बड़े सबने पूड़ियाँ खाई और असली घी की! चटनी, रायता, तीन तरह के सूखे-साग, एक रसेदार तरकारी, दही, मिठाई, अब क्या बताऊ कि उस भोज में क्या-क्या मिला। कोई रोक-टोक नहीं थी। जो चीज चाहो माँगो और जितना चाहो खाओ। लोगों ने ऐसा खाया, ऐसा खाया, किसी से पानी न पिया गया। मगर परोसने वाले हैं कि

पत्तल में गर्म-गर्म गोल-गोल सुवासित कचौड़ियाँ डाल देते हैं। मना करते हैं कि नहीं चाहिए पत्तल पर हाथ से रोके हुए हैं, मगर वे है कि दिए जाते हैं। और जब सबने मुँह धो लिया, तो पान-इलायची भी मिली मगर मुझे पान की कहाँ सुध थी? खड़ा न हुआ जाता था, चटपट जाकर अपने कम्बल पर लेट गया। ऐसा दिल-दरियाव था वह ठाकुर।''

माधव ने इन पदार्थों का मन-ही-मन मजा लेते हुए कहा–''अब हमें कोई ऐसा भोज नहीं खिलाता।''

''अब कोई क्या खिलाएगा? वह जमाना दूसरा था। अब तो सबको किफायत सूझती है। शादी-ब्याह में मत खर्च करो, क्रिया-कर्म में मत खर्च करो। पूछो, गरीबों का माल बटोर-बटोरकर कहाँ रखोगे? बटोरने में तो कमी नहीं है। हाँ, खर्च में किफायत सूझती है।''

''तुमने एक बीस पूड़ियाँ खाई होंगी।''

''बीस से ज्यादा खाई थीं।''

''मैं पचास खा जाता!''

''पचास में कम मैंने न खाई होंगी। अच्छा पट्ठा था। तू तो मेरा आधा भी नहीं है।''

आलू खाकर दोनों ने पानी पिया और वहीं अलाव के सामने अपनी-अपनी धोतियाँ ओढ़कर पांव में पेट डाले सो रहे। जैसे दो बड़े-बड़े अजगर कुंडलियाँ मारे पड़े हो।

और बुधिया अभी तक कराह रही थी।

आखिर माधव ने कोडरी पर जाकर देखा, तो उसकी स्त्री ठण्डी हो गई थी। उसके मुँह पर मक्खियाँ भिनक रही थीं। पथराई हुई आँखें ऊपर टँगी हुई थीं। सारी देह धूल में लथपथ हो रही थी। उसके पेट में बच्चा मर गया था।

माधव भागा हुआ घीसू के पास आया। फिर दोनों जोर-जोर से हाय-हाय करते और छाती पीटने लगे। पड़ोसवालों ने यह रोना-धोना सुना तो दौड़े हुए आए और पुरानी मर्यादा के अनुसार इन अभागों को समझाने लगे।

मगर ज्यादा रोने-पीटने का अवसर न था। कफन की और लकड़ी की फ़िक्र करनी थी। घर में तो पैसा इस तरह गायब था, जैसे चील के घोंसले में मांस।

बाप-बेटे रोते हुए गाँव के जमींदार के पास गए। वे इन दोनों की सूरत से नफरत करते थे। कई बार अपने हाथों पीट चुके थे, चोरी करने के लिए, वादे

पर काम पर न आने के लिए। पूछा—"क्या है बे घिसुआ, रोता क्यों है? अब तो तू कहीं दिखाई भी नहीं देता। मालूम होता है, इस गाँव में रहना नहीं चाहता।"

घीसू ने जमीन पर सिर रखकर आँखों में आँसू भरे हुए कहा—'सरकार! बड़ी विपत्ति में हूँ। माधव की घरवाली रात को गुजर गई। रात भर तड़पती रही सरकार! हम दोनों उसके सिरहाने बैठे रहे। दवा-दारू जो कुछ हो सका किया, मुदा वह हमें दगा दे गई। अब कोई रोटी देनेवाला भी न रहा मालिक! तबाह हो गए। घर उजड़ गया। आपका गुलाम हूँ, अब आपके सिवा कौन उसकी मिट्टी पार लगाएगा? हमारे हाथ में जो कुछ था, वह सब तो दवा-दारू में उठ गया। सरकार ही की दया होगी तो उसकी मिट्टी उठेगी। आपके सिवा किसके द्वार जाऊँ?

जमींदार साहब दयालु थे। मगर घीसू पर दया करना काले कम्बल पर रंग चढ़ाना था। जी में तो आय, कह दें, दूर हो यहाँ से; यों तो बुलाने से भी नहीं आता, आज अब गरज पड़ी तो आकर खुशामद कर रहा है। हरामखोर कहीं का; बदमाश! लेकिन यह क्रोध या दण्ड का अवसर न था। जी में कुढ़ते हुए दो रुपए निकालकर फेंक दिए। मगर सान्त्वना का एक शब्द भी मुँह से न निकला। उसकी तरफ ताका तक नहीं, जैसे सिर का बोझ उतारा हो।

जब जमींदार साहब ने दो रुपए दिए, तो गाँव के बनिये-महाजनों को इनकार का साहस कैसे होता? घीसू जमींदार के नाम का ढिंढोरा भी पीटना जानता था। किसी ने दो आने दिए, किसी ने चार आने। एक घण्टे में घीसू के पास पाँच रुपए की अच्छी रकम जमा हो गई। कहीं से नाज मिल गया, कहीं से लकड़ी। और दोपहर को घीसू और माधव बाजार से कफ़न लाने चले। इधर लोग बाँस-वाँस काटने लगे।

गाँव की नर्मदिल स्त्रियाँ आ-आकर लाश को देखती थीं और उसकी बेबसी पर दो बूँद आँसू गिराकर चली जाती थीं।

बाजार में पहुँचकर घीसू बोला—"लकड़ी तो उसे जलाने भर को मिल गई है, क्यों माधव?"

माधव बोला—"हाँ, लकड़ी तो बहुत है, अब कफन चाहिए।"

"तो चलो कोई हल्का-सा कफन ले लें।"

"हाँ, और क्या! लाश उठते-उठते रात हो जाएगी। रात को कफन कौन देखता है?"

"कैसा बुरा रिवाज है कि जिसे जीते-जी तन ढाँकने को चीथड़ा भी न मिले, उसे मरने पर नया कफन चाहिए?"

"कफन लाश के साथ जल ही जाता है।"

"और क्या रखा रहता है? यही पाँच रुपए पहले मिलते, तो कुछ दवा-दारू कर लेते।"

दोनों एक-दूसरे के मन ही बात ताड़ रहे थे। बाजार में इधर-उधर घुमते रहे। कभी इस बजाज की दूकान पर गए, कभी उसकी दूकान पर। तरह-तरह के कपड़े रेशमी और सूती देखे, मगर कुछ जँचा नहीं। यहाँ तक कि शाम हो गई। तब दोनों न जाने किस दैवी प्रेरणा से एक मधुशाला के सामने आ पहुँचे और जैसे किसी पूर्व-निश्चित व्यवस्था से अंदर चले गए। वहाँ जरा देर तक दोनों असमंजय में खड़े रहे। फिर घीसू ने गद्दी के सामने जाकर कहा—"साहूजी, एक बोतल हमें भी देना।"

इसके बाद कुछ चिखौना आया, तली हुई मछलियाँ आईं और दोनों बरामदे में बैठकर शांतिपूर्वक पीने लगे।

कई कुज्जियाँ ताबड़तोड़ पीने के बाद दोनों सरूर में आ गए।

घीसू बोला—"कफन लगाने से क्या मिलता? आखिर जल ही तो जाता। कुछ बहू के साथ तो न जाता।"

माधव आसमान की तरफ देखकर बोला, मानो देवताओं को अपनी निष्पापता का साक्षी बना रहा हो—"दुनिया का दस्तूर है। नहीं लोग वामनों को हजारों रुपए क्यों दे देते हैं? कौन देखता है, परलोक में मिलता है या नहीं?"

"बड़े आदमियों के पास धन है, फूँकें! हमारे पास फूँकने को क्या है?"

घोसू हँसा—"अबे कह देंगे कि रुपए कमर से खिसक गए, बहुत ढूँढा मिला नहीं। लोगों को विश्वास तो न आएगा, लेकिन फिर वही रुपए देंगे।"

माधव भी हँसा इस अनपेक्षित सौभाग्य पर। बोला—"बड़ी अच्छी थी बेचारी! मरी तो खूब खिला-पिलाकर।"

आधी बोतल से ज्यादा उड़ गई। घीसू ने दो सेर पूड़ियाँ मँगाईं। चटनी, अचार, कजेजियँ। शराबखाने के सामने ही दूकान थी। माधव लपककर दो पत्तलों में सारे सामान ले आया। पूरा डेढ़ रुपया खर्च हो गया; सिर्फ थोड़े-से पैसे बचे रहे।

दोनों इस वक्त इस शान से बैठे हुए पूड़ियाँ खा रहे थे, जैसे जंगल कोई शेर अपना शिकार उड़ा रहा हो। न जवाबदेही का खौफ था, न...नामी की फिक्र। इन भावनाओं को उन्होंने बहुत पहले ही जीत लिया था।

घीसू दार्शनिक भाव से बोला—"हमारी आत्मा प्रसन्न हो रही है। उसे पुन्न न होगा?"

माधव ने श्रद्धा से सिर झुकाकर तसदीक की—“जरूर से जरूर होगा। भगवान्, तुम अन्तर्यामी हो। उसे बैकुंठ ले जाना। हम दोनों हृदय से आशीर्वाद दे रहे हैं। आज जो भोजन मिला, वह कभी उम्र-भर मिला था।”

एक क्षण के बाद माधव के मन में शंका जगी। बोला—“क्या दादा, हम लोग भी तो एक दिन वहाँ जाएँगे ही!”

घीसू ने उसे भोले-भाले सवाल का कुछ उत्तर न दिया। वह परलोक की बातें सोचकर इस आनन्द में बाधा न डालना चाहता था।

“जो वहाँ हम लोगों से पूछे कि तुमने कफन क्यों नहीं दिया, तब क्या कहोगे?”

“कहेंगे तुम्हारा सिर! तू कैसे जानता है कि उसे कफन नहीं मिलेगा तू मुझे ऐसा गया समझता है? साठ साल क्या दुनिया में घास खोदता रहा हूँ? उसको कफन मिलेगा और इससे बहुत अच्छा मिलेगा।”

माधव को विश्वास न आया। बोला—“कौन देगा? रुपए तो तुमने चट कर दिए। वह तो मुझसे पूछेगी। उसकी माँग में तो सेन्दुर मैंने डाला था।”

घीसू गर्म होकर बोला—मैं कहता हूँ, उसे कफन मिलेगा। तू मानता क्यों नहीं?”

“कौन देगा? बताते क्यों नहीं?”

“वही लोग देंगे जिन्होंने कि अबकी दिया। हाँ, रुपए हमारे हाथ नहीं आएँगे।”

ज्यों-ज्यों अँधेरा बढ़ता था और सितारों की चमक तेज होती जाती थी, मधुशाला की रोनक भी बढ़ती जाती थी। कोई गाता था, कोई डींग मारता था, कोई अपने संगी के गले लिपट जाता था। कोई अपने दोस्त के मुँह में कुल्हड़ लगाए देता था।

वहाँ के वातावरण में सुरूर था, हवा में नशा। कितने तो यहाँ आकर एक चुल्लू मैं मस्त हो जाते थे। शराब से ज्यादा यहाँ की हवा उन पर नशा करती थी। जीवन की बाधाएँ यहाँ खींच लाती थीं और कुछ देर के लिए यह भूल जाते थे कि वे जीते हैं या मरते हैं। या न जीते हैं, न मरते हैं।

और ये दोनों बाप-बेटे अब भी मजे ले-लेकर चुस्कियाँ ले रहे थे। सबकी निगाहें इनकी ओर जमी हुई थीं। दोनों कितने भाग्य के बली हैं! पूरी बोतल बीच में है!

भर-पेट खाकर माधव ने बची हुई पूड़ियों का पत्तल उठाकर एक

भिखारी को दे दिया, जो खड़ा इनकी ओर भूखी आँखों से देख रहा था, और उसने देने के गौरव, आनन्द और उल्लास का अपने जीवन में पहली बार अनुभव किया।

घीसू ने कहा–"ले जा, खूब खा और आशीर्वाद दे! जिसकी कमाई है वह तो मर गई। मगर तेरा आशीर्वाद उसे जरूर पहुँचेगा। रोएँ-रोएँ से आशीर्वाद दे, बड़ी गाढ़ी कमाई के पैसे हैं!"

माधव ने फिर आसमान की तरफ देखकर कहा–"वह बैकुण्ठ में जाएगी दादा, बैकुंठ की रानी बनेगी।"

घीसू खड़ा हो गया और जैसे उल्लास की लहरों में तैरता हुआ बोला, "हाँ बेटा, बैकुंठ में जाएगी। किसी को सताया नहीं, किसी को दबाया नहीं। मरते-मरते हमारी जिंदगी की सबसे बड़ी लालसा पूरी कर गई। वह न बैकुंठ में जाएगी तो क्या ये मोटे-मोटे लोग जाएँगे, जो गरीबों को दोनों हाथों से लूटते हैं, और अपने पाप को धोने के लिए गंगा नहाते हैं और मंदिरों में जल चढ़ाते है!"

श्रद्धालुता का यह रंग तुरंत ही बदल गया। अस्थिरता नशे की खासियत है। दुख और निराशा का दौरा हुआ।

माधव बोला–"मगर दादा, बेचारी ने जिंदगी में बड़ा दुख भोगा। कितना दुख झेलकर मरी!"

वह आँखों पर हाथ रखकर रोने लगा, चीखें मार-मारकर।

घीसू ने समझाया–"क्यों रोता है बेटा, खुश हो कि वह मायाजाल से मुक्त हो गई, जंजाल से छूट गई। बड़ी भाग्यवान थी, जो इतनी जल्द मायामोह के बंधन तोड़ दिए।"

और दोनों खड़े होकर गाने लगे :

"ठगिनी क्यों नैना झमकावे! ठगिनी?"

पियक्कड़ों की आँखें इनकी ओर लगी हुई थीं और ये दोनों अपने दिल में मस्त गाए जाते थे। फिर दोनों नाचने लगे। उछले भी, कूदे भी। गिरे भी, मटके भी। भाव भी बताए, अभिनय भी किए। और आखिर नशे से दसमस्त होकर वहीं गिर पड़े।

(प्रथम प्रकाशन : चाँद/अप्रैल 1936)

□□